KATRIN BURSEG

ADAS FEST

KATRIN BURSEG

ADAS FEST

ROMAN

DIANA

Von Katrin Burseg sind im Diana Verlag erschienen:
Unter dem Schnee
Adas Fest

FSC www.fsc.org
MIX
Papier aus verantwortungsvollen Quellen
FSC® C014889

Penguin Random House Verlagsgruppe FSC® N001967

2. Auflage

in der Penguin Random House Verlagsgruppe GmbH,
Neumarkter Straße 28, 81673 München
Redaktion: Uta Rupprecht
Umschlaggestaltung: t.mutzenbach design, München
Umschlagmotive: © T.S. Harris.
All rights reserved 2022 / Bridgeman Images;
Henryk Sadura/Shutterstock.com
Autorenfoto: © Silje Paul
Satz: Leingärtner, Nabburg
Druck und Bindung: Pustet, Regensburg
Printed in Germany

ISBN 978-3-453-29223-9

www.diana-verlag.de

»Es ist nie ganz klar, wie etwas Schönes gelingt.
Am wenigsten weiß es der Künstler selbst.«

Marcel Proust, *Auf der Suche nach der verlorenen Zeit*

WOCHE 1

1

Das hätte Leo gefallen. Ein letztes Mal Tanzen in den Dünen. Mit Champagner, Austern und Gelächter – so wie früher. Das Leben feiern, bevor das Meer ihr Sommerhaus in die Tiefe riss.

Müde von der langen Fahrt setzte Ada den Blinker und bog von der Küstenstraße in den schmalen Waldweg ein, der inmitten von Seekiefern zum Strand führte. Die Idee, ein Fest zu veranstalten, war ihr unterwegs gekommen, irgendwo zwischen Tours und Bordeaux. Aus dem heißen Asphalt, der vor ihr flimmerte, waren wie Traumbilder die Erinnerungen an die vielen glücklichen Sommer aufgestiegen.

Jetzt kniff Ada die Augen zusammen und blinzelte gegen die tief stehende Sonne an. Eine letzte Kurve noch, ein kurzes Stück über Sand und knisternde Kiefernnadeln, dann war sie da. Wie ein vor langer Zeit in den Dünen gestrandetes Schiff tauchte das Haus zwischen den Bäumen auf.

Als der Motor verstummte, hörte sie durch das geöffnete Seitenfenster endlich das Rauschen der Brandung. Dass sie die Strecke immer noch schaffte! Knapp tausendachthundert Kilometer von Berlin bis Laplage-sur-Mer. Eine Nacht bei Freunden in der Nähe von Düsseldorf, eine Nacht allein in einer weinumrankten Pension unweit der Kathedrale von Reims. Ein Geheimtipp, seit vielen Jahren schon. Und unterwegs ein Anruf von Kiki: »Warum nimmst du nicht den Zug?« Sie hatte gehört, wie ihre jüngste Tochter verständnislos an einer Zigarette zog.

Benommen blieb Ada noch einen Moment im Auto sitzen und sog den Geruch des Atlantiks ein, der sich nun in das Wellenrauschen wob. Es war früher Abend, ein berückendes Licht, Goldstaub, der durch die Kronen der alten Kiefern rieselte.

Schade, dass sie nicht mehr fotografierte.

Aus dem Schatten des Hauses löste sich Vincent, er kam auf sie zu, und für einen Augenblick schien sein Körper sich im flirrenden Licht aufzulösen. Ein Wort durchzuckte Ada und verflog, bevor sie es festhalten konnte. Sie spürte, wie sich etwas in ihr zusammenzog und ihr Herz sich mit Wehmut füllte, bevor die Trauer mit Macht über ihr zusammenschlug. Hilflos wischte sie sich über die Augen. Mein Gott, die Zeit. Als wären die Jahre, die vergangen waren, nur ein Schulterzucken gewesen.

»Nicht schlecht«, sagte Vincent, als er Ada kurz darauf an sich zog. Sie hatte ihn vor zwei Stunden von einer Tankstelle an der Autobahn aus angerufen, und er belohnte ihre Pünktlichkeit mit warmen Küssen auf die Wangen.

»Du kratzt«, erwiderte Ada ruppig, sie mochte sich den Anflug von Rührung nicht anmerken lassen. Schlimm genug, dass er das verräterische Schimmern in ihren Augen sah. Wollte er sich auf seine alten Tage etwa noch mit den jungen Kerlen messen, die ihre kurzen Bärte wie ein Statement trugen?

»Joël gefällt's.«

»Dein Sohn küsst dich auch nicht.«

Vincent lachte und holte das Gepäck aus dem Wagen. Zwei Reisetaschen, mehr brauchte sie nicht.

»Hast du dich auch noch tätowieren lassen?«, fragte Ada, als sie auf das Haus zugingen. Die Kabbelei lenkte sie für ein paar Sekunden von dem bohrenden Schmerz ab, nach ihrem Mann nun auch noch das Strandhaus zu verlieren. Von dem Gedanken, dass in diesem Moment ihr letzter Sommer in den Dünen von Laplage-sur-Mer anbrach.

Vincent spielte mit. »Willst du mal sehen?«

Er stellte die Taschen ab und tat so, als wollte er sein Hemd aufknöpfen. Trotz seiner fünfundsiebzig Jahre war er immer noch schön: dunkle Augen, Charakternase, volles silbrig weißes Haar. Er hatte sein ganzes Leben am Meer verbracht, der Atlantik hatte sich in sein Gesicht eingeschrieben.

»Später.« Ada schenkte ihm ein zaghaftes Lächeln, und er zwinkerte ihr zu. Doch etwas in seinem Blick sagte ihr, dass er ihre Gedanken lesen konnte. Wort für Wort. Ja, sie war gekommen, um Abschied zu nehmen. Auch von ihm.

Drinnen war alles perfekt. Das weiße Haus in den Dünen, das Leo einst *Les Vagues* – die Wellen – getauft hatte, öffnete sich mit der gesamten rückwärtigen Front zum Meer, der Blick auf den Atlantik war spektakulär. Man konnte sich einfach nicht sattsehen. »*Au-delà des mots*«, wie ihr Mann zu sagen pflegte. »Jenseits aller Worte.« Deshalb hatte Leo hier wie im Rausch gemalt, im Atelier ihres Strandhauses waren seine besten Werke entstanden. *Les Vagues* hatte aus einem begabten jungen Maler den berühmten Künstler Leo Kwant gemacht, um dessen Bilder sich die Sammler immer noch rissen.

Ada holte tief Luft. Das Haus war voller Erinnerungen. Überall hingen Leos Bilder, dazwischen die gerahmten Fotografien ihres gemeinsamen Lebens. Sie schlüpfte aus den Schuhen, lief barfuß durch die Räume, öffnete die Fenster – und das Haus begann zu atmen. Unterdessen trug Vincent die Reisetaschen nach oben. Als er in die Küche ging, stieg Ada langsam die Treppe hinauf. Es machte ihr nichts aus, dass Vincent sah, wie ihr der Rücken nach der langen Fahrt schmerzte. Sie war schließlich nur ein Jahr jünger als er.

Oben war ihr Bett frisch bezogen. Auf dem kleinen Nachttisch lagen die drei kugelrunden Steine, die sie im Laufe der Zeit am Meer gefunden hatte. Einer für jede ihrer Töchter. Da wartete ein neuer Roman, von dem sie schon gehört hatte, und in einem Wasserglas leuchtete eine herrliche Moosrose, die Vincent im Garten von Madame Martinez geklaut haben musste. Alles nur, um ihr eine Freude zu machen. Und sie war vorhin so abweisend gewesen.

Ada duschte rasch. In ein Handtuch gewickelt tappte sie in ihr Schlafzimmer zurück und packte aus. Sie entschied sich für ein weißes Tunikakleid, das den Winter über in *Les Vagues* geblieben war und schwach nach Lavendel roch. Die beiden neu gekauften Sommerkleider hängte sie in den Schrank. Zu Hause hatte Ada es sich längst abgewöhnt, ihrem Spiegelbild sonderlich viel Beachtung zu schenken, aber im weichen Licht, das durch die transparenten Voilegardinen sickerte, verweilte ihr Blick für ein paar Sekunden auf dem, was sie im Spiegel sah.

Nur schauen und kein Gesicht aufsetzen!

Interessant war wohl das Schmeichelhafteste, was man jetzt über sie sagen konnte. Ada war nie eine klassische Schönheit gewesen, eher herb, mit etwas zu weit auseinanderstehenden grünen Augen, einem breiten Nasenrücken und Sommersprossen, und das Alter tat sein Übriges. Sie schminkte sich kaum; allein das rote Haar, inzwischen das Produkt eines ausgeklügelten chemischen Prozesses, erinnerte an ihre Jugend. »*Ma flamme*«, hatte Leo sie gerufen, als sie das Haar noch sehr lang trug. Oder, ganz am Anfang, als sie sich ineinander verliebt hatten: »*Je suis en flamme* – ich stehe in Flammen.« Obwohl er Deutscher war, sprach Leo den Sommer über am liebsten nur Französisch. Eine seiner vielen Marotten, die seiner verworrenen Familiengeschichte entsprungen waren und die er nie abgelegt hatte. Sie gaben ihm Halt.

Das Handy summte und riss Ada aus ihren Gedanken. Kiki. Schon wieder! Unschlüssig wog sie das flache, silbrige Ding in der Hand, dann schob sie es unter ihr Kopfkissen. Unten wartete Vincent mit dem Essen, sie würde sich später bei ihrer Tochter zurückmelden.

Als Ada die Treppe hinabstieg, hörte sie Vincent leise singen. Er hatte den Tisch auf der Terrasse über dem Strand gedeckt, wo man inzwischen wie auf dem Deck eines Kreuzfahrtschiffes saß, und empfing sie mit einem Lächeln voller Zuneigung. Ihr Dankeschön parierte er mit einer kleinen, schnellen Handbewegung, als wäre das alles nicht der Rede wert.

Erwartungsvoll ließ Ada sich in einen der ausladenden Sessel aus Rattan und Teakholz sinken und sah ihm zu, wie er marinierte Feigen und warmen Ziegenkäse auf ihrem Teller arrangierte. Dazu gab es einen herrlich kühlen Weißwein aus Bordeaux, der sie aufmunterte. Schluss mit der Melancholie, sie wollte diese letzten Wochen in ihrem Sommerhaus genießen!

Also erzählte sie ihm beim Essen das Neueste von ihren Töchtern Esther, Imme und Kiki, die er quasi von Geburt an kannte, und den beiden Enkelinnen. Vincent revanchierte sich mit Neuigkeiten aus dem Ort und von Joël, seinem Adoptivsohn, der inzwischen ja auch schon fünfunddreißig war und vor ein paar Jahren das kleine Restaurant seines Vaters übernommen hatte. Nach ein paar Turbulenzen zu Beginn – Vincent hatte nicht loslassen können, und Joël zeigte das Temperament seiner Mutter Mathilde – hatten die beiden einen guten Modus für die gemeinsame Arbeit gefunden. Joël profitierte von den Kochkünsten seines Vaters, während Vincent es genoss, nur noch am Herd zu stehen und sich um die Zahlen keine Gedanken mehr machen zu müssen.

»Er hat den gleichen Geschäftssinn wie mein Großvater«, bemerkte er.

Am Meer packten die letzten Surfer ihre Sachen zusammen, Möwen kreisten träge über dem Wasser. In diesem Jahr führte der Trampelpfad vom Strand zum nahe gelegenen Campingplatz an der Nordseite des Hauses vorbei, und Ada sah, wie sich die jungen Leute zwischen den Lattenzäunen hindurchschoben, die die Dünen schützten. Wie üblich kämpfte die Gemeinde mit Strandhafer und abgesteckten Wegen gegen den Sandverlust an, doch das Meer war gierig. Jedes Jahr fraß es sich näher an den Ort heran.

Vincent ließ nicht zu, dass sie ihn lobte, aber als er den auf der Haut gebratenen Loup de Mer servierte, hörte sie sich leise seufzen. Salz, ein paar Kräuter und Olivenöl, mehr brauchte er nicht, um die Aromen des Meeres einzufangen. Danach nur noch einen Kaffee, während Vincent rauchte. Das vertraute Schweigen war Ausdruck ihrer langen Freundschaft.

Der Wind schien einzuschlafen, eine flache Dünung rollte auf den Sand, die untergehende Sonne ließ die fedrigen Wölkchen purpurrot leuchten. Da war noch ein Streifen Gold am Horizont, das Meer roch nach Muscheln und Tang, wild und vertraut.

»Was willst du machen?«, fragte Vincent nun, nachdem er die Zigarette sorgfältig ausgedrückt hatte. Er wollte nicht mehr warten, sich nicht länger hinhalten lassen. Über den Tisch hinweg sah er sie an, dann deutete er mit dem Kinn auf das Haus, das wie eine Klippe über ihnen aufragte. Kaum zu glauben, dass die Fluten der Herbst- und Winterstürme längst bis an die Treppe zum Strand heranreichten und die kalten weißen Brecher das Haus bis in seine Grundfesten erzittern ließen.

Ada hob die Arme und ließ sie wieder sinken.

»Was soll ich denn tun?«

»Du könntest klagen.«

»Ach komm!«

Sie winkte ab, nicht resigniert, nur realistisch. Als Leo und sie das Haus Anfang der 1970er-Jahre gekauft hatten, hatte man ihnen versichert, es würde noch mindestens siebzig, ach was, achtzig Jahre dauern, bis das Meer ihr Grundstück in den Dünen erreichte. Achtzig Jahre – eine Ewigkeit! Wer wusste denn schon, wie lange sie es überhaupt miteinander aushielten. Damals war das Wasser noch fast hundert Meter vom Haus entfernt gewesen.

Doch in den letzten zwanzig Jahren hatten der steigende Meeresspiegel und eine Reihe verheerender Stürme den Abstand schnell schmelzen lassen. Der letzte Orkan fegte dann endgültig alle Prognosen über die zu erwartende Erosion davon. Zehn Meter hohe Wellen! Fünfzig Kilometer weiter, oben im Norden, hatten die Brecher den alten Leuchtturm von Point Saint Égide zerschmettert. Das Meer hielt sich nicht mehr an die Berechnungen der Experten. Inzwischen war es dort, wo man es erst in dreißig Jahren erwartet hatte.

»Wen sollte ich verklagen?«

»Die Gemeinde. Weil sie dich nicht schützt.«

»Es geht doch längst nicht nur um mich.«

Ada blickte die sanft geschwungene Linie der Dünen entlang, wo im Süden die Lichter der Strandpromenade von Laplage-sur-Mer aufleuchteten. »Wenn ich jetzt nicht gehe, holt sich das Meer in ein paar Jahren dein Restaurant«, sagte sie.

»Es gehört jetzt Joël.«

»Ändert das etwas?«

Vincent schwieg, und Ada dachte unwillkürlich, wie sehr ihr auch Joël am Herzen lag. Fröstelnd wickelte sie sich in ihre Strickjacke, jetzt, wo die Sonne unter den Horizont rutschte, wurde es kühl.

»Maire Baudelon hat mich Ende letzten Jahres angerufen«, fuhr sie nach einer Weile fort und registrierte, dass Vincent sich eine weitere Zigarette anzündete. »Er hatte immerhin den Mut, es mir persönlich zu sagen.«

Manuel Baudelon war der Bürgermeister von Laplage-sur-Mer, ein stabiler, rotgesichtiger Mann mit durchdringenden Augen, die stets in Bewegung waren. Eigentlich hatte Ada einen Brief erwartet, eine formelle Aufforderung der Gemeinde, das Haus zu räumen, schließlich befürchtete sie schon seit Jahren, dass es nicht mehr zu retten war. In seinem Telefonat hatte der Bürgermeister von einem sanften Rückzug gesprochen und erklärt, dass die bisherigen Maßnahmen zum Schutz der Küste nicht ausreichten, die Uferzeile sei langfristig nicht zu halten. Sie sei leider die Erste, die weichen müsse, um das dahinterliegende Land durch Sandvorspülungen zu schützen. Man brauche ihre Düne, ihren Strand. Neben einer Entschädigung hatte er ihr ein Grundstück zu vergünstigten Konditionen angeboten, weiter hinten in den Kiefernwäldern bei Talais, aber das hatte Ada abgelehnt. »Wir wussten immer, dass dieses Haus nur auf Sand gebaut ist.« Dabei hatte sie Baudelon verschwiegen, dass sie sich zu alt fühlte, um noch etwas Neues bauen zu lassen. Noch dazu ein Sommerhaus, das sie nur ein paar Wochen im Jahr bewohnte. Was für eine Anmaßung in ihrem Alter, wo sie mit den flirrenden Sommerwochen in *Les Vagues* doch längst abgeschlossen hatte. Das offizielle Schreiben war dann etwa eine Woche nach Baudelons Anruf in Berlin eingetroffen. Bis Ende September ließ die Gemeinde ihr noch Zeit. Zeit, um Abschied zu nehmen von allem, was sie so liebte.

»Die Holländer mit ihren Deichen lachen uns aus.«

Vincents Stimme klang nun rau, als verlöre er die Fassung. Er knüllte das leere Zigarettenpäckchen zusammen. Nachdem Joël das Restaurant übernommen hatte, war Vincent in einer Bürgerinitiative für den Erhalt des Ortes aktiv geworden. Die Geschäftsleute von Laplage-sur-Mer hatten Szenarien entwickelt, wie sie sich mittelfristig gegen den Bodenverlust wappnen könnten. Auch den strategischen Rückzug hatten sie dort durchgespielt, den Vincent jedoch ablehnte. Er wollte sich nicht geschlagen geben. Kapitulation – so etwas kannte man in seiner Familie nicht.

»Die Stadt müsste mehr als hundert Wohnungen und dreißig Geschäfte aufkaufen, abreißen und das Ufer an die Natur zurückgeben«, sagte er nun. »Und dazu wird es nicht kommen, weil die Gemeinde das nicht bezahlen kann. Hör nicht auf Baudelon! Du opferst dein Haus zu früh – und völlig umsonst.«

»Soll ich warten, bis *Les Vagues* ins Meer kippt?«

Für den Bruchteil einer Sekunde sah Ada Vincent vor sich, wie er mit Sandsäcken gegen die Fluten ankämpfte. Wie er verzweifelt versuchte, das Strandhaus zu retten. Und wie sie dann in einer stürmischen Nacht Arm in Arm im Meer versanken. Beinahe hätte sie laut aufgelacht. Armer Vincent, es hatte doch keinen Sinn, die Augen vor der Realität zu verschließen. Es war ein aussichtsloser Kampf, das Haus und alles, was daran hing, war verloren.

Aber Vincent blickte sie eindringlich an. »Vielleicht haben wir noch fünf oder sechs Sommer, Ada.«

Wir? Was stellte er sich vor?

Ada erwiderte nichts, und Vincent rauchte noch eine Zigarette. Ihr Schweigen hatte sich verändert, etwas Schweres, das die Wellen mit ihrem Raunen nicht übertönen konnten, lag darin. Irgendwann stellte Vincent die Teller zusammen und trug sie an ihr vorbei ins Haus. Sie hörte ihn noch eine Weile in der Küche rumoren, schließlich fiel die Haustür sanft ins Schloss, und der Motorroller fuhr davon.

Ada seufzte. Es schmerzte sie, dass er ihren Entschluss nicht verstehen konnte. Hoffentlich kam er bald zurück.

2

Ada machte sich keine Gedanken, als Vincent sich am nächsten Tag nicht meldete. Sie kannte doch seinen Stolz! Außerdem hatte es immer Zeiten gegeben, in denen sie beide bewusst Abstand gehalten hatten, um nicht im Strudel des anderen unterzugehen. Und so gab sie sich den Freuden des Sommers hin – dem Schwimmen, dem Lesen, dem Nichtstun mit Blick aufs Meer. Doch nach drei Tagen wurde sie unruhig.

Was zum Teufel erwartete Vincent von ihr?

Seine Frau Mathilde war vor anderthalb Jahren gestorben. Hatte er geglaubt, dass sie nach einer gesitteten Trauerzeit wieder mehr verbinden könnte als die Erinnerung an früher? War *er* der sentimentale Hund?

Erst ratlos, dann verärgert versuchte Ada, sich mit langen Spaziergängen am Wasser abzulenken. Das Meer und der Anblick der Surfer, die die Wellen so sicher zu beherrschen schienen, beruhigten sie. Doch wenn Ada nach ein oder zwei Stunden zum Strandhaus zurückkehrte, hoffte sie insgeheim, dass Vincent auf der Terrasse saß und nach ihr Ausschau hielt. Sie wollte keinen Streit, sie wollte die letzten Wochen in ihrem Haus einfach nur genießen und nicht endlos mit ihm über ihre Entscheidung debattieren. Sah er denn nicht, dass sie *Les Vagues* auch Joëls wegen opferte? Maire Baudelon hatte ihr doch erklärt, dass ihre Düne und die geplanten Sandvorspülungen die Strandpromenade von Laplage-sur-Mer noch für dreißig oder vierzig Jahre vor dem Meer schützen könnten. Dann wäre auch Joël alt genug, um sich im Hinterland zur Ruhe zu setzen.

Aber Vincent blieb stur, er zeigte sich nicht, und schließlich hatte Ada von seinem Schweigen genug. Am Donnerstag, gleich nach dem Frühstück, machte sie sich auf den Weg zu ihm.

Das Strandhaus lag etwas außerhalb, und es war das erste Mal seit ihrer Ankunft in *Les Vagues*, dass Ada in den Ort ging, denn Vincent hatte ihr einen prall gefüllten Kühlschrank hinterlassen. Butter, Milch, Eier, Aprikosenkonfitüre, Käse, Schinken – mehr als genug. Dazu Obst und Gemüse und sogar noch ein ganzes gebratenes Bressehähnchen mit Siegelring an den kräftigen blauen Füßen. Daran hätte sich eine Familie satt essen können. Die Reste hatte sie dem Streuner hingestellt, einem scheuen grauen Kater, der sie seit ihrer Ankunft auf der Terrasse besuchte. Ada überlegte kurz, das Fahrrad zu nehmen, aber dann ging sie doch zu Fuß durch das schattige Kiefernwäldchen hinter den Dünen. In den vergangenen Tagen war es sehr heiß gewesen, ein wolkenloser, hoher Julihimmel. Fast dreiunddreißig Grad, nicht ungewöhnlich für diese Jahreszeit. Und auch heute ließ sich die Hitze des Tages schon erahnen, obwohl es erst kurz nach neun war. Der Wind vom Meer war kaum zu spüren, und in den Bäumen knackten die Zapfen und sprangen auf. Wie kleine Hagelkörner prasselten Kiefernsamen auf sie herab. Ein paar Eidechsen glitten durch trockene Nadeln davon, und auf halbem Weg huschte ein Eichhörnchen über den Pfad und kletterte eine Kiefer hinauf.

Als Ada seine warnenden Laute nachahmte, hielt es einen Moment inne und sah sie von oben herab missbilligend an.

»Ich gehe schon seit fast fünfzig Jahren hier entlang«, hörte Ada sich sagen, fast ein wenig trotzig. Sie hatte in den vergangenen Tagen kaum gesprochen, jedenfalls nicht mehr als ein paar Locklaute an den Kater, dem sie die vereiterten Augen säubern wollte, ihre Stimme klang wie ein vernachlässigtes Instrument. Im nächsten Moment musste sie lachen, weil sie sich dem Tier gegenüber rechtfertigte. Das Eichhörnchen sprang auf den nächsten Baum und verschwand.

An dem kleinen Weiher, dem die Trockenheit zugesetzt hatte, legte Ada sich einen Moment ins Moos. Ihre Hände strichen über den weichen Teppich, auf dem ihr Körper ruhte, ihr Blick glitt die vom Wind geformten Seekiefern hinauf bis in den Himmel. Plötzlich meinte sie, die Stimmen ihrer Mädchen zu hören, Kinder, die ausgelassen durch das duftende Wäldchen tobten: »Wer ist zuerst bei Mama?« Schwerelos glitten ihre Gedanken davon.

Wie alles Schöne war *Les Vagues* ganz unvermittelt in ihr Leben gekommen. Sie hatten damals nicht nach einem Haus gesucht, aber als Leo das verlassene Gebäude bei einem Spaziergang entdeckte, war er begeistert. Er hatte sofort das Potenzial (die Lage, der Blick, das unsagbar Schöne) und nicht die Ruine gesehen, obwohl das Dach kaputt gewesen war, die feuchten Mauern bröckelten und überall Möwendreck lag.

Es war nicht teuer gewesen, das Haus zu kaufen, aber es bewohnbar zu machen, hatte Leos Erbe verschlungen und alles, was sie damals besaßen. Deshalb mussten sie die Maurer, Tischler und Elektriker auch mit Adas Arbeit bezahlen. Mit ihrer Leica hatte sie die Männer und deren Familien porträtiert, oft auch noch die kleinen Handwerksbetriebe und ihre Angestellten, in verlegenem Stolz auf dem Trottoir aufgereiht. Vom zahnenden Neugeborenen über den linkischen Laufburschen bis zur achtzigjährigen Großmutter, die die Deutsche grantig und unversöhnlich als *Boche* beschimpfte, hatte Ada sie alle vor der Kamera gehabt. Später gab es dazu sogar eine Ausstellung mit einem schmalen Katalog. Ein Bild von Leo hatte damals kaum jemand haben wollen, noch nicht einmal geschenkt. Wenn Ada heute davon erzählte, konnte das niemand glauben. Selbst auf der Strandpromenade verkauften sie Postkarten von Leos berühmtestem Gemälde, dem »Mädchen in der Brandung«, das inzwischen keine sechzig Kilometer entfernt in Bordeaux im Museum für zeitgenössische Kunst hing.

Als ein paar Radfahrer an ihr vorüberfuhren, blieb Ada einfach liegen. »Alles in Ordnung?«, rief jemand besorgt, weil man bei einer Frau ihres Alters wohl auf solche Gedanken kam, und Ada winkte beruhigend zurück. »Ja, alles in Ordnung!« Aber als die Gruppe nicht mehr zu sehen war, brach sie ganz plötzlich in Tränen aus.

War es die Trauer um das Strandhaus, die sie doch noch überwältigte?

Der Schmerz darüber, dass sie vor vielen Jahren so leichtfertig gewesen war, ihr Herz an dieses Stückchen Erde zu verlieren? An das Haus, in dem noch immer ihre Träume siedelten und wo sie die schönsten, aber auch die schwersten Stunden ihres Lebens erlebt hatte?

Ärgerlich drückte Ada sich die Fäuste auf die Augen, aber die Verzweiflung ließ sich nicht mehr aufhalten. Ihr Kummer bahnte sich den Weg. Die Vorstellung, dass bald ein Bagger die Erinnerung an das gemeinsame Leben mit Leo brutal in Stücke reißen würde und nur noch Trümmer davon zurückbleiben sollten, ließ sie entsetzt nach Luft schnappen.

Adas Weinen steigerte sich, schwoll an von einem stillen, fast ungläubigen Tränenfluss hin zu einem unbeherrschten wilden Schluchzen. Die Trauer um den bevorstehenden Verlust schüttelte sie, ihre Wogen schwappten über all die so mühsam konstruierten Dämme in ihrem Inneren.

Hilflos grub Ada ihre Hände in das Moos, aber es dauerte eine Weile, bis der Schmerz etwas nachließ, bis sie sich zur Ordnung rief und allmählich wieder beruhigte.

Himmel, was war sie nur für eine Närrin!

Ihr Leben sei doch in Ordnung, würden die Töchter sagen. Und irgendwie stimmte es ja. Jedenfalls hatte Ada nach Leos Tod im Winter vor zweieinhalb Jahren das Schlimmste wohl überstanden. In Berlin war sie sogar in eine neue, lichtdurchflutete Wohnung umgezogen, und finanziell konnte sie nicht klagen. Leos Bilder sicherten ihr immer noch ein komfortables Einkommen, auch Esther als seine Galeristin lebte davon. Und gelegentlich profitierte noch Kiki, die immer mal wieder eine Finanzspritze benötigte.

Sogar Adas Rücken war etwas besser geworden, die Schmerzen ließen immer nach, wenn sie morgens und abends im Meer schwamm. Wenn sie spürte, wie das Wasser sie trug.

Und Vincent?

Ihn würde sie auch noch einfangen, er musste ihr doch helfen. Das Fest! Ada rechnete nach. Es war inzwischen Mitte Juli, und am zweiten Samstag im August wollte sie feiern – genau wie früher. Höchste Zeit also, dass sie ihre Einladungen verschickte.

Auf der Suche nach Halt heftete Ada den Blick auf die Kiefern, deren Äste den Himmel zerteilten. Das Fest würde eine Brücke in ein Leben ohne das geliebte Strandhaus sein, wenn sie es schaffte, Vincent von ihrem Plan zu überzeugen.

Laplage-sur-Mer war noch immer das hübsche, kleine, sorglose Städtchen, das es für Ada stets gewesen war. Der Ort empfing sie mit seinen schönen alten Villen im Belle-Époque-Stil. Das

Frühstück in den Pensionen und Ferienhäusern war beendet, überall bereiteten sich die Sommergäste auf einen Strandtag vor. In den Vorgärten türmten sich Strandtaschen, Sandspielzeug und Surfbretter, Gelächter hing in der Luft, und Kinder tobten herum. Hinter dem Marktplatz, in der Rue Gorgol, war Madame Martinez mit ihren Rosen beschäftigt. Als die alte Dame Ada erkannte, winkte sie erfreut und kam für einen Plausch an die Straße.

»Er denkt, ich merke es nicht, wenn er an meine Rosen geht.«

»Vincent Flamant?« Ada lächelte entschuldigend und musterte die kleine, energische Person, die in ihrem pastellfarbenen Sommerkleid und dem Sonnenhut auf dem schlohweißen Haar ein wenig der englischen Königin glich. Ihr Gesicht war von Falten zerfurcht, trotzdem leuchtete es, und an den durchscheinenden Handgelenken unterstrichen empört klimpernde Armreifen ihr Temperament. Ada kannte sie schon ewig, und selbst vor fünfzig Jahren war die Martinez schon alt gewesen. »Niemand hat so schöne Rosen wie Sie, Madame.«

»Er hat Glück, dass ich nicht mehr so schnell laufen kann.«

In gespieltem Ärger verzog Madame Martinez das Gesicht und deutete auf ihre geschwollenen Füße, die in roten Pantoffeln aus weichem Ziegenleder steckten. Sie ging inzwischen wohl auf die hundert zu und teilte sich Haus und Garten mit Inès, ihrer zwanzig Jahre jüngeren Nichte, die früher einmal Tänzerin gewesen war. Inès hatte Leo ein paarmal Modell gestanden, der Akt »Inès mit Spiegel« war kurz nach Leos Tod aus einer Privatsammlung für eine knapp siebenstellige Summe bei Sotheby's in London versteigert worden. Inès hatte es immer genossen, dass die ganze Welt ihren nackten Körper kannte, und sich mit einem selbstbewusst-ironischen Lächeln als Leos Muse bezeichnet.

»Wie geht es dem Maler?«, fragte Madame Martinez in

diesem Moment. Obwohl ihr Gedächtnis absolut in Ordnung war, weigerte sie sich beharrlich, Leos Tod zur Kenntnis zu nehmen. Offenbar gehörte er zu Ada so wie die Rosen zu Madame Martinez.

»Ich denke, es geht ihm gut.« Ada deutete in den seidig blauen Himmel, und die alte Dame fasste sich an die Stirn.

»Der Maler ist nie an meine Rosen gegangen«, murmelte sie ein wenig verlegen, dann drehte sie sich um und kehrte in den Schatten ihres Hauses zurück. Die Audienz war beendet.

Lächelnd blieb Ada noch einen Moment an der Straße stehen und betrachtete das schöne Haus. Von Vincent hatte sie schon gehört, dass Inès kaum noch vor die Tür ging, aber vielleicht zeigte sie sich hinter einem der Fenster. Erst als Ada sicher war, dass weder Madame Martinez noch Inès sie beobachteten, knipste sie eine der schweren Moosrosenblüten ab, die über die Gartenmauer hingen. Für Vincent.

Das Café Victoire an der Strandpromenade blieb vormittags geschlossen. Trotzdem stand die Tür des Restaurants für Lieferanten offen, und auf einen Kaffee konnten Freunde und Nachbarn immer hereinschauen. Am Tresen entdeckte Ada Joël, den Kopf über eine seiner Listen gebeugt. In seinem Rücken funkelte die verspiegelte Regalwand mit den polierten Gläsern und bunt gefüllten Flaschen. Einen Augenblick blieb Ada stehen und ließ den Raum mit den dunklen Bistrostühlen, weiß eingedeckten Tischen und tropfenförmigen Lampen auf sich wirken. Hier hatte sie vor mehr als einem halben Jahrhundert Leo kennengelernt, dahinten an dem Tisch in der Ecke hatte er in seinem bunt bestickten Hemd vor einem Teller Austern gesessen. Und als er aufschaute und sie in ihrem staubigen Kleid durchdringend musterte, fand sie ihn arrogant.

Wehmütig blickte Ada auf die Rose in ihren Händen, aber dann straffte sie die Schultern und hob das Kinn. Verflixt noch mal, sie wollte sich doch nicht schon wieder von der Vergangenheit überrollen lassen! Nicht, dass Joël ihr noch ansah, dass sie geweint hatte.

»Ada!« Als Joël sie bemerkte, glitt ein jungenhaftes Lächeln über sein Gesicht, und er kam auf sie zu, um sie fest zu umarmen. Auch seine Küsse kratzten.

»Na«, sagte sie keck und strich ihm liebevoll über die Wange. »Dir geht es gut, ja?«

»Keine Klagen.«

Joël lächelte hinreichend überzeugend, und Ada unterdrückte das Verlangen, ihn noch einmal an sich zu ziehen und seinen Duft in sich aufzunehmen. Er sah gut aus, war größer als Vincent, mit pechschwarzem, leicht lockigem Haar und irritierend blauen Augen. Dazu ein schwarzes Hemd mit hochgerollten Ärmeln, schwarze Jeans, Turnschuhe und die bordeauxrote Schürze mit dem Schriftzug des Restaurants. Ada konnte nicht verstehen, dass er immer noch allein lebte.

»Entschuldige, dass ich noch nicht zu dir rausgekommen bin. Du weißt ja, das Geschäft …« Joël setzte eine zerknirschte Miene auf, aber Ada winkte ab. Er war ihr nichts schuldig.

»Ich hätte doch auch längst vorbeischauen können.«

»Kaffee?«

Ohne ihr Nicken abzuwarten, löste Joël sich von ihr und trat an die blitzende Baristamaschine. Adas Blick fiel auf das kleine goldgerahmte Foto von Mathilde, das wie ein Madonnenbildchen neben der Maschine hing. *Sainte Mathilde.* Verschwörerisch nickte sie der Freundin zu.

»Kiki will dich sprechen«, sagte Joël, als er ihr den Kaffee über den Tresen schob. »Sie hat mich vorhin angerufen.«

Ada verdrehte die Augen. Ihre jüngste Tochter benötigte immer noch so viel Aufmerksamkeit wie ein Kind. »Ich glaube, ich habe mein Telefon im Strandhaus vergessen«, sagte sie leichthin, wohl wissend, dass Joël das nicht verstehen konnte. Er selbst trug das Handy stets griffbereit in der Gesäßtasche seiner Jeans, und bei ihren Töchtern hing das jeweilige Ding gewöhnlich an einer Kordel quer über den Oberkörper.

»Papa ist hinten.« Joël sah aus, als wollte er sich wieder über seine Orderlisten beugen. Hatte Vincent ihm denn nichts erzählt? Joël musste doch wissen, dass sie das Strandhaus aufgeben wollte und mit seinem Vater wegen ihrer Kapitulation vor Maire Baudelon über Kreuz lag.

»Hm.« Ada nickte und nippte an ihrem Kaffee. Sehr heiß, sehr stark. Auf einmal zögerte sie, in die Küche zu gehen, wo sie Vincent arbeiten hörte. Verlegen legte sie die Rose auf den Tresen.

Joël sagte nichts, aber er sah sie forschend an, dann stellte er die Rose in ein Wasserglas. Also doch, er wusste von ihrem kleinen Streit.

»Ich möchte doch nur noch einmal ein Fest in *Les Vagues* feiern«, sagte Ada und erwiderte trotzig seinen Blick. »Ein Sommerfest. So wie früher. Erinnerst du dich?«

Joël nickte, als hätte er sich so etwas gedacht. Schon als Kind hatte er sich in sie hineinfühlen können, und bisweilen hatte Ada sich gefragt, ob er ihre Gedanken lesen konnte. Wenn Joël in den Sommerferien zum Spielen draußen in *Les Vagues* gewesen war, hatte er immer sofort bemerkt, wenn ihr die tobenden Kinder auf die Nerven gingen. Kiki hingegen konnte nie ein Ende finden. »Mehr, mehr, mehr!« Kiki war wild und laut und kaum zu bändigen gewesen, sie hatte ihre Mutter immer herausgefordert, während er versucht hatte, ihr zu gefallen.

»Wen willst du denn einladen?«, fragte er.

»Alle.« Ada lächelte und breitete die Arme aus. Der Gedanke an das Fest belebte sie, erfüllte sie mit Freude und ließ den Abschied vom Strandhaus ein wenig in die Ferne rücken. »Alle, die kommen möchten und spontan Zeit haben.«

In diesem Moment kam Vincent aus der Küche. Er umfasste sie ganz leicht von hinten, seine Hände lagen auf ihren Hüften, und er küsste sie sanft, irgendwo zwischen Ohr und Mund. Ein Kuss, der sie fortzutragen schien und die Melodie einer fernen Sommernacht in ihr wachrief.

Dass Vincent sich vor Joël zu so einer Intimität hinreißen ließ! Um Verzeihung bittend blickte Ada zu dem Tisch hinten in der Ecke, an dem Leo immer gesessen hatte.

»Ich koche«, sagte Vincent und ließ sie nicht los, »und Joël ordert den Champagner. Natürlich helfen wir dir.«

3

Ada hatte das Strandhaus noch nie vom Horizont aus gesehen, das fiel ihr auf, als sie am nächsten Morgen auf der Terrasse saß, um die Einladungen zu schreiben. (Nein, keine elektronische Post, dieses letzte Fest erforderte Tinte und Papier!)

Wie mochte es aus der Ferne wirken?

Und was sah man von einem Boot aus beim Näherkommen zuerst?

Das mit grauen Schindeln gedeckte Dach? Den hervorspringenden Giebel? Die türkisfarbenen Fensterläden? Oder den weißen, würfelförmigen Anbau mit dem Atelier?

Seltsam, dass sie noch nie darüber nachgedacht hatte.

Ada besaß eine Reihe von Fotografien von *Les Vagues*, die sie vom Strand aus gemacht hatte, ein paar Zeichnungen von Leo und unzählige Bilder, die die Mädchen gemalt hatten (hauptsächlich von Esther und Kiki, denn Imme hatte lieber das Meer gemalt, das flackernde Muster der Wellen), aber keine Aufnahme vom Meer aus, mit der Brandung des Atlantiks vor dem Strandhaus. Und plötzlich quälte sie der Gedanke.

Was, wenn es für dieses eine Bild längst zu spät war?

Bisweilen meinte Ada zu spüren, wie das Meer an ihrem Haus zog. Sein flüsterndes Schmeicheln, wenn es nachts zu ihm sprach und dann seine Netze aus weißer Gischt ausrollte:

»Komm zu mir, *ma belle*!« Es war, als wäre auch die Düne unter dem Fundament längst in Bewegung geraten, bereit, sich vom Wasser fortreißen zu lassen.

Einen Moment lang saß Ada einfach nur da und blickte auf das Meer. Sie hatte die Briefbögen mit dem Schriftzug von *Les Vagues* und den drei stilisierten Wellen, den Leo einst entworfen hatte, mit einem Stein beschwert, damit der Wind sie nicht davonwirbeln konnte. Leos alter Strohhut, mit Haarklammern festgesteckt, beschirmte ihr Gesicht. Der Wind hatte sich über Nacht gedreht und war aufgefrischt, die Wellen schlugen an den Strand und trugen leuchtend weiße Schaumkronen. Beste Bedingungen zum Surfen.

Unten an der Wasserlinie trugen die ersten Wellenreiter ihre Bretter in die Brandung. Es war nicht mehr so viel los wie früher, als der Strand noch breiter gewesen war, aber immer noch genug, um dem Treiben auf dem Wasser den ganzen Tag zuzuschauen. Ein junges Paar fiel ihr auf, das sie in den vergangenen Tagen schon ein paarmal beobachtet hatte. Er war ziemlich gut, sie eine Anfängerin. Geduldig unterwies er sie im Weißwasser, ließ sie durch die brodelnde Gischt paddeln, bis sie nach einer Weile erschöpft aufgab. Sie setzte sich an den Strand, schlang die Arme um die Knie und wartete auf ihn. Er dagegen hatte noch lange nicht genug. Immer wieder zog es ihn hinaus, er surfte die grünen Wellen, ohne müde zu werden.

Ada genoss es, ihm zuzusehen. Sein kraftvoller, langgliedriger Körper, das zerzauste Haar, seine Begeisterung und sein Spiel im Wasser waren eine Freude. Gewiss hätte Leo den Zauber dieses Bildes aus Bewegung, Licht und Körperlichkeit in wenigen Strichen einfangen können, und bevor Ada zu schreiben begann, schaute sie zu dem Podest hinüber, wo er beim Zeichnen mit dem Skizzenblock in der Hand gesessen hatte. Jetzt lag dort der Kater in der Sonne und schlief, die Augen immer noch verkrustet. Es war ihr nicht gelungen, ihn einzufangen.

Die ersten Wellenreiter waren Anfang der 1980er-Jahre an *ihrem* Strand aufgetaucht. Leo war sofort fasziniert gewesen, er hatte es sogar selbst probiert, sich aber als gänzlich untalentiert erwiesen. Er schaffte es einfach nicht, die Welle zu erspüren, und wenn es ihm überhaupt gelang, über die Sandbänke zu einer vielversprechenden Stelle hinauszupaddeln und sich aufs Brett zu ziehen, hielt er sich nur wenige Sekunden aufrecht, bevor er kopfüber ins Wasser stürzte. Einmal war ihm sogar das Board ins Gesicht geschlagen, und er hatte eine Platzwunde über dem Auge davongetragen. Danach hatte er diesen Sport aufgegeben und den Mädchen später sogar verboten, mit dem Wellenreiten anzufangen.

Natürlich hatten sich die Kinder nicht daran gehalten, ihre mittlere Tochter Imme hatte es sogar recht weit gebracht. Imme konnte das Wasser lesen, immer schon, konnte seine Launen deuten. Als Neunjährige hatte sie Ada einmal erklärt, dass die Brandung an ihrem Strand ursprünglich von Stürmen weit draußen auf dem Ozean herrühre. Stürme, deren Wellen im tiefen Wasser mitschwangen und mit dem Grund an der Küste erst dann wechselwirkten, wenn die Wassertiefe exakt die Hälfte der Wellenlänge betrug. »Dann passieren drei Dinge, Mama«, hatte sie gesagt, und ihre Kinderhände malten eifrig in die Luft, um ihre Worte zu illustrieren: »Die Wellenlänge verkürzt sich, die Höhe nimmt zu, und der Kamm bewegt sich schneller als der tiefste Punkt der Welle. Wenn dann die Wellenhöhe etwa der Wassertiefe entspricht, bricht die Welle, und der Surfer kann auf ihr reiten.«

Schon damals war Imme vom Meer fasziniert gewesen, sie hatte alles verschlungen, was ihr über die Ozeane in die Hände kam. Heute arbeitete sie als Meeresgeologin. Was genau Imme erforschte, erschloss sich Ada nicht. Irgendetwas, was auch mit dem Klimawandel zu tun hatte. Zuletzt jedenfalls hatte Imme sich mehrere Monate lang mit anderen Wissenschaftlern auf einem Eisbrecher in der Arktis einfrieren lassen. Für ihren Beruf hatte sie sogar ihre Kinder beim Vater gelassen, von dem sie getrennt lebte. Für Ada nicht leicht zu verstehen – und trotzdem war sie unglaublich stolz auf Imme und die kompromisslose Leidenschaft, mit der sie ihr Leben lebte.

Imme, so dachte Ada nun, würde sich auf das Fest in *Les Vagues* freuen. Ihren Lebensweg hatte das Haus in den Dünen wohl am stärksten geprägt, und Ada beschloss, ihr den ersten Brief zu schreiben, bevor sie auch Esther, Kiki und die anderen einlud. Voller Vorfreude beugte Ada sich über das Papier. Es blieben nur noch etwas mehr als drei Wochen bis zum Fest, die Einladungen würden sehr kurzfristig eintreffen. Aber Ada war sicher, dass ihre Freunde spürten, wie wichtig ihr das Fest war, und versuchen würden, für dieses eine Wochenende nach Frankreich zu kommen.

Als Vincent nach der Mittagsschicht im Café Victoire bei ihr eintraf, hatte Ada schon mehr als zwanzig Einladungen zustande gebracht. Stolz zeigte sie ihm den Stapel.

Vincent nickte anerkennend, dann lächelte er fast ein wenig spöttisch. »Ja, das war immer deine Aufgabe«, sagte er, was wohl eine Anspielung darauf war, dass Leo früher ganz selbstverständlich die Gästeliste zusammengestellt hatte und sie dann die Einladungen schreiben und zur Post tragen ließ.

»Ich habe das gern gemacht«, erwiderte Ada. Ja, sie hatte Leo vieles abgenommen, er hatte sich auf sie verlassen können. Warum auch nicht? Ein wenig gekränkt folgte sie Vincent mit den Briefen ins Haus.

»Natürlich.« Vincent drehte sich zu ihr um, und einen Augenblick lang standen sie stumm voreinander. Sein Blick war so direkt, so schmerzlich liebevoll, dass sie ihn kaum ertrug und den Kopf zur Seite drehen musste.

»Du hast deinen Töchtern noch nichts davon gesagt, dass du das Haus aufgeben wirst, oder?«, fragte er.

Ada schüttelte den Kopf.

»Nicht einmal Esther?«

»Nein.«

»Ada …«

Wieder dieser Blick, und sie sah, wie er mit sich kämpfte. Dass er mit ihr diskutieren und sie umstimmen wollte: Keine Kapitulation! Schon gar nicht vor dem Bürgermeister, dessen Ansichten er nicht teilte. Aber dann hielt er sich gut, so als wollte er seinen Fehler vom ersten Abend nicht wiederholen.

Tapferer Vincent! Ada unterdrückte das Verlangen, eine Hand auf sein Herz zu legen. »Ich will doch nur noch einmal feiern. Unbeschwert und ohne die mitleidigen Blicke der anderen. Verstehst du das nicht? Nach dem Fest werde ich den Mädchen sagen, dass ich *Les Vagues* aufgebe. Und dann packe ich hier zusammen.«

Vincent seufzte, aber er nickte, bevor er die Klammern aus ihrem Haar löste und ihr Leos Hut abnahm. Seine Lippen streiften ihre Wange. »Ich habe Artischockenherzen dabei.«

In der Küche leerte Vincent seine Markttasche. Er kochte die Artischocken zunächst ein paar Minuten in Zitronenwasser, dann schreckte er sie in kaltem Wasser ab, bevor er die halbierten Herzen mit Olivenöl und Knoblauch in der Pfanne goldbraun anbriet. Ada liebte es, ihm dabei zuzusehen. Ein Schuss Essig, Salz und Pfeffer, während sie die Petersilie hackte, die er zum Schluss über die Artischockenherzen streute. Zum Essen nahmen sie wieder auf der Terrasse Platz. Der Kater strich Ada um die Beine, aber von gebratenen Artischocken hielt er nicht viel.

»Joël will noch einen zweiten Koch einstellen«, sagte Vincent, als sie aufgegessen hatten. »Um mich zu entlasten. Er schaut sich schon seit einer Weile um.«

»Er wird es nicht leicht haben, jemanden zu finden, der es an deiner Seite aushält«, neckte Ada ihn. »Selbst mich lässt du nach all den Jahren nur die Kräuter hacken.«

»Es hat fast fünf Jahre gedauert, bis du das Messer richtig halten konntest!«

»Ich bin halt Linkshänderin.«

Ada hob ihre Hände, und der schwere Silberring mit dem Türkis, den Leo ihr einst zur Hochzeit geschenkt hatte, leuchtete in der Sonne auf. Er hatte ihn aus Marokko mitgebracht, wo Leo und Vincent sich 1967 kennengelernt hatten. Damals hatte Leo gerade sein Kunststudium in Berlin abgebrochen, und Vincent wollte das Restaurant seines Großvaters übernehmen, aber zuvor noch ein wenig reisen. In der Medina von Essaouira waren die beiden wegen eines Mädchens aneinandergeraten. Die Schöne zog weiter, aber Leo und Vincent blieben zusammen, und als Vincent das Geld ausging, überredete er seinen Freund, mit ihm nach Frankreich zurückzukehren. Tagsüber half Leo Vincent in der Küche oder im Service des Restaurants, und abends versuchte er, seine kleinen, bunten marokkanischen Bildchen auf der Strandpromenade von Laplage-sur-Mer zu verkaufen. Manchmal porträtierte er auch eine Touristin, die ihm gefiel, dann signierte er die Zeichnung mit einem erfundenen Namen. Immer, wenn Leo ein Bild verkauft hatte, leistete er sich ein halbes Dutzend Austern im Café Victoire, aber das wusste Ada nicht, als sie ihm im Sommer 1968 zum ersten Mal begegnete.

»Leo war die schlimmste Küchenhilfe, die ich je hatte«, sagte Vincent beim Blick auf Adas Ring und grinste in der Erinnerung daran. »Er hatte gleich zwei linke Hände.«

»Aber er hat dir Mathilde vorgestellt«, antwortete Ada.

»Eigentlich kannte ich Mathilde schon aus der Schule.« Vincent beschirmte die Augen und schaute zum Wasser, Ada sah, dass er ihren Surfer beobachtete. Sie hielt Ausschau nach dem Mädchen, aber es war verschwunden. »Als Leo mit ihr ankam, musste ich sie ihm einfach abjagen. Ich hatte doch die älteren Rechte ...«

Ada lächelte. Natürlich, sie kannte die alten Geschichten, die über die Jahre und in ihren unendlichen Wiederholungen zu einer Art Gründungsmythos der Freundschaft zwischen Leo und Vincent geworden waren. Der schöne, dunkle, eher in sich gekehrte Vincent und der wenige Jahre ältere Leo, der als unbekümmerter Lebenskünstler auftrat. Der scheinbar mühelos mit den Mädchen ins Gespräch kam, aber ebenso schnell das Interesse an seinen Eroberungen verlor.

»Eine Ménage-à-trois«, sagte Ada leichthin.

»Mathilde hatte nie etwas mit Leo«, erwiderte Vincent scharf.

»Das weiß ich doch.« Ada unterstrich ihre Worte mit einer besänftigenden Geste und schwieg.

Vincent zündete sich eine Zigarette an. Wenn er doch nur weniger rauchen würde! Auch Leo hatte immer geraucht. Beim Malen waren die Zigaretten zwischen seinen Lippen verglommen, und am Ende eines langen Arbeitstages hatte Ada zwei randvolle Aschenbecher aus dem Atelier getragen. Bisweilen dachte sie, dass seine Bilder nicht nur aus Farbe und Leinwand, sondern auch aus Rauch bestanden.

»Mein Arzt sagt, ich überlebe es nicht, wenn ich jetzt aufhöre«, kommentierte Vincent finster ihren kritischen Blick.

Ada zuckte nur die Achseln und stand auf, um das Geschirr in die Küche zu tragen. Als sie mit dem Kaffee zurückkam, hatte Vincent sich auf dem Liegestuhl am anderen Ende der Terrasse ausgestreckt. Er schlief, das Gesicht furchtlos der Sonne zugewandt.

»Er trauert immer noch um Mathilde«, sagte Ada leise zu dem Kater, der sich nun einen Schattenplatz gesucht hatte. »Er kann einfach nicht allein sein.«

Sie stellte den Kaffee ab, versenkte die Hände in die weiten Taschen ihres Kleides und tastete nach dem Siegelring des Bressehähnchens. Sie hatte den Aluminiumclip nicht wegwerfen können. Liebevoll betrachtete sie Vincents Schlafgesicht. Mathilde war nicht einmal ein Jahr nach Leo verstorben. Das Herz, natürlich, auch sie eine leidenschaftliche Raucherin. So war es damals eben. Und als sie endlich aufhörte, war es schon zu spät.

Vincent und Mathilde waren fast fünfzig Jahre verheiratet gewesen. Sie hatten eine stabile Ehe geführt, mit den üblichen Verletzungen, aber getragen von gegenseitigem Respekt. Schon vor der Hochzeit hatte Mathilde angefangen, im Café Victoire zu arbeiten. Seitdem stand sie Vincent zeitlebens zur Seite und war eine großartige Gastgeberin, meist gut gelaunt und selten erschöpft. Selbst nach Mitternacht schickte sie Vincent noch in die Küche, wenn ein später Gast nach einer Kleinigkeit verlangte. »Lass ihn nicht verhungern!« Mathilde ließ niemanden mit leerem Magen davonziehen.

Auch Ada war nicht fortgeschickt worden, als sie damals barfuß und verzweifelt an ihrem Tresen stand und fragte, ob sie einmal telefonieren dürfe. Ein Auslandsgespräch. Nein, Mathilde, zierlich und apart, mit kastanienbraunem Haar, das sie bis zu ihrem Lebensende zu einer Art Farah-Diba-Turban auftürmte, hatte ihr das Telefon hingeschoben und dazu ein Glas Wein eingeschenkt. Und nachdem Ada aufgelegt hatte, bugsierte Mathilde sie auch noch resolut an Leos Tisch und stellte ihr einen Teller duftender *Soupe au pistou* vor die Nase.

»Ich habe aber gar kein Geld dabei.« Ada war verlegen wegen so viel Großherzigkeit. Im Hintergrund spielte die Jukebox Johnny Hallyday, das wusste sie noch genau: »*Noir c'est noir, oh, oh, oh, oh. Il n'y a plus d'espoir, oh, oh, oh, oh …*«

»Wer hungrig ist, der soll auch etwas zu essen bekommen«, hatte Mathilde darauf mit einem Lächeln erwidert. Bis heute erinnerte Ada den Geschmack dieser köstlichen *Pistou,* und noch immer war sie davon überzeugt, dass Mathilde ihr damals mit diesem kleinen Satz das Leben gerettet hatte.

»*Il n'est jamais trop tard*«, sang Johnny Hallyday in ihrem Kopf.

Nein, es war noch nicht vorbei. Aber Ada fehlte der Mut, sich nach so vielen Jahren der Vergangenheit zu stellen.

4

Erst am späten Nachmittag machte Vincent sich auf den Weg zurück ins Restaurant. Er nahm Adas Einladungen für die Töchter und Freunde mit und versprach, sie gleich in die Post zu geben. Zweiunddreißig Briefe – alles war gut.

Doch in der Nacht konnte Ada nicht schlafen. Wie blasse Gespenster geisterten Erinnerungen, die das Briefeschreiben wachgerufen hatte, in ihrem Kopf umher, sie ließen sie einfach nicht zur Ruhe kommen. Schließlich stand Ada wieder auf, kochte sich einen Kräutertee, gab einen Löffel Lavendelhonig dazu und wanderte durchs Haus. Vorbei an den vielen Aufnahmen, die sie von Leo gemacht hatte. Und von ihrem Leben in *Les Vagues*.

Da war Leo am Meer. (Der Mensch.)

Und in seinem Atelier. (Der Künstler.)

Mit den Kindern. (Der liebevolle Vater.)

Und den Freunden und Verehrern. (Der große Zampano.)

Da waren Bilder von langen Sommernächten in den Dünen, von herumtollenden Kindern, von ausgelassenen Partys und von all den Tieren, die sich im Lauf der Zeit bei ihnen eingenistet hatten. (Erinnerten sich die Töchter noch an die Möwe, die so zahm gewesen war wie ein Hündchen? Die ihnen überallhin folgte? Emma hieß sie. Natürlich Emma.)

All die Erinnerungen, durch einen fast magischen Prozess auf Barytpapier gebannt. In der Dunkelkammer unter dem Dach hatte Ada ihnen zu ewigem Leben verholfen. Schwarz und Weiß, denn sie liebte den Kontrast. Und das, was sich darin offenbarte.

Nur von ihrem Kennenlernen gab es kein Bild, und auch nicht von ihrer ersten gemeinsamen Nacht in den Dünen. Die Erinnerung daran lebte allein in ihren Gedanken fort.

Mit dem Tee in der Hand trat Ada auf die Terrasse. Die Nacht war mild, die Luft schmeckte nach Salz und Tang, und in der Dunkelheit bekam das Meeresrauschen Konturen. Der Wellenschlag wurde zu etwas, an das sie sich anlehnen konnte. In eine Decke gehüllt ließ Ada sich auf dem Liegestuhl nieder.

Wo der Kater wohl seine Nächte verbrachte?

Pirschte er sich in den Dünen an schlafende Vögel heran?

Vor Adas innerem Auge erschien wieder Leo. Leo in einem bestickten marokkanischen Hemd und weißen Hosen an seinem Tisch im Café Victoire. Wie er zunächst kein Wort an sie richtete, sie aber während des Essens aus dem Augenwinkel betrachtete. Wie seine rechte Hand unablässig über das Tischtuch strich, als suchte er etwas, woran er sich festhalten konnte. Und wie sie spürte, dass er ihr flammendes Haar berühren wollte. Unbedingt.

»*Ah, vous voilà!*« Das waren Leos Worte, nachdem sie die Suppe ausgelöffelt hatte.

Was sollte das bedeuten?

Ada blickte in sein scharf konturiertes, fast kantiges Gesicht, das ihm etwas Machohaftes gab, sah das zurückgestrichene, viel zu lange Haar, die blauen Augen mit dem dunklen Kranz, die sich offensichtlich ihrer Wirkung bewusst waren. Sein Französisch war ohne Akzent, und so hielt Ada ihn für einen Gauner aus dem Norden, der zu etwas Geld gekommen war.

Natürlich antwortete sie ihm nicht. Weil sie nicht sicher war, ob sie ihn überhaupt richtig verstanden hatte. Und weil sie nicht mit ihm flirten wollte. Ganz bestimmt nicht! Stattdessen schüttelte sie nur unbestimmt den Kopf, stand auf, dankte Mathilde und verließ das Restaurant.

Doch draußen wusste sie nicht mehr weiter. Ihr Freund Volker hatte sie sitzen lassen. Nach einem katastrophalen Streit, der sich an Nichtigkeiten entzündet hatte, war sie mitten im Nirgendwo aus dem Auto gesprungen – und Volker war nach einem letzten wütenden Blickwechsel davongefahren. Mit ihren Schuhen, dem Gepäck und der Kamera. Nur ihr leeres Portemonnaie und den Reisepass hatte er aus dem offenen Fenster geworfen. Für ein paar Sekunden flatterte das Dokument wie ein aufgeregter Spatz durch die Luft, bevor es am Straßenrand im Staub landete. Es war vorbei – und aus der geplanten Reise ans Ende der Welt war plötzlich ein Albtraum geworden.

Wie sollte es bloß weitergehen?

Eine mitfühlende Seele in einem göttlichen himmelblauen Citroën DS hatte Ada ein Stück mitgenommen und in Laplage-sur-Mer abgesetzt, vielleicht, weil da auch Deutsche Urlaub machten. Dort hatte sie ratlos an der Strandpromenade gestanden, ehe sie sich ein Herz fasste und das Café Victoire betrat.

Bei ihrem Anruf zu Hause hatten die Eltern kühl reagiert. Es werde ein paar Tage dauern, bis sie ihr Geld für die Rückreise nach Deutschland schicken konnten, so lange müsse sie eben sehen, wie sie zurechtkam. Das habe sie nun davon!

»Darf ich?«

Auf einmal war Leo wieder da, eine Weinflasche in der Hand. Ganz selbstverständlich setzte er sich neben sie auf das Mäuerchen an der Strandpromenade und ließ die Beine baumeln.

Ada verdrehte die Augen. »Ich habe genug Probleme«, sagte

sie und rückte ein Stück von ihm ab. Dafür reichte ihr Schulfranzösisch gerade so.

»Sie sind ja eine Landsfrau!«, erwiderte Leo auf Deutsch, denn ihr Akzent hatte sie sofort verraten. Dann stellte er sich formvollendet und mit einer ironisch angedeuteten Verbeugung vor: »Gestatten, Leo Kwant mein Name. Kwant mit K. Nicht zu verwechseln mit den schändlichen Quandts. Ich bin ein ehrbarer, aber mittelloser Maler.«

»Aha.« Ada bedachte ihn mit einem skeptischen Blick. Sie dachte an die Austern, die er gerade noch verspeist hatte. An die Art, wie er sich mit der Serviette großspurig die Lippen abgetupft hatte, bevor er einen Schluck Wein trank.

»Mögen Sie?«

Leo reichte ihr die Flasche, und nach kurzem Zögern trank sie von dem Wein, der wie ein flüchtiger Kuss schmeckte. »Merci.«

»Zigarette?«

»Ich rauche nicht.«

»Da entgeht Ihnen aber was.«

Sein Feuerzeug flammte auf, und wenig später nahm sie den süßlichen Duft von Marihuana wahr. Seltsamerweise fühlte sie sich sofort ein wenig leichter.

»Immer noch nicht?«

Er hielt ihr die Zigarette hin, aber sie blieb bei ihrem Nein, verriet ihm jedoch ihren Namen. »Ada«, sagte sie schlicht und nahm noch einen Schluck Wein.

»Die Liebe ist Sieger, stets rege ist sie bei Leid«, entgegnete Leo prompt, und als sie ihn verständnislos anblickte, erklärte er ihr, dass man ihren Namen genau wie diesen Satz vorwärts wie rückwärts lesen könne. »Ein Palindrom.«

»Ich glaube, Sie sind mir zu schlau.«

Leo lachte auf, aber in diesem Lachen schwang auch Stolz mit, das hörte sie genau.

Eine Weile schwiegen sie, während die Sonne vor ihnen ins Meer tauchte und versank. Das Licht nahm eine bläuliche Färbung an, alle Schatten verschwanden darin, lösten sich auf. Unten am Wasser lief ein Liebespaar Hand in Hand. Schnell wandte Ada den Blick ab und starrte auf ihre Füße.

»Ich könnte Ihnen helfen, Ada«, sagte Leo nach einer Weile und schnippte die Zigarette fort. Ihr Glutpunkt schwebte wie eine winzige Sonne durch die einsetzende Dunkelheit.

»Ich brauche kein Mitleid«, erwiderte Ada steif und lehnte sich ein wenig zurück. Nein, sie wollte keine Hilfe, auf keinen Fall. Und von diesem Wichtigtuer schon gar nicht. Lieber würde sie in den Dünen schlafen, warm genug war es ja. Und morgen früh würde sie sich auf dem Markt eine Arbeit und ein Paar Schuhe suchen.

Dass Volker mit ihrer Kamera davongefahren war, schmerzte sie mehr als das Ende ihrer Liebelei. (War die nicht sowieso nur für den Augenblick gewesen? Ein Vehikel für die Reise sozusagen.)

»Sie werden frieren, Ada. Nachts trägt der Wind die Feuchtigkeit vom Meer in die Dünen. Und selbst wenn Sie sich ein Fischerboot suchen, wird die Kälte Sie wecken.«

Aha, er war nicht nur schlau, er konnte offenbar auch in ihrem Gesicht lesen.

»Ich schaffe das schon. Es sind nur ein paar Tage.«

»Ach ja?«

»Ja.«

Ada zog die Beine an, schlang die Arme um die Knie und legte den Kopf zurück. Das rote Haar floss ihr über den Rücken.

»Sie geben also auf? Kehren nach Hause zurück und begraben alle Träume?«

»Was wissen Sie denn von meinen Träumen?«

»Ich sehe Ihnen doch an, dass in Deutschland nichts auf Sie wartet.«

»Hören Sie mal!«, sagte sie empört, obwohl er recht hatte. Zu Hause, das war das kleine, stickige Fotoatelier ihres Vaters am Markt. Die ewig gleichen, schablonenhaften Bilder von Täuflingen, Konfirmanden und Hochzeitspaaren. Das Hantieren im Labor. Vaters Belehrungen und das, worüber er nicht sprach. Die müden Augen ihrer Mutter, ihre schmallippigen Zurechtweisungen. Das Gefühl, ihnen längst eine Last zu sein. Warum heiratete sie nicht endlich?

Ada hoffte, dass Leo das wütende Funkeln in ihren Augen bemerkte. »Sie wissen doch gar nichts von mir.«

»Ich weiß, dass jemand Sie sitzen gelassen hat. Ohne Schuhe. Eine Schande, wenn Sie mich fragen. Sollte ich Ihrem Chauffeur jemals begegnen, dann kann er sich auf etwas gefasst machen. Und ich weiß, dass Sie zu Hause angerufen und um Geld gebeten haben.«

»Sie haben gelauscht!« O Gott, er hatte gehört, wie sie bei ihrer Mutter zu Kreuze gekrochen war.

»Nein, nein, dafür war es viel zu laut im Restaurant. Mathilde hat mir verraten, dass Sie Hilfe brauchen.«

»Mathilde?«

»Sie hat Ihnen die *Pistou* gebracht. Und als Sie das Restaurant verlassen haben, hat sie mich hinter Ihnen hergeschickt.«

»Ich brauche keinen Wachhund.«

»Himmel, Ada, machen Sie es mir doch nicht so schwer.«

»Ich möchte, dass Sie gehen.«

»Also gut.«

Abrupt sprang Leo von der Mauer auf den Strand, was Ada nicht erwartet hatte. Sie verlor die Balance und wippte erschrocken vor. Einen Moment lang stand er nur da und sah ihr von unten ins Gesicht. Dann nahm er ihre Füße in seine großen, warmen Hände.

Mehr nicht.

Als er ging, rief sie ihm nach: »Sind Sie wirklich ein Maler, Leo?«

»*Bien sûr.*«

»Ich bin ... Fotografin.«

»Eine Fotografin ohne Kamera«, präzisierte er. »Viel Erfolg, Ada.«

Er drehte sich nicht mehr um. Im Schein der bunten Lichterketten, die über der Promenade im Wind schaukelten, sah sie, wie er aus dem Handgelenk winkte.

Gut, dass er ihr den Wein dagelassen hatte.

In der Nacht kam er zurück.

Keine Ahnung, wie er sie in den Dünen gefunden hatte.

»Ich bin es, Ada«, sagte er leise, um sie nicht zu erschrecken. »Leo, der Maler.« Sie spürte, wie er eine Decke über sie breitete und sich dann neben sie setzte.

»Der Kwant mit K«, kiekste sie, unendlich erleichtert, dass sie nicht mehr allein in der Dunkelheit lag. »Hat Mathilde Sie wieder geschickt?«

Statt einer Antwort legte er ihr etwas in die Hand. Eine Kamera. An der länglichen Form des Rahmens konnte sie ertasten, dass es eine Leica M2 war. Listenpreis 720 D-Mark das Stück. Ein Vermögen.

»Ich dachte, die könnte Ihnen vielleicht nützlich sein.«

»Das ... das kann ich nicht annehmen.«

»Verdammt noch mal, Ada, jetzt seien Sie doch nicht so stolz! Davon wird man nicht satt.«

Eine lange Zeit sagte sie gar nichts mehr. Aber sie ließ zu, dass er seine Hände in ihrem Haar vergrub.

Am frühen Morgen wachten sie gemeinsam auf. Lachend zogen sie sich aus und liefen Hand in Hand ins Meer.

Nie hatte sie sich lebendiger gefühlt.

Und so begann die lange Reise ihres Lebens.

WOCHE 2

5

Es war Esther, die ihre Mutter nach ein paar Tagen als Erste anrief. Ihre Große. Die Einladungen waren angekommen, jetzt gab es kein Zurück mehr. Mit dem Telefon am Ohr wanderte Ada durch das Haus.

Esthers Stimme klang dünn und gepresst, fast vorwurfsvoll, und Ada sah sie vor sich, wie sie in Berlin an ihrem aufgeräumten Schreibtisch im Hinterzimmer der Galerie saß und eine Aufnahme von Leo fixierte, die in einem schlichten schwarzen Rahmen neben dem Telefon stand. Bestimmt kniff Esther in diesem Moment die sorgfältig geschminkten Lippen zusammen oder massierte die strenge Falte zwischen ihren Augenbrauen.

»Du hättest mit mir über das Sommerfest sprechen müssen.«

»Ich wollte euch überraschen.«

»Das war keine besonders gute Idee.«

»Warum nicht?«

»Gerrit Reitstein hat mich gerade angerufen, um sich für die Einladung zu bedanken. Offenbar hast du auch ein paar von Papas Sammlern eingeladen, und das hätte ich als seine Galeristin wissen müssen.«

»Die Reitsteins sind alte Freunde. Und sie haben ein Sommerhaus in der Nähe. Warum sollte ich sie nicht einladen?«

Ada wartete auf eine Antwort, aber Esther schwieg, als wäre

sie plötzlich zu erschöpft, um sich mit ihr zu streiten. Das sah ihr gar nicht ähnlich! Wie eine Flamme flackerte Adas Mutterinstinkt auf.

»Alles in Ordnung bei dir, Schatz?«

Esther atmete geräuschvoll aus, bevor sie sich zu einer Antwort durchrang. »Keine Ahnung, was mit mir los ist. Ich fühle mich schon seit Tagen schlapp. Du weißt schon, Berlin ist im Sommer einfach trostlos. Stinkende Straßen, schlechte Luft, zu viele Touristen. Und in die Galerie verirrt sich bei der Hitze kein Mensch.«

»Dann mach doch Schluss für heute. Setz dich auf deinen Balkon, trink etwas Kühles und leg die Füße hoch.«

»Ich warte nur noch, bis Paula geht.«

»Warum gibst du ihr nicht einfach frei?« Paula war eine von mehreren Kunststudentinnen, die für kleines Geld in der Galerie aushalfen. Es war später Nachmittag, und bestimmt hatte die junge Frau bei diesem Wetter Besseres zu tun, als den Bildern beim Schwitzen zuzusehen. »Wie findest du die Zeichnung von Papa, die ich dir dazugelegt habe?«, wechselte Ada das Thema, um ihre Tochter aufzumuntern. Sie hatte die kleine Skizze in ihrem alten Gästebuch gefunden, das sie vor ein paar Tagen hervorgeholt hatte. Eine Möwe, nur wenige Striche, grau und blau.

»Das Pastell? Darüber wollte ich auch noch mit dir sprechen ...«

»Ja?«

Mittlerweile war Ada an der offenen Terrassentür angelangt. Ihr Blick suchte den Horizont, dann wanderte er langsam über das Wasser zurück. Ganz weit vorne, im Weißwasser, entdeckte sie den Surfer. Er war erst am frühen Nachmittag gekommen und mit seiner Freundin ein wenig durch die Brandung gepaddelt. Offenbar hatte er es aufgegeben, sie zum Wellenreiten zu überreden. Nun lag sie regungslos auf ihrem großen grünen Strandtuch und sah schön aus in ihrem Bikini, die Haut schimmerte golden im Sonnenglanz. Sie hatte aber auch etwas Verletzliches, so wie die jungen Mädchen auf Leos späteren Gemälden.

»Wir müssen uns um die Skizzen kümmern, die noch im Strandhaus sind«, sagte Esther überraschend energisch. »Das hätten wir längst tun sollen.«

»Dann bleib doch nach dem Fest noch ein paar Tage hier, und wir gehen sie gemeinsam durch.«

Esther seufzte, sie dachte wohl an die vielen Grafikschränke mit Schubladen nebenan im Atelier, wo noch so vieles aus Leos Anfangsjahren lagerte. Meist Fingerübungen wie die Möwe, die in wenigen Augenblicken entstanden waren und die Leo für nicht besonders gelungen erachtet hatte. Die Zeichnungen wären wohl im Papierkorb gelandet, hätte Ada sie nicht aufgehoben. Sie hatte nie etwas wegwerfen können, was Leo bemalt hatte – selbst bekritzelte Servietten hatte sie aufbewahrt. Bisweilen behaupteten ihre Töchter, sie habe das Strandhaus schon zu Lebzeiten ihres Vaters in eine Art Leo-Kwant-Schrein verwandelt. In ein Denkmal seines Schaffens.

»Ich bin das alles schon einmal mit deinem Vater durchgegangen«, sagte Ada, um Esthers Befürchtungen zu zerstreuen. »Alles, was in seinen Augen künstlerischen Wert besaß und von ihm signiert wurde, ist doch längst veräußert worden oder zu dir in die Galerie gewandert. Allem voran die Skizzen für das ›Mädchen in der Brandung‹. Dafür hat dein Vater in seinen letzten Lebensjahren noch gesorgt.«

»Eigentlich wollte ich die Galerie Mitte August für zwei Wochen schließen und mit Alex verreisen.«

»Könnt ihr das nicht verschieben? Ihr seid doch flexibel.«

»Nur weil ich keine Kinder habe, heißt das nicht, dass du über meine Zeit verfügen kannst«, erwiderte Esther gereizt.

»Himmel, Esther, so war das doch nicht gemeint.«

Ada löste den Blick von der jungen Frau am Strand. Dass ihre Tochter immer gleich beleidigt war! Ein Gespräch mit ihr glich einer Achterbahnfahrt, man konnte nie sicher sein, ob es nicht unvermittelt die Richtung wechselte und einen vollkommen zerzaust zurückließ. Aber gut, Esther war immer ein Vaterkind gewesen. Sie hatte Leo angehimmelt, schon als Kind, während Imme eher zu Ada gehalten hatte. Und Kiki? Kiki war schwer zu fassen, glitschig, wie ein von Algen überwachsenes Stück Treibholz. Ein schwieriges Kind, das seinen Platz suchte. Bis heute.

Mit einem Ruck wandte Ada die Augen vom Wasser ab und trat zu einem der gerahmten Fotos an der Wand. Es zeigte Leo im Profil, er blickte zum Meer, die Hände beschirmten die Augen. Wie ein Schleier lag die Reflexion ihres roten Haares auf dem Passepartout. Ein Abzug dieses Fotos stand ebenfalls in der Galerie auf Esthers Schreibtisch, und irgendwie hoffte Ada, so eine Verbindung zu ihrer Tochter herstellen zu können.

»Erinnerst du dich noch an das letzte Fest, das wir in *Les Vagues* gefeiert haben?«, fragte sie Esther sanft.

»Als Papa so betrunken war, dass er die Goldfische, die Inès ihm mitgebracht hatte, zu den Eiswürfeln in den Weinkühler kippte? Und Vincent dann versuchte, die Fische zu retten? Das war kein Fest, das war ein einziges Tohuwabohu.« Esther lachte leise glucksend.

Ada atmete erleichtert auf. »Und Maxim hat Lilian angeschmachtet, den ganzen Abend. Er war so vernarrt in sie. Sind sie heute noch zusammen?«

»Keine Ahnung«, antwortete Esther. Nach einer kurzen Pause fragte sie: »Wie lange ist das her?«

»Viel zu lange.«

Wieder betrachtete Ada die Fotografie. Als sie den Schnappschuss gemacht hatte, musste Leo in seinen Vierzigern gewesen sein, voller Kraft und auf dem Höhepunkt seines Schaffens. In einer Zeit, in der die abstrakte Malerei noch immer den Markt beherrschte, war er vor allem für seine ausdrucksstarken, farbintensiven Porträts berühmt geworden, die auf den Grund der menschlichen Seele zu blicken schienen. Leo hatte Schauspielerinnen, Musiker, Schriftstellerinnen und auch einige Politiker und Wirtschaftsbosse porträtiert; damals war er auf vielen Partys zwischen Saint Nazaire und Biarritz ein gern gesehener Gast.

So wurde die Tradition des Sommerfestes im Strandhaus begründet. Leo hatte das Leben umarmen wollen, und *Les Vagues* bot ihm die perfekte Bühne für seine ausgelassenen Partys. Irgendwann, in seinen Sechzigern, hatte er plötzlich die Lust daran verloren. Und als Leo vor ein paar Jahren krank wurde und nicht mehr malen konnte, hatte er sich ganz zurückgezogen und war in Depressionen versunken. In seinem letzten Sommer am Meer wollte er nicht einmal mehr Vincent sehen, seinen ältesten Freund. Für Ada, die Leo in allem bedingungslos zur Seite gestanden hatte, war das eine schmerzhafte Zeit gewesen, weil ihr Mann langsam hinter seiner Krankheit verschwand.

»Ich schau mal, was ich wegen der Reise machen kann. Die Sichtung der Skizzen ist wichtig.« Esthers Stimme nahm einen geschäftsmäßigen Tonfall an.

»Ich kann mich auch mit Vincent darum kümmern«, sagte Ada schnell, »ich muss ja sowieso …« Auf einmal wurde ihr heiß, das Telefon klebte an ihrem Ohr. Fast wäre ihr herausgerutscht, dass sie das Strandhaus bald räumen würde.

»Hilft er dir?«

»Vincent?«

»Ja. Mit dem Fest.«

»Natürlich hilft er mir. Und Joël auch. Du wirst sehen, das wird toll.«

»Na, wenn du meinst.« Esther atmete noch einmal tief aus, dann hörte Ada durchs Telefon, wie sie aufstand, ein paar Schritte lief und grüßte. Offenbar hatte sich doch noch jemand in die Galerie verirrt. »Hör mal, Mama, ich muss auflegen«, verabschiedete sie sich rasch.

»Mach's gut, Liebling. Und pass auf dich auf!«, wollte Ada noch sagen, aber da hatte Esther die Verbindung schon ohne ein weiteres Wort unterbrochen. Ratlos blickte Ada auf ihre Füße hinab. Die Fußsohlen kribbelten, als wäre sie in ein Ameisennest getreten. Warum nur verspürte sie nach einem Telefonat mit Esther immer das dringende Bedürfnis, sich zu bewegen?

Als Ada von ihrem Spaziergang zurückkam, saß Vincent mit einem Glas Wein auf der Terrasse und wartete auf sie.

»Ich habe mir heute Abend freigenommen«, sagte er und hielt ihr ein Glas zum Probieren hin. »Für dich.«

»Wunderbar. Dann kannst du mir ja mit dem Streuner helfen.« Ada deutete auf den Kater, der hungrig um die Hausecke strich.

»Was ist mit ihm?«

»Seine Augen sind entzündet. Ist dir das noch nicht aufgefallen? Ich würde sie gern mit Kamille säubern, aber allein schaffe ich es nicht, ihn einzufangen.«

»Okay ...« Vincent klang wenig begeistert. Er machte keinen Hehl daraus, dass er ihre Sorge für übertrieben hielt. Das Tier war ein magerer Kater mit Flöhen, mehr nicht. Womöglich hielt Vincent es auch für einen Fehler, dass sie ihn überhaupt auf ihre Terrasse ließ. Sollte er sich doch unten auf dem Campingplatz durchschlagen.

»Ich hole ihm etwas zu essen. Und die Tinktur. Dann fangen wir ihn«, sagte Ada beim Hineingehen.

In der Küche waren Vincents Einkäufe auf dem Tisch verteilt: ein großer, schiefmäuliger Saint-Pierre, Zitronenthymian, Limetten, Orangen, Fenchel und zwei Pakete Meersalz. Dazu eine Flasche Champagner. Herrje, er plante etwas Großes!

Mit der Kamillentinktur und etwas Katzenfutter in der Hand kehrte Ada auf die Terrasse zurück. Vincent saß noch immer am Tisch. Er machte auch keine Anstalten aufzustehen, um ihr zu helfen, und plötzlich reizte sie seine Gleichgültigkeit dem Tier gegenüber.

Dann eben nicht! Energisch klapperte Ada mit dem Katzenfutter, das schaffte sie doch auch allein.

Als der Kater gierig fraß und abgelenkt war, packte Ada ihn von hinten am Schlafittchen. »Ich will dir doch nur helfen«, versuchte sie das Tier zu beruhigen, aber der Streuner fuhr sofort die Krallen aus und wand sich in ihrem Griff. Sie schaffte es noch nicht einmal, ihn auf den Tisch zu setzen, wo sie die Tinktur abgestellt hatte. Fluchend ließ sie ihn los, er fiel ihr vor die Füße und sauste davon.

»Merde!«

Vincent schaute sie mit hochgezogenen Augenbrauen an, und sie sah genau, dass er sich beherrschen musste, um nicht laut loszulachen.

»Na, du warst ja nicht gerade hilfreich«, fuhr Ada ihn an und fuchtelte vor seinem Gesicht herum.

Vincent sagte nichts, lächelte nur, packte ihre Handgelenke und inspizierte die Kratzer an ihren Armen.

»Ich gehe schwimmen, das desinfiziert.« Mit einem Ruck löste Ada sich aus seinem Griff, weil sich wie aus dem Nichts eine Woge schäumender Wut in ihrem Inneren aufbaute.

»Wir können in einer Stunde essen«, antwortete Vincent ungerührt, und seine Ruhe machte sie noch wütender. Ihr Herz raste.

Mit pochenden Schläfen beugte Ada sich vor und sah ihm in die Augen.

»Weißt du was«, sagte sie kalt, »ich kann dir Mathilde nicht ersetzen. Und ich will es auch nicht.«

6

Ein Wunder, dass Vincent geblieben war. Als Ada nach einer Dreiviertelstunde vom Schwimmen zurückkam, saß er immer noch auf der Terrasse, die Flasche Wein vor sich auf dem Tisch. Patschnass, durchgefroren und ohne ein Wort ging sie an ihm vorbei ins Haus.

Oben duschte Ada lange. So lange, bis sie sicher war, dass Vincent nun endlich gegangen sein musste. Ihr Körper glühte, und als sie sich abtrocknete, brannten die Kratzer auf ihren Armen wie Quallenstiche. Beim Eincremen stiegen ihr Tränen in die Augen. Warum war sie denn so unerbittlich? Das hatte Vincent nicht verdient. Sie hatte ihn doch gern, sehr sogar.

Als Ada sich in ihren Bademantel wickelte und den silbernen Ring mit dem Türkis wieder überstreifte, überfielen sie Bilder aus ihren Anfangsjahren mit Leo. Erschöpft vom Schwimmen und von ihren Emotionen ließ sie sich aufs Bett sinken.

Eigentlich hatte Ada 1968 geplant, nur bis zum Ende des Sommers in Frankreich zu bleiben und dann nach Deutschland zurückzukehren. Sie war dreiundzwanzig, aber vielleicht hätte sie doch noch das Abitur nachholen können, um an die Uni zu gehen. Das Studium wollte sie sich mit der Kamera finanzieren. Von ihrem Vater hatte sie jedenfalls alles gelernt, was sie über das Fotografieren wissen musste. Licht und Schatten, Fokus und Hintergrund, Ausschnitt und Retusche. Ada wäre gern Lehrerin geworden, Deutsch und Kunst, denn sie wollte auf eigenen Füßen stehen. Unbedingt. Nicht so wie ihre Mutter, die nichts gelernt hatte und den Launen des Vaters hilflos ausgeliefert war. Die sich nicht wehren konnte gegen seine Schikanen und gegen die Wutanfälle, weil das Leben ihn enttäuscht hatte. Aber mit Leo zusammen zu sein, war so leicht. Er hatte für Ada ein kleines Zimmer über der Boulangerie des alten Monsieur Laplane gefunden, und am frühen Morgen weckte sie der buttrige Duft von frisch Gebackenem. Immer, wenn sie Leo erklärte, dass sie im Herbst nach Deutschland zurückgehen wolle, lachte er sie aus. »Was willst du da bloß?«, fragte er, denn sie hatte ihm von den bescheidenen Verhältnissen daheim erzählt. (Gerade genug, dass er nicht weiterfragte.) Und dann küsste er sie so lange, bis sie keine Luft mehr bekam. »Bin ich dir nicht gut genug?«

Dass Leo eine französische Mutter hatte, erfuhr Ada erst, als Vincent und Mathilde heiraten wollten und Leo ihr Trauzeuge wurde. Da zeigte er ihr seine Papiere. Seine Mutter Elaine sei Tänzerin gewesen, aus Paris. Bei einem Engagement in Berlin habe sie 1937 Leos Vater kennengelernt und sei seine Geliebte geworden. Als sie 1939 bei Kriegsausbruch nach Frankreich zurückkehrte, ließ sie den gemeinsamen Sohn beim Vater zurück. Damals war Leo ein halbes Jahr alt. »Mein Vater wollte es so«, erklärte ihr Leo. »Er hatte wohl nicht allzu viel Zutrauen in Elaines mütterliche Qualitäten.« Leos Vater Max wiederum fiel im Herbst 1944 in der Schlacht um Aachen, und so wuchs der Junge bei seinen Großeltern auf, die eine kleine Seifenfabrik im Berliner Westen besaßen. Sie hatte den Krieg nahezu unbeschadet überstanden und war erst nach dem Tod der Großeltern Ende der Fünfzigerjahre verkauft worden. »Meine Kindheit war eine Mischung aus Kriegselend und Seifenblasentraum«, sagte Leo. Er zeigte Ada ein Bild seiner Eltern, auf dem die beiden am Ufer eines Berliner Sees posierten. Elaine trug ein elegantes, figurbetontes Kostüm, das kinnlange und leicht wellige Haar war modisch frisiert. Sie blickte selbstbewusst in die Kamera und hatte die umwerfende Ausstrahlung jener Frauen, die von allen begehrt werden und sich nicht darum scheren. Nachdem sie Max und Leo verlassen hatte, hörten die beiden nie wieder von ihr. Das Foto war alles, was Leo von seiner Mutter geblieben war.

»Hast du denn nie nach ihr gesucht?«, fragte Ada ihn.

»Ich habe Französisch gelernt«, wich Leo ihrer Frage aus und spielte mit ihrem langen Haar. »Es war mir immer wichtig, mit ihr sprechen zu können, sollte sie eines Tages vor mir stehen. Und ich habe Bilder von ihr gemalt. Nach diesem Foto. Hunderte.«

Nach Adas Eltern fragte Leo dagegen nie, und sie war froh, denn ihre Kindheit war Nachkriegselend gewesen, öde und von Schweigen und Verzicht geprägt. Ohne die schillernden Seifenblasenträume von einer fernen glamourösen Mutter und ohne Hoffnung auf ein anderes Leben.

Als der Sommer zu Ende ging, heirateten Vincent und Mathilde, und Leo suchte ein größeres Zimmer für sich und Ada in Laplage-sur-Mer. Nun lebten sie zusammen. Zu der Zeit hatte Ada begonnen, morgens in der Bäckerei Laplane beim Verkauf auszuhelfen, nachmittags fotografierte sie die Feriengäste auf der Strandpromenade und entwickelte die Bilder abends in ihrem engen, fensterlosen Bad. Wer wollte, konnte sein Urlaubsfoto schon am nächsten Tag für ein paar Francs bei ihr erwerben. Leo wiederum widmete sich wieder stärker der Malerei. Sein Stil hatte sich verändert, weg von den farbenprächtigen marokkanischen Ornamenten hin zu Bildern, die immer noch von der Farbe lebten, aber nun Alltagsszenen zeigten. Einmal malte er Ada, wie sie die eben entwickelten Fotografien wie Wäsche zum Trocknen an einer Leine über der Badewanne aufhängte. Doch das Bild gefiel ihr nicht, es zeigte nicht, wer sie wirklich war. Sie sah darauf aus wie eine dieser Frauen, die sie partout nicht sein wollte.

An die Hochzeit von Vincent und Mathilde erinnerte Ada sich noch genau. Auf eine nüchterne Zeremonie im Rathaus der Stadt folgte ein fröhliches Mittagessen mit Familie und Freunden im Café Victoire. Abends lud das frisch vermählte Paar seine Gäste zum Tanz auf die Terrasse an der Strandpromenade. Vincents Familie hatte Lichterketten und bunte Girlanden über die Tanzfläche gespannt, und Mathildes Bruder spielte auf dem Bandoneon. Der halbe Ort war da, und Madame Martinez hatte ihre Nichte aus Paris mitgebracht. Inès trug ein enges rotes Kleid mit tiefem Rückenausschnitt, sie versuchte, Leo das Tangotanzen beizubringen.

Als Ada mit Mathildes Vater tanzte, dachte sie, dass es wie ein Wunder war, wenn Deutsche und Franzosen nicht einmal fünfundzwanzig Jahre nach Kriegsende wieder Freunde sein und zusammen feiern konnten. Dass Leo und sie auf diesem Fest willkommen waren, obwohl doch alle wussten, wie Vincents Vater umgekommen war. Aus den Augenwinkeln beobachtete sie Vincent und Mathilde, die so verliebt waren. Die die Finger nicht voneinander lassen konnten, einander ständig etwas ins Ohr flüsterten und tiefe Blicke tauschten. Es gab ein Foto von den beiden, das Ada an jenem Abend auf der Strandpromenade gemacht hatte. Vielleicht war es das Glück des jungen Paares, das das Bild zu einem besonderen machte. Vielleicht auch nur der Einfall des Lichts. Jedenfalls hielten sich die beiden in den Armen, übergossen vom Glanz der untergehenden Sonne. Mathilde blickte über das gleißende Meer zum Horizont, während Vincent sich zu ihr umdrehte. Er hielt Mathilde im Arm, aber er blickte über die Schulter direkt ins Auge der Kamera – und in Adas Seele.

Alle, die diese Aufnahme später betrachteten, sahen darin ein Bild inniger Liebe, und einige bewunderten wohl auch Adas untrügliches Gespür, im richtigen Augenblick auf den Auslöser zu drücken. Die Sekunde festzuhalten, die man nicht voraussehen konnte. Ada jedoch fand, dass da etwas unter der schönen Oberfläche lauerte. Eine Tiefe, die sie ängstigte. Und immer, wenn sie das Foto im Laufe der Jahre wieder anschaute, hatte sie gedacht, dass es das, was später geschah, vorweggenommen hatte. Jene Nacht mit Vincent, die ihr Leben in ein Davor und ein Danach geteilt hatte.

7

Ada hatte nicht bemerkt, dass sie kurz eingenickt war. Aber sie merkte, wie sie langsam wieder zu sich kam. Da war ein taubes Gefühl in Armen und Beinen und in den Ohren ein elektrisches Summen, das über dem Wellenrauschen lag. Sie benötigte ein paar Sekunden, bis sie realisierte, wo sie war. Als sie die Augen aufschlug, saß Vincent an ihrem Bett.

»Entschuldige«, murmelte sie beschämt und richtete sich auf. Unverwandt sah sie ihn an. »Ich wollte dich nicht verletzen.«

»Mir tut es auch leid«, antwortete er, und auf seinem Gesicht lag ein bekümmerter Ausdruck. Seine Augen waren ganz dunkel. »Du trauerst noch. Und ich kann dir Leo nicht ersetzen.«

»Und nun?« Ada wischte sich über das Gesicht und strich das noch feuchte Haar hinter die Ohren. Die Kratzer an ihren Armen waren feuerrot.

»Jetzt essen wir.«

»Du hast gekocht?«

»Natürlich.« Vincents Gesicht hellte sich auf, er lächelte vorsichtig und fragte: »Möchtest du im Bett essen?«

»Das habe ich nicht verdient.«

»Ach was«, erwiderte er großzügig und reichte ihr ein Glas Champagner, die Flasche hatte er neben das Bett gestellt. »Vielleicht hast du recht. Lass uns versuchen, diesen letzten Sommer zu genießen.«

Ada nickte, obwohl ein Teil von ihr plötzlich enttäuscht war, dass er nicht länger um sie kämpfen wollte.

»Du gibst auf?«

Vincent lachte und erhob sich. »Ich hole den Fisch.«

Der Saint-Pierre in der Salzkruste war saftig und zart und zerging auf der Zunge. Dazu gab es einen Fenchelsalat, die Aromen von Anis und Orange harmonierten wunderbar mit dem Fisch. Seite an Seite und mit einem Tablett auf den Beinen saßen sie auf Adas Bett. Die leichte Brise bauschte die Gardinen und trug die milde gestimmten Abendschreie der Möwen herein.

»Der Koch wird vielleicht eine Köchin«, sagte Vincent, als er Ada noch ein wenig Fisch auf den Teller legte.

»Wie meinst du das?« Fragend blickte sie auf.

»Joël liebäugelt mit einer Frau. Heute Abend kocht sie zur Probe. Ich glaube, er will mich nicht dabeihaben, deshalb hat er mir freigegeben.«

»Du meinst, da läuft etwas zwischen den beiden?« Ada legte das Besteck ab. Sie wollte so gern hören, dass Joël glücklich war.

»Ich meine, dass Joël mich mehr und mehr entlasten will. Gerade jetzt, wo du da bist. Er weiß doch, wie gern ich mit dir zusammen bin. Aber vielleicht denkt er auch nur, dass ich langsam alt werde.«

»Unsinn!«, sagte Ada resolut. Sie nahm das Besteck wieder auf und schob sich eine Gabel mit Fenchel und Saint-Pierre in den Mund. »Du wirst doch von Jahr zu Jahr besser.«

»Aber ich probiere nicht mehr so viel aus wie früher. Ich habe keine Lust mehr auf Experimente. Und die jungen Leute essen heute anders. Du weißt schon, all das gesunde Zeugs. Keine Butter und keine Sahne mehr, kein Fleisch, noch nicht einmal Fisch. Da muss man sich anpassen.«

»Das nennt sich vegan ...« Ada streckte die Gabel in die Luft. »Die wollen die Welt retten.«

»Mit einer ordentlichen *Soupe au pistou* kann man die Welt auch retten«, brummte Vincent und verzog das Gesicht.

»Ich weiß«, erwiderte Ada und lächelte, »die ist ja auch vegan.«

»Aber nur, wenn du den Parmesan weglässt«, konterte Vincent und grinste triumphierend, weil er den Punkt gemacht hatte.

»Mathilde hat mir damals das Leben gerettet, als sie mir die *Pistou* brachte«, meinte Ada versöhnlich. Sie aß das letzte Stückchen Fisch und stellte ihr Tablett zur Seite. »Damals, als ich bei euch im Café Victoire gestrandet bin. Erinnerst du dich?«

Vincent nickte, er schwieg und kaute bedächtig. Dann legte auch er sein Besteck zusammen. »Eigentlich habe ich dir damals das Leben gerettet«, murmelte er.

»Ach was!«

»Aber ja.« Vincent langte über sie hinweg und stellte die beiden Tabletts neben dem Bett auf dem Boden ab. »Ich habe aus der Küche gesehen, wie du am Tresen telefoniertest. Dein verzweifeltes Gesicht. Ich wusste sofort, dass du Hilfe brauchst. Also habe ich zu Mathilde gesagt, sie soll dir etwas zu essen bringen. Aber es war ein Fehler, dich zu Leo an den Tisch zu setzen. Ich hätte wissen müssen, dass er sein Glück bei dir versucht.«

»Hättest du denn Mathilde für mich verlassen?«, fragte Ada leise. Über den Rand der Champagnerschale sah sie ihn ungläubig an. All die Jahre hatte sie nicht gewusst, dass Vincent sie vom ersten Moment an wahrgenommen hatte. Wäre ihr Leben nicht anders verlaufen, wenn er sich rechtzeitig bemerkbar gemacht hätte? Wenn er Leo zuvorgekommen wäre?

»Die Frage hat sich nie gestellt. Denn als ich dich am nächsten Morgen wiedersah, hielt Leo dich in seinen Armen. Und ich hatte ihn noch nie so glücklich gesehen. Es schien fast so, als hätte er endlich gefunden, wonach er immer gesucht hatte.«

Vincent nahm ihr das Glas aus den Händen und trank den letzten Schluck Champagner. Ada sah ihm an, dass er lieber rauchen würde.

»Aber warum hast du dann Mathilde geheiratet? Du hättest doch ... um mich kämpfen können.« Sie lächelte verlegen und schüttelte den Kopf.

»Weil Mathilde damals schwanger war. Das erste Mal. Und weil ich wusste, dass sie die beste Mutter sein würde, die man sich nur vorstellen konnte.«

»O nein.« Ada spürte, wie ihr Herz sich zusammenzog. Unwillkürlich fiel ihr Blick auf die drei rund geschliffenen Steine auf dem Nachttisch.

An ihrer Seite holte Vincent tief Luft. »Erinnerst du dich noch an das Bild, das du auf der Promenade von uns gemacht hast?«, fragte er mit rauer Stimme. »Am Tag unserer Hochzeit?«

»Aber ja«, flüsterte Ada. Jetzt sehnte sie sich auch nach einer Zigarette, an der sie sich festhalten könnte. »Als du dich plötzlich umdrehtest ...«

»Alle mochten das Bild, und Mathilde hat es sogar in unser Schlafzimmer gehängt. Aber ich ... ich habe es gehasst. Ich habe mich gehasst. Ich konnte es nicht anschauen.«

Vincent drehte sich wieder zu ihr, sah ihr in die Augen. Ein Blick wie damals – bis auf den Grund ihrer Seele.

»Nicht, Vincent, bitte nicht.« Ada legte einen Finger auf ihre Lippen, aber er schob ihn sanft zur Seite.

»Ich habe mich dafür gehasst, dass ich dich selbst am Tag meiner Hochzeit begehrt habe«, flüsterte er in den Kuss hinein.

8

Wie hatte sie das nur zulassen können? Ada öffnete die Augen und blinzelte in das milchige Licht des heraufdämmernden Morgens. In ihrem Rücken hörte sie Vincent gleichmäßig atmen, sie spürte seine Wärme, war erfüllt von seiner Zärtlichkeit, und plötzlich hatte sie Angst, noch einmal einzuschlafen. Was, wenn sie in zwei Stunden aufwachte und Vincent fort wäre? So wie damals, als er zu Mathilde zurückgekehrt war.

Vorsichtig drehte Ada sich vom Rücken auf die Seite und bettete den Kopf auf ihrem Arm. Am Fenster tanzten die Gardinen im Wind, sie täuschten Volumen vor, sich wiegende Körper. Leo und Mathilde. Sie waren immer noch da, untrennbar verbunden mit ihrem Leben, genauso wie das Versprechen, das sie ihnen einst gegeben hatten: »Nie mehr.« Stattdessen hatten Vincent und sie versucht, wieder Freunde zu sein. So etwas wie Komplizen oder Verschworene vielleicht. Sie hatten Leo und Mathilde und die Kinder in den Mittelpunkt ihres Lebens gestellt und gehofft, dass der Schmerz über die Unmöglichkeit ihrer Liebe über die Jahre abebbte und schwächer wurde, bis er nur noch eine Erinnerung war. Oder die Erinnerung an eine Erinnerung. Kaum mehr als Brandungsrauschen. Und nun, wo es für einen Neuanfang längst zu spät war und Ada sich entschlossen hatte, das Strandhaus aufzugeben und Vincent endgültig

Lebewohl zu sagen, war das Verlangen in dieser Nacht wie eine Welle zurückgekommen. Kraftvoll und mächtig und alles verschlingend. Mühelos hatten Vincents Küsse an jene ferne Sommernacht angeknüpft – und da lag sie nun, verwirrt und zerrissen.

»*C'est fou*«, hatte Vincent irgendwann in der Nacht gesagt. Ja, es war verrückt. *Sie* waren verrückt! Nun würde ihr der Abschied von *Les Vagues* noch schwerer fallen.

Aufgewühlt löste Ada den Blick von den tanzenden Gardinen. Sie schloss die Augen und stellte sich für einen Moment vor, wie es wäre, mit Vincent in Berlin zu leben. Vincent und sie in der schönen Maisonette-Wohnung am Landwehrkanal. Sie versuchte, Vincent vor sich zu sehen, in der kleinen offenen Küche über dem Häusermeer der Stadt, aber nein, das war unmöglich. Vincent brauchte eine Küche, in der man Fische ausnehmen und Kisten stapeln konnte, er könnte in Berlin keine Wurzeln schlagen – auch ihr zuliebe nicht. Sein Leben war untrennbar verbunden mit diesem kleinen Ort am Meer, den er kaum je verlassen hatte. Ein paar Wochen in der Stadt würde er vielleicht überstehen, aber dann fehlten ihm der Atlantik, die Weinberge rund um Bordeaux – und das Café Victoire. Der Gang über den Markt und nach dem Beutezug der Morgenkaffee am Tresen des Restaurants. Er würde Joël vermissen und auch Mathilde, die ihn von ihrem Madonnenbildchen neben der Baristamaschine anlächelte. Die ihn daran erinnerte, warum er sein Leben so, wie es war, gelebt hatte.

Und sie selbst? Ada schlug die Augen auf und bewegte sich ein wenig, sodass sie den Kopf zur Decke wenden konnte. Träge drehte sich der Ventilator über dem Bett. Auch sie konnte nicht in Frankreich bleiben. Es war nicht nur der Verlust des Hauses, der ihr das Bleiben unmöglich machte. Nicht der Schmerz über die Leerstelle in den Dünen und das Wissen, dass auch ihr Leben sich unaufhaltsam dem Ende zuneigte.

Nein, es war die Entscheidung, die sie damals getroffen hatten.

Angespannt zog Ada die Beine an, sie zwang sich, an Mathilde zu denken. Nicht an die Mathilde, die sie im September vor knapp einem Jahr im Schatten der kleinen romanischen Kirche von Laplage-sur-Mer beerdigt hatten, sondern an die junge, leuchtende Frau, die sie vor mehr als fünf Jahrzehnten sofort in ihren Kreis aufgenommen hatte. Die ihr immer eine Freundin gewesen war – großherzig und hilfsbereit. Ja, Mathilde war fabelhaft gewesen, während Vincent sich nach der Hochzeit und jenem langen Blick auf der Strandpromenade zunächst zurückgezogen hatte.

In den folgenden Wochen und Monaten war er freundlich und höflich gewesen, hatte ihr gegenüber aber Distanz gewahrt, und damals hatte Ada sich gefragt, ob er wohl seinen Freund Leo nicht mit ihr teilen wollte. Ob er auf eine verquere Art eifersüchtig war und versuchte, sie loszuwerden. Warum sonst ließ er in ihrem Beisein all die spitzen Bemerkungen über Leos Vorleben fallen? Über dessen lockeren Lebenswandel und die Rastlosigkeit, die ihn trieb. Immer wieder sprach Vincent über die gemeinsame Zeit in Marokko, über den Hippie Trail, der sie nach Marrakesch geführt hatte, über die ausgelassene Stimmung in der Stadt, die sie mitriss, und über freie Liebe, bis Leo seinen Freund eines Abends gutmütig in die Seite boxte. »*C'est different avec elle*«, hatte er gesagt, und danach gab Vincent Ruhe. Ja, mit Ada sollte alles anders sein – und sie hatte ihm geglaubt. Natürlich hatte sie Leos ansteckendem Lachen, seinen großen Plänen und großzügigen Gesten vertraut. Schließlich schrieb man das Jahr 1968, und während in den Metropolen die Studenten auf die Barrikaden stiegen, war sie jung und naiv genug gewesen, um an die Kraft der Liebe zu glauben. Was, bitte schön, sollte ihr denn an der Seite dieses vor Lebenslust und Energie vibrierenden Mannes passieren?

Adas Gedanken zerflossen zu Traurigkeit, und auf einmal nahm sie den stechenden Duft der Moosrose wahr, die auf dem Nachttisch welkte. In ihrem Rücken bewegte sich Vincent. Seine Hand rutschte von ihrer Taille hinab zu dem Punkt knapp über dem Kreuz, wo ihr langes Haar einst geendet hatte und heute der Schmerz saß.

Schlief er noch?

Ada lauschte seinem Atem, überlegte, ob sie ihn ansprechen sollte, und verlor sich wieder in der Vergangenheit. Alles Mögliche ging ihr durch den Kopf, tauchte auf und verschwand sofort wieder, bis ihre Gedanken noch einmal in jener Nacht strandeten, in der sie schon einmal in Vincents Armen gelegen hatte.

Nein, sie hatte nie eine Frau sein wollen, die betrog. Die einer anderen Leid zufügte. Schon gar nicht Mathilde, die doch selbst so viel zu ertragen hatte. Schließlich hatte Ada zu der Zeit längst selbst erfahren, wie schmerzvoll es war, betrogen zu werden. Und trotzdem war es passiert. Es war unausweichlich gewesen, als wäre sie einer Spur gefolgt, die von Beginn an in ihr Leben eingefügt worden war. Die sie nach Frankreich geführt hatte und in das Café Victoire, zu Leo und schließlich, für ein paar unvergessliche Stunden, auch zu Vincent. Und alles, was danach geschah, war von den Folgen jener Nacht geprägt und von ihren Versuchen, damit zu leben.

Ada biss sich auf die Lippe, um dem alten diffusen Schmerz eine konkrete Empfindung entgegenzusetzen. Im nächsten Augenblick spürte sie, wie Vincent sie an sich zog, als wollte er sie trösten.

»Bist du wach?«, fragte sie.

Statt einer Antwort küsste Vincent sie auf die Schulter, etwa dort, wo ihr Haar heute endete. »Woran denkst du?«, murmelte er, und sein Atem kitzelte sie am Ohr.

Die verbotene Frage. Ada drehte sich auf den Rücken, und Vincent schob den Arm unter ihren Kopf. »An das Strandhaus«, sagte sie schnell, weil sie ihm und auch sich selbst keine Hoffnung machen wollte. »An den Abschied von *Les Vagues*. Ich frage mich, ob eines der Mädchen den großen Tisch haben möchte, das Geschirr, die Teppiche. In Berlin habe ich keinen Platz dafür.«

Vincent erstarrte, er schien nicht einmal zu atmen.

»Wir könnten auch einen Flohmarkt veranstalten«, fuhr Ada fort, aber die Vorstellung, Leos geliebte Antiquitäten zu verkaufen, war so schmerzhaft, dass es ihr für einen Augenblick die Sprache verschlug. Sie musste sich räuspern, bevor sie weitersprechen konnte. »Im September. Und vielleicht möchte die Gemeinde etwas übernehmen, in Gedenken an Leo. Ich werde mit Maire Baudelon darüber sprechen.«

Vincent blieb stumm, er rührte sich immer noch nicht. Nach einer Weile rollte Ada sich auf den Bauch, stützte sich auf die Ellenbogen und betrachtete sein Gesicht. Das zerwühlte Haar, der Bartschatten, der ihre Wangen unter seinen stürmischen Küssen gerötet hatte, die zu einer schmalen Linie zusammengepressten Lippen. In seinen Augen lag ein nur schwer deutbarer Ausdruck – Ungläubigkeit vielleicht, und Schmerz, weil sie ihn schon wieder von sich stieß.

Sanft küsste Ada ihn auf die Stirn. Hatte Vincent etwa gedacht, diese Nacht könnte sie umstimmen? Und dass er endlich gesiegt hätte, weil Zeit und Geduld die stärksten Waffen in der Liebe waren?

Als die Dehnung in ihrem Rücken unerträglich wurde, richtete Ada sich vorsichtig auf, bis sie eine bequeme Position zum

Sitzen fand. »Du weißt doch, warum ich nicht bleiben kann«, sagte sie leise, während sie die leichte Bettdecke um sich wickelte. Draußen am Meer stieß eine Möwe einen lang gezogenen Schrei aus. In der Stille danach durchströmte Ada ein Schwall warmer Zärtlichkeit für Vincent, und trotzdem konnte sie nicht anders, als ihm wehzutun. »Diese Nacht ändert nichts an meinem Entschluss. Ich gebe *Les Vagues* auf. Es ist vorbei.«

Vincent atmete hörbar aus. Dann setzte er sich ebenfalls auf. Er küsste sie lange und nahm ihre Hand. Ada suchte noch einmal seinen traurigen Blick, so kummervoll, als würde alles den Bach runtergehen, dabei hatten sie doch gerade etwas Wunderbares erlebt. Sie hatten die Zeit überlistet und für ein paar Stunden einen Raum gefunden, in dem sie ihre Liebe wieder aufleben lassen konnten. Herrje, konnte er nicht einfach glücklich sein, nur für diesen einen kostbaren Augenblick?

»Ich will nicht, dass es wieder endet«, sagte Vincent. Er lehnte sich gegen das Kopfteil des Bettes und klang schon wieder kämpferisch. »Wir haben so lange gewartet. Es muss doch einen Weg geben, diese kurze Strecke, die noch vor uns liegt, gemeinsam zu gehen. Ich möchte dich bei mir haben.«

Aber Ada schüttelte nur den Kopf. Musste sie ihm wirklich erklären, warum sie nicht bleiben konnte? »Ich bin zu alt für diese vielen Lügen«, sagte sie und strich vorsichtig über die Kratzer auf ihren Armen, die immer noch brannten.

»Du bist nicht alt …« Vincent verzog das Gesicht zu einer Grimasse, und gegen ihren Willen musste Ada lächeln. Sie suchte nach Worten, legte eine Hand auf ihr Herz. »Du weißt, was ich meine. Wenn ich hierbleibe, hier bei dir, würde der Damm um mein Herz mürbe werden und brechen. Ich würde überfließen vor Liebe und dann …«

Vincent drückte ihre Hand so fest, als wollte er sie daran

hindern weiterzusprechen. Erschrocken zuckte Ada zusammen. »Und dann wird nichts mehr so sein, wie es war«, fuhr sie dennoch fort. Sie musste das einmal aussprechen, in Worte fassen, damit Vincent endlich begriff, wie ausweglos ihre Situation war.

Vincent schwieg einen langen Moment. »Und wenn wir den Kindern von uns erzählen?«, fragte er endlich.

»Alles?«

Vincent verstummte, schließlich wusste er genauso gut wie sie, was sie den Kindern angetan hatten. »Wir könnten doch sagen, dass aus unserer Freundschaft Liebe geworden ist. Dass wir aber Leo und Mathilde dennoch in unseren Herzen tragen«, stieß er schließlich hervor. »Könnte das Fest nicht der richtige Rahmen dafür sein?«

»Ach komm.« Ada lachte bitter auf, sie ließ seine Hand los und fuhr sich durchs Haar. Mehr als dreißig Jahre lang hatten sie auf den richtigen Moment gewartet, der nie gekommen war, und nun wollte er ihr Fest mit einer weiteren Lüge garnieren? Etwas, das sie nicht verstand, ging in ihr vor, und ihre Augen füllten sich mit Tränen. Sie legte den Kopf in den Nacken und zwinkerte heftig.

Nein, sie würde nicht zulassen, dass diese Nacht der Beginn von etwas Neuem war. Aber vielleicht könnte sie einen Schritt auf Vincent zugehen und ihm die Zeit bis zu ihrer Abreise schenken. »Wir haben das Fest. Und diesen Sommer«, sagte sie nach ein paar Minuten leise und blickte zum Fenster. Hinter den Gardinen erahnte sie den Horizont, diese schmale Linie zwischen Himmel und Wasser. »Das ist mehr, als wir je gehabt haben. Lass uns das bitte nicht kaputt machen.«

9

Was hältst du von Mamas Idee?«, fragte Esther ihre Schwester in Berlin. Es war drei Tage später, ein Sonntag, und sie hatten sich nach langer Zeit einmal wieder zu viert auf dem Segelboot von Kikis Freund verabredet, das an einem Bootssteg am Langen See im Südosten der Stadt lag. Die Hitze hatte sich gehalten, es war sogar noch heißer geworden, erbarmungslos knallte die Mittagssonne von einem tiefblauen Himmel herab. Alle Schatten waren geschmolzen. Für den Abend waren Wärmegewitter vorhergesagt, und über dem Wald am gegenüberliegenden Ufer flimmerte das Licht schweflig-gelb.

»Von Adas Fest?« Kiki zuckte die Achseln. Sie hatte die Augen hinter einer Sonnenbrille verborgen, und ihr hübsches Gesicht blieb reglos, als wäre es zu heiß für ein Lächeln. »Ich glaube, sie wird langsam alt – und sentimental. Jedenfalls hätte sie das Haus längst verkaufen sollen. Wir nutzen es doch kaum noch, und in zehn oder fünfzehn Jahren ist es vielleicht nichts mehr wert. Außerdem ...« Kiki zögerte kurz, sie bemerkte wohl, wie herzlos sie sich anhörte, jedenfalls wischte sie den Gedanken mit einer ungeduldigen Handbewegung weg. »Vielleicht will Mama uns zeigen, dass sie Papas Tod überwunden hat«, fuhr sie versöhnlicher fort, »und dass das Leben weitergeht. Sie freut sich darauf, uns alle im Strandhaus in die Arme zu schließen. Als ich gestern Abend mit ihr gesprochen habe, klang sie ganz aufgedreht.«

»Eben«, erwiderte Esther, denn im Gegensatz zu Kiki hatte sie sich immer noch nicht mit dem Fest in *Les Vagues* anfreunden können. Was sollte diese Reminiszenz an längst vergangene Zeiten? Ohne ihren Vater war es doch sowieso nicht dasselbe. Und dann noch so kurzfristig – was hatte Ada sich nur dabei gedacht? In den letzten Tagen hatte Esther jedenfalls viel Zeit damit verplempert, für Leos Sammler Hotelzimmer in der Nähe von *Les Vagues* aufzutreiben. »Mama hätte einfach die Familie einladen sollen – ohne das ganze andere Trara. Das hätte doch auch gereicht.«

»Wärst du dann überhaupt gekommen?« Leicht spöttisch kräuselte Kiki die Lippen.

»Mensch, Kiki!« Gereizt lehnte Esther sich zurück. Ihre Schwester schaffte es immer wieder, sie mit einer einzigen knappen Bemerkung zu verletzen. Dabei hatte Kiki recht. Sie würde wohl kaum für ein Familienwochenende nach Frankreich fahren, schließlich war sie seit dem Tod ihres Vaters nicht mehr im Strandhaus gewesen. Zu sehr schmerzte sie seine Abwesenheit, die dort noch stärker spürbar sein würde als in Berlin.

Müde ließ Esther die Hand über die Reling ins Wasser gleiten. Sie fühlte sich immer noch nicht ganz fit, leichte Kopfschmerzen und die üblichen Verspannungen im Nacken. Auf dem See war viel los, Stand-up-Paddler, Ruderboote und Jollen, in Kikis Rücken glitzerte das Wasser wie im Bilderbuch. »Alex und ich hatten um diese Zeit eine Tour nach Norwegen geplant«, sagte sie matt und deutete mit dem Kinn zu ihrem Mann, der mit Kikis Freund Tim auf dem Steg in der Sonne saß und bereits sein zweites oder drittes Bier öffnete. »Alex ist stinksauer. Er hat überhaupt keine Lust, die Reise wegen Ada abzusagen.«

»Dann lass ihn doch allein losziehen!«, sagte Kiki leichthin. Sie hatte T-Shirt und Shorts ausgezogen und sah in ihrem weißen Bikini umwerfend aus. Alles an ihr war fest und straff und appetitlich, obwohl sie auch schon Mitte dreißig war. (Wahrscheinlich ein Resultat der vielen Yogastunden, von denen Kiki vorgab zu leben.) Selbst die Narbe über dem Brustbein, die ihr von einer Operation im Säuglingsalter geblieben war, wirkte cool und auf eine interessante Art ästhetisch. Vollkommen entspannt rekelte sie sich in der Sonne, und irgendwo in Esthers Gedanken regte sich ein kleines, spitzes, missgünstiges Gefühl.

»Das will ich aber nicht«, erwiderte sie patzig, obwohl Kikis Idee vernünftig klang. Warum ließ sie Alex nicht allein nach Norwegen reisen? Sie könnte doch später nachkommen, und vielleicht täte ihnen die kurze Auszeit sogar gut. In letzter Zeit war er sowieso ständig gereizt und ihre Ehe flau. Zuerst hatte Esther das auf seinen Job geschoben – und auf sein Alter. Alex war letztes Jahr fünfzig geworden, die ständige Herumreiserei als Unternehmensberater ging ihm zunehmend auf die Nerven. Gerade betreute er eine Firma in der Nähe von Brüssel und kam deshalb nur jedes zweite Wochenende nach Berlin, sodass Esther zuletzt gedacht hatte, dass es vielleicht nicht nur der Job war, der ihn anödete. Letzte Nacht jedenfalls hatte er so getan, als schliefe er schon, als sie kurz nach ihm ins Bett gekommen war. Und als sie heute Morgen die Augen aufgeschlagen hatte, war er längst fort gewesen, um im Tiergarten zu joggen. Später war sie zu ihm unter die Dusche geschlüpft und hatte sich an ihn geschmiegt, er hatte ihren Kuss zwar erwidert, sie dann aber mit einem Schwall kalten Wassers vertrieben. Beim Frühstück hatte er das Ganze zwar als Scherz abgetan und sie überempfindlich genannt, aber Esther wurde einfach nicht schlau aus ihm.

Seufzend langte Esther nach ihrem Sonnenhut. Sie hatte das rote Haar und die sonnenempfindliche Haut ihrer Mutter geerbt, daher trug sie über dem Badeanzug noch ein leichtes Hemd. Sicherheitshalber hatte sie auch noch ein Handtuch über die Beine drapiert, obwohl sie den Kampf gegen die elenden Sommersprossen, die ihren Körper übersäten, schon vor Jahren verloren hatte. Nur ihre Füße mit den dunkelrot lackierten Zehennägeln lugten darunter hervor.

Kiki lachte und zündete sich eine Zigarette an. »Wie Mama«, sagte sie und dachte an Ada, die in ihrem Sommerhaus in Frankreich gerne Hut und weite weiße Kleider trug und ständig auf der Suche nach einem Schattenplatz war.

»Na, du kannst es dir ja erlauben«, erwiderte Esther spitz, und für eine Sekunde stand ihr Neid auf Kikis problemlosen Bronzeteint und die zehn Jahre, die sie jünger war, eisig zwischen ihnen. (Ganz zu schweigen von den Finanzspritzen, die Ada ihrer jüngsten Tochter regelmäßig zukommen ließ und die Esther mit der Galerie erwirtschaftete.)

Kiki streckte ihr die Zunge raus und nahm noch einen letzten tiefen Zug von der Zigarette. »Lass uns mal ins Wasser hüpfen!«

»Ich hab mich doch gerade erst eingecremt.«

»Jungs!«, rief Kiki nun ungeduldig, sie sprang auf und ruderte albern mit den Armen. Sofort geriet das Boot ins Wanken, und Esther klammerte sich leicht panisch an die Reling. »Kommt ihr mit schwimmen?«

Tim reckte den Daumen, und auch Alex wollte mit. Also kletterte Kiki an Land und schäkerte dort mit den beiden, und Esther verachtete sie dafür, wie sie sich vor Alex produzierte. »Ja, wir können alle sehen, wie makellos du bist«, murmelte sie und wandte den Blick von dem Trio ab. Gereizt rieb sie den

Energiepunkt zwischen ihren Augen, dann suchte sie in der Tasche nach ihrem Buch. Als sie wieder aufblickte, liefen die drei gerade den Steg hinunter und sprangen mit ausgebreiteten Armen und angezogenen Beinen ins Wasser. Lautes Gejohle. Eine Stand-up-Paddlerin konnte gerade noch die Balance halten. Schimpfend blickte die Frau Kiki und den Männern nach.

Endlich ein paar Minuten Ruhe! Träge beobachtete Esther, wie die drei zwischen den Booten auf den See hinausschwammen. Tim und Kiki schienen sich ein Rennen zu liefern, während Alex es eher gemächlich angehen ließ und etwas zurückfiel. Seufzend wandte Esther sich ihrem Roman zu. Als sie nach ein paar Minuten wieder aufschaute, konnte sie Alex nicht mehr sehen. Mit zusammengekniffenen Augen suchte sie das Wasser bis zur Fahrrinne ab, wo der Fluss Dahme den See mit der Spree verband.

Nichts.

Das konnte doch nicht sein!

Unruhig stand Esther auf. Da vorn, da war die Stand-up-Paddlerin mit dem roten Tanktop, und dahinten, kurz vor der Fahrrinne, da schwammen Kiki und Tim. Irgendwo dazwischen musste Alex doch sein. Oder entdeckte sie ihn einfach nicht zwischen all den Booten?

Esther biss sich auf die Lippen. Panik kroch ihr die Wirbelsäule hinauf, kalt und unerbittlich. Sie ließ das Buch fallen, kletterte an Land und lief den Steg hinunter. Aufgeregt gestikulierte sie in Kikis Richtung, aber ihre Schwester kraulte jetzt mit Tim durch die Fahrrinne auf das andere Ufer zu.

Verdammt!

Die Angst ließ sich nun nicht mehr zur Seite schieben, ihr Puls raste, das Blut rauschte ihr in den Ohren. Sinnlose Gedanken überschlugen sich in Esthers Kopf: Hatte Alex zu viel getrunken, oder war er krank? Hatte er ihr ein Herzproblem verschwiegen? Hilfe suchend blickte sie sich um, aber da das Schwimmen hier eigentlich verboten war (woran sich niemand hielt), gab es auch keine Rettungsschwimmer. Und die anderen auf dem See schienen gerade viel zu weit weg zu sein.

Also ließ Esther das Hemd auf den Steg gleiten und sprang kopfüber in den See. Das Wasser war überraschend kalt, Esther schnappte nach Luft und strampelte mit den Beinen, bevor sie ihren Rhythmus fand. Gut, dass sie früher in Frankreich ständig im Wasser gewesen war, und auf einmal wurde ihr bewusst, wie sehr sie sich seit damals verändert hatte. Wo war das zwölfjährige Mädchen geblieben, das sich seiner selbst so sicher gewesen war?

Mit kräftigen Arm- und Beinbewegungen kraulte Esther auf die Fahrrinne zu. Als sie die Stelle erreicht hatte, wo sie Alex zuletzt gesehen hatte, tauchte sie. Das Wasser war grünlich, aber einigermaßen klar. Sonnenstrahlen fielen in breiten Streifen bis auf den Grund, und Esther hangelte sich an einer dieser Lichtsäulen entlang. Ihre Augen suchten den Seegrund ab. Als ihre Lunge zu platzen drohte und sie nur noch weiße Sterne sah, tauchte sie wieder auf. Nichts, da unten war nichts.

Wassertretend und mit den Armen rudernd, rang Esther nach Luft, dann tauchte sie an einer anderen Stelle, so lange, bis sie meinte, die Besinnung zu verlieren. Prustend kämpfte sie sich an die Oberfläche zurück.

Die Angst um Alex war nun nicht mehr länger hilfreich, sondern verwandelte sich in etwas Lähmendes, das ihr wie ein schweres Gewicht an Brust und Schultern hing. Auf einmal sah Esther ein Motorboot ganz in der Nähe vorbeiziehen, lachende Gesichter, weiße Gischt, und sie realisierte, dass sie in die Fahrrinne geraten war. Im nächsten Moment schwappte eine kräftige

Welle über sie hinweg. Esther schluckte Wasser, hustete, schluckte noch mehr Wasser und wurde dann von einem Strudel nach unten gezogen.

Das Licht unter Wasser hatte sich verändert, es schien nur noch aus winzigen wirbelnden Punkten zu bestehen. Esther verlor die Orientierung. Wo war oben und wo unten? »Alex!«, hämmerte die Stimme in ihrem Kopf. Aber da war niemand, der ihr helfen konnte, und so sank sie immer tiefer, wurde verschlungen von der Dunkelheit, die über ihr zusammenschlug. Das Tosen in ihrem Kopf, das Brennen in der Lunge, die Gier nach Luft. Das Gefühl, gleich in Stücke zu zerreißen. Und auf einmal konnte Esther ihr Herz sehen, seinen verzweifelten Kampf. Es schlug direkt hinter ihren Lidern, ein wildes violettes Pulsieren.

Als das Gefühl, endlich atmen zu müssen, übermächtig wurde, öffnete Esther den Mund. Noch mehr Wasser, es floss einfach in sie hinein, füllte sie aus. Sie wurde zu einem Teil dieses Sees.

Und dann, ganz plötzlich, ein zufriedenes Schweben, pudrige Schwerelosigkeit. Stille. Esther schloss die Augen. Im nächsten Moment berührten ihre Füße den Grund. Ein Stromstoß durchfuhr ihren Körper. Und auf einmal begriff sie, dass es jetzt nicht mehr nur um Alex, sondern um ihr eigenes Leben ging.

Mit letzter Kraft riss Esther die Augen auf. Sie stieß sich ab, strampelte mit Armen und Beinen, kämpfte sich nach oben, ins Licht, das sie nun wie an einem Seil an die Wasseroberfläche zog.

Als Esther auftauchte, war die Stand-up-Paddlerin ganz in ihrer Nähe. Die Frau warf ihr das Paddel zu, und Esther versuchte, sich daran festzuhalten. Aber das Paddel trug sie nicht, wieder schlug ihr Wasser ins Gesicht. Esther biss sich auf die

Zunge, schmeckte Blut, geriet erneut in Panik. Verstörende Bilder, die sie nicht zuordnen konnte, rasten durch ihren Kopf.

Und dann war da Kiki.

Ihr schönes Gesicht, die dunklen Locken.

Kiki packte sie und drehte sie auf den Rücken, und Esther spürte den warmen, glatten, starken Körper ihrer Schwester unter sich.

»Ruhig«, sagte Kiki nur. »Ich bring dich an Land.«

Am Steg dann ein paar Arme, die sie nach oben zogen. Schmerzhaft schürfte Esthers Rücken über die Bohlen, dann lag sie auf dem heißen Holz. Ihre Haut brannte wie Feuer, und über ihr die sengende Sonne, ein betäubend weißes Licht. »Alex …«, schluchzte Esther, dann erbrach sie sich. In einem warmen Schwall floss das Wasser aus ihr heraus. »Wo ist Alex?«

»Der wollte doch zurückschwimmen«, erwiderte Kiki ruhig. Sie kniete nun neben Esther und wischte ihr das nasse Haar aus der Stirn, dann half sie ihr, sich aufzusetzen, und zeigte zum Boot. »Da ist er doch.«

Esthers neues, teures Leinenhemd war verschwunden, von Alex kam nur ein fassungsloser Blick und Kopfschütteln. Er sah sie an, als hätte sie den Verstand verloren. »Was machst du denn?«, fuhr er sie an, weil er es hasste, wenn sie hysterisch wurde.

Auf der Rückfahrt in die Stadt schwiegen sie, es schnitt ihr ins Herz. Wie Fremde saßen sie nebeneinander. Alex drehte die Klimaanlage auf, um den aufgeheizten Wagen herunterzukühlen, und Esther zitterte unter dem nassen Handtuch. Schweigend umklammerte sie ihre Tasche, drückte sie an ihr Herz.

Als sie in die Wohnung kamen, ließ er sie einfach wortlos im Flur stehen und ging ins Schlafzimmer, um für Brüssel zu packen. Nach ein paar Minuten, in denen Esther nicht wusste, ob sie ihm folgen sollte, setzte sie sich in der Küche an den Tisch. Das Frühstücksgeschirr war noch nicht abgeräumt, und in diesem Moment schien es ihr eine Ewigkeit her, dass sie mit Alex an diesem Tisch gesessen hatte. Kaum vorstellbar, dass sie ihm den Kaffee gereicht hatte, das Brot, die Butter, den Käse, eine Hand. Dass sie ein Paar gewesen waren.

Seine undurchdringliche Miene. Die Augen, die sie nicht mehr begehrten. Der pflichtschuldige Kuss unter der Dusche. Wo war ihre Zuversicht geblieben, dass ihre Ehe auch schwere Zeiten überstehen würde?

Tränen strömten Esther über die Wangen. Fand Alex einfach nicht die richtigen Worte, um ihr zu sagen, dass er frei sein wollte? Dass es eine neue Liebe in seinem Leben gab?

Auf dem Balkon saß eine staubige Taube und sah sie mitleidslos an.

Wieder dachte Esther an das zwölfjährige Mädchen, das sie einmal gewesen war. Das sie im Wasser für einen kurzen Moment so eindrücklich gespürt hatte. Als Alex mit seinem silbernen Rollkoffer ging und die Tür hinter ihm zufiel, war sie sicher, dass er nicht mehr zu ihr zurückkehren würde.

WOCHE 3

10

Die Nacht zum Montag war furchtbar – vor allem wegen des Gewitters, das sich mit lustvollem Getöse über der Stadt austobte und Esther in ihrer Verzweiflung zusätzlich ängstigte. Schlaflos wälzte sie sich in ihrem Bett. Sie zählte den Abstand zwischen Blitz und Donner, eins, zwei, drei, vier, fünf, sechs, sieben … Ein nutzloses Ablenkungsmanöver. Einmal waren es nur zwei Sekunden zwischen Blitz und Donner, die Gewitterzelle befand sich also fast direkt über dem Haus in der Mommsenstraße. Mit klopfendem Herzen zog Esther sich die Bettdecke über den Kopf, so wie sie es als Kind getan hatte, wenn ein Sommergewitter über *Les Vagues* niederging. Meist hatte ihre Schwester Imme sie dann in die Arme genommen und ihr etwas über die Entstehung von Gewitterwolken ins Ohr geflüstert: »Ein Gewitter kommt nie aus heiterem Himmel!« Die unerschütterliche Imme. War sie überhaupt in der Stadt, in derselben Zeitzone? Esther schickte ihr ein Gewittersymbol und ein Emoji mit erschrockenem Gesicht aufs Handy, bekam wenig später jedoch nur ein paar nüchterne Koordinaten als Antwort. Nein, Imme war wohl nicht in Berlin.

Nachdem die Gewitterzelle sich verlagert hatte, folgte ein Sturzregen, der das Stadtzentrum überschwemmte. Blaulicht unten auf der Straße, das flackernd über die Zimmerwände tanzte, weil die Wassermassen Gullydeckel hochdrückten und Tiefgaragen fluteten. Gegenüber pumpte die Feuerwehr einen Keller aus. Irgendwann in den frühen Morgenstunden dann erschöpfte Stille. Vielleicht war Esther gegen vier Uhr eingeschlafen, als die ersten Stadtvögel erwachten. Ein silbrig heller Gesang im Geäst der Straßenbäume, den sie nicht mehr hörte.

Eigentlich hatte Esther am nächsten Tag zu Hause bleiben wollen, um sich in ihrem Schmerz einzuschließen. Sie hasste es, wenn man ihr ansah, wie sie sich fühlte. Und sah sie nicht furchtbar aus? Vom Weinen verschwollene Augen und eine Blässe, auf der die Sommersprossen überdeutlich hervortraten. Aber dann quälte sie sich am späten Vormittag doch noch in eine Palazzohose und eine leichte Bluse und machte sich auf den Weg in die Galerie, das Gesicht hinter einer großen Sonnenbrille verborgen. Die Routine gab ihr Halt – und der Gedanke, dass Paula heute nicht da war, denn die Galerie hatte montags nicht geöffnet. Esther wollte allein sein, ein wenig Buchhaltung machen, Unterlagen abheften, Ordnung schaffen. Die kreisenden Gedanken in eine andere Richtung lenken, um nicht ständig an Alex und ihren Aussetzer zu denken.

In der Galerie stand nach wie vor die warme, stickige Luft vom Freitag, als sie sich noch auf ihren Mann gefreut hatte. Der Atem eines anderen Lebens. Esther öffnete die Oberlichter, denn das Gewitter hatte ein wenig Abkühlung gebracht. Dann machte sie sich einen doppelten Espresso, löste ein Aspirin darin auf und setzte sich an ihren Schreibtisch. Neben der Tastatur lag Adas Einladung. Die klare Handschrift ihrer Mutter, blauschwarze Tinte, die Buchstaben so nachdrücklich wie Ausrufungszeichen auf das Papier gesetzt. Das war keine Einladung, das war ein mütterlicher Befehl, auch ja zu ihrem Sommerfest in *Les Vagues* zu erscheinen. Und daneben, wie aus einer anderen

Welt, das Pastell ihres Vaters. Eine Möwe, auf ein kleines Stück Papier gezaubert. Der Vogel schreitend und mit den Flügeln schlagend, fast so lebendig, als wäre er im Begriff, davonzufliegen. Die Signatur ihres Vaters fehlte, und doch war die Skizze charakteristisch für Leo Kwant. Der weiche, aber entschlossene Strich, das untrügliche Gespür für die Farben, das Licht. Das Meer war darauf nicht zu sehen, jedenfalls nicht direkt. Nur in einer Reflexion zeigte es sich: eine Andeutung von Blau im Raubtierblick der Möwe. Und obwohl die Zeichnung lediglich aus zarten Grau- und Weißtönen und ebendiesem winzigen Tupfer Muschelblau bestand, schlug Esther die Kraft des Atlantiks förmlich entgegen. Sie roch die See, hörte den Wellenschlag, spürte den Wind, der durch das silbrige Möwengefieder strich. Etwas wie Sehnsucht nach den langen, unbeschwerten Sommertagen ihrer Kindheit in *Les Vagues* wallte in ihr auf.

Keine Frage, das Pastell war nur eine Spielerei, aber wenn das Blatt signiert wäre, hätte sie es wohl für eine kleine fünfstellige Summe verkaufen können. Esthers Blick fiel auf das Foto ihres Vaters auf dem Schreibtisch und dann auf den Buchdeckel eines Ausstellungskatalogs mit Leos Werken. Was für Wunder hatte ihr Vater mit der gesamten Farbpalette auf seinen überdimensionierten Leinwänden vollbracht! Esther bewunderte ihn für seine Malerei; dass er bisweilen vor Kraft kaum laufen konnte und sich auf seinen Partys feiern ließ, hatte sie ihm nachgesehen. Auch ihre Mutter hatte ihn immer so genommen, wie er war, und so malte die Erinnerung an ihren Vater Esther ein Lächeln auf das müde Gesicht. Das Klopfen in den Schläfen ließ nach, dankbar nahm sie den Katalog in die Hände und blätterte ziellos darin herum. Der Bildband war vor zehn Jahren erschienen, begleitend zu einer letzten großen Werkschau ihres Vaters, im Nachwort gab es Abbildungen von Fotografien, die ihre Mutter auf den Sommerfesten in *Les Vagues* gemacht hatte.

Aus dem Labyrinth ihrer frühen Kindheitserinnerungen tauchte ein Knäuel kaum noch entwirrbarer Bilder auf. Rauschende Partynächte in den Dünen, ihr Vater der umschwärmte Mittelpunkt. Ein Fixstern, um den sich alles drehte.

Esther hielt inne und versuchte, die Erinnerungsfetzen zu packen. Als Kind waren diese Nächte eine Abfolge ihr unverständlicher Rituale gewesen. Adas fieberhafte Vorbereitungen, Leos Freund Vincent, der kochte und schleppte und allen zur Hand ging. Das köstliche Essen, der Champagner, die Musik, die Blumen, die Gäste. Ein ständiges Kommen und Gehen wie ein sinnlicher Reigen. Dazu das zum Meer und den Dünen hin offene Haus, die im Wind tanzenden Vorhänge, der raschelnde Strandhafer, das Rauschen der Wellen.

Nach solchen Nächten schien Leos Inspiration grenzenlos zu sein. Tagelang schloss er sich in seinem Atelier ein, und wenn Esther neugierig war, schaute sie durch die nach Norden ausgerichteten Fenster, um ihren Vater dabei zu beobachten, wie er in seinem farbgesprenkelten Overall vor der Leinwand herumtänzelte. Für ihn war das Malen ein körperlicher Akt, ein sinnliches Herantasten, Spannung und Entladung. »Tango mit Farben«, nannte Ada das. Ihr Vater verlor sogar an Gewicht, weil er nicht zum Essen kam und nur noch rauchte. Bis er dann vollkommen erschöpft seine neuen Werke präsentierte. Zunächst Ada, die seine erste Kritikerin war, und dann seinem Galeristen, der die Bilder, die Ada für gut befunden hatte, in seinem Transporter gen Norden entführte. Dann standen alle vor dem Haus und winkten dem Wagen nach, weil sie hofften, dass Leos leuchtende Bilder bald Käufer finden würden.

Mit einem Seufzer legte Esther den Katalog zurück. Auf einmal musste sie an Alex denken, daran, wie sie sich früher ergänzt hatten – so wie ihre Eltern. Einen Moment lang blickte sie unentschlossen auf das Display ihres Handys. Sie mussten doch miteinander reden! Aber dann legte sie das Telefon zur Seite und begann zu arbeiten. Nein, sie war noch nicht so weit. Er war gegangen, er musste den ersten Schritt machen und sie um Verzeihung bitten. Paartanz für Fortgeschrittene.

Nach der Buchhaltung, die Esther trotz der kurzen Nacht gut von der Hand ging, widmete sie sich am Nachmittag den letzten Details der kommenden Herbstausstellung, deren Planung fast abgeschlossen war. Alle Künstlerinnen und Künstler standen fest und ebenso der Titel der Schau – »Jetzt!« –, die junge deutsche Malerei zeigen würde. (Neben Leos Nachlass, den Esther verwaltete, hatte die Galerie Kwant sich inzwischen zu einem Sprungbrett für den Nachwuchs entwickelt, und sie war stolz darauf.)

Esther versank in ihrer Tätigkeit, bis ein Klopfen sie unterbrach. Irritiert blickte sie auf, das Schild mit den Öffnungszeiten der Galerie hing doch deutlich sichtbar in der Tür. Aber dann fiel ihr ein, dass sie noch eine Lieferung aus der Druckerei erwartete. Sie fuhr sich durchs Haar und setzte eine geschäftsmäßige Miene auf, doch vor der Tür stand kein Bote, sondern eine alte Bekannte.

»Felizitas Bertram«, murmelte Esther überrascht. Felizitas' verstorbene Mutter, die Schauspielerin Liz Bertram, war mit ihren Eltern befreundet gewesen. Hatte Ada der Tochter etwa auch eine Einladung für das Fest in *Les Vagues* geschickt?

Kurz überlegte Esther, sich wieder in den hinteren Bereich der Galerie zurückzuziehen, denn Felizitas war genauso kapriziös, wie es ihre Mutter damals gewesen war. Aber da hatte

Felizitas sie schon bemerkt und winkte ihr durch die Glastür energisch zu. Kein Entkommen möglich! Seufzend schloss Esther die Tür auf, und mit einem »Wusste ich doch, dass du da bist!« schob Felizitas sich an ihr vorbei in die Galerie.

»Hallo!« Überrascht von Felizitas' Auftritt sah Esther ihr nach. Felizitas Bertram trug zu ihrem kurzen, weißblond gefärbten Haar einen jugendlichen Jumpsuit und schwindelerregend hohe Stilettos. Sie sah aus, als hätte sie noch etwas vor. »Was machst du in Berlin?«

»Ich bin auf dem Weg zu meinem Verlag.« Einen Moment lang ließ Felizitas die Worte im Raum stehen, damit sie ihre Wirkung entfalten konnten, während sie einen schnellen, abgeklärten Blick auf die Bilder der aktuellen Ausstellung warf. »Ich arbeite an einem Buch über das Leben meiner Mutter.«

Na, das konnte ja heiter werden!

Pflichtschuldig formten Esthers Lippen ein beeindrucktes »Oh!«. Sie bot Felizitas etwas zu trinken an, während sie sich gleichzeitig fragte, ob sie ihre Hilfe erwartete. Bestimmt ging es um das Porträt, das Leo im Sommer 1978 von Liz Bertram gemalt hatte. Zunächst hatte ihr Vater Liz das Gemälde aus einer Laune heraus geschenkt, es dann aber zurückgekauft, als sie Ende der 1980er-Jahre in Geldnot geraten war. Heute zählte das Porträt zu Leos stärksten Werken und hing in einer Berliner Sammlung. Felizitas' Selbstbewusstsein gründete sich vor allem darauf, die Tochter einer Schauspielerin und Femme fatale zu sein, und nachdem ihre Mutter vor einem Dreivierteljahr gestorben war, hatte sie es sich wohl zur Aufgabe gemacht, noch einmal jeden ihrer Atemzüge nachzuvollziehen.

»Und, was kann ich für dich tun?«, fragte Esther zurückhaltend, während sie sich wunderte, welcher Verlag es für möglich hielt, dass sich der Name Liz Bertram heute noch verkaufte.

Denn eigentlich war die Karriere der Bertram schon Ende der Achtzigerjahre beendet gewesen. Liz Bertram hatte ihre größten, auch internationalen Erfolge in den Siebzigern gefeiert, konnte jedoch nach Alkoholproblemen und mehreren Aufenthalten in Entzugskliniken nie wieder daran anknüpfen. Die Tochter Felizitas halbwegs unbeschadet durch diese Zeit gebracht zu haben, war wohl ihre größte Leistung der folgenden Jahre, bis zu ihrem Tod hatten Mutter und Tochter wie Pech und Schwefel aneinandergeklebt.

»Ich wollte dir etwas zeigen …«, unterbrach Felizitas Esthers Gedanken, und in ihrer Stimme schwang plötzlich etwas mit, was Esther sofort aufhorchen ließ. Kurz kam es ihr so vor, als würde Felizitas die Fassung verlieren, ihr Gesicht schien zu verrutschen, aber dann zog sie entschlossen eine Art Kladde aus der geräumigen Tasche. »Meine Mutter hatte offenbar selbst vor, über ihr Leben zu schreiben«, erklärte sie und hielt das Heft mit dem schwarzen Einband theatralisch in die Höhe, »jedenfalls habe ich das hier nach ihrem Tod entdeckt.«

Irgendwie hatte Esther das Gefühl, dass Felizitas ihr dabei einen anklagenden, ja geradezu vernichtenden Blick zuwarf. Oder war es die Müdigkeit, die sich nun wieder bemerkbar machte und ihr einen Streich spielte?

»Ja?«, fragte sie gedehnt und streckte die Hände nach der Kladde aus, aber Felizitas drückte das Heft an die Brust, als wäre es ein kostbarer Schatz, den sie nicht aus der Hand geben wollte.

»Dein Vater war ein Monster!«, warf sie Esther an den Kopf.

Ach herrje, die alte Geschichte!

»Feli«, erwiderte Esther besänftigend, denn sie nahm an, dass jetzt die alte Leier kam, Leo habe Liz Bertram beim Rückkauf des Bildes übervorteilt, weil er es später zu einem viel höheren Preis weiterverkauft hatte. »Das haben wir doch hinter uns.

Der Kaufvertrag war rechtsgültig und die Kaufsumme zu dem Zeitpunkt angemessen. Alles anwaltlich geklärt.«

»Das meine ich nicht«, sagte Felizitas kalt und trat ein paar Schritte zurück. Sie zitterte leicht, hielt das Heft aber nach wie vor fest umklammert. Weiß traten ihre Fingerknöchel hervor.

»Sondern?« Esther wurde ungeduldig, sie war zu müde, um sich auf ein Katz-und-Maus-Spiel einzulassen.

»Dein Vater hat meine Mutter missbraucht.«

»Was meinst du damit?«, fragte Esther scharf, und auf einmal schien der Boden unter ihren Füßen nachzugeben. Entsetzt spürte sie, dass sich die feinen Härchen auf ihren Armen aufstellten wie winzige Nadeln. Der Vorwurf war vollkommen absurd – und traf sie doch wie ein Schlag in den Magen. Schockiert schnappte sie nach Luft.

»Ich meine, dass meine arme Mutter in ihren Aufzeichnungen beschrieben hat, was in *Les Vagues* passiert ist. Liz hat ihm nicht nur Modell gestanden, dein Vater hat sie im Atelier auch zum Sex gezwungen.«

»Moment mal ...« Fieberhaft durchforstete Esther ihr Gehirn nach einer Erklärung für Felizitas' Verhalten. War das ein Rachefeldzug wegen des alten Bilderstreits? Wollte sie Geld?

Vorsichtig ging Esther ein paar Schritte auf Felizitas zu. Die fraglichen Ereignisse lagen mehr als vierzig Jahre zurück. Felizitas und auch sie selbst waren im Sommer 1978 gerade erst vier Jahre alt gewesen, sie hatten wohl beide keine konkreten Erinnerungen mehr an diese Zeit. Aber Esther hatte viele Bilder im Kopf. Bilder, von denen sie nicht sagen konnte, ob sie eigenen Erlebnissen entsprangen oder von Erzählungen herrührten. Und dann gab es ja noch Adas Fotografien, die Leo, Liz und einige andere beim gemeinsamen Abendessen am großen Tisch in *Les Vagues* zeigten. Vor ein paar Stunden erst war sie beim

Durchblättern des Katalogs darauf gestoßen. Sie erinnerte sich an Liz' lachendes Gesicht, dem Vater zugewandt. Ihre Eltern und Liz Bertram waren über viele Jahre befreundet gewesen, noch in den Neunzigerjahren hatten sie sich gelegentlich zum Essen verabredet. Anlässlich der großen Leo-Kwant-Retrospektive vor zehn Jahren war auch Liz zur Ausstellungseröffnung erschienen, obwohl sie damals schon im Rollstuhl saß und der jahrelange Alkoholmissbrauch deutliche Spuren hinterlassen hatte.

»Das ist nicht wahr«, sagte Esther, um Fassung bemüht. »Du hast Leo doch gekannt. Mein Vater war vielleicht ein Frauenheld, aber er hat doch niemandem Leid zugefügt.«

Aber Felizitas schien ihr gar nicht zuzuhören. Ihr Blick war starr. Aufgeregt blätterte sie die Kladde auf. Sie suchte etwas, ihre Lippen bewegten sich fieberhaft, ein gespenstisches, tonloses Murmeln, das Esther ängstigte und gleichzeitig wütend machte. Wenn Felizitas ihrem Vater etwas vorzuwerfen hatte, dann sollte sie endlich sagen, was in diesem Heft stand.

»Gib her!« Esther streckte die Hände nach der Kladde aus. Sie fürchtete sich vor dem, was Liz aufgeschrieben hatte, und musste es doch mit eigenen Augen sehen, um es zu begreifen.

Einen Moment lang zerrten sie beide an dem Heft, dann ließ Esther los – erschrocken über sich selbst und über die Wut, die sie gepackt hatte.

Auf ihren hohen Absätzen verlor Felizitas den Halt. Sie taumelte ein paar Schritte zurück, bevor sie sich fing. »Das wird dir noch leidtun!«, stieß sie hervor, und Esther begriff, dass sie einen Fehler gemacht hatte. Nun würde Felizitas ihr die Aufzeichnungen ihrer Mutter gewiss nicht zeigen oder zur Prüfung überlassen.

Esther zwang sich zu einer entschuldigenden Geste, sie atmete tief durch, reichte Felizitas die Hand. »Lass uns hinsetzen und in Ruhe sprechen«, sagte sie und deutete auf die Bank am Fenster, aber Felizitas schüttelte den Kopf.

»Meine Mutter ist nie über die Ereignisse in *Les Vagues* hinweggekommen«, brach es aus ihr heraus. Erregt stopfte sie die Kladde zurück in ihre Tasche. »Deshalb der Alkohol, die Tabletten, die Schulden. Sie konnte nie wieder vor einer Kamera arbeiten. Dein Vater hat mir meine Mutter genommen!«

»Aber …« Esthers Stimme brach, sie war wie erstarrt und konnte sich nicht rühren. Wieder sah sie Liz an der Seite ihres Vaters vor sich, ihr strahlendes, glückliches Lächeln auf dem Foto im Katalog. Das konnte doch nur ein Irrtum sein!

Als Felizitas die Tür öffnete und nach einem letzten anklagenden Blick davoneilte, hatte Esther das Gefühl, die Wände der Galerie würden auf sie einstürzen und sie unter den Trümmern begraben.

11

Hier kamen die Fakten. Imme trat einen Schritt zur Seite, während der Beamer leise surrend die nächste Grafik an die Wand warf. Drei Millimeter pro Jahr stieg der Meeresspiegel derzeit an. Das klang nicht besonders dramatisch, aber in Wirklichkeit war es genau das Gegenteil. Und so erläuterte sie den Schülerinnen und Schülern, die sich am vorletzten Unterrichtstag vor den Sommerferien in der Aula ihrer Schule bei Augsburg versammelt hatten, dass diese drei Millimeter lediglich eine wissenschaftliche Momentaufnahme darstellten. Einen Schnappschuss sozusagen. Und dass sich dahinter eine galoppierende Entwicklung verbarg, die die Welt und ganz besonders die Küstenregionen auf den Kopf stellen könnte. Dazu zeigte sie in rascher Folge Bilder von schmelzendem, brüchigem Eis, die sie von der Arktisexpedition mitgebracht hatte. »Die Geschwindigkeit der Eisschmelze auf Grönland hat sich in wenigen Jahren verzehnfacht«, erläuterte sie, »und auch in der Antarktis hat sich der Eisverlust in sechs Jahren verdoppelt.«

Ja, das Wasser kam – und die Welle rollte auf die Menschheit zu. Noch mochte der Pegelanstieg marginal erscheinen, aber aus den Daten folgte, dass Sturmfluten plötzlich sehr viel wahrscheinlicher waren, dass Ufer erodierten und Wellengänge üblich wurden, die den Deichbau vor noch ungelöste Probleme stellten. »Zum Beispiel würde ein mittlerer Meeresspiegelanstieg von nur zehn Zentimetern, global gesehen, die Schäden an den Küsten verdoppeln, und allein in Deutschland leben rund drei Millionen Menschen an Nord- und Ostsee. Das vergisst man bisweilen, wenn man wie ihr in Süddeutschland wohnt.«

Das nächste Bild, zwei magere graue Eisbären, die sich an einer Mülltonne zu schaffen machten, ließ Imme einen Augenblick stehen. Das Foto war auf Spitzbergen gemacht worden, in Longyearbyen, der nördlichsten Stadt der Erde. Aber solche Szenen konnte man auch an jedem anderen Ort am Nordpolarmeer beobachten, wo das Eis im Sommer inzwischen so brüchig war, dass die Tiere nicht mehr auf Robbenjagd gehen konnten. Deshalb trieb der Hunger die Eisbären immer näher an menschliche Siedlungen heran. Sie waren Klimaflüchtlinge.

Eine Weile war es sehr still in der Aula, obwohl Immes Publikum sich größtenteils aus pubertierenden Teenagern zusammensetzte, die gemeinhin wenig empfänglich für den Reiz von Naturaufnahmen waren. Schließlich meldete sich in der zweiten Reihe ein Mädchen mit Pferdeschwanz. »Um wie viel Meter steigt das Meer, wenn das Eis überall komplett geschmolzen ist?« Es waren immer die Mädchen, die die großen Fragen stellten!

Imme nickte und antwortete mit einer weiteren Grafik: Sechsundsechzig Meter waren die langfristigen Prognosen für einen Meeresanstieg, den die Klimamodelle beim vollständigen Abschmelzen der polaren Eisschilder und des Meereseises sowie der alpinen Gletscher prognostizierten – für die nächsten Jahrhunderte. Ein Raunen schwappte wie eine Welle durch die Aula.

»Das ist das Worst-Case-Szenario«, erklärte Imme ruhig, »der schlimmste anzunehmende Fall, wenn wir keinerlei Klimaschutzmaßnahmen treffen und der globale Temperaturanstieg bis zum Ende des Jahrhunderts fünf oder sogar sechs Grad erreichen könnte.«

Sofort wurden »Greta, Greta«-Rufe laut, und Imme wartete einen Moment, bis es in der Aula wieder ruhiger wurde. Sie wollte keine Ängste schüren, im Gegenteil. Sie wollte aufklären, Fakten liefern und zum Nachdenken anregen. Durch Greta Thunberg und die weltweite Fridays-for-Future-Bewegung war einiges in Bewegung geraten. Und es imponierte ihr, dass viele Jugendliche engagierter waren als ihre Eltern. Aber es war das eine, freitags die Schule zu schwänzen und demonstrieren zu gehen, und etwas anderes, sich konkret gegen den Klimawandel zu engagieren. Dabei konnten sie alle etwas tun. Es ging Imme keineswegs nur darum, Verbote und Verzicht zu predigen. Nein, sie wollte Mut machen und für ein Studium der Naturwissenschaften werben, um den Nachwuchs in die Forschung zu bekommen. Lust auf Technik und Innovationen, so lautete ihr Motto, denn sie war überzeugt, dass sich die Welt nicht allein durch Veggie-Days und autofreie Innenstädte retten ließ. Und so erzählte sie im letzten Teil ihres Vortrags, wie sie zu ihrem Beruf gekommen war. Dass das Meer sie schon als Kind fasziniert hatte und sie folglich nach dem Abitur Meeresgeologie studiert hatte. Dass sie über den Küstenschutz bei der Klimaforschung gelandet war und schließlich im Winter an der größten Polarexpedition aller Zeiten teilgenommen hatte. Für ein Jahr hatte sich das Forschungsschiff im Packeis der Arktis einfrieren lassen.

Imme war die ersten vier Monate an Bord gewesen, von Oktober bis Februar. Sie zeigte nun Bilder von sich in Polarausrüstung, vom Schiff und von der Polarnacht. Wochenlang hatte sie in der eisigen Dunkelheit geforscht und mit anderen Forschern Camps auf Eisschollen errichtet, um ein kilometerweites Netzwerk aus Messstellen aufzubauen. Immer, wenn sie diese

Bilder wiedersah, ging ihr auf, was für ein unerhörtes Glück es gewesen war, an dieser Expedition teilnehmen zu dürfen.

»Das Klima in Europa, Nordamerika und Asien hängt stark vom Geschehen in der Arktis ab. Sie ist unsere Wetterküche, und hier entsteht auch unser Klima der Zukunft. Wird die Eisschicht immer dünner, dann gelangt mehr Wärme aus dem Ozean an die Oberfläche und in die Atmosphäre – was wiederum noch stärker zur Erwärmung der Arktis beiträgt. Ein Teufelskreis. Bislang fehlten uns Daten aus dem Winterhalbjahr in der Arktis, die haben wir bei dieser Expedition erhoben und werten sie jetzt aus. Unser Ziel ist es, die komplexen Klimaprozesse in der Zentralarktis besser zu verstehen und sie in unseren globalen Klimamodellen abzubilden.«

Der Applaus, der am Ende ihres Vortrags aufbrandete, signalisierte Imme, dass sie ihr Publikum erreicht hatte. »Noch Fragen?«

In der anschließenden Diskussion ging es vor allem um konkrete Tipps für aussichtsreiche Studiengänge und Jobs im Bereich von Umweltschutz und erneuerbaren Energien. Ein Junge wollte wissen, was sie von dem Plan halte, bedrohte Arten wie etwa Eisbären umzusiedeln. Er habe davon gehört, man könne die Tiere einfach in die Antarktis verfrachten.

»Aber was passiert dann dort mit den Pinguinen?«, erwiderte Imme und hatte die Lacher auf ihrer Seite. Nein, so einfach war das mit der Rettung der Eisbären nicht, obschon sie nicht ausschließen wollte, dass sich bedrohte Arten umsiedeln ließen. »›Assistierte Migration‹ nennt sich das, aber solche Aktionen bergen auch viele Risiken für das Ökosystem. Und wir brauchen mehr Zeit, alles genau zu durchdringen.«

Ganz zum Schluss meldete sich wieder das Mädchen aus der zweiten Reihe: »Haben Sie Familie?«

Ach ja, die großen Fragen.

Imme zögerte, aber dann erzählte sie kurz, was sie bislang nicht erwähnt hatte. Ja, sie habe Familie. Einen Ex-Mann und zwei Töchter, zwölf und vierzehn Jahre alt, die vorwiegend beim Vater in Kiel lebten. Die Ehe habe ihr berufliches Engagement und das viele Herumreisen leider nicht überlebt. Aber ihre Töchter seien sehr stolz auf sie – genauso, wie sie auf ihre Mädchen stolz sei. »Einen Teil der Sommerferien werden wir zusammen verbringen.«

Zum Schluss, nachdem Imme alle Fragen beantwortet hatte, gab es noch ein Dankeschön von der örtlichen Fridays-for-Future-Gruppe und ein gemeinsames Foto, dann drückte die Schuldirektorin ihr einen Blumenstrauß in die Hand. (Warum zum Teufel bekam man als Frau immer Blumen? Was sollte sie damit?)

Als Imme zusammenpackte, kam das Mädchen mit dem Pferdeschwanz auf sie zu. Sie heiße Friederike, stellte sie sich vor, und wolle Agrartechnik studieren, um einmal den Hof ihrer Eltern zu übernehmen. Milchwirtschaft. Ob Imme in der Milchviehhaltung denn eine Zukunft sehe? Und, ganz wichtig, ob man überhaupt noch Kinder in diese Welt setzen dürfe? (Herrje, dieses Mädchen hielt sich wirklich nicht mit Kleinigkeiten auf.)

Imme versuchte, ihr ehrlich zu antworten. Wegen des Milchviehs war sie nicht so optimistisch, trotzdem empfahl sie Friederike, einmal mit einem befreundeten Kollegen zu sprechen. Vielleicht ließe sich der Hof ja wenigstens auf Bio-Landwirtschaft umstellen? Sie gab ihr seinen Kontakt, den Friederike in ihrem Telefon speicherte. Was die Kinderfrage anbelangte, so antwortete Imme jedoch aus tiefster Überzeugung: »Wenn du dir später einmal Kinder wünschst, dann solltest du auch welche bekommen. Nichts wird dich mehr anspornen, die Welt besser zu machen, als deine eigenen Kinder.«

Friederike lächelte erleichtert. Sie war ziemlich groß und sah sportlich aus, mit leicht gebräunter Haut und lebhaften Augen. Zu einem T-Shirt mit Billie-Eilish-Aufdruck trug sie Jeans und Turnschuhe, genau wie Imme zu ihrem weißen Shirt mit dem dunkelblauen Expeditionslogo. »Danke«, sagte Friederike aus tiefstem Herzen. Überschwänglich schüttelte sie Imme die Hand, als hätte sie ihr gerade das Leben gerettet, und Imme musste lächeln. Aus einem Impuls heraus schenkte sie ihr den Blumenstrauß. »Der überlebt die Weiterfahrt sowieso nicht.«

Für einen kurzen Moment wirkte Friederike verlegen, und eine leichte Röte überzog ihre Wangen, aber dann nahm sie die Blumen an und verabschiedete sich. Beim Gehen schwenkte sie den Strauß kurz über dem Kopf, als hätte sie einen Pokal oder eine Auszeichnung gewonnen, und ihr Pferdeschwanz wippte auf den Schultern hin und her.

»Schöne Ferien!«, murmelte Imme ihr nach. Unwillkürlich musste sie an ihre beiden Töchter denken, die sie in Momenten wie diesen schmerzlich vermisste. Ja, sie verpasste viel. Vielleicht zu viel, denn sie war dieses Jahr auch über Weihnachten und den Jahreswechsel auf dem Schiff gewesen, und so hatten sie nur telefonieren können. Andererseits hatte sie auf der Expedition einen Datenschatz erhoben, der noch für die kommenden Generationen (also auch für ihre Töchter und Enkelkinder) bedeutsam sein würde. Der helfen könnte, den Klimawandel besser zu verstehen und entsprechende Empfehlungen an die Politik zu formulieren. Und in drei Wochen würden sie zu dritt zu einer Radtour nach Kopenhagen aufbrechen. Imme freute sich schon sehr auf die gemeinsame Zeit. Schnell holte sie ihr Telefon hervor, schickte den beiden ihre Koordinaten und ein Herz in den gemeinsamen Mutter-Töchter-Chat: *48°22'13.962" N 10°53'52.044" E* – so machten sie es immer, wenn sie gerade aneinander dachten.

Als Imme nach einer weiteren Veranstaltung am späten Nachmittag im Zug saß und ihr Telefon klingelte, hoffte sie, dass eine ihrer Töchter sie anrief. Aber auf dem Display stand der Name ihrer großen Schwester Esther.

»Na, schon wieder Angst vor einem Gewitter?«, begrüßte Imme sie flapsig, wobei sie sich gleichzeitig fragte, wann sie Esther zum letzten Mal gesprochen hatte. Weil sie ständig unterwegs war, sahen sie sich nur bei offiziellen Anlässen wie zu Adas Geburtstag im November oder an Weihnachten, aber selbst diese Treffen waren in diesem Jahr wegen der Expedition ausgefallen.

Doch Esther ging nicht auf ihre Frage ein. »Wo bist du?«, stieß sie hervor. »Ich muss mit dir reden.«

»Süddeutschland. Vortragsreise. Ich sitze im Zug auf dem Weg nach Leipzig.« Esther klang aufgelöst, panisch. »Was ist denn passiert?«, fragte Imme beunruhigt. »Ist was mit Mama?«

Statt einer Antwort lachte Esther hysterisch auf. »Erinnerst du dich noch an Felizitas Bertram?«, fragte sie dann.

»Vage ...« Imme versuchte, sich Felizitas' Gesicht vor Augen zu rufen. »Ich glaube, ich habe sie auf Papas letzter großer Ausstellung gesehen.«

»Sie war gerade bei mir in der Galerie«, fuhr Esther fort, und ihre Stimme bebte.

»Nun sag schon, was los ist!« Imme blickte aus dem ICE-Fenster auf die vorbeirasende Landschaft. Mattes Grün und Wälder, die unter der Hitze und Trockenheit litten, dann eine Landstraße, die parallel zur ICE-Trasse verlief, und ein Feld mit Solarpaneelen.

»Sie schreibt ein Buch über ihre Mutter.« Esther stockte

und holte tief Luft, es fiel ihr hörbar schwer weiterzusprechen. »Und sie behauptet, dass Papa Liz Bertram missbraucht hat. In *Les Vagues*.«

»Mist«, entfuhr es Imme. Sie schwieg einen Augenblick, um sich zu sammeln. Ihr Vater hatte aus seinen Affären nie ein Geheimnis gemacht, und als Imme fünfzehn oder sechzehn Jahre alt gewesen war, hatte sie begriffen, woraus er seine Energie bezog. »Farben und Leiber«, so hatte ein Kritiker einmal recht plump Leos Spätwerk überschrieben. »Hat Felizitas einen Beweis für ihre Behauptung?«, fragte sie so sachlich wie möglich, während sie sich gleichzeitig verfluchte, dass sie nach der Scheidung wieder ihren Mädchennamen angenommen hatte.

»Ich …« Der Zug rauschte in einen Tunnel, und die Verbindung zu Esther brach ab. Imme ließ das Telefon sinken. Sie sah ihren Vater vor sich – seine nie versiegende Begeisterung für Frauen, für Abenteuer und Partys bis ins Alter. Auch in seinen Sechzigern hatte Leo noch Affären gehabt, über die ihre Mutter großherzig hinweggelächelt hatte. Keine Frage, Leo Kwant war ein Frauenheld gewesen, *un homme à femmes*. Aber ein Vergewaltiger?

Imme spürte, wie sich ihr Puls beschleunigte. Sie kannte keine Angst, selbst im Eis und in der Dunkelheit der Polarnacht hatte sie sich nicht gefürchtet, und Ada behauptete immer, dass sie schon als Baby furchtlos gewesen sei. »Du bist mit staunenden Augen auf die Welt gekommen. Nichts konnte dich aus der Ruhe bringen.« Aber in diesem Moment, während der ICE auf das Ende des dunklen Tunnels zuraste, fragte sie sich beklommen, ob sie nun von der Vergangenheit ihres Vaters eingeholt wurde.

12

Als Ada am nächsten Morgen den Tisch auf der Terrasse des Strandhauses deckte, klingelte das Telefon. Esther? Das war doch sonst nicht ihre Zeit!

»So früh?«, meldete Ada sich gut gelaunt. Das Morgenschwimmen lag bereits hinter ihr. Das Wasser war herrlich gewesen, kühl und belebend, und nun freute sie sich auf das Frühstück mit Vincent. Sie wollten endlich ihr Fest planen, das Menü, den Wein, die Musik, denn inzwischen hatten viele Freunde und Weggefährten zugesagt. »Bist du wieder fit?«

»Es wird«, sagte Esther ohne große Überzeugungskraft in der Stimme. Ada fand, dass sie noch schlechter klang als bei ihrem letzten Gespräch. »Ich wollte dir nur kurz Bescheid sagen, dass ich schon am Wochenende komme. Ich habe mir gerade einen Flug gebucht.«

»Wirklich?«, fragte Ada verdutzt. »Es sind doch noch mehr als zwei Wochen bis zum Fest.«

»Ich habe noch einmal über dein Angebot nachgedacht.« Esther schien Adas Zögern nicht zu bemerken – oder es kümmerte sie nicht. »Du hast recht, wir sollten uns endlich um Papas Atelier kümmern. Es wird Zeit.«

»Und eure Reise? Verschiebt ihr die jetzt?« Ada trat ins Haus und ging mit dem Telefon am Ohr in die Küche. Es passte ihr gar nicht, dass Esther jetzt schon kommen wollte. Nach all den Jahren konnte das Atelier doch wohl noch etwas warten.

»Norwegen?« Esther holte tief Luft. »Keine Ahnung«, sagte sie knapp, und Ada horchte auf. Was war denn da passiert? Bevor sie nachhaken konnte, sprach Esther schon weiter: »Ich lande Samstagnachmittag um zwanzig nach vier.«

»Aber ...« Adas Blick streifte die beiden Weingläser auf dem Abtropfblech neben der Spüle, in denen sich das hereinfallende Licht der Morgensonne brach. Nach ihrer ersten gemeinsamen Nacht hatte Vincent einen halben Tag gebraucht, um ihr Apriori von einem letzten Sommer zu akzeptieren. Aber dann war er am Samstagnachmittag mit einer besonders schönen Rose aus dem Garten von Madame Martinez zurückgekehrt. Seitdem hatte er jede Nacht bei ihr in *Les Vagues* verbracht, obwohl er spät kam und früh wieder rausmusste. Auch heute Morgen war er schon um halb sechs aufgestanden, um auf dem Markt in Laplage-sur-Mer Ware für das Restaurant zu besorgen. Sehnsüchtig blickte Ada aus dem Küchenfenster, jeden Moment musste er mit seinem Roller den Weg heraufkommen.

»Ich melde mich Freitag noch mal!«, hörte Ada Esthers Stimme an ihrem Ohr. Es schien ihr gar nicht in den Sinn zu kommen, auf die Zustimmung ihrer Mutter zu warten. Stattdessen verabschiedete Esther sich schnell, und dann war nur noch Stille in der Leitung.

Überrumpelt legte Ada das Telefon zur Seite. Sie erwartete die Kinder doch noch gar nicht! Einen Augenblick blieb sie ratlos stehen und tastete in ihrer Tasche nach dem Siegelring des Bressehähnchens. Schließlich ging sie zur Spüle, nahm ein Weinglas und hielt es unter den Wasserhahn. Während Ada in großen Schlucken trank, wurde ihr bewusst, dass sie Esther noch nicht bei sich haben wollte. Ja, dass sie die Zeit bis zum

Fest am liebsten ungestört in *Les Vagues* verbringen würde. Nur Vincent und sie und ihre wiedergefundene Innigkeit.

Mein Gott, was war das für ein Glück, dass sie sich noch einmal auf ihn eingelassen hatte! Die vergangenen drei Tage waren wunderbar gewesen, so als könnten sie einfach wieder an jene Nacht vor so vielen Jahren anknüpfen. Als wäre die Zeit tatsächlich nicht mehr als ein Schulterzucken. Sie hatten sogar miteinander geschlafen, dabei war Sex doch etwas, womit Ada schon vor vielen Jahren abgeschlossen hatte. Ja, mit Vincent zu schlafen, war ihr mit über siebzig sogar noch ungeheuerlicher erschienen als damals, als die Umstände sie überwältigt hatten und sie noch leichtfertig dachte, dieses eine Mal hätte nichts zu bedeuten. Dass sie keinen Preis zu zahlen hatte, wenn sie nur nahm, was Vincent ihr bereitwillig schenkte. Aber diese wunderbare Leichtigkeit wäre mit Esthers Ankunft wohl erst einmal passé.

Seufzend stellte Ada das Glas ab. Auf gar keinen Fall würde sie den Mädchen von ihrer Liaison mit Vincent erzählen. Ganz besonders Esther nicht, die doch so an ihrem Vater gehangen hatte. Sie öffnete den Kühlschrank und stellte Butter, Konfitüre und Joghurt auf ein Tablett, dann fügte sie noch Müsli hinzu. Während sie sich etwas Obst für das Müsli klein schnitt, hörte sie Vincents Motorroller auf dem Weg. Endlich! Ada lief zur Tür und ihm entgegen. Sie küsste ihn und wollte ihm gerade von Esthers Anruf erzählen, da hörte sie einen zweiten Roller. Joël – er hatte sich den Helm über den Arm gestülpt, so wie er es immer tat, wenn er nur mal eben um die Ecke fuhr. Sein Haar flatterte im Wind, was ihn noch jünger aussehen ließ, und für eine Sekunde blitzte in Ada die Erinnerung auf, wie er als Sechzehnjähriger nach *Les Vagues* gekommen war, um Kiki für eine Spritztour abzuholen. Wie Kiki hinter ihm auf dem Roller gesessen und sich an ihn geschmiegt hatte, die Arme um seinen Körper geschlungen. Und wie Leo deswegen die Stirn gerunzelt hatte.

»Er will uns helfen«, sagte Vincent und lächelte über ihre Freude, die er von ihrem Gesicht ablesen konnte. »Joël meint, du brauchst unbedingt einen DJ für dein Fest.«

Wenig später saßen sie zu dritt auf der Terrasse. Die Morgensonne war noch nicht übers Haus gestiegen, und der Tisch lag im Schatten. Das Meer war dunkel, der Himmel pudrig blau mit kleinen weißen Wölkchen. Möwen ließen sich vom Aufwind tragen, und die ersten Surfer kamen mit ihren Brettern an den Strand.

Während sie Kaffee tranken und Croissants in die Konfitüre tunkten, unterbreitete Vincent Ada seine Menüvorschläge: Austern Fine de Claire, Crevetten mit Limone, Paté de Campagne, Lachstatar, warmer Ziegenkäse mit Knoblauchbrot, diverse Salate und mariniertes Gemüse, Lammkotelettes und Dorade vom Grill, und zum Nachtisch seine legendäre Mousse au Chocolat mit Beeren und eine große Käseplatte. Joël schien das Menü schon zu kennen, jedenfalls hatte er die passenden Weine parat, und für den Aperitif sollte es Champagner sein. Er empfahl Ada den Rosé-Champagner eines befreundeten Winzers, aber sie bestand auf einem Veuve Clicquot La Grande Dame, den Leo wegen seiner Frische und Raffinesse immer geschätzt hatte.

Joël notierte sich ihre Wünsche in seinem Mobiltelefon. Er hatte sein Handwerk in Bordeaux und Paris gelernt, war dann eine Zeit lang ins Ausland gegangen und vor ein paar Jahren zurückgekommen, als es Mathilde schlechter ging und sie nicht mehr arbeiten konnte. Es war für ihn selbstverständlich gewesen, seinem Vater zur Hand zu gehen, schon als Kind hatte er vorgehabt, das Restaurant eines Tages zu übernehmen: »Es gibt keinen schöneren Ort auf der Welt als das Café Victoire.« Ada wusste, wie glücklich Mathilde darüber gewesen war: »Er ist so ein Geschenk! Was täten wir nur ohne ihn.«

In Gedanken schickte Ada der Freundin ein Lächeln, und für eine Sekunde blitzte so etwas wie ein schlechtes Gewissen in ihr auf. Aber nein, beruhigte sie sich, sie nahm Mathilde doch nichts mehr weg. Und dieser Moment war so schön, nicht nur wegen Vincent, sondern auch wegen Joël. Die beiden saßen ihr gegenüber, mit dem Rücken zum Wasser, und was das Restaurant anbelangte, harmonierten sie inzwischen wunderbar. Wenn der eine redete, vollendete der andere den Satz und umgekehrt. So sollte es sein!

Ada lehnte sich zurück und betrachtete Vater und Sohn. Sie hätte den Augenblick gern festgehalten, ihre Hände sehnten sich nach dem stabilen Rahmen der alten zuverlässigen Leica, und wieder bereute sie es, nicht mehr zu fotografieren. »Was sagt Joël eigentlich zu uns beiden?«, hatte sie Vincent in der Früh gefragt, als er ihr einen Kaffee ans Bett gebracht und sich mit einem Kuss verabschiedet hatte. Im Gegensatz zu Ada schien Vincent kein Problem damit zu haben, dass Joël von ihrer Liaison wusste. Jedenfalls verheimlichte er ihm das Ziel seiner nächtlichen Ausflüge nicht.

»Ich glaube, er freut sich für mich«, hatte Vincent geantwortet. »Nein, für uns. Aber ich habe keine Ahnung, was er sich darunter vorstellt. Händchenhalten und Spazierengehen vielleicht, ich stehe in der Küche, mache mich nützlich, und du planst dein Fest. Ich habe ihm jedenfalls nicht erzählt, dass wir auch das Bett miteinander teilen. Wahrscheinlich würde ihn das schockieren.«

»Meinst du?«, hatte Ada gefragt und dabei unwillkürlich an ihre Töchter gedacht. Und auch jetzt, während Joël ihr gerade einen Freund als DJ empfahl und sie zustimmend nickte, kamen ihr die Mädchen wieder in den Sinn. Keine Frage, auch Esther, Imme und Kiki würden diese Vorstellung wohl befremdlich finden, obwohl sie doch in einer Familie aufgewachsen waren, in der Sexualität nie tabuisiert worden war. Im Gegenteil, die Mädchen hatten viele erotische Momente zwischen Mutter und Vater miterlebt, lange, verheißungsvolle Umarmungen, leidenschaftliche Küsse und – ganz besonders in diesem Haus am Meer und während der heißen Sommerwochen – einen freien Umgang mit dem nackten Körper. Es hatte Tage gegeben, wo Ada und die Mädchen nur wenig mehr als eine Bikinihose getragen hatten und der Sand, den sie ständig von draußen hereinbrachten, überall im Haus zu finden war.

Aber in ihrem Alter?

Und dann auch noch Vincent – der beste Freund ihres Vaters!

Ada blickte über das Wasser. Eine Möwe ließ sich vom Aufwind tragen, sie stieg immer höher, bis sie sich ganz plötzlich in die Wellen stürzte und mit ihrer Beute wieder auftauchte. Im nächsten Moment versuchte ein Rivale, ihr den Fisch abzujagen. »*Ne me montre pas devant les enfants*«, hörte sie Leos Stimme in ihrem Kopf, die das schrille Kampfgeschrei der Möwen übertönte. »Stell mich nicht vor den Kindern bloß!«

Ada zuckte zusammen. Sie suchte Vincents Blick, sein stilles Einverständnis. Nein, sie würde Leo nicht verraten. Dieses Versprechen galt, war unverrückbar, und sie hoffte, dass Vincent verstand, warum sie den Töchtern die Details dieses letzten Sommers in *Les Vagues* verschweigen wollte. Dieses Glück auf Zeit, das noch einmal seine Arme nach ihr ausgestreckt hatte.

»Esther kommt früher«, verkündete sie deshalb entschlossen,

als die Planungen für ihr Fest abgeschlossen waren und Joël kurz ins Haus ging, um frischen Kaffee zu holen. Hilflos hob sie die Hände, um Vincent zu signalisieren, dass sich daran wohl nichts mehr ändern ließ. »Schon am Samstag, sie will sich um die Skizzen in Leos Atelier kümmern.«

Vincent nickte, er schien gar nicht mal überrascht. »Und Alex?«, fragte er ruhig und zündete sich eine Zigarette an.

Ada zuckte die Achseln. »Sie kommt allein, wahrscheinlich muss Alex noch arbeiten«, sagte sie, bevor sie sich an Joël wandte, der ihr Kaffee nachschenkte. »Hat Kiki dir zufällig erzählt, was bei Esther und Alex los ist? Ihr telefoniert doch ab und zu miteinander.«

Aber Joël schüttelte den Kopf. »Bei mir meldet sie sich doch nur, wenn sie Liebeskummer hat.« Er lächelte schief, und Ada war versucht, ihn nach der Köchin zu fragen, von der Vincent gesprochen hatte. Aber dann ließ sie es bleiben, weil Joël in diesem Moment den Streuner entdeckte, der über die Terrasse huschte und maunzend sein Frühstück verlangte. Joël beugte sich unter den Tisch und versuchte, den Kater mit einem Fingerschnipsen anzulocken. Unwillkürlich erinnerte Ada sich daran, wie er ihr einmal als Kind ein aus dem Nest gefallenes Vögelchen gebracht hatte. Er war fest davon überzeugt gewesen, dass sie es retten könnte.

»Der muss zum Tierarzt«, sagte Joël, als er sich aufrichtete, und Vincent verdrehte die Augen.

Ada lachte, und in diesem Moment schaffte es die Morgensonne endlich über das Dach von *Les Vagues*. Sie malte ein Muster aus Lichtpunkten auf den Tisch. »Dann musst du mir helfen, ihn einzufangen.«

13

Nach der Sache am Langen See hatte Kiki die ganze Woche nichts mehr von Esther gehört. Sie hatte auch gar nicht mehr darüber nachgedacht, was geschehen war, bis Tim sich am Freitagabend nach ihrer Schwester erkundigte. »Geht es Esther wieder besser?«

Kiki löste sich aus seinen Armen und zuckte die Achseln. Sie hatte keine Lust, über Esther nachzudenken. Nicht jetzt. Schließlich waren sie nach der Pasta bei Franco nicht wie geplant zu Freunden weitergezogen, sondern mit einer zweiten Flasche Wein zu Hause im Bett gelandet. Der Rotwein summte in ihrem Körper, und gerade fühlte sie sich herrlich entspannt und verwegen zugleich. »Vanessa wird sauer sein«, versuchte sie, Tim von ihrer Schwester abzulenken. Sie setzte sich auf und zog ihm mit einem Ruck das T-Shirt über den Kopf. »Sie hat uns doch eingeladen, damit du die Leute nachher zum Tanzen bringst.«

»Ach was!« Tim lächelte amüsiert. Schon während des Studiums hatte er am Wochenende als DJ gearbeitet und in Clubs aufgelegt, mittlerweile war er für ein Musiklabel tätig und verdiente sich manchmal mit dem Auflegen etwas dazu. Geld, das er in sein Boot steckte oder für die geplante Weltumsegelung zurücklegte. »Das schafft Vanessa schon allein. Außerdem hab ich ihr heute Morgen noch meine Playlist rübergeschickt«, murmelte er an Kikis Ohr, dann küsste er sie gierig, und Esther schien vergessen.

»Ja?« Kiki gluckste leise und spielte mit seiner Zunge. Tim war ziemlich beliebt bei seinem Label. Wenn seine Kolleginnen wüssten, was für ein Körper sich unter den Klamotten verbarg, würden sie ihn wohl gar nicht mehr in Ruhe lassen. Kichernd richtete sie sich auf und schleuderte sein T-Shirt mit einer albernen Bewegung in Richtung der offenen Balkontür.

»Miststück!« Tim umfasste spielerisch ihre Handgelenke, seine Augen verschlangen ihren nackten Körper. Blitzschnell zog er sie auf sich, sodass sie auf ihm zu sitzen kam, dann sah er sie wieder an. Sein Verlangen machte Kiki heiß, und sie spürte, wie Wärme in lustvollen Schüben durch ihren Körper pulsierte.

Herausfordernd hob sie das Kinn. Draußen war es noch ziemlich hell, und das Abendlicht flutete in einem breiten Streifen durch die Balkontür. Das Bett stand so, dass sie in seinem warmen Glanz badeten. Alles schimmerte. Lächelnd genoss sie seinen Blick, dann schloss sie die Augen und öffnete sich ihm. Mit einer sanften, fließenden Bewegung drang er in sie ein und füllte sie aus.

Einen Moment lang hielten sie beide inne und genossen den Augenblick, die Spannung, die nur in der Bewegung Erlösung finden würde, dann atmete Kiki mit einem genüsslichen Seufzer aus. Langsam begann Tim, sich in ihr zu bewegen, und sie folgte ihm, spürte seinen Puls, der ihn mit Macht vorwärtstrieb und sie aufstöhnen ließ. Es dauerte einen Moment, bis sie sich bewusst wurde, dass sie nicht verhüteten.

»Warte mal …« Kiki versuchte, sich aus seinem Griff zu befreien, um an das Kondom zu kommen, das neben dem Bett lag. Eigentlich kümmerte Tim sich darum, doch er hielt ihre Handgelenke immer noch fest.

»Ich glaube, ich habe meinen Eisprung«, sagte sie, drängender jetzt. Aber Tim zog sie zu sich herunter, damit er sie auf den Mund küssen konnte. Dabei bewegte er sich mit immer heftigeren Stößen in ihr, und sie spürte, dass sie bald an jenen Punkt gelangten, an dem eine Umkehr nicht mehr möglich war. An dem es nur noch darum ging, Erlösung zu finden.

»Tim ...«, sagte sie noch einmal und löste sich mit einer ungeduldigen Bewegung von ihm. Schnell schnappte sie sich das Kondom und riss die Packung auf, aber da hielt Tim ihre Hände schon wieder fest. Bittend sah er sie an, dann küsste er sie wieder, und etwas in ihr gab nach, weil sie ihm noch nie so nahe gewesen war und die Hormone in ihrem Körper verrücktspielten.

Als Tim spürte, wie sie sich an ihn schmiegte, drehte er sich mit ihr auf die Seite. Ohne sich aus ihr zu lösen, rollte er sich auf sie, und seine Entschlossenheit raubte ihr für einen Augenblick den Atem.

»Warum nicht?«, flüsterte er heiser an ihrem Ohr, dann hielt er einen Augenblick inne, als wartete er auf ihr Einverständnis.

Ja, warum nicht?

Das Gefühl der Verschmelzung war nun vollkommen, es füllte diese bodenlose Leere, die sie so oft quälte, und schien alle Zweifel auszulöschen. War das die Antwort auf alle ihre Fragen?

Kiki fühlte sich wehrlos, aber gleichzeitig auch aufgehoben in seinem Begehren. Und sein Innehalten steigerte ihr Verlangen noch, es hatte jetzt etwas Schmerzhaftes. Etwas in ihr geriet ins Rutschen und drängte sich ihm entgegen.

»Komm«, sagte sie und küsste ihn, während sie ihr Becken gegen seines presste. Sie wollte nur noch Berührung, Reiz, Explosion. Kein Gedanke mehr an das Danach – und an die Folgen.

Tim bewegte sich immer noch nicht, sie spürte, wie sein Geschlecht in ihr pochte. Wie ihre Lust ihn noch mehr erregte.

»Bitte …«, keuchte sie und küsste ihn noch fordernder, und endlich antwortete er ihr mit heftigen Stößen, die sie aufschreien ließen. Keine Vernunft mehr, nur noch Rausch und Verlangen. Kopfüber tauchten sie ein in diesen wilden Strom, der sie mit sich riss.

Als er sich in ihr verströmte, kam auch sie, spitze, heiße Wellen, die durch ihren Körper rollten und sie heftig atmend zurücksinken ließen. Ihr Herz raste, während Tim sie immer wieder küsste. Dann lagen sie eng umschlungen da und atmeten, während die Straßengeräusche wieder ins Zimmer drangen, als hätte plötzlich jemand den Ton angedreht.

Als Tim sich von ihr löste, spürte Kiki die Leere, die er hinterließ. Auf einmal fühlte sie sich wie ausgehöhlt, als hätte er ihr etwas genommen. Statt der Lust, die sie eben noch empfunden hatte, sprang sie der Gedanke an, dass sie soeben ein Kind gezeugt haben könnten. Panik erfüllte sie und verdrängte das letzte bisschen Rausch.

Mit einem Schlag war Kiki wieder nüchtern.

O Gott, was hatte sie getan?

Sie wollte kein Kind, auch wenn sie jetzt schon seit fast drei Jahren zusammen waren. (Mehr oder weniger.) Und Tim wusste das. Sie hatten oft genug darüber gesprochen – und auch gestritten. Und er wusste auch, dass sie die Pille nicht vertrug und wie viel Lust sie in der Mitte ihres Zyklus hatte. Dass sie dann schon eine Umarmung und ein inniger Kuss weich werden ließen. Diese verdammten Hormone, die ihren Körper so gefügig machten!

Ruckartig machte Kiki sich von ihm los, dann setzte sie sich auf. Neben dem Bett lagen die leere Weinflasche, das unbenutzte

Kondom. Das Abendlicht zog sich zurück und hinterließ graue Schatten auf dem Dielenboden.

»Alles in Ordnung?«, fragte Tim, aber sie antwortete ihm nicht, sondern stand auf und lief ins Badezimmer.

Als sie unter der Dusche stand, kam er ihr nach.

»Warum hast du das gemacht?«, fauchte sie ihn an.

»Liebling ...« Bestürzt sah er sie an.

Angespannt drehte Kiki ihm den Rücken zu. Als Siebzehnjährige hatte sie sich schon einmal in einer ähnlichen Situation befunden. Ein anderer Mann und eine andere Zeit, und trotzdem kam es ihr so vor, als wäre sie so ohnmächtig wie damals.

»Ich dachte, du wolltest es auch«, stammelte Tim erschrocken hinter ihr.

»Du hast mich ...« Sie drehte das Wasser ab und suchte nach dem richtigen Wort, während er ihr ein Handtuch reichte. Ja, sie hatte ihn gewollt, und doch kam es ihr jetzt so vor, als hätte er ihre Lust ausgenutzt. Ihr vom Alkohol und von den Östrogenen berauschtes Ich. Als hätte er sie irgendwie für seinen Traum von einem Baby ... benutzt.

»Du warst doch einverstanden«, murmelte Tim vollkommen perplex, und Kiki sah, wie er sich durch das zerwühlte Haar fuhr. Seine blauen Segleraugen flackerten, so als ob er sich fragte, warum er den Sturm, der plötzlich über ihn hinwegzog, nicht hatte kommen sehen.

»Ich will kein Kind«, sagte Kiki scharf. Sie zog die Schultern zurück und richtete sich auf, was ihr für den Augenblick ein Gefühl von Stärke verlieh. Wenn es in ihrem Leben etwas gab, dessen sie sich vollkommen sicher war, dann war es das. Nein, sie hatte keine Lust auf ein Baby.

»Schatz ...« Enttäuscht blickte Tim sie an und sah dabei dünn und müde aus. Und auf einmal bekam Kiki eine Ahnung davon, wie er als alter Mann aussehen könnte. Würde sie ihn dann noch immer begehren?

»Was ist mit dem Boot?«, fragte sie, etwas versöhnlicher nun. »Du willst doch auf Weltreise gehen.«

»Wir wollen auf Weltreise gehen.«

»Mit einem Baby? Wie stellst du dir das vor?«

»Das machen andere doch auch.«

»Und wenn wir wieder zurück sind? Dann gehst du wieder arbeiten, und ich bleibe zu Hause und kümmere mich um das Kind, oder was?«

»Ich bin flexibel. Ich könnte Stunden reduzieren und auch im Homeoffice arbeiten.«

»Ach ja? Und das Kind läuft dann einfach nebenbei mit?«

Tim kniff die Augen zusammen und sah sie unter halb geschlossenen Lidern an. »Ich kann doch nichts dafür, dass du nicht durchgehalten hast«, sagte er, und seine Enttäuschung wich nun Ärger. »Das war deine Entscheidung.«

Ah, Überraschung, das alte Lied.

Kiki atmete scharf ein und aus, seine Worte trafen sie. Ja, er konnte nichts dafür, dass sie ihr Lehramtsstudium geschmissen hatte. Dass sie *nur* Yogakurse gab und noch immer auf der Suche war. Dass sie jeden Tag darauf hoffte, dem Sinn ihres Lebens auf die Schliche zu kommen. Das Vakuum zu füllen, das wie eine Wunde in ihr brannte. Und dass sie sich deshalb wie ein Mängelexemplar fühlte. »Du willst es nicht verstehen, oder?«

Gereizt wickelte Kiki sich in das Handtuch und ging ins Schlafzimmer zurück. Sie hob ihr Kleid auf und schlüpfte hinein, weil sie sich in seiner Gegenwart plötzlich nackt und verletzlich vorkam.

Auch Tim zog sich wieder an. »Ich versteh dich wirklich nicht«, sagte er, und sie hasste den Bettelblick, den er nun aufsetzte. »Wir lieben uns. Du bist fünfunddreißig. Wie lange wollen wir noch warten?«

»So lange, bis ich bereit dafür bin«, antwortete sie, während sie nach ihrem Slip suchte.

»Du bist einfach nicht bereit, Verantwortung zu übernehmen«, erwiderte er kalt und funkelte sie an, während er das Shirt in seinen Händen zu würgen schien. »Du bist ja noch nicht einmal bereit für ... einen Hund.«

»Ach ja?« Wütend stemmte Kiki die Arme in die Seite, während sie sich gleichzeitig fragte, wie sie so schnell an diesen Punkt gelangt waren. Der perfekte Sturm – und doch verspürte sie unbändige Lust, sich in die tosenden Wellen zu stürzen. »Was willst du jetzt – ein Baby oder einen Hund?«

»Du weißt genau, was ich meine«, antwortete Tim betont ruhig.

»Nein, das weiß ich nicht.« Kiki trat einen Schritt auf ihn zu. Alles in ihr war jetzt auf Konfrontation aus. Sollte er ihr doch ins Gesicht sagen, dass sie keine richtige Frau war, weil sie bei dem Gedanken an *sein* Baby nicht von Glücksgefühlen überrollt wurde. Sollte er ihr doch all ihre Mängel aufzählen. Ihre Launen und ihre Unzuverlässigkeit. Warum suchte er sich dann keine andere?

Kiki ballte die Hände zu Fäusten, aber Tim schüttelte nur den Kopf und ließ sie einfach stehen.

Das war typisch.

»Na toll!«, schrie sie ihm nach. Immer, wenn es zur Sache ging, machte er zu und flüchtete sich in beleidigtes Schmollen. Heftig atmend schlug Kiki die Tür hinter ihm zu, weil sie diesen Knall jetzt brauchte. Wenn er leise war, wurde sie laut.

Gut, dass die Zigaretten noch auf dem Balkon lagen. Rauchend setzte Kiki sich aufs Bett, und als Asche auf das Laken fiel, verrieb sie die Flocken zu einem kleinen schwarzen, schmierigen Fleck. Sie hörte, wie Tim nebenan kurz die Musik aufdrehte, dann war es wieder still. Und in die Stille schlich sich das Verlangen, ihm wehzutun. Ihm all die Affären aufzuzählen, von denen er nichts ahnte und die sie brauchte wie die Luft zum Atmen. Mann, sie musste hier raus!

Als Kiki mit Seesack und Yogamatte über den Flur zur Tür ging, sah sie aus dem Augenwinkel, dass Tim im Wohnzimmer auf dem Teppich saß, den Kopf in die Hände gestützt. »Fuck you!«, sagte sie. Nicht laut, aber sehr deutlich, doch die Musik, die er über Kopfhörer hörte, schirmte ihn ab gegen jedes Geräusch, gegen ihre Wut. Kiki schnaubte und knallte die Wohnungstür ins Schloss. Da war kein Gefühl mehr für Tim, nur noch Erleichterung, dass er sie nicht aufhielt, als sie polternd die Treppen hinunterlief.

Es ging schon auf Mitternacht zu, trotzdem war es draußen noch warm genug für ihr ärmelloses Kleid. Nach dem Gewitter vom letzten Sonntag waren die Temperaturen im Lauf der Woche wieder gestiegen. Auf der Straße roch es nach Fast Food und etwas Süßlichem, wie überreife Melone. Matt raschelten die Blätter der alten Platanen über ihrem Kopf. Kiki ging schneller, dann fing sie an zu laufen.

Ein paar Straßen weiter war die Party bei Vanessa in vollem Gange, die Musik schallte bis auf die Straße. Irgendjemand machte Kiki die Tür auf. Sie stellte ihr Gepäck in der Garderobe ab und schob sich durch den vollen Flur bis in die Küche. Mick, dem sie schon ein paarmal auf Partys in ihrem Freundeskreis begegnet war, reichte ihr einen Gin Tonic in einem großen Wasserglas. Der Drink war eiskalt, und sie stürzte ihn so schnell herunter, dass ihr Kopf fast zu explodieren schien.

»Noch einen?«, fragte Mick. Er warf ihr einen anerkennenden Blick zu, dann mixte er ihr einen zweiten Drink, und Kiki versuchte, jetzt weniger schnell zu trinken. Vanessa flatterte vorbei, fragte nach Tim und zog sie mit sich ins Wohnzimmer, wo getanzt wurde. Es war zu laut zum Reden und zum Denken, Kiki überließ sich der Musik und tauchte ein in den treibenden Rhythmus, der ihren Körper beschäftigt hielt. (War das etwa Tims Playlist?) Viel zu schnell war auch das zweite Glas leer.

In der Küche mixte inzwischen jemand anderes die Getränke. Kiki lehnte sich gegen den Kühlschrank. Sie wollte ein Wasser, aber als sie an ihrem Glas nippte, war es wieder ein Tonic mit Gin, wenn auch nicht ganz so stark wie die ersten beiden.

Ganz kurz flackerte der Gedanke in ihr auf, dass sie nun wirklich genug hatte. Dass sie vielleicht lieber Joël in Frankreich anrufen sollte, um seine Stimme zu hören und runterzukommen, aber dann trank sie trotzdem weiter, weil der Alkohol nun ihr Freund war. Ein Freund, der sie umarmte und der die schmerzliche Leere in ihrem Inneren füllte. Das Gefühl des Versagens, das ihr so vertraut war.

Auf dem Weg zurück ins Wohnzimmer stieß Kiki mit Mick zusammen. Sie prosteten sich zu, dann zog er sie auf die improvisierte Tanzfläche, wo sie sich ausgelassen bewegten. Mick flirtete mit ihr, fröhlich und unverbindlich, so wie er es immer tat, wenn sie sich zufällig über den Weg liefen, und Kiki war ihm dankbar dafür, dass er sie so sein ließ, wie sie war. Irgendwann legte er die Hände um ihre Taille, und sie konnte seine Fingerspitzen durch den dünnen Stoff ihres Kleides spüren. Wie spät war es inzwischen?

Mick brachte ihr auch den vierten Drink. Als er mit den Gläsern zurückkam, hatte Kiki sich auf das Sofa fallen lassen, das

Vanessa vor das dunkle Fenster geschoben hatte. Er sank neben ihr in die Polster, und sie lehnte ihren Kopf an seine Schulter und schaute dem Treiben auf der Tanzfläche zu. Die Musik toste in ihrem Kopf wie ein vom Sturm gepeitschtes Meer.

»Ich bin total betrunken«, schrie sie Mick ins Ohr und fühlte sich dabei so lebendig wie lange nicht.

»Ich auch!« Er lachte, und sein Wacholderatem streifte ihr Gesicht. Eine Weile alberten sie herum, und Kiki merkte, dass sie auf solche spontanen Begegnungen nicht verzichten wollte. Nicht für Tim – und schon gar nicht für ein Baby. Was für eine absurde Idee! Übermütig küsste sie Mick, und er antwortete ihr mit einer Zärtlichkeit, die sie überraschte.

»Das wollte ich schon lange«, sagte er, als sie sich voneinander lösten, und Kiki bemerkte die jungenhafte Lücke zwischen seinen Vorderzähnen, die feinen Fältchen um die Augen, den Schalk. Er war so schön in diesem Moment. Schnell küsste sie ihn noch einmal.

Irgendwann sagte Mick, dass er quasi gegenüber wohne, und Kiki wusste, dass er mit ihr schlafen wollte.

»Hast du Kondome?«, fragte sie und schaute kurz auf ihr Handy und dann auf die flackernden Lichter der Stadt. Keine Nachricht von Tim. Und irgendwo musste sie ja heute Nacht unterkommen.

»Jede Menge.«

»Na gut …«, sagte sie leichthin und legte eine Hand auf seine Gürtelschnalle. »Dann lass uns doch mal sehen, wie wir nach drüben kommen.«

14

Am Samstag landete der Flieger aus Berlin pünktlich in Bordeaux-Mérignac. Auf dem Flug war Esther erschöpft eingenickt, und so hatte sie verpasst, wie der Airbus eine letzte Schleife über dem tiefblauen Meer flog, bevor er zur Landung ansetzte und mit Wucht abbremste. Nachdem die Anschnallzeichen erloschen waren, richtete Esther sich benommen auf und massierte ihren steifen Nacken. Sie musste sich regelrecht zwingen, aufzustehen, um ihr Handgepäck aus dem vollgestopften Gepäckfach zu befreien.

Als Esther das Flugzeug verließ, schlug ihr sengende Hitze entgegen. Ihr Haar schien sofort in Flammen zu stehen, und das Atmen fiel ihr schwer. Erschrocken taumelte sie die Treppe hinab, stolperte und hätte fast ihren Trolley verloren. Eine fremde Hand griff nach ihr und hielt sie fest. Verdammt, sie war in den letzten Tagen um Jahre gealtert!

Auch im Bus, der die Passagiere des Nachmittagsflugs zum Terminal bringen sollte, war es stickig und heiß, alles klebte. Hier drinnen hatte es wohl mehr als vierzig Grad, aber die Menschen um sie herum warteten geduldig, bis auch die Letzten eingestiegen waren. Nur ein paar Kinder mit Rucksäcken voller Spielzeug auf dem Rücken alberten herum. Kleine, erwartungsvolle Gesichter, die den Alltag hinter sich gelassen hatten.

Esther drehte den Kopf zur Seite und schaute aus dem Fenster, über der Rollbahn flimmerte die Luft. Der nächste Flieger landete und bremste ab. Für einen Augenblick sah es so aus, als tauchte der Rumpf der Maschine in ein Meer aus Hitze und aufgestauten Sehnsüchten ein. Der Urlaub begann – und auch Esther wünschte sich, sie wäre lediglich für ein paar sonnige Tage nach Frankreich gekommen.

Als der Bus sich endlich in Bewegung setzte, atmete sie auf. Es war jetzt Viertel vor fünf. Esther schaltete ihr Telefon wieder ein, ein banger Blick auf das Display vermeldete zwei Anrufe in Abwesenheit und eine neue Nachricht auf der Mailbox. Kiki, sie bat um Rückruf, es sei dringend. Da war etwas Forderndes in ihrer Stimme, und Esther seufzte gereizt. Nein, sie hatte keine Lust, sich jetzt mit den banalen Sorgen ihrer kleinen Schwester zu beschäftigen, schließlich hatte Kiki sich nach der Geschichte am Langen See auch nicht mehr bei ihr gemeldet. Kiki wusste ja noch nicht einmal, was seitdem alles geschehen war.

Erleichtert, dass es nicht schon wieder Felizitas Bertram war, die sie mit ihren Anschuldigungen bedrängte, ließ Esther das Telefon an seiner Kordel in die Handtasche gleiten. Die letzten Tage waren höllisch gewesen. Eine Anspannung, die sie so noch nicht gekannt hatte, dazu kaum noch Schlaf. Jedes Mal, wenn Esther sich den Moment ins Gedächtnis rief, als Felizitas die schwarze Kladde aus der Tasche gezogen hatte, wurde ihr übel, und sie begann zu zittern. Ein schneller Puls, Panik.

Ihr Vater ein Vergewaltiger?

Nein, das konnte einfach nicht sein.

Auch jetzt spürte Esther, wie ihr flau wurde und sich Schweiß auf ihrer Oberlippe sammelte. Gereizt tupfte sie ihn mit dem Handrücken fort. Nachdem Felizitas vor fünf Tagen die Galerie verlassen hatte, war sie wie betäubt gewesen. Totale Blockade, bis irgendwann die Erinnerungen an die Sommerwochen in *Les Vagues* aus der Tiefe emporstiegen. Erst da war die Angst zurückgekommen. Wie ein wildes Tier hatte sie Esther angesprungen und nicht mehr losgelassen. Mit einem Schlag hatte Felizitas Bertram sie ihrer glücklichen Kindheit und einer sorgenfreien Zukunft beraubt. Was, wenn Felizitas die Vorwürfe gegen ihren Vater tatsächlich veröffentlichte, in ihrem Buch oder – schlimmer noch – im Internet, dem Pranger des 21. Jahrhunderts? Ihr Vater hatte doch keine Chance mehr, sich gegen den Rufmord zu wehren.

Schließlich hatte Esther sich nicht anders zu helfen gewusst, als drei Fingerbreit des Wodkas hinunterzustürzen, den sie für den Notfall im Eisfach ihres Galeriekühlschranks bunkerte. So gestärkt, hatte sie erst Imme angerufen und dann, nachdem das Gespräch abgebrochen war, Alex in Brüssel. Sie hatte einfach seinen Rat hören wollen, ganz egal, was zwischen ihnen vorgefallen war. Ihr Gespräch war sachlich gewesen. Kein Wort mehr über den Streit, als hätte Alex den Vorfall am Langen See längst abgehakt. Stattdessen hatte er ruhig zugehört und Esther dann empfohlen, ihren Anwalt einzuschalten. Inzwischen hatte Friedrich Duve Felizitas aufgefordert, die unwahren Behauptungen über ihren Vater zu unterlassen. Aber der Anwalt hatte sie auch gewarnt: Wenn die Sache vor Gericht landete und Felizitas dort glaubhaft versichern könnte, dass Leo ihre Mutter damals zum Sex gezwungen habe, stünden sie mit leeren Händen da. »Frau Bertram hat die Aufzeichnungen ihrer Mutter und eine Geschichte. Wir haben nichts, und in Zeiten von MeToo ist das zu wenig.«

Seitdem hatte Esther sich mehr als ein Mal gefragt, ob ihr Anwalt dieser Verrückten etwa glaubte. Friedrich Duve hatte ihren Vater doch gut gekannt, er hatte schon für Leo gearbeitet und viele Verträge für ihn aufgesetzt. »Mein Vater war ein Charmeur und Partylöwe, aber er war doch kein Vergewaltiger«, hatte Esther ihm empört entgegengehalten, während sie das Foto von Leo auf dem Schreibtisch fixierte. Ihr war, als hätte Felizitas Bertram einen Eimer Gülle über Leos Angedenken ausgekippt. Übel riechendes Zeug, das auch sein Werk beschmutzte. »Das muss ein Missverständnis sein. Die Wahnvorstellung einer vom Alkohol zerstörten Frau.«

Schwer atmend fächelte Esther sich Luft zu, die kurze Fahrt in dem überhitzten Bus und die Erinnerungen an den Albtraum der zurückliegenden Woche setzten ihr zu. Fast noch schlimmer als Friedrich Duves mahnende Worte war die Reaktion ihrer Schwester gewesen, denn auch Imme hatte ihr wenig Mut gemacht. »Es geht nicht darum, was ich persönlich von diesen Vorwürfen halte«, hatte sie bei einem zweiten Telefonat gesagt. »Du verfolgst die MeToo-Debatte doch auch. Die Zeiten haben sich geändert. Das, was vor vierzig Jahren vielleicht noch ein misslungener Flirt war, gilt heute als sexuelle Belästigung. Es tut mir leid, aber diese Sache hat das Zeug, Papas Ruf irreparabel zu beschädigen.«

In jenem Moment hatte Esther das Gefühl gehabt, durch eine Falltür ins Nichts zu stürzen. Und jetzt, im Bus auf dem Weg zum Terminal, kam es ihr so vor, als stürzte sie noch immer. Kein Grund in Sicht, weil ihre seelische Verfassung sich im Minutentakt änderte. Unglaube, Zweifel, Kampfeswille und immer wieder Hoffnungslosigkeit wechselten in rascher Folge, und kaum hatte sie sich in einem Seelenzustand eingerichtet, schwappte die nächste Welle eisiger Verzweiflung über sie hinweg. Ihr war, als hätte sie jeden inneren Halt verloren, auch wenn Imme versprochen hatte, so schnell wie möglich nach *Les Vagues* zu kommen. »Ich muss erst noch diese Vortragsreise zu Ende bringen und mich für ein paar Tage im Institut abmelden.«

Angespannt legte Esther eine Hand in ihren heißen, schmerzenden Nacken. Nein, sie konnte sich nicht um Kiki kümmern, die hatte doch Tim. Jetzt ging es darum, das Lebenswerk ihres Vaters zu retten. Und ihr eigenes dazu, den Ruf der Galerie Kwant. O Gott, was gäbe das für einen Aufschrei in der Szene! Wenn die Vorwürfe gegen Leo Kwant an die Öffentlichkeit gelangten, würde wohl niemand mehr seine Kunst getrennt von seiner vermeintlichen Schuld betrachten. Dann könnte sie auch die Zusammenarbeit mit ihren jungen Künstlerinnen und Künstlern vergessen. Gewiss würden die ihre Werke sofort aus der Herbstausstellung abziehen und die Zusammenarbeit mit der Galerie Kwant als einen grauenhaften Fehler bezeichnen. Wieder schluckte Esther eine Welle von Übelkeit herunter. Nein, es durfte nicht wahr sein, ihr Vater konnte kein »Monster« gewesen sein. War er nicht immer noch Leo Kwant – der große Zampano der modernen Malerei?

Am Mietwagenschalter im Untergeschoss der Ankunftshalle dauerte es länger, und während Esther wartete, schickte sie ihrem Mann eine Nachricht, dass sie gut in Frankreich angekommen war. Sie hatten nicht mehr über Adas Fest und die geplante Reise gesprochen, das hing alles noch zwischen ihnen, aber Alex hatte ihr signalisiert, dass sie in der Sache mit ihrem Vater auf ihn zählen konnte. »Was sagt denn deine Mutter zu dem Vorwurf?«, hatte er sie gestern bei einem weiteren Telefonat gefragt.

Esther schüttelte den Kopf. Sie hatte Ada noch nichts von den Anschuldigungen erzählt, um ihr ein paar schlaflose Nächte zu ersparen. Doch nun stellte sie fest, dass sie immer noch keinen Plan hatte, wie sie ihre Mutter damit konfrontieren sollte.

Ausgerechnet jetzt, wo Ada ihr Fest in *Les Vagues* plante. Das Sommerfest war doch sicherlich auch als Hommage an ihren Mann gedacht. Seufzend schob Esther ihren Trolley mit dem Fuß vor sich her. Der kleine Koffer kam ihr unverhältnismäßig schwer vor, so als hätte sie all ihre Ängste darin eingeschlossen, und ungeduldig gab sie ihm einen Tritt.

Als Esther gerade den Mietvertrag für den Wagen unterschreiben wollte, hörte sie, wie ihr Name ausgerufen wurde: »*Madame Esther Kwant devrai arriver dans les halles des arrivées.*« Die Stimme aus dem Lautsprecher tat sich schwer mit der Anhäufung von Konsonanten in ihrem Namen. Man erwarte sie in der Ankunftshalle.

Ihre Mutter!

War sie gekommen, um sie abzuholen?

Esther schob den Mietvertrag beiseite, entschuldigte sich und eilte mit klopfendem Herzen in den Ankunftsbereich. Aber es war bloß Vincent, der sie erwartete, aufrecht, schlank und offensichtlich bei bester Gesundheit. Er trug ein auffälliges blaues Hemd und stach aus der Menge der Wartenden hervor.

Guter Gott, er wurde überhaupt nicht älter!

»Da bist du ja«, sagte er nur, als sie vor ihm stand, dabei hatten sie sich seit Leos Beerdigung in Berlin vor mehr als zwei Jahren nicht mehr gesehen. Dann schloss er sie wie ein Vater in die Arme. Als Esther seinen vertrauten Geruch nach *Eau Sauvage*, Küchenkräutern und Tabak einatmete, spürte sie ein Schluchzen in sich aufsteigen. Sie wollte sich noch enger an ihn schmiegen, aber da nahm er ihr schon den kleinen schweren Koffer aus der Hand. »Deine Mutter wartet im Café Victoire auf uns.«

15

Wenig später waren Esther und Vincent auf dem Weg nach Laplage-sur-Mer. Vincent fuhr schnell. Das Fenster des Transporters war einen Spalt weit geöffnet, der Fahrtwind summte eine vertraute Melodie, während draußen die Vororte von Bordeaux vorüberzogen. Shoppingmalls, Parkplätze, Tankstellen – die Verheerungen der Moderne. Dann kamen schon die kleineren bäuerlichen Orte und Gemeinden und die Weinberge links der Gironde mit langen Reihen von Rebstöcken. Haut-Médoc und Margaux, Moulis und Listrac, St. Julien, Pauillac und Médoc.

Unterwegs erzählte Vincent von Joël und dessen Plänen für das Restaurant. Ab und zu stellte er auch ein paar Fragen, aber Esther hatte den Eindruck, dass er bereits alles wusste, was sich in den letzten Jahren in ihrem Leben ereignet hatte. Auf der Ladefläche hinter ihnen stapelten sich ein paar Kisten mit Bordeaux und Champagner, und schließlich fragte sie ihn, ob die Lieferung für Adas Fest gedacht sei.

Vincent lächelte und blickte kurz zu Esther. »Deine Mutter möchte, dass alles so wird wie früher«, sagte er, und sie war sich nicht sicher, ob das eine Antwort auf ihre Frage war oder eine Botschaft, die sie nicht zu deuten wusste.

Esther nickte, wieder spürte sie, wie angespannt sie war. Bei jeder Bodenwelle prallte ihr Körper hart gegen die Rückenlehne, und ein stechender Schmerz durchzuckte ihren Nacken. »Ohne Leo ist es nicht dasselbe«, sagte sie. (Das hatte sie doch schon einmal gedacht!)

»Du bist noch immer sehr stolz auf ihn, nicht wahr?«, fragte Vincent, und sie nahm wahr, wie er sie aus dem Augenwinkel musterte.

Esther drehte den Kopf zum Fenster und blickte auf die vorüberziehende Landschaft. Mattes Gras und Staub und der endlose silbrig grüne Teppich der Weinberge. Ein paar Wolken standen am Himmel wie große schläfrige Tiere. Als der Wagen an einer Ampel zum Stehen kam, nahm Esther das hypnotische Trommeln der Zikaden wahr, das die Hitze orchestrierte. Vincent erwartete wohl keine Antwort, und ganz kurz biss sie sich auf die weiche Innenseite ihrer Wange.

Am liebsten hätte sie ihm von Felizitas und den Vorwürfen gegen Leo erzählt, um zu hören, was er davon hielt. Vincent war so viele Jahre mit ihrem Vater befreundet gewesen, gewiss würde er nur den Kopf schütteln und über diese Sache lachen. Mit seinem kurzen, trockenen Schnauben: »Das ist doch absurd!«

Aber Vincent redete schon weiter: »Weißt du noch, wie das war, wenn ihr früher nach *Les Vagues* gekommen seid?«, fragte er, und auf einmal schien Leo zwischen ihnen zu sitzen. »Das Auto vollgeladen bis unters Dach. Und dein Vater, der mir jedes Jahr wieder schwor, dass er die lange Fahrt mit euch Mädchen nicht noch einmal durchstehen werde.«

Ach ja, die Autofahrten von Berlin bis nach Laplage-sur-Mer. Esther verzog das Gesicht. Natürlich erinnerte sie sich an diese abenteuerlich langen Touren, erst über die bedrückende Transitstrecke durch die DDR zum Grenzübergang Helmstedt/

Marienborn, dann quer durch Westdeutschland, über die Alpen und schließlich noch durch halb Frankreich bis in den Südwesten, an Bordeaux vorbei und an die Côte d'Argent am Atlantik, wo der Himmel kein Ende zu nehmen schien. »*Ciel sans fin*«, so hatte ihr Vater immer gesagt. Ganz kurz sah Esther ihn vor sich, wie er am Steuer saß und mit seinen großen, ungeduldigen Malerhänden aufs Lenkrad trommelte. Nein, ihr Vater war kein besonders guter Fahrer gewesen.

»Leo hat meist schon kurz hinter Berlin die Nerven verloren«, erwiderte sie und nickte Vincent lächelnd zu. Unterwegs hatte ihr Vater Musik gehört und geraucht, während Imme vorne auf dem Beifahrersitz saß und las und las. Sie las so schnell, dass sie die untere Hälfte der Seite mit der Hand abdeckte, um sich selbst zu zügeln. Und Kiki? Die zappelte neben Esther auf der Rückbank herum und musste beschäftigt werden, weil sie doch noch so klein war und sich unterwegs furchtbar langweilte. Also wollte Kiki mit der großen Schwester spielen, und wenn Esther die Lust verlor und ungeduldig wurde, kniff Kiki ihr in den Arm oder zog sie an den Haaren. Und dann gab es Streit – und Geschrei. Meist hielt Leo irgendwann entnervt auf einem Parkplatz an. Und einmal, jetzt fiel es Esther wieder ein, hatte er sogar gedroht, Kiki mit ihrem roten Köfferchen auf dem Parkplatz stehen zu lassen. Die Erinnerung daran ließ Esthers Herz schneller schlagen. Ihr Gesicht glühte, und sie fasste sich in den schweißnassen Nacken und hob ihr langes Haar an, um es zu einer Schnecke einzudrehen.

Wie alt war Kiki damals gewesen? Fünf oder sechs vielleicht? Ihr kleines, spitzes Gesicht, die dunklen Locken und der Ausdruck in ihren Augen – irgendetwas zwischen Angst und trotzigem Aufbegehren.

Und wo war ihre Mutter überhaupt gewesen?

Ada war meist schon vorausgefahren, um das Sommerhaus, das monatelang leer gestanden hatte, für die Familie herzurichten. Damals lebten sie bereits die meiste Zeit in Berlin.

Auch das eine Tradition, die sich über die Jahre etabliert hatte, diese eine, ihr heilige Woche, die sie ihrem Mann abgerungen hatte, bevor Leo mit den Mädchen nachkam. Ihre Mutter schien Esther wie verwandelt, wenn Leo und die Kinder schließlich in *Les Vagues* eintrafen. Wenn sie aus dem Kombi purzelten und gleich ans Meer liefen. Selbst ihr Vater bemerkte das, denn er küsste Ada lange, und dann begannen die wunderbaren Sommerwochen am Atlantik, die Mitte August auf ihren Höhepunkt zusteuerten – das Fest in den Dünen.

Seufzend wandte Esther sich wieder Vincent zu. Sie erzählte ihm von ihren Erinnerungen und von Kiki, die diese Fahrten gehasst hatte wie nichts sonst in ihrem Leben. Und die ihrem Vater nie verzeihen konnte, dass er einmal die Nerven verloren hatte und sie unterwegs zurücklassen wollte. Selbst bei seiner Beerdigung hatte sie davon gesprochen, bis Ada die Hand gehoben und sie zum Schweigen gebracht hatte.

Auch Vincent schwieg jetzt, als würde er tatsächlich zum ersten Mal davon hören, und Esther fragte sich, wie er wohl heute über seinen Freund Leo dachte. Die beiden waren sich so nah gewesen, fast ein Leben lang, bis ihr Vater in seinem letzten Lebensjahr plötzlich nicht mehr mit ihm sprechen wollte.

»Ich weiß nicht, ob du davon weißt, aber Leo hatte zuletzt ein kleines Alkoholproblem. Er hat gegen seine Krankheit angetrunken«, brach es plötzlich aus ihr heraus. »Ada hat ihm so oft zugeredet, dass er dich noch einmal besuchen sollte.«

Vincents rechte Hand fuhr auf, als wollte er etwas sagen, aber dann ließ er sie wieder auf das Lenkrad fallen. Er schien im Auto nicht mehr zu rauchen oder nahm Rücksicht auf sie, aber Esther bemerkte genau, wie seine Hand nach dem Zigarettenpäckchen in der Ablage tastete.

»Er hatte nichts gegen dich«, fuhr Esther fort. »Ich glaube, er war einfach nur müde. Er hatte mit seinem Leben abgeschlossen.«

16

So, da kamen sie. Ada konnte Vincents Wagen hören, bevor sie den Transporter um die Ecke biegen sah. Einen Augenblick blieb sie noch unter der Markise vor dem Café Victoire sitzen, doch dann erhob sie sich und schwenkte die Arme. Bestimmt hatte Esther ihre Zurückhaltung am Telefon bemerkt, und nun tat es ihr leid. Deshalb etwas mehr Euphorie – ihre Tochter sollte sich willkommen fühlen.

Also gut, da war Esther, zwei Wochen zu früh, so wie bei ihrer Geburt. Und wenn Ada es genau nahm, war auch die Schwangerschaft mit Esther eigentlich zu früh gekommen. Mitten hinein in eine Phase, in der die Arbeit als Fotografin sie mit unbändiger Freude erfüllte. Aber Mathilde hatte zu dem Zeitpunkt schon drei Babys nach Fehlgeburten verloren, da hatte Ada es nicht gewagt, dieses Geschenk des Schicksals abzulehnen. (Außerdem hatte Leo sich so sehr auf das Kind gefreut. Obwohl er nie hatte heiraten wollen, machte er ihr sofort einen Antrag. Der silberne Ring mit dem Türkis!)

Es war Vincents Idee gewesen, erst einmal mit einem frühen Abendessen im Café Victoire zu starten. »Deine Tochter wird Hunger haben.« Natürlich hatte er es sich auch nicht nehmen lassen, Esther vom Flughafen abzuholen. Der wunderbare Vincent – nie dachte er nur an sich. Was das Essen anbelangte, war

Ada sich zwar nicht so sicher, denn Esther führte seit vielen Jahren einen unbarmherzigen Kampf gegen jedes Gramm zu viel, das sich auf ihren Hüften sammelte. Aber sie hatte Vincent trotzdem zugestimmt, weil sie noch keine Vorstellung davon hatte, wie sie ihrer Tochter in *Les Vagues* unbefangen begegnen sollte.

»Du darfst Esther nicht erzählen, dass ich das Haus aufgebe«, hatte sie Vincent vor seiner Abfahrt nach Bordeaux eingeschärft. »Und kein Wort über uns. Du weißt doch, wie viel Leo ihr immer noch bedeutet. Seit seinem Tod ist sie nicht mehr im Strandhaus gewesen, weil sie hier alles an ihren Vater und an ihre Kindheit erinnert.«

Ada rief Joël, dann setzte sie ein Lächeln auf und ging auf den Wagen zu. Als sie sah, wie Esther ausstieg und sich die Bluse glatt strich, die sie zu der modisch weiten Culotte trug, überfiel sie plötzlich die Vision ihres jüngeren Ichs: das lange rötliche Haar, die leicht gerundeten Hüften und der skeptische Zug um den schönen, großzügigen Mund. Manche ihrer Freunde behaupteten ja, dass sich sogar ihre Gestik und Mimik ähnelten – und die Stimmen am Telefon. Doch Esther, die ihr nun entgegenkam, wirkte müde und abgekämpft. Und so fiel es Ada leicht, die Arme auszubreiten, um ihr Kind an sich zu ziehen. »Willkommen, mein Schatz!«

»Hallo, Mama.« Steif und verlegen wie ein Teenager, dem diese öffentlich zur Schau gestellte Liebesbekundung peinlich war, ließ Esther die Umarmung über sich ergehen. Ein paar flüchtige Wangenküsse, links, rechts, links, dann löste sie sich schon wieder von Ada und trat einen Schritt zurück.

Ahnte sie etwas?

Aus dem Augenwinkel warf Ada Vincent einen alarmierten Blick zu, aber er antwortete ihr mit einer beruhigenden Geste –

Alles gut! –, und sie entspannte sich ein wenig. Dankbar zwinkerte sie ihm zu, und Vincent antwortete ihr mit einem kleinen, verschwörerischen Lächeln, bevor er anfing, den Wagen auszuladen.

Erleichtert atmete Ada auf. Mein Gott, dieser letzte Sommer mit Vincent war kein spätes Glück, das war einfach nur Glück! In der vergangenen Woche hatten sie zu etwas zurückgefunden, was auch vor so vielen Jahren schon besonders gewesen war. Einer Liebe, die sie in Gedanken immer begleitet hatte.

Vincent war da!

Er war wirklich da.

Wenn sie nachts kurz aufwachte, sich im Halbschlaf umdrehte und ihn neben sich atmen hörte … Sein Gewicht auf der Matratze zu spüren, seine Wärme in ihrem Rücken, einen Arm um ihre Taille geschlungen.

Mit einem Lächeln wandte Ada sich wieder ihrer Tochter zu, aber herrje, Esther sah wirklich schlecht aus. Ihr armes Kind. Sie schien in den letzten Wochen tatsächlich abgenommen zu haben, doch das ließ sie irgendwie älter wirken. Ihr Gesicht war blass und schmal, und die dunkel umrandeten Augen wirkten stumpf und müde. Wo war die selbstbewusste Ausstrahlung, die Esther sich durch ihren Erfolg als Galeristin erarbeitet hatte? Gerade trug sie wieder den zweifelnden Ausdruck zur Schau, den sie schon als Teenager an sich gehabt hatte – so, als quälte sie etwas.

Unwillkürlich standen Ada Bilder von Esthers ersten Lebensstunden vor Augen. Schon damals hatte sie mehr von einem stirnrunzelnden rothaarigen Kobold als von einem rosigen Baby gehabt. Als Leo seine Tochter im Krankenhaus von Bordeaux zum ersten Mal in den Armen hielt, hatte Ada genau gesehen, wie er sein Kind erschrocken musterte. Die schrumpelige Haut, das spärliche Haar, das vom Schreien verzerrte Gesicht. »*C'est ma fille?*«, hatte er den Arzt gefragt, als könne er nicht glauben, so etwas Hässliches zustande gebracht zu haben. »Das ist meine Tochter?«

»Das vergeht«, hatte Ada gemurmelt, noch benommen von den schweren Stunden der Geburt, und die Arme nach ihrer Tochter ausgestreckt. Da hatte sie die Liebe zu diesem Kind schon gepackt, eine Umklammerung, die sie bei all ihren Kindern empfunden hatte und aus der sie sich nie wieder hatte befreien können.

Ergriffen zog Ada ihre Tochter noch einmal an sich, während sie sich daran zurückerinnerte, wie Esthers runder Babykopf damals genau in die Kuhle zwischen ihrer Schulter und dem Kinn gepasst hatte, wie ihre warme Haut, ihr Haar, ihr süßer Milchatem gerochen hatte, doch da wand Esther sich schon aus ihren Armen, um Joël zu begrüßen. »Ich glaube, ich sollte mich ein wenig frisch machen. Und dann brauche ich dringend eine *Soupe au pistou.*«

Aber Vincent hatte ein Festmahl vorbereitet, natürlich. Austern aus Cap Ferret, gefolgt von einem riesigen gegrillten Steinbutt mit Rosmarinkartoffeln und Salat und einer sahnigen Crème Caramel zum Dessert. Das war kein kurzes Krafttanken, das war eine Sache von Stunden. Joël servierte und setzte sich immer mal wieder kurz zu ihnen, während Vincent in die Küche verschwand, um sich den Wünschen der Abendgäste zu widmen, die nach und nach eintrafen und alle Plätze des Restaurants besetzten.

Natürlich aßen sie nicht draußen auf der Terrasse wie die Touristen, sondern drinnen an Leos Tisch in der Ecke, und während des Essens (Spatzenportionen für ihre Tochter, so wie vorhergesehen) beäugte Esther mit gerunzelter Stirn die Fotos von Leo, die auch im Restaurant die Wände pflasterten: Leo hinter Vincent auf dem Motorroller, die Arme um den Freund geschlungen. Leo mit seinen prominenten Freunden an den zusammengeschobenen Tischen. Leo mit Mathilde und Inès im Arm (Inès in einem ihrer Tangokleidchen, ein Bühnenlächeln für die Kamera). Und Leo mit seinem Meisterwerk, dem »Mädchen in der Brandung«. Hier im Café Victoire hatte er eine erste Ausstellung gehabt und gleich ein Bild verkauft.

»Was ist denn mit den Fotos?«, fragte Ada, denn Esther tat fast so, als hätte sie die alten Aufnahmen noch nie gesehen.

»Nichts. Was soll denn sein?«

»Ich weiß nicht, aber mir kommt es so vor, als suchtest du etwas.«

»Wonach soll ich denn suchen?«

»Das weiß ich doch nicht, mein Schatz.«

»Eben ...«

Gereizt zog Esther die Augenbrauen zusammen und legte das Besteck zur Seite. Sie schien wirklich dringend Ruhe und Erholung zu brauchen.

Ada zuckte mit den Schultern und trank einen Schluck Wein. Na, das begann ja vielversprechend! Sie merkte doch genau, dass Esther es nicht schaffte, ihr in die Augen zu sehen. Würde sie noch fotografieren, dann hätte sie diesen Ausdruck von Verlorenheit, der Esthers Gesicht wie ein Schleier verhüllte, einfangen können. Sie hätte das Bild vergrößert, Ausschnitt für Ausschnitt, bis sie der Wahrheit auf die Spur kam. Aber nun blieben ihr nur Worte, und im Offenbaren von Gefühlen waren weder sie noch Esther besonders gut.

War doch etwas mit Alex?

Esther hatte noch kein Wort über ihren Mann verloren, und

auch dass Kiki am Nachmittag versucht hatte, sowohl Esther als auch Joël zu erreichen, entlockte ihr lediglich ein liebloses »Es wird schon nichts sein«.

»Ich dachte, ihr habt euch letztes Wochenende auf dem Boot gesehen?«

»Haben wir auch.«

»Und?«

»Nichts und.«

»Gar nichts?«

»Es war heiß. Wir sind im Langen See geschwommen.«

Dicke Luft also, nichts Neues zwischen den beiden. Esther und Kiki hatten sich die ganze Kindheit und Jugend über in den Haaren gehabt. Enttäuscht von Esthers Schroffheit lehnte Ada sich zurück und schlug die Beine übereinander. Esther und Imme hatten ihr die kleine Schwester, die nach Jahren der schwesterlichen Zweisamkeit wie ein ungebetener Gast in ihr Leben geplatzt war, nie verziehen. Und auch heute noch war es Esther ein Dorn im Auge, dass Kiki ziellos durchs Leben trieb und nicht mit ihrem Geld auskam. (Imme war das egal, aber dafür sah sie die kleine Schwester noch sehr viel seltener als Esther.)

Eine Weile schwiegen sie beide, bis Ada einlenkte. »Und die Galerie hast du geschlossen, oder sieht Paula nach dem Rechten?«, erkundigte sie sich behutsam. Sie würde Kiki später anrufen, um zu fragen, was los war, und über das Geschäft redete Esther doch immer gern.

»Diesen Sommer ist es noch flauer als sonst«, antwortete Esther gequält. Sie stieß einen tiefen Seufzer aus, ihre Lider flatterten, und sie fuhr sich durchs Haar, lockerte es auf und strich es wieder hinter die Ohren. »Du hattest recht. Eigentlich zieht das Geschäft erst im September wieder an.« Esther schwieg einen Moment und sah sie an, als wolle sie ihr etwas Wichtiges mitteilen. »Ich habe mir wirklich vorgenommen, endlich Papas Atelier auszumisten.«

»Ausmisten?« Ada zog die Augenbrauen in die Höhe, sie spürte einen schmerzhaften Stich in der Brust.

»Du weißt schon, sichten und ordnen und alles für ein finales Werkverzeichnis katalogisieren, wir haben doch schon darüber gesprochen«, sagte Esther eilig. »Vielleicht könnte ich kommendes Jahr im Sommer eine kleine Ausstellung mit seinen frühen Skizzen und den Zeichnungen von *Les Vagues* machen? Das Pastell mit der Möwe hat mich auf den Gedanken gebracht. ›Leo Kwant und das Meer‹ oder so ähnlich. Kommt drauf an, was ich noch finde.«

»Das ist eine schöne Idee!« Ada atmete auf und machte Joël, der mit Tabletts beladen zwischen Tresen und Terrasse hin- und hereilte, ein Zeichen, dass sie noch einen Kaffee trinken wollte. »Und nach dem Fest?«, fragte sie versöhnlich. Vielleicht konnte sie Esther doch noch ein paar Worte zu ihrem Mann entlocken.

Aber Esther blieb verschlossen wie eine Auster. So leicht war ihre Schale nicht zu knacken.

»Mal schauen«, antwortete sie vage, wobei sie ihrer Mutter einen undurchdringlichen Blick zuwarf, und wieder einmal dachte Ada, dass die beiden zu früh geheiratet hatten. Schon im Studium! Alex war Esthers erste große Liebe gewesen – wenn man von ihrer unbeirrbaren Verehrung für den Vater absah.

»Alles in Ordnung bei euch?«, setzte Ada nach. Ein letzter Versuch noch, den Schleier zu lüften.

»Ach, ich finde, er ist zu viel unterwegs«, erwiderte Esther gereizt. »Er gönnt sich zu wenig Pausen.«

»Und was meint Alex dazu?«

Esther blickte überrascht auf, dann lächelte sie zaghaft. »Bist du jetzt unter die Paartherapeutinnen gegangen?«

»Du liebes bisschen, nein.«

Ada schüttelte den Kopf. Als Joël ihr noch ein Stückchen dunkler Schokolade zum Kaffee brachte, strich sie ihm dankbar über den Arm.

»Was ist das für eine Geschichte mit der neuen Köchin?«, fragte Esther, nachdem Joël zum nächsten Tisch geeilt war. Es war deutlich, dass sie das Thema wechseln wollte. »Vincent hat im Auto davon gesprochen.«

»Ich habe sie noch nicht kennengelernt. Aber Joël möchte wohl, dass sein Vater kürzertritt. Behagt Vincent gar nicht.«

»Er ist fünfundsiebzig, Mama. Meinst du nicht, dass es da an der Zeit ist, das Leben noch ein bisschen zu genießen?«

»Sein Großvater ist in dieser Küche gestorben«, gab Ada zurück. »Über einer Bouillabaisse.«

»Siehst du!« Esther lächelte, das erste Lächeln an diesem Abend, das auch ihre Augen erreichte. Zum ersten Mal seit ihrer Ankunft wirkte sie gelöst und ganz bei sich. »Und Vincents Vater?«

»Hugo? Der ist im Krieg umgekommen, das weißt du doch. Vincent war damals noch so klein, er hat seinen Vater nie richtig kennengelernt.« Ada bemerkte, wie ihr Herz anfing zu pochen. Sie spürte es bis hinauf in den Hals.

Auch die Kratzer an den Armen brannten. Gut, dass sie das Kleid mit den langen Ärmeln angezogen hatte. Wenn Esther von dem Kater erfuhr, würde sie sich nur unnötig aufregen und Ada gleich morgen früh zu einer Tetanusimpfung drängen. In manchen Dingen war sie einfach übervorsichtig. Aber Ada hatte den Streuner inzwischen mit Joëls Hilfe zum Tierarzt gebracht, und bis auf die Bindehautentzündung und ein bisschen Fett auf den Rippen fehlte ihm nichts.

»Ach ja.«

Esther schaute wieder zu den Fotos. »Weißt du eigentlich, wie es Inès geht?«, fragte sie unvermittelt.

Ada schüttelte schnell den Kopf, dabei hatte sie inzwischen von Vincent erfahren, dass die einst so stolze Inès nur noch ein Schatten ihrer selbst war. Sie fand nicht einmal mehr die Kaffeetassen in ihrer Küche. »Ich habe Inès und Madame Martinez zu meinem Fest eingeladen, aber ich konnte noch nicht mit ihr sprechen. Vincent meinte, sie sei alt geworden.«

Esther nickte, aber Ada konnte ihr vom Gesicht ablesen, was sie in diesem Moment dachte: Mach dir bitte nichts vor, Mama. Du bist doch auch alt geworden.

17

Es ging bereits auf Mitternacht zu, als die Essensbestellungen im Café Victoire endlich abflauten und Vincent sie nach *Les Vagues* brachte. Er wollte nicht mehr mit hineinkommen, also ging Esther mit ihrem Koffer schon vor, während Ada noch kurz am Wagen stehen blieb. Als Esther sich an der Tür noch einmal umdrehte, um Vincent zu winken, sah sie gerade noch, wie ihre Mutter sich aus seinen Armen löste.

Hatte sie da etwa gerade einen Kuss gesehen?

Leidenschaftlich und auf den Mund?

Es war dunkel, und das, was sie beobachtet hatte, war nur eine Sache von Sekunden gewesen – und trotzdem …

Sprachlos drehte Esther sich um. Sie stürmte ins Haus, und plötzlich verstand sie, warum ihre Mutter am Telefon so verhalten auf ihr Kommen reagiert hatte. Du meine Güte, Ada und Vincent waren ein Paar! Sie störte die beiden.

Im Wohnzimmer blieb Esther stehen. Obwohl sie lange nicht mehr hier gewesen war, hatte sie gehofft, sich in *Les Vagues* ein wenig besser zu fühlen. Das Strandhaus war schließlich so, wie man es malen würde, wenn man von einem Haus am Meer träumte: eine großzügige Küche mit Blick auf Kiefern und Dünen, ein riesiges Wohn- und Esszimmer mit vielen schönen Bildern, Möbeln und Fundstücken darin und einer bodentiefen

Fensterfront, durch die man das Meer und den leuchtenden Himmel sah. Darüber hinaus war das Haus so sehr von Leos Persönlichkeit und von seinem Schaffen durchdrungen, dass ein kleiner Teil von ihr gehofft hatte, die vertraute Atmosphäre würde ihr sofort Sicherheit vermitteln. Die Sicherheit, dass ihr Vater nichts Falsches getan haben konnte. Aber dieser Kuss (oder was auch immer das gewesen war) hatte Esther vollkommen aus der Fassung gebracht. Wenn schon ihre Mutter Geheimnisse vor ihr hatte, wer, bitte schön, war dann ihr Vater gewesen? Esther zitterte. Mit einem erstickten Schrei ließ sie den Koffer fallen, der silberne Trolley polterte auf den Berberteppich zu ihren Füßen und kippte um.

Ada und Vincent also.

Fassungslos presste Esther die Stirn gegen das kühle Fensterglas. Sie konnte sich nicht helfen, aber sie war enttäuscht. Tief enttäuscht! Nie im Leben hätte sie gedacht, dass Ada sich nach Leos Tod noch einmal verlieben würde.

Und dann ausgerechnet in Vincent.

Den besten Freund ihres Vaters.

Wie lange ging das schon so?

Und wusste Joël davon? Oder eine ihrer Schwestern?

Heftig atmend öffnete Esther die Terrassentür, und die salzige Brise fuhr ihr ungestüm ins Gesicht. Der Atlantik war schwarz, nur noch Wind und Brandungsrauschen und einzelne Lichtpunkte am Horizont. Dort warteten die großen Schiffe vor der Mündung der Gironde aufs Einlaufen in den Hafen von Bordeaux, und das Leuchtfeuer des Phare de Cordouan wies ihnen den Weg. Esther war übel von dem schweren Essen. Erschöpft von ihren Emotionen trat sie auf die Terrasse. Sie konnte sich nicht helfen, aber sie fand, dass ihre Mutter Leo und auch ihre Ehe verriet.

Als das Terrassenlicht über ihrem Kopf aufflammte, zuckte Esther zusammen. Einen Augenblick später stand Ada neben ihr und lächelte sie arglos an. »Wollen wir noch etwas trinken?«, fragte sie munter. »Ein kleines Willkommensglas, bevor wir ins Bett gehen?«

»Ich hatte ja keine Ahnung …«, begann Esther aufgewühlt, sie wollte ihre Mutter zur Rede stellen. Dieser rätselhafte Kuss! Ihr Blick irrte über den Strand und verlor sich in der Dunkelheit. »Wann ist das passiert?«

»Das war Amélie«, erwiderte Ada zögernd, und ihr Lächeln verlosch. »Sie hat uns ziemlich viel Strand gekostet. Bei Flut sind es nur noch dreißig Meter bis zum Wasser.«

»Amélie?« Irritiert sah Esther ihre Mutter an, dann begriff sie, dass Ada vom letzten großen Herbststurm sprach, der vor zwei Jahren an der Küste gewütet hatte. Offenbar hatten Ada und Vincent gar nicht bemerkt, dass sie beobachtet worden waren. Oder war das, was sie gerade gesehen hatte, doch nur ein Abschiedskuss unter Freunden gewesen? *Un bisou d'adieu*?

»Hübscher Name für einen Orkan«, murmelte Esther verwirrt und umklammerte das Geländer. War sie schon genauso paranoid wie Felizitas Bertram?

»Nicht wahr?« Ada nickte, ihr Lächeln kehrte zurück. Sie ging ins Haus und kam mit einer Flasche Wein und zwei Gläsern zurück. »Den musst du probieren«, sagte sie und stellte alles auf den Tisch. Dann zündete sie ein Windlicht an und versuchte, die schweren Rattansessel an den Tisch zu rücken, was ihr jedoch Probleme bereitete. »Hat Joël uns für unseren ersten Abend mitgegeben.«

»Lass mich das doch machen!« Esther trat neben sie und rückte die Ungetüme zurecht. »Soll ich dir noch eine Strickjacke holen?«

Als Ada verneinte und sich mit einem Seufzer setzte, überfiel Esther das schlechte Gewissen. Hatte sie sich nach dem Tod ihres Vaters genug um ihre Mutter gekümmert? Hatte sie Adas Trauer und Einsamkeit über dem eigenen Schmerz verdrängt? Sie zu oft allein gelassen und so in Vincents Arme getrieben?

Stumm prostete Esther ihrer Mutter zu. Sie nippte an ihrem Wein, lehnte sich zurück und ließ den Blick über den dunklen Strand schweifen. Unten an der Wasserlinie flammte ein winziges Licht auf, als ob da jemand stünde und rauchte. Auch Ada bemerkte den Glutpunkt, jedenfalls drehte sie den Kopf in die Richtung und setzte sich auf. Eine Weile beobachteten sie beide dieses Glimmen, das sich nun nach Süden in Richtung Laplage-sur-Mer entfernte.

»Fühlst du dich nicht einsam hier draußen?«, versuchte Esther noch einmal, dem Kuss auf die Schliche zu kommen.

»Ich? Einsam?« Ihre Mutter sah sie an, als hätte sie den Verstand verloren. »Du lieber Gott, nein. Ich habe doch das Meer. Und den Streuner.«

»Ein Hund?« Esther fiel ein, dass Ada ein Händchen für Tiere hatte. Früher hatte es immer ein verlassenes oder verletztes Wesen im Strandhaus gegeben, um das sie sich im Sommer gekümmert hatte. Und bisweilen war es Esther so vorgekommen, als ob diese Kreaturen mehr Liebe und Zuwendung erführen als ihre Kinder. Einmal hatte Ada sogar einen Hund adoptiert, den Joël angeschleppt hatte. Der Hund hatte noch ein paar Jahre bei ihnen in Berlin gelebt, bevor er an Altersschwäche gestorben war.

»Ein Kater. Du wirst ihn bestimmt morgen kennenlernen. Jetzt ist er auf der Pirsch.«

»Aha.« Unbehaglich rutschte Esther in ihrem Sessel hin und her. Das dunkle Atelier in ihrem Rücken erinnerte sie an die Aufgabe, die auf sie wartete. »Und wenn dir hier draußen etwas passiert?«

»Was soll mir denn passieren?«

»Du bist diese Treppe da schon einmal hinuntergefallen.«

Esther deutete auf die steile Holztreppe, die von der Terrasse zum Strand hinabführte. Vor ein paar Jahren war Ada unglücklich gestolpert und hatte sich an der Wirbelsäule verletzt. Ihre Rückenprobleme rührten von diesem Sturz.

»Dann wird mich schon jemand finden«, erwiderte Ada leichthin. »Vincent schaut doch jeden Tag nach mir.«

Esther schwieg und blickte sich zu ihrem Koffer um, der noch immer auf dem Teppich vor der Terrassentür lag. Sie bemerkte, dass der Blick ihrer Mutter auf ihrem Gesicht ruhte, als könnte Ada ihr ansehen, was sie mit sich herumschleppte.

War jetzt nicht der Moment gekommen, um über den eigentlichen Grund ihres Besuchs zu sprechen? Über Felizitas Bertram und deren ungeheuerlichen Vorwurf. Ja, vor zwei Tagen hatte Felizitas gegenüber ihrem Anwalt sogar noch einmal nachgelegt und Leos großzügigen Rückkauf des Porträts in den Achtzigerjahren mit einer Schweigegeldzahlung an ihre Mutter verglichen. Sie gab einfach keine Ruhe, und es war wichtig, den Verleumdungen endlich etwas entgegenzusetzen.

Esther holte tief Luft, aber da fiel Ada plötzlich Kiki wieder ein. »Ich wollte deine Schwester doch noch anrufen«, sagte sie und erhob sich rasch. »Sie ist bestimmt noch wach.«

Kiki. Natürlich. Ihre kleine Schwester, die ständig eine Extraportion Aufmerksamkeit benötigte. Wenn Ada wüsste, wie herzlos Kiki bisweilen von ihr sprach, würde sie ihre Kleine gewiss mit anderen Augen sehen.

Esther wedelte ein paar Mücken zur Seite. »Ich geh noch mal runter ans Wasser«, murmelte sie und schlüpfte aus den

Schuhen. Aber da war Ada schon im Haus verschwunden, und Esther war sich nicht sicher, ob sie sie überhaupt noch gehört hatte.

Als Kind hätte Esther sich sofort in die Brandung gestürzt – auch mitten in der Nacht. Aber nach der Sache am Langen See hatte sie Angst. Mit angehaltenem Atem tastete sie sich vor. Es war Ebbe, jedenfalls kam es ihr so vor, denn sie hatte erst einen Spülsaum aus Algen, kleinen Steinchen und scharfkantigen Muschelsplittern überwinden müssen, bevor sie das Wasser erreichte. Jetzt stand sie einfach nur da und hing ihren Gedanken nach, während das Wasser ihre Knöchel umspülte und sie den Sog der Tide zu spüren meinte. Jene Kraft, die aus der Tiefe der Zeit zu kommen schien. Mit jeder Welle sackten ihre Füße etwas tiefer in den nassen Sand.

Leo.

Und Ada.

Und Vincent. (Und dann hatte es ja auch noch Mathilde gegeben.)

Zwei Paare – und ihre lebenslange Freundschaft. Kurz bevor ihr Vater starb, war sie zerbrochen, als wäre damals etwas aus der Balance geraten.

Und nun waren nur noch Ada und Vincent übrig.

Nachdenklich drehte Esther sich um und blickte zum Haus, das in der Dunkelheit leuchtete. Sah sie Gespenster? War es nicht einfach so, dass Vincent wohl der einzige Mensch war, mit dem Ada noch nach Herzenslaune über Leo und die alten Zeiten sprechen konnte? War er so etwas wie ihre letzte Verbindung zu Leo – und dieser Kuss nicht mehr als ein sentimentaler Akt?

Fröstelnd schlang Esther die Arme um den Körper. Als sie zum Strandhaus zurückging, leuchtete ihr Telefon auf. Eine

Nachricht von Imme: »Ich konnte mir ein paar Tage freischaufeln und komme mit der Bahn. Holst du mich am Montag in Bordeaux ab?«

18

Am nächsten Morgen wachte Ada früh auf. Irritiert setzte sie sich auf und trank einen Schluck Wasser. Es war kurz vor sechs, und sie war hellwach. Wehmütig legte sie eine Hand auf das kühle leere Kissen neben sich. So gut wie in Vincents Nähe hatte sie lange nicht mehr geschlafen, tief und traumlos, und nun fehlte er ihr.

Ratlos betrachtete Ada den Strauß Moosrosen, der auf ihrem Nachttisch stand. (Jeden Abend hatte Vincent ihr eine Rose gebracht, Madame Martinez musste toben.) Hätte sie mit Esther über Vincent sprechen müssen? Gestern Abend zum Beispiel, als sie bei einem letzten Glas Wein auf der Terrasse zusammensaßen? Ada hatte mit sich gerungen, aber dann war ihr Kiki wieder eingefallen, und sie hatte Esther allein gelassen. Leider hatte das Gespräch mit ihrer jüngsten Tochter viel länger gedauert als geplant, denn es stellte sich heraus, dass Kiki sich von ihrem Freund getrennt hatte und buchstäblich auf der Straße stand. Bis Ada sie so weit hatte, ihre Schwester Imme in Potsdam anzurufen und sie um Hilfe zu bitten, war so viel Zeit vergangen, dass Esther das Warten wohl aufgegeben hatte. Jedenfalls hatte sie alle Lichter auf der Terrasse und im Haus gelöscht und war zu Bett gegangen. Ada hatte sie nicht mehr stören wollen.

Ach, Kiki.

Ada schüttelte den Kopf. Obwohl sie insgeheim so etwas wie ein neuerliches Scheitern längst erwartet hatte, war sie nach dem Geständnis ihrer Tochter doch aufgewühlt gewesen. Sie hatte sich vorgestellt, wie Kiki in Berlin von Café zu Café gezogen war. Wie sie sich nicht dazu hatte durchringen können, in *Les Vagues* anzurufen, weil Ada ihr doch gerade erst zweitausend Euro für eine Zahnarztrechnung und den fälligen Mietanteil bei Tim vorgestreckt hatte. Erst nachdem Kiki ihr lange nach Mitternacht eine Nachricht geschickt hatte, sie sei bei Imme untergekommen, hatte Ada das Licht auf dem Nachttisch gelöscht. Und auch heute Morgen galt ihr erster Gedanke Kiki. Zum ersten Mal in ihrem Leben dachte Ada, dass ihre Kleine wohl nie zur Ruhe kommen würde.

War das ihre Schuld?

Bedrückt schlug Ada die Bettdecke zurück und schwang die Beine aus dem Bett. Wieder wünschte sie sich, sie hätte die Zeit bis zum Fest für sich. Nur Vincent und sie und dieser letzte gemeinsame Sommer in *Les Vagues*. Aber nun reiste auch Kiki früher an, und sie ahnte schon, was Esther dazu sagen würde.

Angespannt nahm Ada einen der kugelrunden Steine von ihrem Nachttisch und bewegte ihn in der Hand. Wie fühlte es sich an, wieder ein Kind im Haus zu haben? Obwohl Kind … Nun musste sie doch ein wenig lächeln. Ein Kind war Esther natürlich schon lange nicht mehr. Esther schien die Kindheit sogar mit Siebenmeilenstiefeln durchschritten zu haben. Das erste Wort hatte sie mit zehn Monaten gesprochen (»Papa«), laufen konnte sie mit einem Jahr, trocken war sie mit vierzehn Monaten und eine große Schwester mit anderthalb Jahren. Nach Immes Geburt hatte Esther auch das Kuscheln mit ihrer Mutter eingestellt (und das Wühlen in ihrem Haar), um mit fliegenden Fahnen zum Vater zu wechseln, den sie seitdem vergötterte.

Auch auf allen weiteren Stationen ihrer Kindheit schien es, als arbeitete Esther Punkt für Punkt und mit gerunzelter Stirn einen Plan ab, der ihr zur Geburt mit auf den Weg gegeben worden war. Schon mit zwölf war Esther bereit gewesen für die Welt – jedenfalls hatte sie diesen Eindruck vermittelt. Und manchmal dachte Ada, dass sie viel zu schnell erwachsen geworden war.

Nachdenklich legte Ada den Stein auf den Nachttisch zurück, sie lauschte dem Krachen der Wellen. Der Wind war über Nacht aufgefrischt, Windstärke fünf, die Surfer würden heute ihren Spaß haben. Die Vorfreude auf ein frühes Bad in der Brandung trieb sie endgültig aus dem Bett.

Am Fenster nahm Ada ein paar tiefe Atemzüge. Es gab nichts Schöneres als den einsamen Strand. Die ersten Fußabdrücke im nassen Sand, das stille, noch schläfrige Dahingleiten der Möwen, das unverbrauchte Licht, das keine harten Schatten warf. Vorsichtig streckte Ada den Rücken und drückte die Hände auf die schmerzende Stelle zwischen dem ersten und zweiten Lendenwirbel, wo das Titanelement saß, das ihr nach dem Treppensturz vor vier Jahren eingesetzt worden war.

In den vergangenen Tagen war Vincent um diese Zeit wach geworden. Er hatte ihr einen Kaffee ans Bett gebracht und ihr liebevoll etwas ins Haar geflüstert, bevor er auf den Markt fuhr. Kurz nach acht war er mit Baguette und Obst und einer Zeitung zurückgekehrt, und sie hatten zusammen auf der Terrasse gefrühstückt. Vincent las den Sportteil oder schimpfte über die Kapriolen der Lokalpolitiker, während Ada versuchte, den Reformbestrebungen des französischen Präsidenten zu folgen, und sich ins Feuilleton vertiefte. Dort hatte sie auch entdeckt, dass man den ehemaligen deutschen U-Boot-Bunker in Bordeaux in ein Digitalmuseum verwandeln wollte. In den *Bassins de lumières* sollten in Zukunft Gemälde auf die Bunkerwände projiziert werden, und verblüfft versuchte Ada, sich die Lichtinstallationen auf dem hässlichen, bröckelnden Beton vorzustellen. Sie musste unbedingt Esther davon erzählen, sie hatte doch gerade gestern erst nach Vincents Vater gefragt. Und nach Inès.

Ada ging ins Bad und bürstete sich das Haar. Seltsam, wie das Leben so spielte. Einst war Inès ihr als die größte Bedrohung ihrer Ehe erschienen, weil sie mit ihrer lebenslustigen, raffinierten Art so viel besser zu Leo zu passen schien. Und weil es eine Zeit gegeben hatte, in der Inès ihm so viel näher gewesen war als sie selbst. Doch nun konnte Inès sich womöglich gar nicht mehr an Leos Namen oder an sein Gesicht erinnern. Oder daran, dass sie ihm einst Modell gestanden hatte. Dabei war ihr Bild eines der ersten gewesen, mit denen Leo für Furore gesorgt hatte, weil es auf einer großen internationalen Ausstellung gezeigt worden war. »Leo Kwant ist ein Maler, der mit Farbe alles schaffen kann, was er will«, hatten die Kritiker damals geurteilt. »Er schließt an die Tradition der Brücke-Maler an.« Das hatte Leos Bekanntheit in eine neue Sphäre katapultiert.

Nachdenklich band Ada das Haar zu einem Zopf, sie zog Badeanzug und Bademantel an und ging leise nach unten. Als sie sich in der Küche einen Kaffee machte, hörte sie Esther die Treppe hinunterkommen.

»Habe ich dich geweckt?« Ada holte einen zweiten Becher aus dem Schrank und schenkte Esther Kaffee ein. »Das wollte ich nicht.«

Esther schüttelte den Kopf. Die Nachtruhe hatte ihr gutgetan, sie sah etwas besser aus als gestern Abend, frischer und entspannter, mit vom Schlaf geröteten Wangen. Mit einem Nicken nahm sie den Kaffee entgegen. »Der Wind hat mich geweckt«, sagte sie, »der Wellengang. Ganz schön laut heute Morgen.«

Ada lächelte. Esther sah in ihrem champagnerfarbenen Pyjama und mit dem langen, leicht welligen roten Haar beinahe glamourös aus. Wenn sie ihre Tochter jetzt draußen im Wind und im schönsten Morgenlicht fotografierte, würde Esther dieses Bild von sich lieben.

»Ich finde es herrlich«, sagte Ada und ging nach vorn, um die Terrassentür aufzustoßen. Das Weißwasser schäumte und brodelte, und – *voilà* – da sah sie auch schon den ersten Surfer. *Ihren* Surfer, sie erkannte ihn an seinem Neoprenanzug mit dem neongelben Schriftzug auf dem Rücken. Das Mädchen mit den goldenen Beinen, das in der letzten Woche noch an seiner Seite gewesen war, blieb jedoch verschwunden, als wäre es nicht mehr gewesen als eine Sinnestäuschung.

»Sind die Wellen nicht zu stark zum Schwimmen?« Esther war neben sie getreten und warf einen skeptischen Blick auf die Brandung. »Und ist das Wasser nicht zu kalt?«

Ada schüttelte den Kopf. »Das Wasser ist gar nicht so kalt«, sagte sie. »Jedenfalls nicht, wenn man in Bewegung bleibt. Du musst nur einmal durch die Brandung tauchen, dann trägt es dich. Komm mit, du bist doch früher so gern geschwommen!«

»Puh …« Esther pustete sich eine Strähne aus der Stirn und rieb sich die Arme, als fröstelte sie. »Ich glaube, ich zieh mich an, und dann verschwinde ich ins Atelier.«

»Na, du hast es ja eilig.« Ada warf ihrer Tochter einen erstaunten Blick zu. Seit Leos Tod hatte Esther das Atelier nicht mehr betreten, aber nun konnte es ihr offensichtlich nicht schnell genug gehen. »Der Schlüssel liegt in der Küche, in der Schüssel mit dem Krimskrams«, sagte sie. »Und im Schuppen findest du noch ein paar Mappen und Kartons, vielleicht kannst du die gebrauchen.«

Esther nickte gedankenverloren. Die steile Falte zwischen

ihren Augenbrauen war wieder da, auf einmal wirkte sie angespannt. Ada registrierte, dass Esther den Surfer beobachtete, der in diesem Moment durchs Weißwasser paddelte und sich dann auf sein Board zog. Gekonnt ritt er die Welle, ein grandioser Balanceakt. »Imme kommt morgen«, sagte sie plötzlich, ohne Ada anzusehen. »Sie hat mir gestern Abend noch eine Nachricht geschickt.«

»Imme?« Ada schüttelte den Kopf. Bei ihrem letzten Telefonat Anfang der Woche hatte Imme doch noch gesagt, dass sie es frühestens zum Fest nach *Les Vagues* schaffen würde – auch, weil ihre Töchter noch mit ihrem Vater unterwegs waren. »Wegen Kiki?«

»Kiki?« Jetzt schaute Esther sie verständnislos an.

»Dann weißt du es noch gar nicht?« Ada trank ihren Kaffee aus und trat auf die Terrasse, wo sie den Becher auf dem Tisch abstellte.

»Was weiß ich nicht?« Esther blieb an der Terrassentür stehen und sah ihrer Mutter misstrauisch hinterher. »Braucht Kiki etwa wieder Geld?«

Ada runzelte die Stirn. »Sie hat sich von Tim getrennt«, antwortete sie kurz angebunden, weil sie sich über Esthers Reaktion ärgerte. »Deshalb hat sie gestern Nachmittag auch versucht, dich zu erreichen. Jedenfalls hat sie ihre Sachen gepackt, ohne darüber nachzudenken, wo sie unterkommen soll. Gut, dass Imme von ihrer Vortragsreise zurück ist.«

Esther seufzte tief, aber sie sagte nichts. An der Wand in ihrem Rücken lugte Leo ihr von einem Foto über die Schulter, und Ada meinte, einen weiteren tiefen Seufzer zu hören.

Ungeduldig zuckte Ada die Achseln, dann wandte sie sich zum Meer. Sie musste sich bewegen, die Wellen spüren, den sanften Halt des Salzwassers. »Wir sehen uns zum Frühstück«, sagte sie schnell, um jeder weiteren Diskussion über Kiki aus dem Weg zu gehen. »Vincent kommt auch und bringt Croissants mit.«

19

Das Atelier ihres Vaters war immer eine Welt für sich gewesen. Ein Ort, wo aus Farbe und Leinwand und Leos wilder Schaffenskraft Großes entstand – und wo seine Kinder nichts zu suchen hatten. Schade, dass sie ihrem Vater nur so selten beim Malen hatte zusehen können.

Esther drehte den Schlüssel im Schloss und stieß die Tür zum Kubus auf. Warme, abgestandene Luft schlug ihr entgegen. Sie klemmte einen Keil unter die Tür, öffnete die Fensterklappen und atmete tief durch. Hier zu stehen berührte sie zutiefst, Esther schossen die Tränen in die Augen, als ihr Blick auf den farbgesprenkelten Overall fiel, der immer noch an einem Haken an der Wand hing. Es kam ihr vor, als könnte ihr Vater jeden Moment zur Tür hereinkommen und sich an die Arbeit machen. Über die tägliche Beschäftigung mit seinem Werk hatte Esther zwar in eine Art professioneller Distanz zu seinem Tod Zuflucht gefunden, doch in diesem Moment und an diesem Ort, an dem sich Leos Kreativität entfaltet hatte und wo noch immer eine Spur kalten Zigarettenrauchs in der Luft zu hängen schien, spürte sie, dass sie seinen Verlust noch nicht überwunden hatte. Wie Pfeile durchbohrten sie die Erinnerungen.

Überwältigt von diesem jähen Schmerz schloss Esther die Augen. Wie ein Nachbild brannte sich der Overall auf der Netzhaut ein, dann stürzte ein Funkenregen aus Lichtflecken in das Bild und löste es auf. Esther atmete, wartete und gab der Galeristin Zeit, an die Stelle der Tochter zu treten. Nach ein paar Minuten hatte sie sich wieder im Griff.

Augen auf!

Gut, da war sie also.

Und da war der große Tisch mit diesem Durcheinander von Malutensilien, an dem Leo oft gezeichnet hatte. Esther nahm einen Pinsel in die Hand und strich über die eingetrockneten Borsten, dann legte sie ihn wieder zurück. Da waren die Grafikschränke mit den vielen Schubladen und davor die Staffelei, dort der Sessel auf dem Podest und dahinter die Chaiselongue mit den bunten Kissen, wo posiert worden war, wenn er nicht unter freiem Himmel gemalt hatte. Und darüber – Esther spürte, wie ihre Beine plötzlich nachgaben und sich die Falltür unter ihr wieder öffnete –, da hatte jemand mit leuchtend roter Farbe das Wort »Monster« an die Wand geschmiert wie ein Fanal.

Entsetzt schlug Esther die Hände vors Gesicht. Sie taumelte, wich einen Schritt zurück und floh vor dem dunklen Abgrund, in den sie zu stürzen drohte. Kurz hatte sie das Gefühl, keine Luft mehr zu bekommen. Sie zitterte, kalter Schweiß brach ihr aus, und das Blut rauschte ihr in den Ohren. Im nächsten Moment rebellierte ihr Magen. Sauer stieß ihr der Morgenkaffee wieder auf, sie stürzte aus dem Atelier an die frische Luft und lehnte sich keuchend gegen die Wand.

»Esther? Alles in Ordnung mit dir?«

Da stand Vincent, eine gefüllte Markttasche in der Hand. Er hatte für das Frühstück eingekauft und war mit dem Motorroller nach *Les Vagues* gekommen. Fragend kniff er die Augen zusammen.

»Geht schon …« Zitternd schlang Esther die Arme um den Körper, sie fühlte das Herz gegen die Rippen trommeln. Warum hatte sie denn nicht gehört, wie Vincent den Weg heraufkam?

Vincent reichte ihr seinen Arm. »Setz dich mal lieber!« Er half Esther auf die Holzbank vor dem Atelier, von wo aus man direkt auf das Kiefernwäldchen blickte, dann lief er ins Haus und kam mit einem Glas Wasser zurück.

»Wo ist denn deine Mutter?«, fragte er und setzte sich neben sie.

»Schwimmen«, murmelte Esther zwischen zwei Schlucken. Das Wasser tat gut und beruhigte ihren Magen ein wenig.

»Und du, bist du auch aus dem Bett gefallen?«

»Ich stehe immer so früh auf«, sagte Esther, weil sie keine Lust auf ein Verhör hatte. Sie schlug die Augen nieder, um Vincents forschendem Blick auszuweichen. »Ich hätte etwas essen sollen. Sag Ada nichts davon, ja?«

»Wovon soll ich deiner Mutter nichts sagen?«

»Du weißt schon …« Ängstlich wandte Esther den Kopf, sodass sie über die Schulter ins Atelier schauen konnte. Doch die Wand über der Chaiselongue strahlte in unschuldigem Weiß. Das, was sie gesehen zu haben glaubte, war ein Zerrbild ihrer überreizten Nerven gewesen.

Oder wurde sie verrückt?

Mit zittrigen Händen massierte Esther sich die Schläfen und dann den verspannten Nacken, während sie kurz das Gefühl hatte, die Kontrolle über ihr Leben zu verlieren.

»Soll ich dir schnell etwas zu essen machen? Ein Omelett vielleicht? Das hast du doch früher so gerne gegessen.«

O Gott, nein. Wenn sie jetzt nur an Essen dachte, wurde ihr schon wieder schlecht.

Esther schüttelte den Kopf, lächelte schwach und legte eine Hand auf Vincents Arm. »Du musst dir keine Sorgen machen. Ich nehme mir ein Croissant, dann mache ich weiter.«

»Geht es dir wirklich gut?«

»Ja.« Esther zog die Nase kraus, was Vincent mit einem kleinen Lächeln quittierte. »Ich hätte nicht gedacht, dass es mich so umhaut, wenn ich seinen Overall sehe«, räumte sie ein, während sie sich gleichzeitig fragte, wie sie nach diesem Schock überhaupt weitermachen sollte. Wonach sollte sie denn suchen? Etwa nach einer handschriftlichen Versicherung ihres Vaters, dass er Liz Bertram nichts angetan hatte? Dass er sich immer anständig verhalten und jedes Nein respektiert hatte? Unmerklich schüttelte Esther den Kopf. Was auch immer sie sich von der Suche im Atelier versprochen hatte, nun sah sie ein, dass die Vorstellung, dort etwas zu finden, was Leo entlasten könnte, absurd war. Es half nichts, sie musste endlich mit Ada sprechen.

»Er war dein Vater, Esther«, sagte Vincent ruhig an ihrer Seite, er ließ sie immer noch nicht aus den Augen. »Du wirst nie darüber hinwegkommen, dass er nicht mehr für dich da ist.«

»Und du? Vermisst du ihn auch?«

»Natürlich.« Vincent lehnte sich zurück, er verschränkte die Arme vor der Brust und streckte die Beine von sich. »Er war mein bester Freund, das weißt du doch.«

»Immer?«

»Immer.«

Vincent holte tief Luft, und Esther versuchte, seine Gedanken zu lesen. Auf einmal stand ihr die gestrige Abschiedsszene zwischen Ada und Vincent wieder vor Augen. Der Kuss im Dunkeln. »Hattet ihr denn nie Streit?«, fragte sie nachdrücklich.

»Doch, natürlich. So haben wir uns kennengelernt.«

»Und später?«

»Immer mal wieder. Das gehörte dazu. Aber wir haben uns auch immer wieder versöhnt.«

»Und zuletzt?«

Esther ließ Vincent nicht aus den Augen. Die Parkinson-Erkrankung hatte ihren Vater bitter werden lassen. Innerhalb weniger Jahre war aus dem Maler-Zampano ein gebrechlicher Mann geworden. Bald konnte er nicht mehr malen – jedenfalls nicht so, wie er wollte. Und die Medikamente, die gegen die Muskelschmerzen und das Zittern helfen sollten, machten ihn abwechselnd aggressiv und dann wieder völlig gleichgültig. Es war schwer gewesen, mit ihm zurechtzukommen. Selbst Ada war oft an ihre Grenzen gestoßen, auch wenn sie sich sehr bemüht hatte, das vor ihren Töchtern zu verbergen.

Vincent schwieg. »Warum willst du das wissen?«, fragte er schließlich.

Esther drehte das Glas in ihren Händen. Sie blickte hinein, dann trank sie den letzten Schluck Wasser. »Ich weiß nicht mehr, wer er war«, sagte sie leise.

»Und deshalb bist du hier?« Vincent deutete über die Schulter in das Atelier. »Da drin wirst du ihn nicht mehr finden.«

»Warum nicht?«

»Weil das, was dort noch übrig ist, das Bild deiner Mutter von deinem Vater ist.«

Esther setzte sich auf. »Wie meinst du das?«, fragte sie irritiert.

Vincent fuhr sich mit den Händen durchs Haar, dann holte er ein Päckchen Zigaretten hervor und löste umständlich die Folie. Es kam Esther so vor, als bereute er seine Worte schon wieder. Als wollte er sie zurückholen und zu einem kleinen Häuflein Asche verbrennen.

Ratlos wandte Esther den Blick ab, schaute auf die Bäume.

Zentimeter um Zentimeter tastete sich die Morgensonne durch die Seekiefern und malte Streifen aus Licht auf den Waldboden. Dann, von einem Augenblick auf den anderen, brach ein Sonnenstrahl durch die Zweige und leuchtete ihr direkt ins Gesicht. Die Luft schien zu knistern, im selben Moment stieg ihr der ätherische Duft des Kiefernharzes in die Nase und ließ sie wieder klarer denken.

Esther beschirmte die Augen und stieß Vincent sachte an. Worauf wartete er denn?

Aber Vincent räusperte sich nur ausgiebig und krempelte seine Ärmel umständlich hoch, erst dann zündete er sich eine Zigarette an. Er rauchte von ihr abgewandt und blies den Rauch vorsichtig aus. »Weißt du eigentlich, wie das mit Leos erster Ausstellung war?«, fragte er schließlich.

Esther nickte. Natürlich wusste sie das. »Die war doch bei dir, im Café Victoire«, antwortete sie. »Und Leo hat gleich ein Bild verkauft. Nach Paris, an diesen Schauspielerfreund von Inès. Und der hat dann ein paar Wochen später einen Galeristen angeschleppt, Gérard Malraux. So fing alles an.«

»Eigentlich war das Adas Ausstellung«, erklärte Vincent langsam. »Ich hatte ihr angeboten, die Fotos zu zeigen, die sie von den Handwerkern gemacht hatte, die das Strandhaus herrichteten. Am Morgen des Eröffnungstages kam Leo zu mir und tauschte eine der Aufnahmen gegen eines seiner Bilder aus. Es zeigte Madame Guillory mit dem Werkzeuggürtel ihres verstorbenen Mannes.«

Esther nickte, auch das war ihr bekannt. Monsieur Guillory war während der Besatzungszeit von den Deutschen hingerichtet worden. Sein Sohn hatte später den Betrieb übernommen, er hatte auch die Tischlerarbeiten im Strandhaus ausgeführt. Es war nicht einfach gewesen, das Vertrauen der alten Frau zu gewinnen, und Leo war sehr stolz gewesen auf sein Porträt der Witwe. Es war ein bedrückendes Bild, trotz der leuchtenden Farben. Eine Intensität lag darin, die fortan Leos Porträts auszeichnen sollte. Er verlieh dem Leid ein Gesicht, was man damals oft noch übersehen hatte. Auch mehr als fünfundzwanzig Jahre nach dem Tod von Albert Guillory trauerte Madame Guillory noch immer um ihren Mann. »Ada wusste nichts davon?«, fragte sie.

Vincent zuckte mit den Schultern. »Leo meinte, es solle eine Überraschung sein.«

»Der Verkauf dieses Bildes legte den Grundstein für seine Karriere«, gab Esther zurück. »Was hätte Ada dagegen haben sollen?«

»Deine Mutter hatte damals auch Ambitionen, Esther.«

»Was redest du denn da?« In diesem Moment tauchte Ada in ihrem Bademantel hinter ihnen auf. Ihr Haar war feucht und im Nacken zu einem kleinen festen Knoten zusammengedreht. Empört fixierte sie Vincent aus zusammengekniffenen Augen.

»Wir haben über Papas erste Ausstellung im Café Victoire gesprochen«, ging Esther dazwischen. Sie hatte das Gefühl, Vincent in Schutz nehmen zu müssen. Warum war ihre Mutter denn so wütend?

Aber da hatte Ada bereits bemerkt, dass sie Vincent zu hart angegangen war. Ihr Gesicht entspannte sich, sie schüttelte den Kopf und warf ihm ein entschuldigendes Lächeln zu. »Lassen wir das«, sagte sie betont munter. »Wollen wir frühstücken?«

20

Eine seltsame Stimmung war das am Frühstückstisch. Ada beobachtete ihre Tochter, die lustlos in ihrem Omelett herumstocherte. Esther fröstelte im Wind, der übers Meer kam, und sah in ihrem hellblauen Hemdblusenkleid schon wieder blass aus. Die Frische, die ihr der Schlaf auf die Wangen getupft hatte, war verschwunden, als hätte sie bereits einen langen Arbeitstag hinter sich gebracht. Und auch Vincent verhielt sich seltsam. In der Küche hatte er ein Ei fallen lassen, so etwas war ihm noch nie passiert. Ungläubig hatte er auf die Bescherung zu seinen Füßen geblickt. Jetzt rührte er sein Croissant nicht an, aß nur eine Handvoll Trauben, dabei hatte er doch für mindestens zehn Personen eingekauft. Eine Möwe, die hinter ihm auf dem Geländer saß, fixierte lauernd seinen Teller.

Verstohlen warf Ada Vincent einen Blick über den Tisch hinweg zu. Zu gern hätte sie mit den Händen einen Rahmen geformt, um seinen in sich gekehrten Blick einzufangen. Was war denn nur in ihn gefahren, dass er Esther gegenüber so deutlich geworden war?

Ambitionen – wie sich das schon anhörte!

Herrje, hatte sie je Ambitionen gehabt?

Nachdenklich tunkte Ada ihr Croissant in die Konfitüre. Nein, sie hatte damals keinen künstlerischen Ehrgeiz besessen, ganz gewiss nicht. Sie hatte ja noch nicht einmal geglaubt, dass ihre Fotos etwas Besonderes waren. Sie hatte das Fotografieren immer als Handwerk verstanden und einfach nur helfen wollen, den Lebensunterhalt für sich und Leo zu bestreiten. (Vielleicht hatte sie auch das Gefühl gehabt, Leo etwas zurückgeben zu müssen, weil er ihr bei ihrem Kennenlernen die Kamera geschenkt hatte. Weil sie so unkompliziert Teil seines Lebens geworden war. Und weil er sie liebte.) Das Fotografieren war eine Möglichkeit gewesen. Die Leute mochten ihre Fotos, das Unverstellte, den klaren Blick auf die Menschen. Adas Bilder berührten – und alles andere war Timing gewesen.

1972, also ein Jahr, nachdem Leo das, was einmal *Les Vagues* werden sollte, gekauft hatte, dauerten die Arbeiten am Haus immer noch an. Leo wollte ein bestimmtes Holz für die Fußböden und die Küche, er wollte bodentiefe Fenster, am liebsten überall, und er wollte eine riesige Terrasse über dem Strand. Er bestand auf einem Tisch, an dem zwanzig Personen sitzen konnten, und auf ein Badezimmer aus grünem Marmor, das heute noch komfortabel war. Er ließ Wände einreißen und schuf raffinierte Blickachsen. Auf den Flohmärkten in der Umgebung kaufte er Antiquitäten, die er aufarbeiten ließ. Dazu bunt zusammengestelltes Geschirr, altes Silberbesteck, geschliffene Gläser. Bis nach Bordeaux sprach sich herum, dass es da an der Küste diesen Künstler gab, der sein ganzes Geld und mehr in ein Haus steckte, das eine Ruine war und in dem die Geister der Vergangenheit spukten. Bisweilen hatte Ada gedacht, dass Leo sich am Strand von Laplage-sur-Mer einen Palast so markant wie ein Leuchtfeuer schuf, damit seine Mutter ihn endlich finden konnte, falls sie noch lebte und nach ihm suchte.

Irgendwann wollte Leo auch ein Atelier. Einen weißen Kubus, der sich deutlich von der Architektur des Hauses absetzte und sich nach und nach mit Leinwänden füllen sollte. Natürlich war das alles zu groß gedacht. Auch Vincent, der nach der Hochzeit mit Mathilde und einer neuen Küche im Restaurant jeden Franc zweimal umdrehen musste, schüttelte nur den Kopf. Aber Leo beharrte auf seinem Traum. Dieses Haus sollte es sein, genau so und nicht anders. Es war ihm egal, dass er dafür sein kleines Erbe aus dem Verkauf der Seifenfabrik verpulverte. Ja, er war so selbstgewiss, als hätte er damals schon geahnt, dass er sich das Haus nur wenige Jahre später tatsächlich würde leisten können.

Und so porträtierte Ada die Handwerker. Sie liebte den Kontakt mit Menschen, das hatte sie schon bemerkt, als sie noch Feriengäste auf der Strandpromenade fotografierte. Ada unterhielt sich gerne, aber im Gegensatz zu Leo konnte sie sich auch zurücknehmen und zuhören. Dabei bemerkte sie, dass sich in den Gesichtern ihrer Modelle auch deren Lebensgeschichte spiegelte. Dass ein Blick in die Kamera oft mehr sagte als viele Worte. Der Maurer, dem die Frau davongelaufen war und der anfing zu weinen, als sie die Kamera auf ihn richtete. (»Schauen Sie nicht hin, Mademoiselle!«) Der Elektriker, der neun Kinder hatte. (»Nur Mädchen! Mon Dieu!«) Der Dachdecker, der schon einmal vom Blitz getroffen worden war und selbstbewusst von sich behauptete, er habe acht Leben. (»Eines mehr als eine Katze!«)

Manchmal wurde auch Ada bei einer Porträtsitzung nach ihrem Leben gefragt. Nach ihrer Geschichte. Meist antwortete Ada ausweichend, sie sei jung und habe noch keine Geschichte. Manchmal erzählte sie aber auch von den bescheidenen Verhältnissen in Deutschland. Davon, dass sie ihre Eltern seit fast vier Jahren nicht mehr gesehen habe, weil die ihr Leben an Leos Seite nicht verstehen wollten. Und davon, wie glücklich sie mit ihm war. Dass sie sich gegenseitig inspirierten.

Es war Madame Guillory gewesen, die Ada ausdrücklich nach ihrem Vater fragte. Die ganz genau wissen wollte, was er im Krieg gemacht hatte. Sonst wollte sie sich nicht von einer Deutschen fotografieren lassen – trotz all der Versöhnungsaufrufe der Politiker. Ada erinnerte den Moment noch genau, sie saß in der dunklen Küche der Guillorys, und Madame fixierte sie aus ihren schwarzen Rabenaugen. Sie hatte Ada noch nicht einmal ein Glas Wasser angeboten.

»Mein Vater war Fotograf und kein Soldat«, antwortete Ada, weil sie wusste, dass dies die einzig mögliche Antwort war, um an ein Bild zu kommen. Und sie wollte dieses Bild unbedingt, weil die Guillory so ein unglaubliches Gesicht hatte. Ein Gesicht, das Fragen nach ihrem Leben aufwarf. »Er hat keinen einzigen Schuss abgegeben.«

»Ist das wahr?«

»Ja, das ist wahr«, behauptete Ada, obwohl sie es besser wusste. Ihr Vater hatte zwar niemanden getötet, sich dafür aber während des Krieges als Pressefotograf der Nazipropaganda angedient. Eine Zeit lang hatte er für die »Signal« gearbeitet, die Auslandsillustrierte der Wehrmacht. Seine Porträts aus dieser Zeit zeigten Menschen mit herrischen Gesten. Frauen und Männer, die Stärke, Schönheit und Reinheit im Sinne der Rassenlehre verkörperten. Keine Frage, ihr Vater hatte Ambitionen gehabt. Er hatte sein Können in den Dienst der Nazis gestellt, und Ada schämte sich dafür. So sehr, dass sie noch nicht einmal Leo je etwas über die Arbeit ihres Vaters im Krieg erzählt hatte.

Über diese Antwort hatte Madame Guillory ein paar Minuten lang nachgedacht. Dann nickte sie, bot Ada ein Glas Wein an und ließ sich den alten Werkzeuggürtel ihres Mannes bringen. Sie wollte nicht über seinen Tod sprechen, aber als Ada anfing zu fotografieren, brach es plötzlich aus ihr heraus: »Glauben

Sie bloß nicht, dass alle Franzosen im Widerstand waren. Heute tun alle so, als hätten sie die Deutschen bekämpft. Aber in der Résistance waren nur wenige. Die meisten haben mit dem Vichy-Regime kollaboriert.«

Und so erfuhr Ada, wie genau Vincents Vater Hugo Flamant den Deutschen zum Opfer gefallen war. Dass er einer der wenigen Aufrechten im Ort gewesen war, die die deutschen Besatzer mit Sabotageakten bekämpften. (»Keine Kapitulation!«) Dass er mit Monsieur Guillory und ein paar anderen sogar einen Anschlag auf den deutschen U-Boot-Bunker in Bordeaux geplant hatte, aber dann vorher verhaftet worden war. Und dass das verfallene Haus in den Dünen zu Beginn der deutschen Besatzung für kurze Zeit ein Unterschlupf der Résistance gewesen war. Dort habe man sich getroffen und Radio London gehört, als der aus Bordeaux geflohene General de Gaulle am 18. Juni 1940 alle Franzosen zum Befreiungskampf aufrief. Als Ada Leo davon erzählte, behauptete er, man merke dem Haus diesen widerständischen Geist immer noch an. Leo fühlte sich sogar darin bestärkt, das Strandhaus vor dem Verfall zu retten, als könnte er so etwas wiedergutmachen.

Leo war es auch gewesen, der Adas Porträt von Madame Guillory anerkennend als ihr bislang bestes bezeichnet hatte, weil der Blick der alten Dame kein Ausweichen zuließ – tieftraurig, aber zugleich stolz und unerbittlich. »Es zeigt ihr Leben und dieses ganze verfluchte Jahrhundert.« Als Leo das Foto als Vorlage für ein Gemälde nutzte, empfand Ada das als Auszeichnung. Seltsamerweise war auch Leos Porträt von Madame Guillory das stärkste, das er bislang gemalt hatte. Vielleicht, weil sich darin ihrer beider Können vereinigte: Adas Gespür für die Komposition und den richtigen Moment und Leos Gefühl für Farben und seine kraftvolle Ästhetik. Jedenfalls hatte Ada ihn gedrängt, das Gemälde in der Ausstellung im Café Victoire zu zeigen. Und als Leo das nicht wollte, weil es doch *ihre* Ausstellung sein sollte, hatte sie Wort für Wort jenen Satz wiederholt, den er ihr bei ihrem Kennenlernen an den Kopf geworfen hatte: »Verdammt noch mal, Leo, sei doch nicht so stolz. Davon werden wir nicht satt.«

So und nicht anders war das damals gewesen.

Ada blinzelte. Ihr Blick fiel auf den Streuner, der an der Treppe sein Frühstück verschlang, dann schaute sie zum Horizont. Halt suchend tastete sie die waagerechten Linien aus Strand, Wasser und Himmel ab. Die Sonne gewann an Kraft. Dort, wo das Licht auf das Meer traf, leuchtete das Wasser grün und blau mit weiß blitzenden Schaumkronen auf den Wellen. Munter jagte der Wind kleine Wölkchen über den Himmel. Nein, dachte Ada, sie war damals nicht überrascht gewesen, als sie Leos Bild im Café Victoire entdeckte. Überrascht hatte sie lediglich, dass er ihre Fotografie abgehängt hatte. Und so gab es plötzlich nur noch ein Bild von Madame Guillory – das Porträt von Leo Kwant.

»Ada?« Es war Vincent, der sie in ihren Gedanken unterbrach. Fragend schaute Ada zu ihm auf, dann begriff sie, dass er ihr Kaffee nachschenken wollte. Dankbar hielt sie ihm ihren Becher hin.

»Merci.«

»Bist du wieder da?« Vincent setzte sich wieder, und auch Esther schaute sie fragend an. Ada realisierte, dass das Tischgespräch an ihr vorbeigezogen war. Worüber hatten sich die beiden unterhalten?

»Wie ist es im Atelier gelaufen?«, fragte sie Esther aufs Geratewohl.

»Weiß nicht«, antwortet Esther vage. Ihr Haar flatterte im Wind, immer wieder strich sie sich gereizt die Locken aus dem Gesicht. Esther fühlte sich nicht wohl, das erkannte Ada ganz deutlich, es sah aus, als fräste der Wind an ihrer nackten Seele herum. »Ich glaube, ich habe mir noch kein System überlegt. Was kommt mit, was bleibt hier, und was kann weg?«

»Aber das ist doch ganz einfach.« Im ersten Moment begriff Ada nicht, was Esther meinte, doch schon beim Weitersprechen ging ihr auf, wie schwer es auch für ihre Tochter sein musste, sich von Leos Sachen zu trennen. »Leo und ich haben schon vieles vorsortiert. Die Skizzen und Zeichnungen in den Grafikschränken sind nach Jahren geordnet.«

»Und warum hast du seine Pinsel noch nicht weggetan? Oder den Overall?« Esther warf ihr einen quälend langen Blick unter zusammengezogenen Brauen zu, und für einen winzigen Augenblick meinte Ada, einen Vorwurf darin zu lesen.

»Ich konnte mich noch nicht davon trennen«, antwortete sie ehrlich. Leo und der Overall und das Atelier, das war doch immer eine Einheit gewesen. Etwas, das sie nicht auseinanderreißen wollte. Nicht auseinanderreißen konnte. Das musste schon der Bagger tun, der im Oktober anrollen würde, um das Strandhaus dem Erdboden gleichzumachen.

»Siehst du.« Esther antwortete ihr mit einem Blick, der Ada zusammenzucken ließ. Himmel, was war denn nur los mit ihr?

Ratlos schaute sie Vincent an, der ihrer Hilflosigkeit mit einer beschwichtigenden Geste begegnete. Ada seufzte. »Kiki kommt übrigens auch schon früher«, eröffnete sie ihm, weil er es ja auch erfahren musste. »Sie hat sich von ihrem Freund getrennt, dabei war Tim der beste, den sie je hatte.«

In diesem Moment stürzte die Möwe auf den Tisch und

schnappte sich Vincents Croissant. Ein Flügelschlag nur, dann flog sie mit ihrer Beute davon.

Ada lachte, und Vincent fluchte, aber Esther stieß einen Schrei aus und sprang auf. Sie lief ins Haus und kam nicht mehr an den Frühstückstisch zurück.

21

Die Kopfschmerzen ließen einfach nicht nach. Ein Reißen und Ziehen, als schlüge ein Raubvogel seine Klauen in ihren Kopf. Bewegungslos lag Esther im Bett. Ein paarmal hatte sie sich auf die Toilette geschleppt, weil sie sich übergeben musste, danach war sie jedes Mal wieder weggedämmert. Wenn sie kurz aufwachte, zeigte ihr das Spiel von Licht und Schatten an den Wänden, dass die Zeit vorangeschritten war. Aber der Schmerz blieb, er hatte sich festgekrallt. War das eine Migräne?

Als Esther zum fünften oder sechsten Mal wach wurde, sah sie ihre Mutter im Zimmer. Einen Moment lang beobachtete sie Ada unter halb geschlossenen Lidern. Ihre Mutter stand einfach nur da, mitten im Raum, barfuß und ein bisschen schief, die Hände in den Taschen ihres Kleides vergraben, als wäre sie mitten in einer Bewegung erstarrt. Das Haar, das mit den Jahren trockener und spröder geworden war, leuchtete in einem frischen Kupferton, was in einem scharfen Kontrast zu ihrer Haltung stand, die ihr Alter nicht verbergen konnte. In ihrer Bewegungslosigkeit hatte Ada etwas rätselhaft Eigenständiges an sich, und wieder kam Esther der Kuss in den Sinn, den sie in der Nacht zuvor beobachtet hatte. Was ging in ihrer Mutter vor?

Als Esther sich bewegte, drehte Ada sich um. »Bist du

wach?«, fragte sie mit einem kleinen besorgten Lächeln. »Geht es dir besser?«

»Mmh …«

»Kann ich etwas für dich tun? Möchtest du etwas essen? Oder vielleicht eine Tasse Tee?«

So viele Fragen. Esther legte eine Hand auf ihre heiße pochende Stirn. »Ja, vielleicht einen Tee«, murmelte sie. Ihr war immer noch ein wenig übel, und sie wollte nichts essen.

Nachdem Ada das Zimmer verlassen hatte, setzte Esther sich vorsichtig auf. Im Sitzen schien der Schmerz etwas nachzulassen, er zog sich in den Nacken zurück, von wo er gekommen war. Langsam bewegte sie den Kopf von links nach rechts und von oben nach unten, dann rollte sie die Schultern, um die Muskulatur im Rücken zu lockern. (Sie müsste dringend etwas gegen die Verspannungen tun. Mehr Bewegung! Ein paar Yogastunden bei Kiki vielleicht?)

Das Zimmer sah unverändert aus. Ihr Kleid lag über dem cremefarbenen Sessel am Fenster, die Sandalen standen daneben, so wie Esther alles am Morgen hinterlassen hatte. Trotzdem musste Ada in den zurückliegenden Stunden nach ihr geschaut haben, denn auf dem Nachttisch wartete neben einem Glas Wasser auch ein Teller mit einem Croissant und einem Klecks Konfitüre, und zu ihrer eigenen Überraschung rührte sie diese Geste.

Wie spät war es?

Esther tastete nach ihrem Telefon und erschrak. Schon sechs Uhr abends! Die Kopfschmerzen hatten sie den ganzen Tag außer Gefecht gesetzt, dabei hatte sie doch längst anfangen wollen, die Skizzen und Zeichnungen im Atelier zu sichten. Benommen legte Esther das Telefon zur Seite, trank etwas Wasser und ließ den Blick durch den Raum wandern. Als Kind hatte sie sich dieses Zimmer mit Imme geteilt, doch statt der zwei Einzelbetten beherrschte inzwischen ein Doppelbett das Zimmer. Es war so groß, dass man sich darin einsam fühlen konnte. Auch die Kinderzeichnungen vom Meer und vom Strandhaus waren verschwunden, stattdessen hingen ein paar gerahmte Fotografien von Ada an den Wänden. Der Strand. Das Meer. Die Surfer. Schwarz-weißer Sonnenglanz, ästhetisch und kraftvoll. Das Fenster war geschlossen und die Brandung nur ein fernes, beunruhigendes Rauschen.

Ob Imme und Kiki sich schon auf den Weg gemacht hatten? Saßen sie bereits in der Bahn? Kurz schloss Esther die Augen, sie stellte sich die beiden in einem Abteil vor, eingezwängt zwischen Gepäck und anderen Reisenden. Imme mit einem Laptop oder einem Buch auf den Knien und Kiki, die reden wollte und ihre Schwester immer wieder ungeduldig in die Seite stieß.

Esther atmete tief ein und aus und rieb sich den Nacken. Imme hatte sie gewarnt, dass sie arbeiten müsse, wenn sie früher nach *Les Vagues* käme. Das Institut für Klimafolgenforschung, für das sie arbeitete, wartete auf die Daten der Arktisexpedition. Aber Imme würde ihr doch helfen, die Vorwürfe gegen ihren Vater aus der Welt zu räumen – oder etwa nicht?

Blinzelnd öffnete Esther erneut die Augen, trank noch einen Schluck Wasser gegen den schlechten Geschmack in ihrem Mund. Immes Bett hatte früher direkt am Fenster gestanden, und nachts hatte sie die Vorhänge nicht schließen wollen, um die Schiffe am Horizont zu sehen. Auf einmal sah Esther ihre Schwester im Pyjama vor sich, einen turmhohen Bücherstapel neben dem Bett. Damals hatte Imme sie mit Geschichten über die bizarren Wesen in den Tiefseeschluchten unterhalten. Sie hatte von Quappen, Lampenfischen und Riesenmuscheln erzählt, von lebenden Fossilien, die trotz des hohen Drucks in dieser dunklen, kalten Welt überleben konnten. »Die Tiefsee ist der größte Lebensraum der Erde, über sechzig Prozent der Erdoberfläche liegen mehr als tausend Meter unterhalb des Meeresspiegels.« Schon damals hatte Imme davon geträumt, mit einem U-Boot in die unerforschten Regionen der Ozeane vorzudringen. Über ihrem Bett in Berlin hatte sie keine Poster von Popstars aufgehängt, sondern Karten der tiefsten bekannten Tiefseecanyons: Sundagraben, Puerto-Rico-Graben, Marianengraben. Kein Wunder, dass Imme es wochenlang auf einem Eisbrecher in der Polarnacht ausgehalten hatte.

Esther nahm sich das Handy. »Ich schaffe es nicht, mit Ada zu sprechen«, tippte sie und illustrierte die Nachricht mit einem verzweifelt blickenden Emoji. Als Esther ihre Mutter die Treppe hinaufkommen hörte, lehnte sie sich gegen das gepolsterte Kopfende des Bettes. Mit einem Tablett in den Händen und einem Lächeln auf den Lippen trat ihre Mutter an das Bett. »Vincent hat dir eine *Pistou* gekocht. Magst du nicht doch etwas essen?«

»Ist er noch da?«

Esther ließ sich das Tablett auf die Beine stellen. Mit einem langen Atemzug nahm sie den Duft der Suppe in sich auf.

Ada schüttelte den Kopf. »Er ist ins Café Victoire gefahren, die neue Köchin hat ganz plötzlich abgesagt. Irgendeine Familiensache. Vincent wird die nächsten Wochen doch wieder voll arbeiten müssen, bis Joël eine andere Lösung gefunden hat.«

»Oje.« Vorsichtig probierte Esther die Suppe, und irgendwie war sie genau das, was sie jetzt brauchte. Heiß und würzig, aber trotzdem leicht und bekömmlich. Erleichtert atmete sie aus.

»Nicht wahr?« Ada setzte sich neben sie auf die Bettkante. »*Eine Soupe au pistou …*«

»… kann Leben retten«, vollendete Esther das Mantra ihrer Mutter. Sie verzog den Mund zu einem kleinen ironischen Lächeln. Ach, wenn das Leben so einfach wäre!

»Ich weiß schon, was du denkst«, kommentierte Ada ihren spöttischen Gesichtsausdruck.

»Ich denke gar nichts.«

Ada schüttelte nur den Kopf und sah ihr eine Weile schweigend beim Essen zu. »Ich habe darüber nachgedacht, ob wir das Atelier als Gästezimmer nutzen könnten«, sagte sie, als Esther etwa die Hälfte der Suppe gelöffelt hatte. »Jetzt, wo du dabei bist, es auszuräumen, sollten wir auch einmal gründlich sauber machen. Anne und Richard haben noch kein Zimmer gefunden, und sie würden so gern zum Fest kommen.«

»Aber …« Esther legte den Löffel zur Seite, ihr Herz pochte schnell. »Hältst du das wirklich für eine gute Idee?«

»Warum denn nicht?« Arglos schaute Ada sie an. »Wir stellen einfach ein Gästebett neben die Chaiselongue. Für ein oder zwei Nächte wird das schon gehen. Früher …«

»Meinst du, Papa wäre das recht gewesen?«, unterbrach Esther ihre Mutter. Sie dachte an den Overall, an den mit Farbspritzern übersäten Boden – an Leos Spuren. Das Atelier war schließlich nicht irgendein Raum, sondern so etwas wie die Essenz seines Wesens. Das konnte Ada doch nicht einfach so in ein Gästezimmer umfunktionieren.

Einen Augenblick lang schaute Ada sie verdutzt an. »Du willst doch gerade ausmisten«, sagte sie dann, wobei sie das »Du« vorwurfsvoll betonte. »Außerdem hat Leo früher immer mal wieder Freunde im Atelier übernachten lassen«, setzte sie nach. »Seinen Galeristen …«

»… und seine Freundinnen.«

Esther sah, dass Ada wie nach einem elektrischen Schlag

zusammenzuckte, und sofort tat es ihr leid, dass sie so deutlich geworden war. Sie wusste ja selbst nicht, warum sie ihre Mutter auf einmal so brüsk mit den Schattenseiten ihrer Ehe konfrontierte.

Eine Weile schwiegen sie beide, bis Ada ihre Hand nahm. »Es tut mir leid«, sagte sie leise und blickte ihr in die Augen. »Ich hätte damals besser auf dich aufpassen müssen.«

»Wie meinst du das?«

Verwirrt stellte Esther das Tablett zur Seite. Sie wusste wirklich nicht, wovon Ada nun sprach.

»Ich meine die Sache mit Joachim Fürst.«

Joachim Fürst.

Esther stockte der Atem, darüber war doch nie mehr gesprochen worden. In all den Jahren nicht. Ja, sie selbst hatte nicht mehr daran erinnert werden wollen und seinen Namen gewissenhaft verdrängt, so als wäre das Erlebte nur ein böser Traum gewesen. Etwas, das zu ihrer Kindheit gehört hatte und längst fortgespült worden war. Hinabgesunken auf den dunklen Grund eines Tiefseecanyons.

Mein Gott, Joachim Fürst – ihre Mutter sprach von dem Galeristen, mit dem ihr Vater sich Ende der Achtzigerjahre überworfen hatte. Damals war Esther zwölf, nein, fast dreizehn gewesen, und sie hatte lange geglaubt, etwas falsch gemacht zu haben.

»Leo und ich waren zu sehr mit uns selbst beschäftigt«, fuhr ihre Mutter fort, »wir hatten nach Kikis Geburt ein paar schwierige Jahre.«

Schwierige Jahre – das war hoffnungslos untertrieben. Fassungslos blickte Esther auf die Hand ihrer Mutter, die sie immer noch festhielt. Kiki hatte schrecklich viel Unruhe in die Familie gebracht. Ihre kleine Schwester war zu früh auf die Welt gekommen und ein Schreikind gewesen. Nichts hatte sie zur Ruhe bringen können. Nach langen durchwachten Nächten war Ada oft mit den Nerven am Ende gewesen. Kein Wunder, dass die Probleme mit dem Baby sich auch auf ihre Ehe auswirkten. Leo hingegen steuerte damals auf den Höhepunkt seines Erfolges zu, er reiste viel, und auf den Fotos aus jener Zeit sah man ihn oft mit anderen Frauen an seiner Seite. Schönen Frauen wie Inès zum Beispiel. Frauen, die von allen bewundert wurden und die es genossen, auf Partys mit ihm gesehen zu werden. Wenn Leo zu Hause war, stritten Ada und er häufig, und die Luft war zum Schneiden. Auch die Sommerwochen in *Les Vagues* änderten nichts daran. Damals hatten Esther und Imme sich gewünscht, dass Kiki nie geboren wäre. Dass einfach alles wieder so wie früher wäre. Ja, abends vor dem Einschlafen hatten sie sogar darüber fantasiert, und einmal hatte Esther ihrer Mutter allen Ernstes vorgeschlagen, Kiki wieder ins Krankenhaus zurückzubringen. Bestimmt würde eine andere Familie sie nehmen, Vincent und Mathilde hätten doch auch ein Baby adoptiert. Erst als Kiki etwa drei Jahre alt war, wurde alles ein wenig besser. Ada und Leo näherten sich einander wieder an, und auch Kiki war etwas ruhiger geworden, auch wenn sie immer noch nicht einfach war.

Sachte, aber bestimmt entzog Esther sich dem Griff ihrer Mutter und bat sie, das Fenster zu öffnen.

1987. Im Sommer jenes Jahres war das Fest in *Les Vagues* eine rauschende Party gewesen. Leo war gerade mit einigen Bildern auf der documenta in Kassel vertreten, und die Ausstellung für zeitgenössische Kunst steigerte sein Renommee und seine Prominenz noch. Auf einmal wurde sein Name in einem Atemzug mit anderen berühmten documenta-Künstlern wie Beuys, Serra oder Longo genannt, obwohl ihr Vater doch ein durch und durch unpolitischer Künstler war. (Das Politische an seinen Arbeiten war vielleicht sein Mut, unpolitisch zu sein.) So viele Gäste, die Leo umschwärmten und sich amüsierten wie in jenem Jahr, hatte es in *Les Vagues* nie wieder gegeben. So viel Champagner, so viel Gelächter und Berge von Austern, die Vincent mit seinem scharfen Messer auf der Terrasse im Akkord knackte. Ja, Leo hatte sogar riesige Töpfe mit Palmen aufstellen lassen, deren Wedel im Wind raschelten und die einen Hauch von Exotik verbreiteten, und in den Zinkwannen, wo die Champagnerflaschen zum Kühlen lagen, schwammen kleine glitzernde Fische.

Esther sah, wie ihre Mutter das Fenster öffnete. Der Wind fuhr herein und bauschte die Vorhänge wie zum Tanz. Damals hatte Ada ein langes silbernes Bustierkleid aus einem leichten metallischen Stoff getragen, ein schmaler Gürtel betonte ihre Taille. Esther sah ihre Mutter vor sich, und sie erinnerte sich genau, wie glücklich sie gewesen war, als Leo mit ihr tanzte. Dass Ada gelächelt hatte und später mit der Kamera umherging und Fotos von allen Gästen machte. Außerdem erinnerte sie sich daran, dass sie sich mit Kiki auf dem Arm durch die Menge treiben ließ. Dass sie hier etwas naschte und dort kurz plauderte. Gegen zehn Uhr am Abend hatte ihre Mutter sie gebeten, die kleine Schwester zu Bett zu bringen. Es hatte lange gedauert, bis Kiki eingeschlafen war, weil die Musik bis in das Kinderzimmer heraufschallte und Kiki von all dem Trubel vollkommen überdreht war. Aber irgendwann hatte Esther es geschafft, und Kiki lag schlafend in ihrem Bettchen, im Arm das kleine blaue Kuschelkissen, das Mathilde ihr zur Geburt geschenkt hatte. Auf dem Weg nach unten war Esther Vincent begegnet, auch daran erinnerte sie sich noch genau. Vincent, der noch einmal kurz in das Kinderzimmer trat und der schlafenden Kiki einen Kuss auf die Stirn hauchte.

Unten machte Esther sich auf die Suche nach Imme, konnte sie aber nicht finden. Stolz, weil sie Kiki ganz allein ins Bett bekommen hatte, stibitzte sie sich ein Glas Champagner und schlenderte auf die Terrasse und von dort barfuß in die Dünen, weil Imme sich gern im Strandhafer versteckte und dort auf dem Rücken liegend nach Sternbildern suchte. Sie lief ein paar Hundert Meter nach Norden auf die Landzunge zu, wo die Gironde ins Meer mündete und der Strand nur noch ein schmaler Streifen aus Sand, Düne und Kiefern war, dann machte sie kehrt. Vielleicht war Imme bei Vincent in der Küche?

Auf dem Rückweg begegnete Esther Joachim Fürst, der mit einer Flasche Champagner im Arm durch die Dunkelheit spazierte.

»Hey, Esther …« Joachim füllte ihr Glas auf und prostete ihr zu, dann nahm er einen langen Zug direkt aus der Flasche. Im Jahr 1977 hatte er Gérard Malraux als Leos Galerist abgelöst und den Namen ihres Vaters mit einigen geschickten Schachzügen noch bekannter gemacht. Gerade erst hatte er einen neuen Spitzenpreis für eines von Leos Gemälden erzielt. Einhundertzwanzigtausend D-Mark!

Joachim und Leo passten gut zusammen, in Aussehen und Statur ähnelten sie sich sogar ein wenig. Manchmal wurden sie für Brüder gehalten, und genau wie Leo umgab auch Joachim sich gern mit schönen Frauen. Jedes Jahr reiste er mit einer neuen Begleiterin zum Sommerfest an. In jenem Sommer hatte er eine ätherische, ganz in Schwarz gekleidete Cellistin aus Rom an seiner Seite, die am frühen Abend ein paar traumverlorene Stücke auf der Terrasse gespielt hatte und dann wieder verschwunden war. Esther hatte die kraftvolle Eleganz bewundert, mit der sie den Bogen strich. Bewundert, wie das Cello kühn zwischen ihren Beinen aufragte. Und sie hatte die Musik genossen und sich mit Kiki im Arm zu den weich schmelzenden Tenortönen gewiegt.

»Wo ist Francesca?«, fragte sie, weil Joachim ihr in diesem Moment einsam und verlassen vorkam.

Aber Joachim beantwortete ihre Frage nicht. Er zuckte nur kurz die Achseln und lächelte melancholisch. »Du siehst sehr schön aus heute Abend«, sagte er dann. »Weißt du das? Ich musste dich immer wieder anschauen, als du getanzt hast.«

Esther schwieg, aber sie freute sich über das Kompliment, und ihr Gesicht glühte. Noch nie hatte jemand so mit ihr gesprochen, sie *schön* genannt. Schnell beugte sie sich über das Glas und trank noch etwas Champagner. Der Alkohol schmeckte ihr zwar nicht besonders, aber sie kam sich so herrlich erwachsen vor, wie sie in ihrem flatternden Batistkleid und mit dem hochgesteckten Haar vor Joachim stand. Er schaute sie an, als wäre sie der sinnlich eleganten Francesca ebenbürtig. Alles prickelte.

»Hast du Imme gesehen?«, fragte Esther schließlich, weil sie nicht wusste, was sie sagen sollte.

»Wollen wir sie suchen gehen?« Joachim legte seinen Arm um sie, so wie er es zuvor schon hundertmal getan hatte, aber dieses Mal fühlte es sich anders an. Bedeutsam. Esther bemerkte, dass sie ihm schon bis zur Schulter reichte.

Eine Weile schlenderten sie durch die Dünen, wieder in Richtung Norden auf das kreisende Licht des Leuchtturms zu, während Joachim sie dies und das fragte. Gorbatschow und Reagan, RAF und Action directe, die documenta in Kassel. Welche Werke hatten sie bei ihrem Besuch beeindruckt, was hatte sie verwirrt? Und was würde sie anders machen?

Ruhig hörte er ihr zu, und Esther stellte verwundert fest, dass sie eine Meinung hatte. Es kam ihr vor, als wachse sie an seiner Seite über sich hinaus.

»Keine Imme«, sagte Joachim, als sie bis zur Landzunge gelaufen waren. (Natürlich nicht!) Er hielt sie immer noch im

Arm. Die Seekiefern in ihrem Rücken standen schwarz auf dem schmalen Streifen Sand und blickten auf das Wasser. Joachim legte den Kopf in den Nacken, und Esther tat es ihm nach. So viele Sterne – der Himmel summte und vibrierte. Ein Schwindel erfasste Esther (die Nacht, der Champagner, Joachim), als sie spürte, wie er sie noch enger an sich zog. Ihre ganze linke Seite war nun mit ihm verbunden, und ihr Herz klopfte und fühlte sich riesig an, als hätte es Flügel bekommen. Es füllte ihren Brustkorb aus. Hitze erfasste sie, ein Gefühl, das sie von Momenten her kannte, wenn die Sonne über dem Meer plötzlich durch die Wolken brach und ein blendender Lichtstrahl sie traf. Ein Schauer rann ihr von den Schultern über das Brustbein bis zu einem Punkt unterhalb ihres Bauchnabels, von dem sie nicht gewusst hatte, dass es ihn überhaupt gab.

So standen sie da, und Esther badete in diesem überwältigenden Glücksgefühl.

»Da«, sagte Joachim plötzlich, und Esther sah, wie ein Lichtpunkt über den dunklen Himmel stürzte. War das eine Sternschnuppe? Oder ein Satellit? (Die Amerikaner? Die Russen?)

»Wünsch dir was!«, raunte Joachim in ihr Ohr.

Und sie wünschte sich, dass er sie küsste.

Aber Joachim ließ sie los und schleuderte die leere Champagnerflasche ins Meer. Dann begann er sich auszuziehen. »Lass uns schwimmen gehen!«

»Hier?« Unsicher blickte Esther zum Strandhaus zurück, das nur noch ein fernes Leuchten war. Die Brandung hatte die Musik und das Partygelächter längst übertönt, das Meer rauschte und bäumte sich auf.

»Komm!«, sagte er und lief voran, und sie hörte, wie er lachte und prustete, als er sich in die Wellen warf. »Esther, komm!«

Also schlüpfte Esther aus ihrem Kleid, behielt aber den Slip und das Bustier an, das sie neuerdings trug. Gott sei Dank war es inzwischen dunkel genug, sodass man die kleinen mädchenhaften Rosen auf der Baumwolle nicht erkennen konnte. Mit angehaltenem Atem lief sie ihm nach, obwohl ihr Vater ihnen wegen der Strömung verboten hatte, an dieser Stelle zu baden.

Joachim wartete in der Brandung auf sie, und es war aufregend, sich in der Dunkelheit und im kabbeligen Wasser auf ihn zuzubewegen. Die Wellen schleuderten sie gegeneinander, sie lachten und alberten herum.

Irgendwann, Esther fror bereits und klapperte mit den Zähnen, zog Joachim sie mit einem merkwürdigen Geräusch an sich und küsste sie. Doch dieser Kuss war so anders als das, was sie erwartet hatte, fast schon brutal, dass er sich wie eine Ohrfeige anfühlte. Erschrocken strampelte sie mit den Beinen, um sich von ihm loszureißen.

»Esther?« Auf einmal saß Ada wieder an ihrer Seite, sie strich ihr über das Haar, so wie sie es in jener Sommernacht hätte tun sollen. Damals, als sie nass und frierend und mit aufgeschürften Knien vor ihrer Mutter stand und weinte. Stattdessen hatte Ada sie erschrocken zu Bett geschickt.

Esther hatte lange geglaubt, etwas falsch gemacht zu haben. Sie hatte sich die Schuld dafür gegeben, dass Leo und Joachim sich wenig später zerstritten. Heute war ihr klar, dass Joachim sich schrecklich verhalten hatte – aber damals, in jener Nacht?

Esther erinnerte sich nicht mehr an den Morgen nach dem Fest. Oder an die Wochen danach. Alles, was sie noch wusste, war, dass ihr Vater in jenem Sommer sein Meisterwerk malte – das »Mädchen in der Brandung«.

WOCHE 4

22

Kiki kam auf sie zu – und da stieg auch schon Imme aus dem Wagen. Natürlich hatte Vincent die beiden in Bordeaux vom Bahnhof abgeholt. Ada spürte, wie ihr Herz sich beim Anblick der Töchter weitete.

Bilder aus der Kindheit der Mädchen stiegen in ihr auf. Sie sah, wie Leo mit dem vollgepackten Wagen laut hupend den Waldweg heraufkam. Sah, wie die Mädchen winkend aus den Fenstern hingen. Und wie die drei nach einer hastigen Umarmung in die Dünen liefen, um jubelnd das Meer zu begrüßen. Ada lächelte, und trotz der Umstände, die die verfrühte Anreise ihrer Töchter mit sich brachte, breitete sie gerührt die Arme aus. Wann war sie zuletzt mit allen drei Mädchen in *Les Vagues* gewesen?

»Mama!« Mit wippenden Locken und einem zerknirschten Lächeln auf den Lippen lief Kiki auf sie zu. Sie ließ sich in den Arm nehmen und küssen, bevor sie sich von einer Sekunde auf die andere in eine aufgedrehte Göre verwandelte, die in atemlosem Stakkato von den Zumutungen der langen Bahnfahrt berichtete. »Total überfüllt … Alle Toiletten kaputt … Fast den Anschluss verpasst … Halb verdurstet …«

»Deshalb fahre ich ja auch immer mit dem Auto nach *Les Vagues*«, unterbrach Ada sie munter. Lächelnd löste sie sich von

Kiki, um Imme in die Arme zu schließen. »Danke für deine Hilfe«, flüsterte sie ihr zu, als hätte Imme eine heikle Fracht nach *Les Vagues* transportiert, dann küsste sie ihre mittlere Tochter auf die Wangen. Ein-, zwei-, dreimal. »Ich hoffe, du bist unterwegs auch zum Arbeiten gekommen?«

»Na ja …« Nach einem kurzen Seitenblick auf die zappelige Kiki verdrehte Imme die Augen. Sie trug T-Shirt, Shorts und Turnschuhe sowie einen vollgestopften Trekkingrucksack über der Schulter und sah so aus, als wollte sie gerade an Bord eines Expeditionsschiffes einchecken. »Wo steckt Esther denn?«

»Nanu?« Überrascht wandte Ada sich um, Esther hatte doch gerade noch in der Tür gestanden. »Sie ist ein bisschen angeschlagen«, murmelte sie entschuldigend. »Irgendwas macht ihr zu schaffen, aber sie will mir nicht sagen, was los ist.«

»Vincent hat erzählt, sie hätte gestern den ganzen Tag im Bett gelegen?« Imme stellte den Rucksack zwischen den Beinen ab und wischte sich über das Gesicht. Das brünette Haar, das sie sich vor der Arktisexpedition zu einem praktischen kurzen Bob hatte schneiden lassen, war nachgewachsen, und energisch schob sie den langen schrägen Pony aus der Stirn.

Ada nickte. »Sie hat sich in den Kopf gesetzt, Leos alte Skizzen und Zeichnungen durchzusehen, und du weißt ja, wie emotional sie wird, wenn es um euren Vater geht. Aber heute Morgen ging es ihr schon wieder etwas besser. Da kommt sie ja!«

Tatsächlich trat Esther in diesem Moment mit einem Tablett aus der Tür. Sie begrüßte ihre Schwestern mit einem verhaltenen Lächeln und bot allen Eistee an. Auch Ada nahm sich ein Glas und sog den erfrischenden Duft von Melisse, Minze und Zitronenverbene ein. Sie war froh, dass Esther wieder auf den Beinen war. Jedenfalls hatte Esther am Morgen einige Stunden im Atelier verbracht und angefangen, Skizzen und Zeichnungen in Mappen zu sortieren.

Glücklicherweise schien sie ihr die Bemerkung zu Joachim Fürst nicht übel zu nehmen. Das alles liege hinter ihr, sei vergeben und vergessen, hatte sie gestern Abend in ihr Kissen gemurmelt, als wollte sie nicht, dass Ada daran rührte. »Es belastet mich nicht.« Trotzdem war Ada erleichtert, das Thema endlich einmal angesprochen zu haben. Zu lange hatte sie diese alte Sache mit sich herumgeschleppt.

Ach Gott, was war das damals für ein Durcheinander gewesen. Wie sollte man auch reagieren, wenn das eigene Kind auf einmal schluchzend vor einem stand und behauptete, der wichtigste Mann im Kosmos ihres Vaters habe sie ... Ja, was eigentlich? Ada nippte am Eistee, der ein bisschen zu süß geraten war. War Joachim Fürst damals betrunken gewesen? Oder hatte er Esther tatsächlich Gewalt antun wollen? Selbst nach so langer Zeit fand sie keine Antwort darauf, und es brach ihr das Herz, dass sie Esthers kindlichen Schmerz nicht ungeschehen machen konnte.

Nachdenklich hielt Ada einen Augenblick inne, bevor sie sich wieder ihren Töchtern zuwandte. Imme schwitzte und sah so aus, als könnte sie nach der langen Fahrt eine Dusche gebrauchen. »Ich habe dir das Gästezimmer hergerichtet«, sagte sie, um Leichtigkeit bemüht. »Und wenn Jule und Rike kommen, können wir das Schlafsofa für die beiden ausziehen.«

»Und wo bleibe ich?«, fragte Kiki und hängte sich bei Ada ein. Sie hatte den Eistee in einem Zug heruntergestürzt und klimperte ungeduldig mit den Eiswürfeln in ihrem Glas.

»Du bekommst natürlich dein altes Zimmer«, kam Esther ihrer Mutter zuvor. Statt ihr noch etwas zu trinken anzubieten, nahm sie Kiki das Glas aus den Händen. »Da liegt sogar noch dein altes Kuschelkissen. Falls du dich einsam fühlst.«

»Hahaha«, erwiderte Kiki, sichtlich getroffen von Esthers Spitze, die ihr Fiasko mit Tim aufspießte. Mit einem Ruck löste sie sich von Ada und lief zum Auto, wo Vincent das restliche Gepäck und ein paar Getränkekisten auslud.

»Musste das sein?« Vorwurfsvoll blickte Ada Esther an, dann wandte sie sich mit einem Seufzer an Imme. »Hast du eine Ahnung, was zwischen Kiki und Tim vorgefallen ist?«

Imme zögerte einen Moment. Sie schien mehr zu wissen, lutschte jedoch auf einem Eisstückchen herum, als wollte sie nicht so recht mit der Sprache heraus. »Die Trennung scheint ihr ziemlich in den Knochen zu stecken«, sagte sie ausweichend. »Lasst sie doch erst einmal ankommen.«

»Dann müssen wir geduldig sein mit ihr.« Ada drehte sich um und blickte Kiki nach. Von hinten wirkte sie mädchenhaft in ihrem kurzen pinken Spaghettiträgerkleidchen. Ada beobachtete, wie Kiki mit Vincent herumalberte und sich eine Zigarette von ihm schnorrte. Und wie die beiden sich dann gegen den Wagen lehnten und genüsslich rauchten, den Kopf zurückgelegt, das Kinn herausfordernd gen Himmel gereckt. Wie sie so nebeneinanderstanden, passten sie gut zusammen – Vincent in einem schlichten weißen T-Shirt und Jeans und Kiki in ihrem Kleid, das ziemlich viel Bein zeigte.

Als Kiki bemerkte, dass Ada sie beobachtete, streckte sie ihrer Mutter die Zunge raus.

Ach, Kiki.

Ada vergrub die Hände in den Taschen ihres Kleides. Ihre Finger tasteten nach dem Siegelring des Bressehähnchens. Sie vermisste Vincent, heute sogar noch mehr als gestern. Seitdem Esther in *Les Vagues* eingetroffen war, hatten sie kaum mehr Zeit miteinander verbracht, sich nur verstohlen berühren und küssen können, und in diesem Augenblick neidete sie Kiki die

Nähe zu Vincent. Es kam ihr so vor, als hätte die Ankunft der Mädchen eine Wand aus Glas zwischen sie geschoben.

Aufgewühlt zog Ada den Siegelring aus der Tasche und umschloss ihn mit der Hand, dann versuchte sie, Vincents Aufmerksamkeit auf sich zu ziehen. Sie wollte ihm wenigstens ein Lächeln schenken, ihm signalisieren, dass sie ihn gerne an ihrer Seite hätte, doch da zog Esther Imme ins Haus, und nach einem letzten Blick auf Vincent und Kiki folgte Ada den beiden. Auf keinen Fall wollte sie verpassen, wie Imme auf die Terrasse trat und das Meer begrüßte.

Ein paar Stunden später – Imme und Kiki hatten ihre Zimmer bezogen, waren schwimmen gewesen und hatten sich frisch gemacht – versammelten sich alle zum Abendessen auf der Terrasse. Am Nachmittag, noch bevor Vincent nach Bordeaux aufgebrochen war, hatte er eine Auswahl kalter Köstlichkeiten nach *Les Vagues* gebracht. Sachen, von denen er wusste, dass die Mädchen sie mochten: Feigen gefüllt mit Ziegenkäse, Artischocken mit Schnittlauchvinaigrette, marinierter grüner Spargel, Crevetten und eine Gemüsequiche, kleine bunte Salate, Fleischpasteten und Brie mit in Rotwein eingelegten Trauben. Er hatte alles wie orientalische Mezze auf kleinen bunten Tellern und Schälchen aus dem Café Victoire angerichtet, dazu schmückten Windlichter und Vasen mit duftenden Rosen den Tisch. Zufrieden betrachtete Ada die Tafel, dann hob sie das Glas und blinzelte in die tief stehende Sonne: »*À la nôtre!*«

Es war ein wunderschöner Abend, sanft auflaufendes Wasser und ein schwacher Wind, der kaum zu spüren war. Der Himmel glühte, und in der Ferne changierten die Farben des Meeres von silbrigem Grau über schillerndes Blau bis hin zu warmen Goldtönen. Unten am Strand hatten die Surfer wegen der Flaute längst zusammengepackt, Algenkissen trockneten auf dem Sand. Selbst die zänkischen Möwen gaben Ruhe und flanierten mit Sturmtauchern und anderen Watvögeln die Wasserlinie entlang. Adas Blick fiel auf den Platz vis-à-vis von ihr am Kopfende, der frei geblieben war. Schade, dass Vincent heute Abend arbeiten musste. Wieder vermisste sie ihn – genauso, wie sie Leo in Gegenwart ihrer Töchter noch stärker vermisste. Was gäbe sie darum, noch einmal einen Abend mit Mathilde, Vincent und Leo in *Les Vagues* verbringen zu können.

Ada nahm sich etwas Fattoush-Salat, dazu Quiche und Pastete und trank noch einen Schluck Wein, um die aufsteigende Sehnsucht hinunterzuspülen. Als sie wieder aufschaute, fing sie den nachdenklichen Blick auf, mit dem Imme den Abstand zwischen Wasser und Dünen taxierte. Für einen Augenblick setzte Adas Herzschlag aus. Schon am Nachmittag, nach dem Schwimmen, hatte Imme eine Bemerkung zum Sandverlust gemacht, aber da war Ebbe gewesen und der Spiegel aus feuchtem, glänzendem Sand hatte den Strand optisch verbreitert. Mit dem auflaufenden Wasser wurde jedoch deutlich, wie viel Sand beim letzten Orkan verloren gegangen war. Ada wurde siedend heiß, und die Kratzer an ihren Armen fingen an zu jucken. Imme hatte sich noch bis vor Kurzem im Epizentrum des Klimawandels befunden, gewiss würde sie sich von der heiteren Kulisse des Sommerabends nicht länger täuschen lassen.

Einen Moment lang wusste Ada nicht, was sie tun sollte. Doch dann schaute sie auf und begegnete Immes forschendem Blick mit einem kurzen Nicken. Ja, sie wusste, wie es um das Strandhaus stand. Einer der nächsten Orkane, die auf die Atlantikküste trafen, könnte mit seinen Brechern die Düne überrollen und *Les Vagues* verschlingen.

Imme hob die Augenbrauen. Sie wollte etwas sagen, öffnete

den Mund, dachte kurz nach und schloss ihn dann wieder. Irgendwie schien sie zu spüren, dass Ada jetzt nicht über die Zukunft des Strandhauses sprechen wollte. Und tatsächlich – nur einen Augenblick später wandte Imme sich Esther zu. Die beiden hatten sich seit ihrer Rückkehr aus der Arktis noch nicht gesehen, und Imme begann, von der Polarexpedition zu erzählen. Von der Suche nach einer geeigneten Eisscholle für die Drift, von Temperaturen um minus vierzig Grad Celsius, vom Ächzen des Eises und von der Einsamkeit in der Kälte der Polarnacht. »Das Meereis verschwindet, und was in der Arktis passiert, hat Folgen für die ganze Welt. Wir sind wahrscheinlich die letzte Generation, die noch mehrjähriges Meereis sehen kann. Und wir müssen verstehen, wie die Welt sich dort verändert und was das für Folgen für uns alle hat.«

Erleichtert wandte Ada sich ihrem Teller zu. Das stumme Zwiegespräch zwischen Imme und ihr hatte nur wenige Sekunden gedauert, Esther und Kiki hatten nichts davon bemerkt, und trotzdem war alles gesagt worden. Imme hatte sie ohne ein Wort verstanden. Ihre kluge, verständige Tochter. Ja, Imme war ihr von allen Töchtern am nächsten, und ihr Verstand und Erfolg machten Ada stolz.

In Gedanken versunken ließ Ada den Blick noch einmal über ihre drei Töchter schweifen. Dabei fiel ihr auf, dass Kiki, die links von ihr saß, Imme mit einem merkwürdigen Gesichtsausdruck anschaute. War das wieder Eifersucht, weil sie nicht im Mittelpunkt stand? Weil Esther und Imme schon am Nachmittag die Köpfe zusammengesteckt und die kleine Schwester nicht weiter beachtet hatten?

Und tatsächlich, als Imme kurz schwieg, um einen Happen zu essen, nutzte Kiki die Chance, Esther die Bemerkung vom Nachmittag heimzuzahlen. »Was hat dich eigentlich so früh nach *Les Vagues* getrieben?«, fragte sie mit einer Spur von Aggressivität in der Stimme, die sofort die alten geschwisterlichen Kämpfe aufleben ließ.

Esther schaute von ihrem Teller auf, sie runzelte die Stirn. »Ich wollte Mama helfen«, erwiderte sie kurz. »Mit dem Fest.«

»Davon hast du mir gar nichts erzählt, als wir uns auf dem Boot gesehen haben.«

»Ich habe mich auch ziemlich spontan dazu entschlossen«, murmelte Esther und wechselte einen kurzen Blick mit Imme.

»Aber letzten Sonntag warst du doch noch gegen das Fest«, setzte Kiki nach, und Ada seufzte leise auf. Der Abend war so schön – das Meer, das Essen, der Wein. Warum musste Kiki denn jetzt schlechte Laune verbreiten?

Doch Esther zuckte nur die Achseln. »Es haben so viele Leute zugesagt, sogar die Reitsteins und die Georges kommen, da wollte ich Mama mit den Vorbereitungen nicht allein lassen.«

»Brave Tochter.« Kiki hob ihr Glas und prostete Esther spöttisch zu. Vor dem Essen hatte sie sich einen doppelten Gin Tonic als Aperitif genehmigt, und inzwischen war sie schon bei ihrem zweiten Glas Wein. Ada sah, dass ihre Augen glasig schimmerten.

Esther legte Messer und Gabel zur Seite und hob die Augenbrauen. »Und bei dir so?«, fragte sie, offenbar entschlossen, Kiki die Stirn zu bieten. »Erzähl uns doch mal von Tim. Was ist da los bei euch?«

»Nichts ist mehr los.« Kiki lehnte sich zurück, ein Schatten zog über ihr Gesicht, und sie begann, mit einem bunten Plastikfeuerzeug zu spielen.

»Warum denn?« Esther ließ nicht locker, so wie sie früher nicht lockergelassen hatte, wenn sie Kiki in die Enge treiben oder bei Leo anschwärzen wollte. »Auf dem Boot wart ihr doch noch ein Herz und eine Seele.«

»Wir haben uns getrennt.«

»Das habe ich schon von Mama gehört. Geht das auch ein bisschen genauer?«

»Puh …« Geräuschvoll stieß Kiki Luft aus, sie schnippte das Feuerzeug an und ließ die Flamme wieder ausgehen. »Ich bin ihm wohl ein bisschen zu umtriebig.«

»Ich fasse es nicht. Du vögelst rum. Echt jetzt?«

Das war schmerzhaft deutlich auf den Punkt gebracht. Ada zuckte zusammen. »Esther, bitte!« Sie warf ihrer Tochter einen empörten Blick zu. So etwas wollte sie nicht hören – nicht an diesem Tisch, und schon gar nicht an diesem Abend.

Aber Kiki winkte ab, als brauchte sie die Hilfe ihrer Mutter nicht. »Das klingt ein bisschen hart, aber ja, ich mag Affären«, antwortete sie kühl. »Etwas Unverbindliches für zwischendurch. Das liegt schließlich in der Familie.« Sie angelte sich ihr Weinglas vom Tisch und prostete dem verwaisten Platz am Kopfende der Tafel zu. »Auf unseren Vater.«

Ada schluckte, und Imme, die dem Geplänkel der Schwestern schweigend gefolgt war, schloss kurz die Augen. Esther jedoch kommentierte Kikis Bemerkung nicht. »Und nun?«, fragte sie ruhig, weil sie Kiki jetzt genau dort hatte, wo sie sie haben wollte.

»Wie ich schon sagte, es ist vorbei. Und ich bin ausgezogen.«

»Aber wo willst du wohnen?«, hakte Esther mit einem kleinen boshaften Lächeln im Mundwinkel nach.

»Mal schauen«, antwortete Kiki ausweichend, sie schnippte das Feuerzeug an und ließ es wieder ausgehen. »Vielleicht bleibe ich nach dem Fest noch eine Weile hier, bis ich mich sortiert habe. Das Yogastudio hat nämlich auch keine Verwendung mehr für mich. Ich bin denen zu unzuverlässig.«

»Mensch, Kiki!«, entfuhr es Esther nun, und Ada ahnte, was in ihrem Kopf vorging. Sich von Tim zu trennen und aus der gemeinsamen Wohnung auszuziehen, war eine Sache. Aber gleichzeitig auch noch den Job aufs Spiel zu setzen, war einfach nur dumm. Es war ja nicht so, dass die Welt da draußen auf Kiki und ihre Yogastunden wartete. »Und Mama soll dich jetzt erst einmal durchfüttern, oder was?«

Genervt ließ Kiki das Feuerzeug auf den Tisch fallen, sie warf Esther einen finsteren Blick zu. »Ich will hier nicht einziehen, ich will nur ein bisschen Urlaub machen. Bis ich weiß, wie es für mich weitergeht.«

»Du brauchst keinen Urlaub, du musst endlich mal dein Leben auf die Reihe kriegen.« Esthers Augen wurden schmal. »Hast du überhaupt Rücklagen? Ich habe jedenfalls keine Lust, dich und deine Eskapaden mit der Galerie bis in alle Ewigkeiten zu finanzieren.«

Ada schüttelte den Kopf. Das ging zu weit! Sie war Esther schließlich keine Rechenschaft darüber schuldig, was sie mit ihrem Anteil aus dem Verkauf von Leos Bildern anstellte. Wenn sie Kiki unterstützen wollte, war das immer noch ihre Sache. »Ich glaube, da ist noch Quiche in der Küche«, sagte sie ungehalten. Sie schob ihren Sessel zurück und stand auf.

Doch weder Esther noch Kiki nahmen Notiz von Adas stillem Protest. »Ist ja nicht so, dass bei dir alles zum Besten steht«, sagte Kiki, als Ada ins Haus trat, und die wilde Entschlossenheit in ihrer Stimme zwang Ada, auf dem Teppich im Wohnzimmer stehen zu bleiben. Wusste Kiki etwa, wie es um Esthers Ehe stand?

»Was soll das heißen?«, stieß Esther hervor, und alle Schärfe war aus ihrer Stimme verschwunden.

»Bei Alex und dir ist doch auch der Wurm drin«, fuhr Kiki fort, und auf einmal klang sie so vergnügt wie eine Vierjährige, die Anlauf nahm und mit Wonne in eine Pfütze sprang, dass das Wasser nach allen Seiten spritzte.

»Was weißt du denn von Alex und mir?«

»Du langweilst ihn, das sieht doch jeder. Du lockst ihn ja noch nicht einmal mehr mit deinen hysterischen Anfällen aus der Reserve. Oder was war das für eine Komödie am Langen See? Du und ertrinken – dass ich nicht lache.«

»Ach ja?« Esthers Stimme klang jetzt schrill, als habe Kiki einen schmerzhaften Treffer gelandet.

»Nein«, korrigierte Kiki sich, bevor sie zu ihrem nächsten Schlag ansetzte: »Du langweilst ihn nicht, ihr seid beide total langweilig. Esther Etepetete und Alex Exceltabelle. Kein Wunder, dass bei euch die Luft raus ist.«

Im Wohnzimmer drehte Ada sich langsam um. Am Horizont tauchte die Sonne ins Meer, ein gleißendes Spektakel in Rot und Gold, doch ihre Töchter hatten keinen Blick für die Schönheit des Augenblicks. Im Gegenteil, denn Esther und Kiki hatten offenbar nichts Besseres zu tun, als sich über den festlich gedeckten Tisch hinweg fertigzumachen. Selbst die Rosen in den Vasen schienen die Köpfe vor so viel Gehässigkeit einzuziehen. Ada war in Trance, sie konnte den Blick nicht von ihren Töchtern lösen.

»Du spinnst ja«, erwiderte Esther in diesem Moment, und ihre Stimme bebte empört. »Alex und ich sind seit zwanzig Jahren verheiratet. Und wir arbeiten beide hart. Das nennt sich Alltag. Aber davon hast du ja keine Ahnung, du mit deinem ewigen Shanti-Shanti-Shavasana.«

»Ach ja, du arbeitest also hart?« Kiki lachte heiser auf.

Ada schüttelte den Kopf, und für den Bruchteil einer Sekunde streifte ihr Blick das Porträtfoto von Leo, das neben der Terrassentür hing.

Auf der Terrasse fuhr Kiki mit dem Trommelfeuer fort. »Du hängst doch bloß ein paar Bilder von links nach rechts und lebst ansonsten von Papas Namen und von seinem Erbe«, fauchte sie ihre große Schwester an. »Ist dir eigentlich mal in den Sinn gekommen, dass ich auch einen Anspruch darauf hätte, seinen Nachlass zu verwalten? Und dass ich nie die Chance dazu bekommen habe?«

Ach, Kiki.

Ada verspürte einen Stich in der Brust, kein Gefühl, sondern ein heftiger Schmerz, der sie aus ihrer Erstarrung riss. Wütend trat sie auf die Terrasse. »Das reicht jetzt«, sagte sie scharf. »Was ist denn bloß los mit euch?«

»Nichts ist los«, sagte Kiki und sprang auf. »Ich bin nur schwanger.« Dann schnappte sie sich ihr Weinglas und rauschte davon.

23

»Was heißt das, sie ist schwanger?« Mit einer Mischung aus Fassungslosigkeit und Resignation im Blick ließ Ada sich in ihren Sessel sinken.

»Sie glaubt, schwanger zu sein«, präzisierte Imme, dann erzählte sie kurz, was sie Kiki auf der Reise entlockt hatte. Dass Kiki keine Kinder wollte, aber Tim gegen alle Absprachen nicht verhütet hatte. Und dass Kiki nach ihrem Streit auch noch mit einem anderen geschlafen und Tim später mit diesem und einigen anderen Seitensprüngen konfrontiert hatte.

»Ach herrje«, sagte Ada, nachdem Imme geendet hatte. »Dabei mochte ich Tim so gern.«

»Hat Kiki denn überhaupt einen Schwangerschaftstest gemacht?«, wollte Esther ganz praktisch wissen. Sie schien weniger schockiert als Ada, so als würde sie von Kiki nichts anderes als ein maximales Durcheinander erwarten.

»Dafür ist es doch noch zu früh.« Imme zählte nach. »Falls sie überhaupt schwanger ist, dann erfahren wir das wohl erst Ende nächster Woche.«

»Es gibt Frühtests«, warf Esther ein.

»Selbst dafür ist es noch zu früh.« Imme bedachte ihre Schwester mit einem kurzen, erstaunten Blick. Seit wann kannte Esther sich mit so etwas aus? »Am sichersten ist es doch ohnehin, den Test erst zwei Tage nach Ausbleiben der Periode durchzuführen. Oder gleich zur Frauenärztin zu gehen, um einen Ultraschall machen zu lassen.«

»Dann dramatisiert sie also?« Ada schob ihren Teller zur Seite, sie mochte nichts mehr essen.

»Weiß nicht.« Imme dachte kurz nach. »So wie Kiki es mir geschildert hat, könnte schon etwas passiert sein«, fuhr sie ruhig fort. »Kiki meinte, dass sie ihren Eisprung hatte.«

»Dann sollte sie aufhören, so viel Alkohol zu trinken«, sagte Esther dumpf an ihrer Seite.

»Nun lasst uns doch erst einmal abwarten.« Imme hielt nichts davon zu spekulieren. »Bis zum Fest wissen wir sicher mehr.«

»Und nun?« Ada blickte die Dünen entlang in Richtung Laplage-sur-Mer, wohin Kiki davongestürmt war. Dann schenkte sie sich reichlich Wein nach. »Wer holt sie zurück?«

»Die heult sich doch bestimmt bei Joël aus«, sagte Esther kühl, und ihr Ton machte deutlich, dass sie Kiki auf keinen Fall nachlaufen oder sich gar bei ihr entschuldigen würde.

»Ich mach mich gleich auf den Weg.« Imme machte sich keine Sorgen um Kiki, ihre Schwester war hier aufgewachsen, sie kannte sich aus. Aber sie wollte ihre Mutter, die jetzt betreten zu Boden schaute, nicht im Stich lassen.

»Ich rufe schnell Vincent an.«

Ada wollte aufstehen und ihr Telefon holen, aber Imme hielt sie zurück.

»Da ist noch etwas«, sagte sie und lehnte sich vor. Eigentlich hatte sie Esther versprochen, bis morgen zu warten, und vielleicht war es auch zu viel für Ada, wenn sie jetzt auf Liz Bertram zu sprechen kam. Andererseits war der Abend sowieso ruiniert, und Kiki konnte ihnen jetzt nicht dazwischenfunken. Vielleicht war es sogar ganz gut, dass Kiki in ihrem labilen

Zustand noch nichts von den Vorwürfen erfuhr. »Wir müssen über Leo sprechen.«

»Leo?« Ada blickte fragend auf, während Esther scharf einatmete und dann die Luft anzuhalten schien.

Imme nickte. Nachdem Esther ihr gestern getextet hatte, dass sie es nicht übers Herz brachte, mit Ada zu sprechen, hatte sie sich auf der Fahrt nach *Les Vagues* ein paar Sätze zurechtgelegt. Behutsame Worte, die ihrer Mutter verdeutlichen sollten, dass der Missbrauch noch nicht bewiesen war, sie aber trotzdem auf den Vorwurf reagieren mussten. Dennoch fiel es ihr jetzt nicht leicht, davon zu erzählen. »Es tut mir leid, aber ich denke, es ist besser, du erfährst es von uns als von jemand anderem.«

»Vergewaltigung?«, fragte Ada entsetzt, nachdem Imme geendet hatte. »Aber wie kommt sie denn darauf?« Sie nahm einen großen Schluck Wein, dann stellte sie ihr Glas mit zitternden Händen auf dem Tisch ab. Der Schlagabtausch zwischen Esther und Kiki hatte sie mitgenommen, aber nun sah sie wirklich angeschlagen aus. Alle Farbe war aus ihrem Gesicht gewichen.

»Felizitas hat im Nachlass ihrer Mutter Aufzeichnungen gefunden«, erklärte Esther leise. »Darin behauptet Liz Bertram wohl, dass Papa sie bei der Arbeit an ihrem Porträt im Atelier zum Sex gezwungen haben soll.«

»Aber das ist doch nicht wahr!« Nachdrücklich schüttelte Ada den Kopf.

»Ich habe Friedrich Duve schon mit der Sache betraut«, fuhr Esther fort, als könnte sie so ihr bisheriges Schweigen entschuldigen. Dann fasste sie kurz zusammen, was sie unternommen hatte, um ihren Vater zu verteidigen. »Unser Anwalt …«

»Aber das ist doch absurd«, unterbrach Ada sie erregt. »Ausgerechnet Liz Bertram. Euer Vater hat sich ihr gegenüber nie etwas zuschulden kommen lassen. Im Gegenteil, er hat sie immer unterstützt. Auch als es ihr schlecht ging, war er für sie da. Das wisst ihr doch!«

»Das müssen wir aber auch beweisen können«, sagte Imme ruhig. Sie wollte jetzt nicht darauf herumreiten, dass Leo ein Frauenheld gewesen war. Dass er Ada mit seinen Affären mehr als ein Mal verletzt und sie sich in ihrer Jugend für sein Verhalten ihrer Mutter gegenüber geschämt hatte. »Wir müssen Licht in die Sache bringen, rekonstruieren, wann Liz Bertram zu Gast im Strandhaus war, und ob das zu den Vorwürfen in den Aufzeichnungen passt. Je länger wir schweigen, desto eher wird Felizitas das als Schuldeingeständnis werten.«

Ada nickte, sie verstand. Im nächsten Moment huschte so etwas wie Erkenntnis über ihr Gesicht, und sie schien zu begreifen, was Esther belastet hatte und warum auch Imme früher als geplant nach *Les Vagues* gekommen war. Ada lehnte sich zurück, den Blick nach innen gekehrt, und Imme konnte sehen, wie sie sich bemühte, die Bilder jenes so lange zurückliegenden Sommers an die Oberfläche ihres Bewusstseins zu spülen. Da war etwas, das Aufblitzen einer Erinnerung vielleicht, was sich im nervösen Zucken ihrer Augenlider widerspiegelte. Ada schien mit sich zu ringen, aber dann schüttelte sie wieder nur den Kopf. »Ich finde, wir sollten uns jetzt erst einmal um Kiki kümmern«, sagte sie fest, als sie endlich aufblickte. »Diese dumme Geschichte hat doch sicherlich noch Zeit bis morgen.«

Das war typisch Ada, dachte Imme, als sie wenig später aus den Turnschuhen schlüpfte und die Treppe zum Strand hinabstieg. Schließlich hatte das Schweigen in *Les Vagues* immer mit am Tisch gesessen. Ihre Mutter hatte Leo nie eine Szene gemacht, sein peinliches Gehabe immer toleriert und großmütig über seine Eskapaden hinweggelächelt. Mein Gott, was war sie froh gewesen, als sie nach dem Abitur endlich ihr eigenes Leben beginnen konnte. Imme hatte mit der ganzen Künstler- und Sich-ausleben-Attitüde nichts mehr zu tun haben wollen. Komisch, dass weder Esther noch Kiki ein Problem mit Leos Abenteuern gehabt hatten. Wie Ada hatte Esther einfach die Augen davor verschlossen, während Kiki ihrem Vater in seinem Freiheitsdrang munter nacheiferte.

Am Fuß der Treppe sanken Immes Füße in den noch warmen Sand. Das Licht war nun vollständig verschwunden, an seine Stelle war ein samtenes Zwielicht getreten, das überhaupt nichts gemein hatte mit der absoluten Dunkelheit, die sie in der Polarnacht wochenlang erlebt hatte. Ein schneller Blick auf die Taucheruhr an ihrem Handgelenk zeigte Imme, dass es kurz nach halb elf war. Um diese Zeit ebbte der Betrieb im Café Victoire langsam ab. Bestimmt hoffte Kiki auf eine Umarmung von Joël – und auf einen tröstlichen Drink am Tresen.

Seufzend setzte Imme sich in Bewegung. Wenn sie schnell genug lief, erwischte sie Kiki vielleicht, bevor sie noch mehr trank. Imme wusste, wie viel ihrer Mutter daran lag, dass ihre Töchter sich vertrugen. Die kommenden Tage würden schwer genug für Ada werden.

An der Wasserlinie fiel Imme in einen leichten Trab. Schon vor der Arktisexpedition war sie gut in Form gewesen, und seitdem sie zurück war, joggte sie mindestens zweimal die Woche zehn Kilometer. Sie brauchte die körperliche Anstrengung als Ausgleich zum langen Sitzen bei der Arbeit am Computer oder beim Reisen. Sie genoss den schnellen Puls, das tiefe Atmen, das den Sauerstoff bis in die letzte Körperzelle transportierte und ihren Körper mit Endorphinen flutete. Unwillkürlich begann Imme zu lächeln. Der Sand unter ihren Füßen fühlte sich herrlich an, warm und weich, wie ein atmender, lebendiger Organismus, und beim Weiterlaufen dachte sie, dass sie dieses Gefühl im Eis am meisten vermisst hatte. Den direkten, unmittelbaren Kontakt mit der Natur. Wenn Imme in ihrem Zelt auf der Scholle gearbeitet hatte, war sie immer dick eingepackt gewesen. Mehrere Schichten Funktionskleidung in schreienden Farben hatten sie vor der Kälte geschützt und eine sinnliche Begegnung mit der Umwelt unmöglich gemacht. Deshalb war der Strand von Laplage-sur-Mer für sie in den langen, dunklen Stunden auf dem Eis zum Sehnsuchtsort geworden. Sie hatte sich oft an den Strand ihrer Kindheit zurückgesehnt, und es hätte sie nicht gewundert, wenn ihr das Strandhaus dort wie eine Fata Morgana in der Dunkelheit erschienen wäre. Immer, wenn Imme in der gnadenlosen Eiswüste an ihr Limit gestoßen war, wenn sie die Kälte so sehr schmerzte, dass ihr die Tränen in die Augen traten und an den Wimpern gefroren, hatte sie sich in Gedanken auf die Reise an den Atlantik begeben. Die Gewissheit, dass das Haus dort in den Dünen auf sie wartete, war unglaublich tröstlich gewesen.

Umso schockierender also, dass *Les Vagues* dem Untergang geweiht war. Imme winkelte die Arme an und lief schneller. Der Sand unten am Wasser war feucht und hart, ideal zum Laufen, und der über den Dünen aufgehende Mond und ein paar vereinzelte Sterne beleuchteten den vor ihr liegenden Weg. Natürlich war ihr klar gewesen, dass das Strandhaus keine fünfzig Jahre mehr vor sich hatte. Aber dass das Meer dem Haus inzwischen so nahe gekommen war, hatte sie nicht geahnt. Beim letzten Sturm mussten etwa fünfzehn Meter Strand verloren gegangen sein. Wahrscheinlich hatte das Wasser sogar schon an der Treppe zur Terrasse geleckt.

Aber warum hatte Ada ihnen denn nichts erzählt?

Imme lief und atmete und lief und atmete. Beim Abendessen hatte sie den Blick ihrer Mutter so gedeutet, dass Ada sich der dramatischen Situation bewusst war. Für einen Augenblick hatte ihre Mutter unglaublich verletzlich ausgesehen. Aber dann hatte sie sich einen Ruck gegeben und ihr unerschütterliches Ada-Gesicht aufgesetzt, das Imme noch aus den letzten Jahren mit Leo kannte. Offenbar wollte sie ihre Töchter nicht mit ihren Sorgen belasten, anders konnte Imme sich ihr Schweigen nicht erklären.

Ob Esther sich einen Reim darauf machen konnte?

Imme nahm sich vor, gleich morgen ein paar Erkundigungen über die Zukunft von *Les Vagues* einzuholen. Dann zog sie das Lauftempo noch einmal an. Ihre Lungen weiteten sich, ihr Herz pochte. Dieser wunderbare, zuverlässige Muskel! Gierig sog sie den intensiven Duft des Meeres ein (Schwefel, nicht Salz!), und für ein paar kostbare Minuten war sie ganz bei sich selbst.

24

Na, das war ja super gelaufen! Kaum traf sie mit ihrer Familie zusammen, eskalierten die Dinge. Dabei hatte Kiki ihrer Mutter den Abend nicht verderben wollen, und es machte sie traurig, dass sie immer wieder auf dieselben Trigger ansprang. Von Schuldgefühlen geflutet blieb Kiki stehen. Sie drehte sich um, blickte zurück zum Haus, und augenblicklich wünschte sie sich, alles ungeschehen machen zu können. Verdammt, warum hatte sie Esther nicht einfach ruhig erzählen können, weshalb sie mit Tim Schluss gemacht hatte? Sie hatte sich doch nichts vorzuwerfen.

Inzwischen war es dunkel geworden, und weil Kiki ahnte, dass Imme ihr folgen würde, änderte sie die Richtung. Sie schlug auf der Landseite einen Bogen um das Strandhaus und lief dann ein kleines Stück durch den Wald nach Norden auf die Landzunge zu, wo am Horizont die Lichter des Phare de Cordouan die Dunkelheit durchschnitten. Schon am Nachmittag, als Esther und Imme innerhalb weniger Minuten zu ihrem verschworenen Bündnis aus Teenagerzeiten zurückgefunden hatten und Kiki Luft für die beiden gewesen war, hatte sie Joël eine Nachricht geschickt, dass sie ihn dort treffen wollte. An dem Ort, wo sie früher in warmen Nächten einen Joint geteilt und Raum und Zeit in Leuchtturmrunden bemessen hatten. Joël hatte ihr versprochen zu kommen, sobald er sich im Café Victoire loseisen konnte.

Während Kiki auf den alten Trampelpfaden ihrer Jugend durch die Dünen lief, standen ihr ganz konkrete Bilder vor Augen. Schon als Kind hatte sie es zu Joël gezogen, wenn sie sich von Leo ungerecht behandelt fühlte oder einen Verbündeten im Kampf gegen ihre Schwestern brauchte. Und Joël war ihr immer ein verlässlicher Freund gewesen. Das lag zum einen daran, dass er genauso alt war wie sie und ihre Probleme und Kämpfe nachempfinden konnte. Zum anderen verfügte Joël aber auch über dieses nur schwer in Worte fassbare Etwas, das auch Vincent so anziehend und liebenswert machte. Jedenfalls hatte Joël sie mit seiner fröhlich-unkomplizierten Art stets aufmuntern können. Selbst als er sich mit sechzehn, siebzehn Jahren von seinen Eltern abgenabelt hatte und nur noch mit der Clique unterwegs gewesen war, hatte er in den Ferien immer Zeit für sie gehabt. Joël hatte ihr das Austernknacken beigebracht (»Immer von der schmalen Seite her«), das Fahren mit dem Motorroller (»Links bremsen, rechts den Verkehr im Rückspiegel beachten«) und ihr den ersten Joint gedreht. Und als Kiki mit siebzehn schon einmal befürchtet hatte, schwanger zu sein, war er auf ihr Drängen hin mit ihr zu einer Wahrsagerin in den Nachbarort gefahren. Doch Madame Vérité hatte sie lediglich mit ein paar wolkigen Worten abgefertigt und dann fünfzig Euro verlangt. (Geld, das sie Joël immer noch schuldete.)

So instinktiv wie ein nachtaktives Tier lief Kiki parallel zur im Mondlicht glitzernden Wasserlinie. Wie mit langen, dünnen Fingern strichen ihr die Halme des Strandhafers über die Beine, und auf einmal musste sie wieder an Mick denken. An den Morgen nach der Party. Sie war mit Kopfschmerzen in seiner Wohnung aufgewacht, und als Mick ihr Kaffee und Müsli ans Bett brachte, fürchtete sie kurz, dass er so ein Typ war wie Tim. Jemand, der zu gut für sie war – und irgendwann Kinder wollte. Aber dann alberte Mick ganz unbekümmert mit ihr herum: »Du hast mich ganz schön abgefüllt.« – »Ich? Dich?« – »Ja klar, ich wollte gerade nach Hause gehen, als du kamst«, sodass Kiki ihren ersten Eindruck korrigierte. Nein, Mick war kein Spießer, sondern ein Typ, der eine Affäre genießen konnte. Der wusste, wann es Zeit war, die Sache mit einem Lächeln zu beenden. Und deshalb schlief sie noch einmal mit ihm, als der Kaffee die Kopfschmerzen vertrieben hatte.

Am nächsten Tag, da war sie schon bei Imme untergekommen, hatte Mick sie noch einmal angerufen. Kiki hatte ihm erzählt, dass sie für ein paar Wochen nach Frankreich fahre, und er hatte ihr viel Spaß gewünscht. Ganz ohne jede Ironie. Sie solle sich melden, wenn sie zurück sei, und Kiki lächelte in der Erinnerung daran. Sie wusste, dass er in Berlin auf sie wartete. Dass sie nur bei ihm klingeln musste, wenn sie sich spüren und für ein paar Sekunden den Himmel berühren wollte. Oder etwa nicht?

Mick, Mick, Mick.

Kiki schnappte nach Luft. Auf einmal drehte sich alles, weil ihr der Alkohol an der Seeluft viel stärker zu Kopf stieg als gewöhnlich. Sie hätte jetzt gerne eine Zigarette geraucht, um runterzukommen, aber als sie ihr Feuerzeug suchte, fiel ihr ein, dass es noch auf dem Terrassentisch lag. Leicht schwankend blieb Kiki stehen. Sie bückte sich, riss ein Büschel Strandhafer aus und saugte an einem Halm. Der Sex mit Mick machte Spaß. Und sie konnten zusammen lachen, hatten einen ähnlichen Humor. Ob sie vielleicht für ein paar Wochen bei ihm wohnen könnte, wenn sie ihn darum bat? (Könnte Mick ihr auch ein Freund sein? Und würde er ihr zur Seite stehen, falls sie tatsächlich schwanger war und eine Abtreibung wollte? Würde er sie in die Klinik begleiten?)

Mit tastenden Schritten ging Kiki weiter. Unwillkürlich sprangen ihre Gedanken zurück zu dem Streit mit Esther. Kiki hasste ihre Schwester dafür, dass sie ihr immer wieder ihre Fehler unter die Nase rieb. Die Abhängigkeit von Ada, ihr nutzloses, gedankenloses Dasein. Sie konnten noch nicht einmal einen Abend miteinander verbringen, ohne dass Esther Kiki ihre Verachtung entgegenschleuderte und auch noch Imme auf ihre Seite zog. Dabei hatte Imme ihr auf der Bahnfahrt noch geduldig zugehört. Das Einzige, was Kiki in diesem Moment tröstete, war der Gedanke, dass Esther bei so jemandem wie Mick niemals landen könnte. Ja, dass Esther mit ihrer tantenhaften, bornierten Art bei keinem halbwegs attraktiven Mann diesseits der sechzig mehr landen würde.

Wusste Esther überhaupt, wie viel Spaß man im Bett haben konnte?

»Wahrscheinlich hatte sie noch nie einen Orgasmus«, murmelte Kiki und lachte dann, so laut und schrill wie eine Möwe. Sie drehte sich einmal um sich selbst und ließ sich übermütig kichernd nach hinten fallen.

Mick, Mick, Mick.

Doch mit dem Aufprall im Sand, der härter war als gedacht, kam die Traurigkeit zurück. Und die Erinnerung an Tim. Von einem jämmerlichen Gefühl des Versagens befallen, rollte Kiki sich im Sand zusammen. Nachdem sie sich von Mick verabschiedet hatte, war sie noch einmal kurz in ihre gemeinsame Wohnung zurückgekehrt. Nun sah sie sich wieder, wie sie dort ihre Sachen zusammenraffte. Wie sie Tims Kopfhörer mit einem wütenden Tritt gegen die Wand kickte und sich dann in der Apotheke unten im Haus die »Pille danach« besorgte. Später, als Kiki noch nicht wusste, wo sie unterkommen sollte, hatte sie in einem Café in Charlottenburg gesessen und ihr letztes Geld für ein spätes Frühstück ausgegeben. Beim Blick auf das Gepäck zu ihren Füßen hatte sie geschluckt: Das war ihr Leben – nicht mehr als eine Yogamatte und ein Seesack mit ein bisschen Wäsche, Kosmetik und der »Pille danach«.

An dieser Tatsache hatte auch die Rückkehr nach *Les Vagues* nichts geändert. Stöhnend krümmte Kiki sich im Sand. Der Schmerz war wieder da. Diese furchtbare Leere in ihrem Inneren. Sie hatte das Gefühl, dass ihr Leben immer kleiner wurde und sich nur noch um die brennende Wunde in ihrer Mitte zusammenballte. In der Dunkelheit blitzten grelle Worte vor ihrem inneren Auge auf: »Du bist erbärmlich.« – »Du bist schwach.« – »Was ist nur los mit dir?«, und sie begann zu weinen.

»Kiki?« Da war eine Stimme an ihrem Ohr.

Eine Männerstimme. War das Joël?

»Tut mir leid«, sagte der Mann, »ich wollte viel früher kommen, aber es war so viel los im Restaurant, und ich konnte Papa nicht allein lassen.«

O Gott, Joël.

Benommen richtete Kiki sich auf. Sie wischte sich über die Augen und begriff, dass sie kurz eingeschlafen sein musste. Im Licht des Leuchtturms, der die Dünen für die Dauer eines Lidschlags in eine weiße geisterhafte Helligkeit tauchte, sah sie Joëls vertrautes Gesicht aufscheinen – die wachen blauen Augen, den schönen Mund, das dunkle Haar.

»*Ma petite mouette*«, sagte Joël mit einem Lächeln in der Stimme. Er setzte sich neben sie und gab ihr einen Kuss, bevor er sie fest in die Arme schloss.

Kiki schmiegte sich wohlig an ihn. Ja, sie war seine kleine Möwe.

»Ich hatte ein bisschen zu viel Gin Tonic«, murmelte sie,

noch immer ein wenig schlaftrunken. Wie der Sender einer geheimen Sprache, die nur sie beide verstehen konnten, trommelte sein Herz an ihrer Brust, und so etwas wie Liebe erfasste sie.

»Ich weiß.« Joël drückte sie noch einmal an sich, dann strich er über die Haut an ihren Armen, denn sie trug noch immer das leichte Kleid von der Reise. »Ist dir nicht kalt?«

»Hab ich noch gar nicht drüber nachgedacht.« In dieser Sekunde bemerkte Kiki, dass sie fröstelte. Sie rieb sich die Arme und schlang sie dann um den Körper.

»Warte mal …« Joël zog sein Hemd aus und hängte es ihr über die Schultern. »Besser?«

»Mal schauen.« Sie wickelte sich in das Hemd und fühlte sich tatsächlich besser, weil seine Aufmerksamkeit sie wärmte wie eine weiche Decke.

»Also, Kiki, was ist los? Ada hat vorhin angerufen. Es hat Streit gegeben?«

Kiki wandte den Blick von ihm ab und folgte dem rotierenden Licht des Phare de Cordouan. Sie dachte an die Packung mit der »Pille danach«, die ungeöffnet in ihrem Seesack steckte, aber sie wollte Joël nichts von ihren Problemen erzählen. Noch nicht. Jetzt zählte nur, dass er da war. Dass er sie auflud mit seiner Energie und das schwarze Loch in ihrer Mitte mit Zuneigung füllte. »Du weißt doch, dass ich es mag, wenn Ada sich Sorgen um mich macht«, antwortete sie halb spöttisch, halb im Ernst. »Ich war schon immer ihr Problemkind.«

»Ich wusste gar nicht, dass es Problemkinder gibt.«

»Dann bin ich eben das schwarze Schaf der Familie Kwant.«

»Blödsinn.« Joël lächelte ihr aufmunternd zu, aber sie musste den Kopf abwenden, weil ihr erneut Tränen in die Augen stiegen.

»Nein, lass das, das ist nicht lustig.«

»Du hast dich mit Tim gestritten«, brachte Joël ihr Versagen auf den Punkt, aber aus seinem Mund klang die Wahrheit nicht halb so dramatisch wie bei Esther. Paare trennten sich, so etwas kam vor.

Kiki ließ Sand durch ihre Hände rieseln. »Hab schon wieder einen neuen Freund«, murmelte sie und rang um Fassung. »Mick. Rechtsanwalt. Aus Berlin.«

»Oha.« Joël schlang die Arme um die Knie, und sie hörte ihm an, dass er nicht im Mindesten beeindruckt war.

»Jedenfalls weiß er, was ich mag«, fügte sie trotzig hinzu. Gleichzeitig ärgerte sie sich darüber, dass sie Mick überhaupt ins Spiel gebracht hatte.

»Sex«, sagte Joël trocken. Er wusste, wie sie tickte.

»Ja, auch.« Kiki wickelte sich noch fester in sein Hemd, das nach einem Abend im Café Victoire und einer Prise Übermut roch. Und auch das Leuchtturmlicht weckte ein viel zu lange verdrängtes Gefühl in ihr. Kiki genoss das Gefühl, hier mit Joël zu sitzen und mit ihm zu flirten. Die Situation erinnerte sie an all die aufregenden Stunden, die sie in ihrer Jugend in den Dünen verbracht hatte. Joël behauptete ja heute noch, sie habe seine ganze Clique um den Verstand gebracht. Natcho und Dodo und Loris und Sascha.

Spielerisch rupfte Kiki noch ein Büschel Strandhafer aus, saugte an einem der Halme. Sie sehnte sich wirklich nach ihren Zigaretten. »Heute keine Party auf dem Campingplatz?«, fragte sie, um Joël daran zu erinnern, wie sie dort früher die Nächte durchgefeiert hatten. Jedenfalls so lange, bis Leo sie dort aufgespürt und nach Hause gebracht hatte. »*Laisse-le tranquille,* Kiki«, hatte er immer gesagt. »Lass ihn in Ruhe, du machst ihn nur unglücklich.«

Joël lachte. »O Gott, das ist eine Ewigkeit her.«

»Sag bloß, du bist gerade allein.«

Joël schüttelte den Kopf, aber er antwortete ihr nicht.

»Na komm schon«, sagte sie und stupste ihn in die Seite. »Kenne ich sie?«

»Ich will das nicht mehr«, antwortete er, und seine Stimme klang auf einmal seltsam resigniert. »Ehrlich. Ich suche etwas Festes. So wie bei unseren Eltern …«

»Im Ernst?« Kiki prustete los.

»Was denn?«, fragte er.

»*Unsere* Eltern?«, erwiderte Kiki, immer noch lachend. Sie rang nach Luft, weil sie auf einmal das Gefühl hatte, dass ihr Lachen jederzeit in Weinen umschlagen könnte. »Für deine Eltern hat das vielleicht gestimmt. Aber du weißt doch, wie Leo war. Er hat Ada ständig betrogen.«

»Aber sie haben sich auch geliebt.«

Kiki zuckte die Achseln. »Leo hat Ada gebraucht, sie hat sein Leben organisiert. Und Ada? Manchmal denke ich, sie hat nur das geliebt, was er ihr bieten konnte – das Strandhaus, die Freunde, das sorglose Leben.«

Joël schwieg, und sein Schweigen klang wie Mitleid. Kiki schossen die Tränen in die Augen. »Ich muss dir nicht leidtun«, antwortete sie und versuchte, die Traurigkeit zurückzuhalten, die sie mit ihrem heftigen Sog fortzureißen drohte. Sie blickte zur Seite und wischte sich mit dem Handrücken über die Augen. »Esther und Imme sind bestens damit klargekommen. Ich bin das einzige Mitglied der Familie Kwant, das sein Leben nicht auf die Reihe kriegt.«

Joël schüttelte den Kopf, aber er legte ihr eine Hand aufs Knie. Seine Berührung ließ Kiki wieder an Natcho denken. Sie waren damals beide sechzehn gewesen, und sie hatte ihn verführt. Weil sie es konnte. Und weil er so herzzerreißend liebesbedürftig war. Noch liebesbedürftiger als sie selbst. Im darauffolgenden Sommer hatte sie ihn nicht mehr angeschaut. Sie hatte gewusst, dass er litt wie ein Hund, und das hatte ihr einen Kick gegeben. Es hatte ihr gefallen, dass er nach einem Blick, einem Kuss, einem Wort von ihr lechzte. Dass sie ihn in der Hand hatte und ihr Spiel mit ihm treiben konnte. Armer Natcho! Inzwischen war er längst verheiratet. Er hatte drei Kinder, und das tröstete Kiki ein wenig.

»Hey«, sagte sie und beugte sich vor. Joëls Gesicht war nur noch wenige Zentimeter von ihr entfernt. Sein Mund war leicht geöffnet, seine Zähne blitzten im Leuchtturmlicht, und das machte sie an. Kiki spürte ein prickelndes Ziehen im Unterleib, und plötzlich sah sie all die Männer vor sich, die sie schon gehabt hatte. So viele Namen, sie konnte sich schon nicht mehr an alle erinnern. »Du willst gar nicht wissen, mit wem alles ich hier schon rumgemacht habe«, raunte sie Joël zu, dann küsste sie seine herrlich weichen, leicht salzigen Lippen.

Joël lächelte, doch als ihre Lippen sich trafen, bemerkte Kiki, dass er ihren Kuss wie eine Welle an sich abprallen ließ.

Ernüchtert zuckte Kiki zurück. Sie ließ sich nach hinten fallen und rollte sich wieder im Sand zusammen. »*Laisse-le tranquille*, Kiki!«, hallte die Stimme ihres Vaters in ihrem Kopf, und ein Wimmern stieg in ihr auf. Auf einmal war sie nur noch müde und betrunken.

»Was hältst du davon, wenn ich dich zum Strandhaus zurückbringe?«, sagte Joël. Er klang weder böse noch verletzt, nur mitfühlend und ein wenig besorgt, und das machte seine Zurückweisung fast noch schlimmer.

»*Les Vagues*«, hörte Kiki sich mit einer Stimme, die der ihres Vaters ähnelte, antworten. »*La maison s'appelle Les Vagues.*«

25

Imme wollte sich melden, sobald sie Kiki gefunden hatte. Mit dem Telefon in der Hand trat Ada auf die Terrasse. Im Lichte der Ereignisse wirkte die Tafel mit den Kerzen und Rosen wie ein absurdes Bühnenbild, und auf einmal bereute Ada ihre Idee von einem letzten Fest in *Les Vagues*. Worauf sollten sie anstoßen, wenn schon ein Abendessen mit den Töchtern so viele Risse und Verwerfungen im Fundament ihrer Familie zutage förderte?

Niedergeschlagen schob Ada das Telefon in die Tasche ihrer Strickjacke. Esther hatte das Geschirr schon abgeräumt, und seufzend nahm Ada das Plastikfeuerzeug in die Hand, das wie ein kleiner spöttischer Verweis auf Kikis Temperament liegen geblieben war. Sie schnippte es an, und beim Aufleuchten der kleinen blauen Flamme flackerte eine irrsinnige Wut in ihr auf. Was trieb Felizitas Bertram dazu, Leo anzuklagen? Leo hatte Fehler gemacht, so wie sie auch, aber er war doch kein Vergewaltiger! Er hatte niemandem Leid zufügen wollen, schon gar nicht Liz Bertram.

Ada konnte sich keinen Reim auf die Anschuldigungen machen, aber sie wusste, dass es nahezu unmöglich sein würde, einen Beweis für Leos Unschuld zu finden, ohne sein Geheimnis aufzudecken.

Ihrer beider Geheimnis – schließlich hing alles mit allem zusammen.

Angespannt steckte Ada das Feuerzeug ein. Sie löschte die Kerzen, stellte Vasen und Windlichter zur Seite und zog das Leinentuch vom Tisch. Gut, dass Kiki von alledem nichts mitbekommen hatte. Ada hatte sie schon ein paarmal angerufen, war aber immer auf der Mailbox gelandet. Kiki wollte nicht reden, sie wollte nach dem Streit mit Esther wohl einfach nur weg.

Früher hatte sie sich bei Vincent verkrochen, wenn sie mit Leo aneinandergeraten war, und mit einem Mal hatte Ada die dreizehnjährige Kiki vor Augen. Oh, es hatte hässliche Szenen zwischen Leo und Kiki gegeben. Richtige Kämpfe. Besonders, als Esther und Imme schon aus dem Haus waren und Kiki ähnlich viele Freiheiten für sich beanspruchte wie die älteren Schwestern und ständig mit irgendwelchen Jungs unterwegs gewesen war. Dabei war sie damals doch fast noch ein Kind, und Leo hatte sie nur vor sich selber schützen wollen. In solchen Momenten war Vincent für Kiki ein Hafen gewesen. Er hatte sie immer mit offenen Armen empfangen, und einmal war er sogar nach Berlin gekommen, um sie zu sich zu holen. (Einer der seltenen Anlässe, wo Vincent ein Flugzeug bestiegen hatte.) Auch Mathilde hatte nie etwas dagegen gehabt, wenn Kiki sich eine Zeit lang bei ihnen in der Wohnung über dem Café Victoire einquartierte. Sie stellte einfach ein Klappbett in Joëls Zimmer, und wenn Kiki es zuließ, trocknete sie ihr sogar die Tränen. *Sainte Mathilde.*

Meist half Kiki schon die räumliche Distanz zu Leo, um die Wogen zu glätten. Wenn es ihr besser ging, kam sie nach ein paar Tagen zurück und entschuldigte sich bei ihm. Manchmal erlaubte sie Leo sogar, sie in die Arme zu schließen. Und dann kochte Kiki zur Versöhnung ein aufwendiges Menü, denn sie hatte sich von Vincent ein paar seiner Spezialitäten abgeguckt. Kiki kochte ziemlich gut. Vincent behauptete sogar, sie sei begabt, und das wollte etwas heißen.

Mit wenigen geübten Griffen faltete Ada das Tischtuch zusammen, dann trat sie an die Treppe. Der Strand war in Dunkelheit gehüllt, aber auf dem Wasser glitzerte ein schmaler Streifen Mondlicht. Kurz stellte sie sich vor, wie es wäre, in seiner quecksilbrigen Bahn zu schwimmen. Auf dem Rücken, mit dem Blick in den rauschenden Sternenhimmel, der wie eine Discokugel über allem schwebte. Einfach immer weiter zu schwimmen, bis zum Rand des Ozeans und darüber hinaus.

Im nächsten Moment drängten Erinnerungen an die Oberfläche. Kiki, wie sie als Baby gewesen war. Ein zartes Frühchen mit dunklem Flaum am ganzen Körper, einem unzuverlässigen Herzschlag und einem Nabelbruch. Kiki war nach der Geburt am Herzen operiert worden und hatte lange im Krankenhaus bleiben müssen. Auch als sie endlich nach Hause durfte, hatte sie unglaublich viel Aufmerksamkeit benötigt. Kiki war ein Baby gewesen, das keine Sekunde allein sein konnte. Das immer auf dem Arm getragen werden wollte und absolute Nähe brauchte. Wenn Ada sie nur kurz ablegte, fing Kiki an zu schreien – und sie hörte einfach nicht auf. Selbst wenn sie nach Stunden endlich erschöpft eingeschlafen war, wurde ihr kleiner Körper noch von Schluchzern geschüttelt. Die ersten beiden Jahre mit Kiki waren die Hölle gewesen. Nicht nur für Ada, sondern für die ganze Familie.

Leise seufzend rieb Ada sich das Kreuz. Sie spürte den Schmerz, den Kiki mit sich herumschleppte. Diesen Schmerz, der in der Vergangenheit wurzelte und der auch sie gefangen hielt. Warum nur hatte sie Kiki vorhin nicht in die Arme genommen?

Warum hatte sie ihr nicht sagen können, dass sie ihr helfen würde? Unter allen Umständen.

Arme kleine Kiki. Ada drehte sich um und betrachtete die schmale Sichel des Mondes über dem Haus. Sie hatte so vieles falsch gemacht, dabei wusste sie doch, dass Schweigen die schlimmsten Wunden verursachte. Sie musste endlich mit Kiki sprechen – und mit Esther und Imme auch. Nur wenn sie ihr Schweigen brach, konnte sie die fragile Tektonik ihrer Ehe erklären. Leos Zweifel und die Folgen, die sich daraus ergeben hatten. Aber Worte für das zu finden, was sie damals entschieden hatten, war schwer. Viel schwerer noch, als das Strandhaus zu verlieren. Und Ada hatte eine entsetzliche Angst davor, wie ihre Töchter reagieren würden.

Mit einem Seufzer zog Ada das Telefon wieder hervor. Sie hasste es, zu warten und nichts tun zu können. Doch als sie glaubte, die Ungewissheit nicht länger ertragen zu können, rief Imme endlich an.

»Ich bin im Café Victoire«, sagte Imme, »aber Kiki ist nicht hier. Und Joël auch nicht.«

»Dann sind die beiden zusammen unterwegs.« Erleichterung flutete Ada. Sie blickte über das schwarze Meer nach Norden. Bis auf das kreisende Leuchtturmlicht war es dort oben vollständig dunkel, so als hörte die Welt einfach auf. Da war noch nicht einmal ein Schiff am Horizont.

»Ada?« Jetzt hörte sie Vincent, und aus dem Hintergrund drang das Stimmengewirr aus dem Café Victoire an ihr Ohr. »In einer halben Stunde kann ich Schluss machen, und dann bringe ich Imme nach *Les Vagues*. Mach dir keine Sorgen, Joël wird Kiki schon finden und aufmuntern.«

»Gut, dann warte ich auf der Terrasse auf euch.«

Halbwegs beruhigt ließ Ada sich in den Liegestuhl sinken,

dann wählte sie noch einmal Kikis Nummer. Wieder nichts. Während sie dem leisen Rauschen der Mailbox lauschte, trat Esther auf die Terrasse.

»Joël ist mit Kiki unterwegs«, sagte Ada, ohne sich zu ihr umzudrehen. »Und Vincent bringt Imme zurück. Du kannst ruhig zu Bett gehen.«

»Soll ich nicht doch noch bei dir bleiben und warten, bis Kiki wieder da ist?«

Ada schüttelte den Kopf. »Ich möchte allein sein.«

»Bist du dir sicher?«

»Ja. Lass uns morgen weiterreden. Für heute habe ich wirklich genug.«

»Das mit Felizitas ... Also, die ganze Geschichte tut mir sehr leid. Ich hätte dir das gern erspart, das musst du mir glauben.«

Ada schüttelte den Kopf und schnitt Esther mit einer Handbewegung das Wort ab. Esther traf keine Schuld, aber dass sie an ihrem Vater zweifelte, nahm Ada ihr übel. Außerdem hatte sie Kiki mit ihren Fragen verletzt, sie überhaupt erst aus dem Haus getrieben. Ada hörte, wie ihre Tochter noch einen Augenblick unschlüssig stehen blieb, dann legte Esther ihr eine Hand auf die Schulter, murmelte »Gute Nacht« und verschwand. Wenig später flammte oben das Licht in ihrem Zimmer auf.

Jetzt erst drehte Ada sich um. Sie sah Esthers Silhouette, ein Schattenriss hinter dem Vorhang, und plötzlich, als hätten die Ereignisse des Abends einen Schalter in ihrem Inneren umgelegt, kam ihr Elaine wieder in den Sinn.

Elaine – und Leos lebenslange Suche nach seiner Mutter.

War sie nicht der Schlüssel zum Verständnis von Leo?

Der Schlüssel zu all dem Schmerz?

Heute, aus der Distanz von mehreren Jahrzehnten, war Ada klar, dass Leos Besessensein von Elaines Schicksal auch mit seinem Erfolg als Maler zusammenhing. In der Rückschau war es ganz offensichtlich: Je erfolgreicher Leo wurde, desto mehr beschäftigte ihn das Verschwinden seiner Mutter. Es war, als müsste er sich seiner selbst versichern.

Anfang der 1980er-Jahre jedoch, als Leo sich trotz seines Erfolgs mehr und mehr veränderte, hatte Ada keine Erklärung für sein Verhalten gefunden. Er war doch Leo Kwant, der berühmte und umschwärmte Maler, der als Künstler alles erreicht hatte. Nach seinem Durchbruch war Leo sogar als Professor für Malerei nach Berlin an die Hochschule für Bildende Kunst berufen worden, wo er einst sein Studium abgebrochen hatte. Warum also fand er keine Ruhe, konnte seinen Triumph nicht genießen? Aufgewühlt drehte Ada den Ring an ihrem Finger, der blaue Stein schimmerte im Mondlicht.

In diesem Moment und mit dem Wissen darum, was sie sich später in der Sorge um Kiki über die Verletzungen der kindlichen Seele angelesen hatte, war ihr klar, dass Leo in seinem tiefsten Inneren verwundet gewesen war. Das Trauma der abwesenden Mutter. Der muntere Zampano war nur eine Maske gewesen, hinter der sich das verlassene Kind verbarg. Und diese schwärende Wunde hatte auch der Erfolg nicht heilen können. Im Gegenteil. Denn mit dem Ruhm und dem Geld, das quasi über Nacht auf Leo einprasselte, wuchs in ihm die Angst, alles wieder zu verlieren. Jene Urangst von Verlust, die ihm Elaines Verschwinden und der Krieg eingepflanzt hatten, wurde zu seinem Dämon. Deshalb suchte Leo nach Sicherheit. Nach einer absoluten Sicherheit, die ihm seine unvorhersehbaren Kreativitätsschübe nicht bieten konnten. Und so klammerte Leo sich an das, was einmal funktioniert hatte. Er setzte auf die *Méthode Guillory,* wie er ihre Zusammenarbeit am Ende seines Lebens in einem Moment bitterer Erkenntnis genannt hatte.

Mit einem Ruck zog Ada den Ring vom Finger und drehte ihn im Licht. Es war viel über Leos Werk geschrieben worden, über sein psychologisches Gespür und die einzigartige Qualität seiner Porträts. Dass seine Werke auch Bilder der Seele seien. Aber niemand wusste, wie Leos berühmte Gemälde wirklich entstanden waren, noch nicht einmal Esther. Allein Vincent ... Er ahnte wohl etwas, anders ließ sich seine Bemerkung vom Vortag, auch sie habe Ambitionen gehabt, nicht erklären.

Ada schloss die Hand um den Ring, bis er in ihrer Faust verborgen war. Die *Méthode Guillory* – heute fragte sie sich, ob das alles ihr Fehler gewesen war. Schließlich hatte sie Leo ermuntert, sich ihrer Fotografien als Vorlage für seine Gemälde zu bedienen. Weil sie ihn liebte und weil sie ihm helfen wollte. Sie hatte doch gespürt, dass er an sich zweifelte. Dass er seiner künstlerischen Kraft nicht vertraute und bisweilen angstgepeinigt und verloren war. Außerdem war das, was später zu jener fatalen Verstrickung von Liebe und Scham werden sollte, am Anfang doch auch eine Chance gewesen. Eine Chance, die Arbeiten am Strandhaus zu bezahlen und die Familie zu ernähren. Denn nach seinem Erfolg mit dem Porträt der Madame Guillory war Leo plötzlich ein gefragter Maler. Auf einmal konnte er sich die Aufträge aussuchen und die Konditionen diktieren.

Und so nahm ihre Zusammenarbeit Gestalt an. Wenn Leo den Auftrag für ein Porträt erhielt, fotografierte Ada zunächst das Modell. Sie arrangierte alles, den Ort, das Licht, die Requisiten, alle Details, kurz: Sie bereitete die Bühne für Leo. Auch wenn Leo gegenüber seinen Auftraggebern behauptete, dass Adas Fotografien ihm lediglich als Stütze dienten, um das Gemälde später in Abwesenheit des Modells zu vollenden, war es doch vielmehr so, dass seine gesamte Bildkomposition sich auf Adas Können stützte. Am Ende war es ihre Bildidee – und ihr

Instinkt für den richtigen Moment. Sein psychologisches Gespür, die Seele seiner Bilder, war nichts anderes als ihr weiblicher Blick.

»Leo Kwant, das sind wir beide«, hatte Leo sich in den ersten Jahren bei ihr bedankt, wenn er ein Werk signierte. Und Ada reichte das. Sie freute sich für seinen Erfolg, der ihnen finanzielle Unabhängigkeit schenkte. Zu spät realisierte sie, dass Leos Selbstbild unter seiner Abhängigkeit von ihr litt. Dass er noch stärker an sich zweifelte und der Zampano deshalb immer mehr Raum in seinem Leben einnahm. Die rauschenden Partys. Der große Freundeskreis. Die vorgetäuschte Munterkeit. Da waren Leos Affären, mit denen Ada lernte zu leben. (»Ich brauche das. Den Tango. Ich kann nicht malen ohne Sinnlichkeit.«) Und da waren seine Verlorenheit – und sein verzweifeltes Suchen nach Elaine, das ihn von ihr forttrieb.

Mit aller Kraft schloss Ada die Finger um den Ring, so als wollte sie alles Leuchten aus dem Stein herauspressen. Schmerzhaft drückte sich der Türkis in ihre Haut. Sie hatte Leo nie daran gehindert, nach seiner Mutter zu suchen, weil sie auch damals schon gespürt hatte, dass sein Bedürfnis nach einer Antwort existenziell war. (Er war berühmt, sein Name auch in Frankreich bekannt. Hätte Elaine sich nicht spätestens jetzt bei ihm melden müssen, wenn sie noch lebte – und sei es nur, um sich Geld von ihm zu leihen?) Aber Ada hatte ihm bei seiner Suche nicht helfen können. Da waren die zwei kleinen Kinder, die beiden großen Häuser, denn neben *Les Vagues* gab es mittlerweile noch eine Villa in Berlin-Niklassee. Auch die gemeinsame Arbeit und das Tolerieren seiner Affären forderten all ihre Kraft. Dann war da noch die Schuld, die sie Leo gegenüber empfand. Und das dunkle Vermächtnis ihres Vaters – die Klauen des Krieges, aus denen sie sich nie hatte befreien können.

Ada öffnete ihre Hand. Der Türkis hatte einen deutlichen Abdruck hinterlassen, mit dem Daumen der rechten Hand rieb sie über die schmerzende Kerbe.

Ein Jahr, nachdem Imme geboren worden war, starben kurz hintereinander ihre Eltern. Das Fotoatelier am Markt war längst verkauft, doch als Ada die elterliche Wohnung auflöste, fielen ihr ein paar Kartons mit Negativen in die Hände. Aufnahmen ihres Vaters aus dem Krieg, als er für die »Signal« gearbeitet hatte. Beim Sichten der Negative wurde Ada klar, dass ihr Vater während der deutschen Besatzungszeit in Paris gewesen war. Es gab Aufnahmen von Paraden deutscher Soldaten auf der Avenue des Champs Élysées, ein Porträt von Adolf Hitler mit dem Eiffelturm im Hintergrund und Bilder riesiger Hakenkreuzfahnen an den Fassaden der Häuser entlang der großen Prachtstraßen. Hässliche Symbole des Schreckens und der Unterdrückung. In einem zweiten Karton fand Ada Fotos, die ihr Vater auf seinen Streifzügen durch die Stadt gemacht hatte. Sie zeigten ein anderes Paris, Alltagsszenen wie das bunte Treiben in den Straßen, Cafés und Tanzlokalen, Liebespaare in den Parks, die Angler an den Ufern der Seine und bettelnde Kinder auf den Märkten. Das Bild einer Stadt und einer Zeit, wie es auch Ada festgehalten hätte. Und dann, als furchtbaren Kontrast dazu, fand sie im selben Karton Bilder von Verhafteten. Männer und Frauen des Widerstands, die von den Besatzern in Lager verschleppt oder zum Tode verurteilt wurden. Gesichter, gezeichnet von Todesangst. Verstörend war, dass diese Aufnahmen auch zeigten, was für ein herausragender Fotograf ihr Vater gewesen war. Und was Ada von ihm gelernt und mit dem Porträt der Madame Guillory auch gezeigt hatte. Das Unrecht und Leid sprangen sie förmlich an.

Natürlich, dachte Ada nun mit dem Blick auf das schwarze,

rauschende Meer, hätte sie sich diesem Erbe stellen müssen. Denn das, was Ende der 1960er-Jahre mit der Studentenbewegung begonnen hatte, zog ein Jahrzehnt später immer weitere Kreise. Die Mauer des Schweigens war brüchig geworden, und die Schuld der Väter etwas, dem ihre Generation angewidert ins Gesicht schaute. Trotzdem hatte Ada keine Worte für das gefunden, was ihr Vater sein Leben lang mit sich herumgeschleppt hatte. Für das, was ihre Mutter gebrochen und ihre Kindheit vergiftet hatte. Das Schweigen war ihr viel zu vertraut. Es war die einzige Strategie, Probleme zu bewältigen, die sie gelernt hatte. Und so hatte sie den Inhalt dieser Kartons voller Scham im Garten ihres Elternhauses verbrannt.

Vielleicht hatte Ada gehofft, dieses düstere Vermächtnis so aus der Welt schaffen zu können, aber die Bilder hatten sich eingebrannt. Bis heute hatte sie kein einziges davon vergessen.

Das Licht über ihrem Kopf verlosch, Esther war zu Bett gegangen. Ada blickte auf und horchte, ob sie endlich Vincents Roller hörte. Mit Leo hatte sie nie über ihren Vater sprechen können. Immer war da dieser Satz gewesen, wie in Stein gemeißelt, mit dem er sich bei ihrem Kennenlernen unmissverständlich von den Nazigräueln distanziert hatte: »Gestatten, mein Name ist Kwant. Kwant mit K. Nicht zu verwechseln mit den schändlichen Quandts.« Bisweilen kam es Ada sogar wie eine absurde Laune des Schicksals vor, dass Leo nicht aufhörte, nach seiner Mutter zu suchen. Denn je öfter die Spur von Elaine sich wieder einmal im Nichts verlor, desto überzeugter war er schließlich, dass seine Mutter sich 1940 in Paris dem Widerstand gegen die deutsche Besatzung angeschlossen hatte. Dass sie den Nazis zum Opfer gefallen war und dass er, Leo Kwant, nicht nur der Sohn eines deutschen Wehrmachtssoldaten war, sondern auch das Kind einer tapferen, widerständigen Frau.

Da war ein Geräusch, und in der Dunkelheit sah Ada die Augen des Streuners aufleuchten. Der Kater blickte sie an, als ob er sich fragte, was sie so spät noch hier draußen machte. Ada lockte ihn, und als er kam, um an ihrer Hand zu schnuppern, durchströmte Ada ein kleines Glücksgefühl.

Ach, Leo. Wann hatten sie damals den Halt verloren? Wann waren sie untergegangen in diesem Meer aus Ängsten und Heimlichkeiten, aus Scham und Schuld?

Als sie sich eines Nachts gefragt hatte, ob Elaine auf einem Foto ihres Vaters zu sehen gewesen war? Als sie anfing, davon zu träumen, dass Elaine und ihr Vater sich in Paris begegnet sein könnten? Dass ihr eigenes Leben demnach schon lange, bevor sie sich überhaupt kennengelernt hatten, mit Leos Schicksal verknüpft gewesen war …

Oder war es Inès gewesen, die ihre Ehe an jenen Kipppunkt geführt hatte, an dem sich das Unheil nicht mehr länger aufhalten ließ? Also die Zeit zwischen Immes und Kikis Geburt, als Leo anfing, mit Inès in Paris nach Elaine zu suchen? Als er nicht nur eine Nacht, sondern zwei Wochen am Stück fortblieb, ohne sich bei ihr zu melden, und Ada nicht sicher war, ob er überhaupt je zurückkommen würde? Inès war nicht die erste Frau gewesen, mit der Leo sie betrogen hatte. Aber sie war auch ihre Freundin gewesen, und Ada hatte ihr den Verrat übel genommen, genauso wie sie Leo die Affäre mit Inès übel genommen hatte. Sie war die eine Frau zu viel gewesen.

Vielleicht hätte sie Leo damals die Stirn bieten sollen, dachte Ada nun, während sie dem Streuner mit angehaltenem Atem über das Fell strich. Oder, besser noch, endlich offen mit ihm reden müssen. Sie hätte von den Fotografien ihres Vaters erzählen sollen. Von der ererbten Schuld. Aber das war ihr nie gelungen, denn das Schweigen und die Scham waren schon nicht mehr zu bezwingen gewesen. Sie hatten sich in ein Ungeheuer verwandelt, das nicht mehr zu bändigen war.

Und in diesem Chaos der Gefühle war da plötzlich Vincent aufgetaucht. Sein offenes Begehren hatte sie damals mit der Wucht eines Orkans getroffen. Es hatte ihren Kern freigelegt, der unter der Last ihrer Ehe verschüttet worden war. Vincent hatte sie wieder atmen lassen.

»Ada?« Eine Stimme drang durch die Dunkelheit zu ihr herauf, und Ada zuckte zusammen. Erschrocken sprang der Kater davon.

»Joël!« Ada steckte den Ring zurück an den Finger und erhob sich mühsam aus dem Liegestuhl. Sie sah, wie Joël Kiki die Treppe hinaufbugsierte.

O Gott, was war passiert? Kiki war doch nicht ...

Mit wild klopfendem Herzen ging Ada den beiden entgegen. Kiki hing in Joëls Armen, und auf einmal dachte sie, dass ihre Tochter genauso verwundet war wie Leo damals.

»Treibgut«, sagte Joël, als er mit Kiki im Arm vor ihr stand. Das Wort schnitt Ada ins Herz. »Ich denke, wir sollten sie lieber zu Bett bringen.«

26

Imme hatte das Surfen nicht verlernt. Wenn sie die Welle optimal traf, schaffte sie es, für einen atemlosen Ritt die Balance zu halten und nicht gleich wieder von der Brandung verschlungen zu werden. Dann klatschte sie sich im Weißwasser mit den anderen Surfern ab, und Esther, die sie von der Terrasse aus beobachtete, neidete ihr die Stärke, selbst in der größten Krise ganz bei sich zu sein. Keine Frage, Imme war schon immer die Selbstbewusstere gewesen. Ein Mädchen, das den Jungs Respekt einflößte. Ihre innere Kraft und Unerschrockenheit hatten Imme zu der erfolgreichen Frau gemacht, die sie war. Esther hingegen konnte nicht für eine Sekunde abschütteln, was ihr Vater in *Les Vagues* getan haben sollte.

War Leo Kwant ein Vergewaltiger gewesen?

Hatte er Liz Bertram missbraucht?

Gereizt klatschte Esther in die Hände, um eine Möwe zu verscheuchen, die sich vor ihr auf dem Geländer niederlassen wollte.

Es war ein schöner Morgen, noch nicht zu warm, aber auch nicht kalt, mit einem hohen blauen Himmel und seidigem Wind, in dem das Versprechen eines herrlichen Sommertages schwang. Das Frühstück lag bereits hinter ihr, eine kleine Runde um halb neun, denn Kiki schien nach dem Eklat vom Vorabend noch zu schlafen, und auch Vincent hatte lediglich einen Beutel mit Baguettes und Croissants abgeliefert, etwas von einem Termin gemurmelt und war wieder verschwunden.

Beim Frühstück hatte Ada kein Wort über Kikis Fernbleiben verloren. Sie hatte Kikis Gedeck sogar liegen lassen, als wäre das Strandhaus ein Hotel, wo jeder Gast nach Belieben zu den Mahlzeiten erscheinen konnte. Beim Anblick des blau-grün lasierten Tellers und des Silberbestecks musste Esther an Kikis theatralischen Auftritt denken. Einfach so zu erfahren, dass ihre kleine Schwester schwanger sein könnte, hatte sie tief getroffen. Es war schwer gewesen, sich ihre Gefühle nicht anmerken zu lassen. Denn – und das ahnten weder Ada noch ihre Schwestern – auch Esther hatte mit Mitte dreißig aufgehört, die Pille zu nehmen. Die Galerie lief gut, und Alex und sie hatten beschlossen, nicht mehr länger mit ihrem Kinderwunsch zu warten. Doch dann war zwei Jahre lang nichts passiert, absolut gar nichts, bis eine Bauchspiegelung ein paar hinterhältige Myome in ihrer Gebärmutter zeigte. Die Operation, der sich Esther anschließend unterzog, hatte jedoch nicht den erhofften Erfolg erzielt, und so machte ihre Periode auch weiterhin mit schmerzhafter Regelmäßigkeit jede Hoffnung auf eine Schwangerschaft zunichte. Ihr Körper schien sich ihrem Willen einfach nicht beugen zu wollen. Als Esther sich schließlich eingestanden hatte, dass sie auf natürlichem Wege nicht schwanger werden würde, war sie Anfang vierzig gewesen. Alex und sie hatten noch ein halbes Jahr lang überlegt und diverse Kinderwunschsprechstunden besucht, sich aber letztlich gegen eine künstliche Befruchtung entschieden. Esther hatte einfach zu viel über die Spätfolgen einer Hormontherapie gelesen und Angst vor einer komplizierten Mehrlingsschwangerschaft. Nein, dann sollte es wohl nicht sein.

Alex hatte ihre Entscheidung mitgetragen. Das lange Hin

und Her hatte sie beide mürbe gemacht, und als sie sich auch gegen eine Auslandsadoption entschieden und mit dem Thema endgültig abgeschlossen hatten, waren sie beide erleichtert gewesen, sich wieder mit ganzer Kraft auf den Beruf stürzen zu können. Ihren ersten Urlaub ohne Kinderwunsch hatten sie in einem Fünf-Sterne-Wellnessresort auf Bali verbracht, in dem Kinder nicht erwünscht waren. Und es war herrlich gewesen.

Esther hatte geglaubt, das alles längst verarbeitet zu haben, aber nun so unvermittelt damit konfrontiert zu werden, dass Kiki schwanger sein könnte, traf sie tief. Ihre Schwester wollte doch gar kein Baby! Außerdem war Kiki selbst noch ein Kind, ihr sprunghaftes und unüberlegtes Handeln bewies das immer wieder. Warum traf es bloß immer die Falschen? (Und hing Alex' abweisendes Verhalten vielleicht auch mit ihrer Kinderlosigkeit zusammen? Bereute er inzwischen, nicht Vater geworden zu sein?)

Esther schaute auf ihre blassen, sommersprossigen Hände und dann wieder zu Imme hinunter, die nun bäuchlings auf dem Brett durch die Brandung paddelte, um die nächste Welle zu reiten. Zu allem Überfluss hatte Kiki ihr gestern Abend auch noch den Erfolg der Galerie vorgehalten. Kiki hatte sogar so getan, als wäre sie von Leo übergangen worden. Dabei hatte sie ihren Vater und seine Kunst doch immer verachtet und sich nie darum bemüht, ein produktives Mitglied dieser Familie zu sein. Kiki wusste ja noch nicht einmal, was in Berlin gerade alles los war, und dass die Vorwürfe gegen Leo auch die Existenz der Galerie gefährdeten.

Esther strich sich das Haar aus dem Gesicht und hinter die Ohren. Wenn Adas Geldfluss versiegte, wäre es auch mit Kikis süßem Leben vorbei, schließlich hatte sie ihr Erbe, das wegen Leos langer Krankheit nicht besonders üppig ausgefallen war, längst durchgebracht.

Wieder fuhr Esther sich durchs Haar, wie um sich zu sammeln, dann nahm sie das Gästebuch in die Hand, das Ada ihr vor ein paar Minuten auf den Tisch gelegt hatte. Es war erstaunlich, wie ihre Mutter den Missbrauchsvorwurf weggesteckt hatte. Nach außen hin wirkte Ada jedenfalls stabil, sie sah sogar ausgeschlafen aus, und beim Frühstück hatte ihr Haar in der Morgensonne kämpferisch geleuchtet. Gestern Abend jedoch, als Esther sie gern noch einmal in den Arm genommen hätte, war Ada kalt und abweisend gewesen. Sie hatte Esthers Hand abgeschüttelt, so als träfe sie die Schuld an der ganzen Misere. Als hätte sie sich das alles ausgedacht oder den Stein selbst ins Rollen gebracht.

Esther schüttelte müde den Kopf. Adas unausgesprochener Vorwurf hatte sie verletzt, die kreisenden Nachtgedanken hatten sie noch schlechter schlafen lassen als in den Nächten zuvor. Sie hatte sich auf das Schlimmste gefasst gemacht, doch dann hatte Ada ihr beim Frühstück beiläufig erklärt, dass sie ihr helfen werde, Felizitas' Vorwurf zu entkräften. Während Esther sich dem Gästebuch widmete, wollte Ada die Fotos jenes Sommers sichten, die sie mit vielen anderen Partybildern in einem Karton im Atelier aufbewahrte.

Also gut! Mit zusammengezogenen Brauen schlug Esther das Buch auf und blätterte langsam durch die Seiten. Ada und Leo hatten ihre Gäste jedes Jahr Widmungen hineinschreiben lassen, und so glich das Buch einer Chronik der Sommerfeste in *Les Vagues*. Da waren die Namen von guten Freunden und Weggefährten wie die der Georges und der Reitsteins, die Ada und Leo über viele Jahre begleitet und sie immer wieder in *Les Vagues* besucht hatten. Da waren die Dankesworte einiger prominenter Gäste, selbstbewusste Unterschriften starker Persönlichkeiten, die ganze Seiten füllten. Da waren solche, die nur ein Mal im Strandhaus zu Besuch gewesen waren, und andere, deren Namen über die Jahre immer wieder auftauchten. Und da war Liz Bertram.

Esther zog Block und Stift heran und begann, sich Notizen zu machen. Liz Bertram war 1978 zum ersten Mal in *Les Vagues* gewesen. In jenem Sommer war auch das berühmte Porträt entstanden, und bis 1985 hatte sie das Strandhaus in den Sommermonaten regelmäßig besucht. Danach war sie, soweit Esther das beurteilen konnte, nicht mehr gekommen. Nie mehr.

Esther legte den Block zur Seite und blätterte im Gästebuch vor und zurück. Sie las die Worte, die Liz Bertram dort hinterlassen hatte, und fuhr mit den Fingerspitzen ihre Unterschrift nach. Das geschwungene L von Liz und das ausdrucksstarke B von Bertram mit seinen markanten Schwüngen, an das sich die folgenden Buchstaben ihres Namens lehnten. (Was würde ein Grafologe aus ihrer Handschrift herauslesen? Hätte er das Unheil kommen sehen?) Mal dankte die Bertram Ada und Leo für »ausgelassene« oder »unvergessliche Stunden« in *Les Vagues*, mal für »die interessanten Begegnungen«, »die wundervolle Atmosphäre in den Dünen« und »das köstliche Essen und den Champagner bei Sonnenuntergang«. Einmal standen ihre Zeilen direkt unter einem Eintrag von Joachim Fürst, und Esther blätterte schnell weiter.

Nach einer Weile fotografierte Esther alle Einträge von Liz Bertram mit dem Handy und schickte sie Friedrich Duve nach Berlin. Dazu formulierte sie folgende Fragen: »Wenn mein Vater Liz Bertram im Sommer 1978 vergewaltigt haben soll, warum ist sie dann der Einladung nach *Les Vagues* in den folgenden Jahren überhaupt noch gefolgt? Warum also ist Liz Bertram an den Ort zurückgekehrt, der doch angeblich mit so schrecklichen Erinnerungen verbunden war? Und warum die überschwänglichen

Zeilen im Gästebuch? Kann Felizitas Bertram uns das Verhalten ihrer Mutter erklären?«

Insgeheim fragte Esther sich jedoch, was im Sommer 1985 geschehen war. Warum war die Bertram danach nie wieder nach *Les Vagues* zurückgekehrt?

Hatte es Streit wegen des Bildes gegeben, weil sie es verkaufen wollte? Oder war sie damals schon krank gewesen?

Im selben Jahr hatte Liz Bertram sich jedenfalls zum ersten Mal für einen Entzug in eine Suchtklinik einweisen lassen, das hatte Friedrich Duve bereits recherchiert. Sie hatte ein ganzes Jahr nicht arbeiten können und einige Filmverträge verloren, was weitere Absagen und im darauffolgenden Jahr einen zweiten Absturz nach sich zog. Genüsslich hatte die Boulevardpresse über einen Suizidversuch spekuliert: »Der tiefe Fall der Liz Bertram – war es enttäuschte Liebe?« Esther wusste inzwischen auch, dass Leo das Porträt im Herbst 1987 zurückgekauft hatte. Fünfzigtausend D-Mark hatte er Liz Bertram gezahlt, eine ungeheure Summe, wenn man bedachte, dass er ihr das Bild bei ihrem zweiten Besuch in *Les Vagues* im Sommer 1979 geschenkt hatte. (Auch dazu gab es einige Zeilen im Gästebuch, Liz hatte das Gemälde als »hinreißend« bezeichnet und sich für die »unvergesslichen Stunden im Atelier« bedankt.)

Esther stand auf und holte einen Katalog mit Bildern ihres Vaters aus dem Regal im Wohnzimmer, sie schlug die Seite mit der Abbildung des Gemäldes auf. Das Porträt zeigte das Dreiviertelbildnis einer verführerischen Frau, jener Schauspielerin, die gerade erst für ihre Leistung in dem Film »Die Spielerin« gefeiert und mit Filmpreisen überhäuft worden war. (Leo hatte die Bertram in Berlin auf einer Party gesehen und sie angesprochen. Er hatte ihr zugesagt, sie zu malen, wenn sie ihn im Sommer in *Les Vagues* besuchen käme.) Auf dem Bild trug Liz Bertram ein leuchtend grünes Sommerkleid und ein Tuch im Haar. Sie saß, leicht vorgelehnt, auf einem Armstuhl mit Wiener Geflecht. (Diesen Stuhl besaß Ada immer noch, er stand oben in ihrem Schlafzimmer vor dem Fenster.) Die Schauspielerin wirkte völlig entspannt, so als wäre sie eben erst von draußen hereingekommen, um mit Leo zu plaudern. Der Hintergrund schimmerte golden wie bei einer Ikone, ihr Körper schien von Sonnenglanz übergossen.

Mit zusammengekniffenen Lippen studierte Esther das Gemälde, sie konzentrierte sich auf das Gesicht der Schauspielerin. Liz Bertram schaute unverwandt aus dem Bild heraus, schien den Betrachter aus jedem Blickwinkel anzusehen, dabei lächelte sie mit leicht geöffneten Lippen. »Schau mich an!«, schien sie dem Betrachter entgegenzurufen, ihr Gesichtsausdruck war stark und selbstbewusst. Sie zeigte keine Angst oder gar Abwehr, im Gegenteil, das Porträt war eines der wenigen Bilder ihres Vaters, in dem sich pure Lebensfreude spiegelte. Leo hatte es »Liz mit Goldfisch« genannt, denn Liz hielt ein Champagnerglas in der Hand, in dem ein kleiner glänzender Fisch zu schwimmen schien.

Esther betrachtete das Bild lange und strich mit den Fingern über den Träger des Sommerkleides, der Liz Bertram über die Schulter gerutscht war und ihre Brust halb entblößte. (Könnte dieses Detail vor Gericht dahingehend gedeutet werden, dass das Porträt auch eine explizit sexuelle Ebene transportierte? Dass da etwas zwischen Modell und Maler vorgefallen war, was viele Jahre später zu etwas nicht Einvernehmlichem, ja zu einer Art Missbrauch umgedeutet werden könnte?)

Als Esther den Katalog schloss, rief Friedrich Duve sie an. »Danke für die Widmungen aus dem Gästebuch«, sagte er. »Das hilft uns weiter. Und von mir gibt's heute zur Abwechslung auch mal gute Neuigkeiten.«

»Was denn?« Erwartungsvoll lehnte Esther sich zurück.

»Der Verlag hat sich heute Morgen bei mir gemeldet. Sie sind bereit, die Buchveröffentlichung ins Frühjahr zu schieben. Jedenfalls wollen sie unsere Entgegnung zu dem Sachverhalt abwarten.«

»Was heißt das?«

»Das heißt, dass dem Verlag der vermeintliche Skandal um Ihren Vater nicht so viel wert ist, dass er eine hohe Entschädigungszahlung wegen Rufmord riskieren will. Die Hausjuristin wird alles geprüft haben, und offenbar sind die Vorwürfe gegen Ihren Vater doch zu vage. Jedenfalls bekommen wir die entsprechenden Passagen aus dem Tagebuch, damit wir dazu Stellung nehmen können.«

Esther schwieg einen Moment. Natürlich hatte sie sich gewünscht, dass der Verlag Felizitas' Buch doch noch ablehnte. Dass überhaupt nichts davon an die Öffentlichkeit gelangte. »Und das ist wirklich eine gute Nachricht?«, fragte sie schließlich, denn sie hatte Angst, dass Felizitas ihre Vorwürfe jetzt im Netz verbreiten könnte.

»Besser hätte es gar nicht laufen können. Jetzt haben wir Zeit, um unsere Position in Ruhe auszuarbeiten. Die Einträge aus dem Gästebuch werden uns helfen, und natürlich auch die Erinnerungen Ihrer Mutter. Wie kommen Sie denn in dieser Hinsicht voran?«

»Wir fangen gerade erst an.« Esther blickte auf das Gästebuch und dann hinunter zu Imme.

»Dann halten Sie mich auf dem Laufenden?«

»Auf jeden Fall.« Esther verabschiedete sich und legte auf. Sie sah, wie Imme das Surfbrett auf den Strand zog und sich dann mit einem Surfer unterhielt.

Im nächsten Moment stand Ada mit einem Karton im Arm in der Terrassentür und winkte Esther ins Haus.

27

Was hast du jetzt vor?«, fragte Ada ihre jüngste Tochter, als sie sich am frühen Nachmittag auf den Weg nach Laplage-sur-Mer machten. Kiki hatte sich mit Vincent und Joël verabredet, während Ada sich wegen der Sache mit Leo spontan bei Madame Martinez angekündigt hatte. Sie wollte mit Inès sprechen. Vielleicht erinnerte sie sich an Liz Bertram und an die bewusste Nacht. Es war wieder sehr heiß, der Wald hinter den Dünen schien zu schlafen. Keine Eidechsen, kein Eichhörnchen, noch nicht einmal Vogelzwitschern war zu hören. Nur Kiki und sie und der Wind, der trocken in den Kronen der Seekiefern raschelte.

Kiki zuckte mürrisch mit den Schultern. Sie hatte bis zum Mittag geschlafen, und als sie endlich nach unten kam, stopfte sie ihr altes Kuschelkissen aus verschossenem blauen Samt in die Mülltonne vor dem Haus. Dann war sie wortlos und ohne etwas zu essen schwimmen gegangen. Erleichtert registrierte Ada nun, dass Kiki in ein mit Käse und Salat belegtes Sandwich biss, das sie ihr beim Aufbruch in die Hand gedrückt hatte. Ab und zu nahm sie auch einen Schluck Wasser aus einer Plastikflasche, die sie in der anderen Hand trug.

»Wäre schön, wenn ich noch ein paar Wochen bei dir bleiben könnte«, antwortete Kiki nach einer Weile mit vollem

Mund. Sie trug ein bauchfreies Top und sehr kurze Jeansshorts. Ihr dickes, lockiges Haar war nach dem Schwimmen schon fast wieder trocken, selbst im Schatten, den die Kiefern spendeten, lagen die Temperaturen deutlich über dreißig Grad. »Von Esther und Imme kann ich ja wohl keine Unterstützung erwarten.«

»Und danach?« Der Groll, der in Kikis Stimme schwang, schmerzte Ada. Sie nahm ihren Sonnenhut ab und fächelte sich Luft zu. Nach dem Knall hatte sie schon damit gerechnet, dass Kiki länger in *Les Vagues* bleiben würde. Weil sie noch nicht wusste, wie es für sie weitergehen sollte. Trotzdem stieg in diesem Augenblick Wehmut in ihr auf. Selbst wenn das Fest inzwischen jeden Reiz für sie verloren hatte, hatte Ada doch gehofft, die Zeit danach ungestört mit Vincent verbringen zu können. »Meinst du nicht, dass du dich noch einmal mit Tim aussprechen solltest?«, fragte sie, um Kiki behutsam zu einem Sinneswandel zu bewegen.

»Ich habe mich doch mit ihm ausgesprochen.« Kiki pulte ein Stückchen Salat zwischen den Zähnen hervor und schnippte es achtlos weg. »Und ihm alle meine Affären aufgezählt. Glaub mir, Tim hat die Nase voll von mir. Im Schlussmachen bin ich große Klasse.«

»Trotzdem kann ich mir nicht vorstellen, dass er dich in dieser Situation hängen lässt.« Ada ließ sich nicht entmutigen. Sie blickte zu Kiki, die beim Gehen trockene Kiefernnadeln mit den Füßen aufwirbelte. Licht- und Schattenflecken sprenkelten den Waldboden. »Tim ist doch …«, Ada stockte und wägte ihre Worte sorgfältig ab, »ein verantwortungsvoller Mann.«

»Ach ja?« Kiki stieß ein kurzes, kaltes Lachen aus. Sie blieb stehen und schüttelte Nadeln aus ihren Flip-Flops. »So verantwortungsvoll, dass er die erstbeste Gelegenheit nutzt, um sich über meine Wünsche hinwegzusetzen?«

»Bist du dir sicher, dass du ihm nicht doch signalisiert hast, dass es für dich in Ordnung wäre?« Ada verstummte. Als junge Mutter hatten Esther und Imme sie auf Trab gehalten, und bisweilen war sie wegen der Kinder und Leos Eskapaden auch an ihre Grenzen geraten – und darüber hinaus. Wenn man sie damals gefragt hätte, ob sie sich noch ein drittes Kind vorstellen könnte, hätte sie das gewiss verneint. Und doch hatte es diesen einen Moment gegeben. Jene Nacht, in der sich dieses Nein in ein Ja verwandelt hatte. »Manchmal ist das mit dem Kinderkriegen ja eine durchaus ambivalente Sache, und du gestehst dir gar nicht ein, dass da doch eine gewisse Sehnsucht in dir schwingt.«

»Du meinst, mein Kopf sagt Nein, und mein Bauch meint Ja?« Kiki nahm einen langen Zug aus der Wasserflasche, dann schüttelte sie energisch den Kopf. »Ich habe Tim klipp und klar erklärt, dass ich keine Kinder will«, sagte sie. »Und trotzdem kapiert er es nicht. An diesem Punkt kommen wir einfach nicht weiter.«

»Gut.« Ada beschloss, nicht länger auf ihre Tochter einzureden. Wenn sie bockig wurde, kam man sowieso nicht gegen sie an. Eine Weile liefen sie schweigend nebeneinanderher. »Mal angenommen, du bist schwanger. Würdest du das Kind behalten wollen?«, erkundigte sie sich nach ein paar Minuten vorsichtig.

»Auf gar keinen Fall.« Wieder schüttelte Kiki heftig den Kopf, dann blickte sie ihre Mutter von der Seite her an. »Kannst du dir mich mit einem Baby im Arm vorstellen?«

»Warum denn nicht?« Ruhig erwiderte Ada ihren Blick. Kiki als Mutter, das war tatsächlich nur schwer vorstellbar. Aber Ada mochte sich auch nicht vorstellen, wie es war, ein Kind abzutreiben. Sie selber hatte damals jedenfalls keine einzige

Sekunde über diese Möglichkeit nachgedacht. Selbst Leo war dagegen gewesen. »Willst du Vincent und Joël davon erzählen?«

»Weiß ich noch nicht.« Kikis Stimme begann zu zittern, sie kämpfte mit den Tränen. Ada reichte ihr eine Hand, aber Kiki tat so, als bemerkte sie die Geste nicht. (Schon als Kind hatte sie nicht an der Hand gehen wollen und Ada immer wie ein lästiges Insekt abgeschüttelt, als hätte es die intensive Babyphase nie gegeben.)

»Es ist ja auch noch nicht sicher«, sagte Ada versöhnlich. Sie versuchte, optimistisch zu klingen, und zog ihre Hand zurück.

»Bei meinem Glück ...« Kiki lachte bitter auf. »Wäre schon komisch, wenn bei mir mal etwas glattlaufen würde.«

»Ach, Kiki.« Ada musste schlucken. Kiki war schon mit einem gebrochenen Herzen auf die Welt gekommen, und auf einmal verspürte sie den Wunsch, ihre Tochter ganz fest in die Arme zu schließen. Sie wollte, dass Kiki glücklich war. Unbedingt! Sie war doch ihr Kind. Und endlich sagte sie die Worte, die sie schon in der Nacht zuvor hätte aussprechen müssen: »Du weißt, dass ich dir helfen werde, mein Schatz? Egal, wie du dich entscheidest. Und wenn du noch ein paar Wochen bei mir in *Les Vagues* bleiben willst, dann bleibst du einfach da. Wir kriegen das schon hin.«

Ada begleitete Kiki noch bis zum Café Victoire. Sie blickte ihr auch nach, als sie die Terrasse überquerte und durch die Tür ins Restaurant verschwand. Vom Badestrand mit den dicht an dicht gestellten Sonnenschirmen drang sommerliches Grundrauschen auf die Promenade herauf – ausgelassenes Gelächter, Kreischen und die Rufe der Eisverkäufer. Adas Blick fiel auf die Bank, wo Leo früher seine kleinen Minutenporträts gezeichnet und sie selbst etwas später ihre Urlaubsfotos angeboten hatte.

Dann wanderte er weiter zu der Stelle, wo sie das Hochzeitsbild von Vincent und Mathilde gemacht hatte. Wo Vincent in ihre Seele geblickt hatte und sie für einen Augenblick auf unerklärliche Art und Weise miteinander verbunden gewesen waren.

In der Nacht waren Vincent und Imme kurz nach Joël und Kiki am Strandhaus eingetroffen. Vincent hatte ihr noch geholfen, Kiki ins Bett zu verfrachten. Er war so froh gewesen, dass sie wohlbehalten zurück war, dass er gar nicht weiter nach der Ursache ihres Verschwindens geforscht hatte. (Vielleicht hatte er sich auch gedacht, dass Kikis Kummer mit der Trennung von Tim zusammenhing. Oder er war einfach nur müde gewesen von einem langen Abend im Restaurant.) Jedenfalls hatte Vincent beim Abschied gemeint, dass er Kiki schon aufmuntern werde, wenn sie ihn im Café Victoire besuchen käme. »Sie kann mir bei den Vorbereitungen für den Abend helfen. Mal sehen, was sie noch draufhat.«

Na, hoffentlich gelang ihm das.

Nachdenklich rückte Ada ihren Hut zurecht, und ihr Blick blieb an dem dekorativ verspielten Schriftzug im Giebel des Hauses hängen: »Café Victoire«. Ursprünglich hatte das Restaurant »Café Victor« geheißen – nach Vincents Großvater Victor Flamant. Das »V« von »Victor« war hervorgehoben gewesen, woran sich die deutschen Besatzer während des Zweiten Weltkrieges gestört hatten. Also hatte man die Flamants angewiesen, den Schriftzug zu übermalen, weil die Deutschen darin einen Aufruf zum Widerstand sahen. »V« wie »Victory« – Sieg – oder *Victoire* auf Französisch, so wie es Radio London seit 1941 in seiner Kampagne populär gemacht hatte, die in die von den Nazis besetzten Länder ausgestrahlt wurde. (Jede dieser Sendungen begann übrigens mit dem Morsecode für den Buchstaben V. Kurz, kurz, kurz, lang oder auch Ta-ta-ta-taaa, was ironischerweise jener einprägsamen Tonfolge glich, mit der Beethovens berühmte Schicksalssinfonie begann.) Die Besatzer hatten gedroht, das Lokal zu schließen – auch weil Victors Sohn Hugo die Aufmerksamkeit der Gestapo bereits damals auf sich gezogen hatte. Und so war Hugo mit einem Eimer weißer Farbe und dem kleinsten Pinsel, den er überhaupt auftreiben konnte, auf eine Leiter gestiegen, um die Schrift im Giebel zu übermalen. Buchstabe für Buchstabe. Hugo hatte hinten mit dem R angefangen und sich Zeit gelassen, weil er mehrere Farbschichten auftragen musste, um das kräftige Schwarz zu verdecken. Außerdem war er nach jedem Buchstaben wieder hinabgestiegen, um in Ruhe ein kleines Glas Bordeauxwein am Tresen zu trinken. R, O, T, C, I … Am Abend, als das Restaurant wieder öffnete, war Hugo etwas wackelig auf den Beinen – und im Giebel des Hauses prangte immer noch ein »Café V«. Im Ort redeten alle über diese Provokation und die Courage des jungen Flamant, und Maire Baudelon (ein Großonkel des jetzigen Bürgermeisters) machte gleich Meldung an die Besatzer nach Bordeaux. Noch in der Nacht war Hugo Flamant verhaftet und später nach Deutschland deportiert worden. Die Familie hatte ihn nie wiedergesehen, nur irgendwann die Nachricht von seinem Tod in einem deutschen Arbeitslager erhalten. Erst nach dem Krieg konnte Victor Flamant das Lokal wieder eröffnen, seitdem hieß es »Café Victoire« – in Erinnerung an seinen Sohn. Und noch heute schenkte Vincent jeden Abend ein kleines Glas Rotwein für seinen Vater ein und stellte es ihm zu Ehren auf ein Silbertablett am Tresen. So wie es sein Großvater vor ihm stets getan hatte. Zum ersten Mal hatte Ada auf der Hochzeit von Vincent und Mathilde von dieser Tradition erfahren, als Victor Flamant einen Toast auf seinen Enkel und dessen Vater ausgesprochen hatte. Schon damals hatte Ada die Geschichte tief bewegt. Seitdem sie wenige Jahre später jedoch die Fotos und Negative ihres Vaters entdeckt hatte, erfüllte Ada diese Geschichte mit einem unerträglichen Schmerz und tiefer Scham. Was, wenn sie ein Porträt von Hugo Flamant unter den Fotografien ihres Vaters gefunden hätte? Oder eines von Leos Mutter Elaine? Trug sie die Schuld ihres Vaters nicht auch in sich?

In Gedanken versunken lief Ada zum Marktplatz und von dort nach einem kurzen Einkauf in der Boulangerie Laplane weiter zum Haus von Madame Martinez. Die Sonne stand noch immer ziemlich hoch über dem Grundstück in der Rue Gogol, und die Rosen dufteten intensiv. Als Ada an die von Wein und Kletterrosen umrankte Tür klopfen wollte, trat Vincent aus dem Haus.

»Was machst du denn hier?«, fragte Ada perplex. »Ich dachte, du bist im Café Victoire. Jedenfalls habe ich Kiki gerade dorthin begleitet.«

»Geht es ihr wieder besser?« Vincent zog sie an sich und drückte ihr ein paar beschwingte Küsse auf die Wangen. Links, rechts, links. Er lächelte und schien ihre Frage schon wieder vergessen zu haben.

Ada erwiderte sein Lächeln. Sie hätte ihn gerne an sich gezogen und richtig geküsst, um für einen Moment alles hinter sich zu lassen. Vincent war ein so schöner Anblick inmitten all der Blumen. Er schien glücklich zu sein, so voller Tatendrang, als ob da etwas in ihm tanzte. Kurz überlegte Ada, ihm von der Sache mit Leo zu erzählen, aber dann verwarf sie den Gedanken. Zwischen Tür und Angel blieb keine Zeit für lange Erklärungen oder Trost, außerdem machte Madame Martinez sich jetzt in Vincents Rücken bemerkbar, und Ada wollte nicht, dass sie etwas davon erfuhr.

»Monsieur Flamant hat mir Madeleines gebracht«, sagte sie

und schob sich an ihm vorbei. »Er weiß doch, was wir gerne zum Tee naschen.«

Ada lachte. »Aber ich habe doch auch welche dabei«, sagte sie und zwinkerte Vincent verschwörerisch zu, dann hielt sie die kleine Papiertüte aus der Boulangerie Laplane empor.

»Wirklich?« Madame Martinez klatschte in die Hände, und ihre Armreifen klimperten vor Vergnügen. Energisch schob sie Vincent zur Seite. »Nun lass sie doch mal reinkommen.«

Vincent hob amüsiert die Brauen, seine Lippen streiften ein letztes Mal Adas Wangen. Ganz deutlich spürte Ada ihr Verlangen nach ihm, jenes Ziehen unterhalb des Bauchnabels, das die Wand aus Glas, die sie und ihn im Beisein ihrer Töchter so deutlich trennte, zu einem glühenden Kern zusammenschmelzen ließ.

»Du kannst sie ruhig noch einmal richtig in den Arm nehmen«, ließ sich die Martinez vernehmen. Sie deutete in den Himmel, und ihre Armreifen klimperten wie ein Glockenspiel. »Mir macht ihr doch nichts vor. Und der Maler hat bestimmt auch nichts mehr dagegen.«

Inès saß in einem Korbstuhl auf der Veranda hinter dem Haus. Der Garten hier war viel größer als vorne an der Straße und bot mit den einzelnen, von Lavendel und Buchs eingefassten Rosenbeeten und dem vierpassförmigen Wasserbecken in seinem Zentrum ein idyllisches Bild. Ein Meer von Blüten, über dem Bienen summten und ein einzelner Schmetterling taumelte. Wenn der Wind günstig stand, konnte man in diesem kleinen Paradies sogar das entfernte Rauschen des Atlantiks hören.

Während Madame Martinez in die Küche ging und ihre Hilfe bat, den Tee aufzugießen, durchquerte Ada den Salon.

»*Bonjour, chérie*«, begrüßte sie Inès.

Inès sah zu Ada auf, und ihre Blicke trafen sich. Da war kein Erkennen, aber irgendwo im Fundus ihres langen Tänzerinnenlebens fand Inès ihr Bühnenlächeln, jenes Strahlen, das dem Dunkel des Zuschauersaals gegolten hatte. Inès knipste es an, und trotz ihrer Zerbrechlichkeit flackerte für einen Moment etwas von der umwerfenden Frau auf, die einst mit dem Scheinwerferlicht und den Herzen des Publikums gespielt hatte.

Ada erwiderte ihr Lächeln und nannte ihren Namen.

»Ach ja«, sagte Inès ohne jede erkennbare Regung, und das Lächeln verlosch. Sie schob die Hände unter die Decke, die trotz der Hitze über ihren Knien lag.

»Die Frau des Malers«, fügte Ada hinzu. Sie wies in den Salon, wo über dem Sideboard mit den Gläsern und der Bar eine Pastellzeichnung von Leo hing. Eine Vorstudie zu dem Gemälde »Inès mit Spiegel«, doch Inès schaute gar nicht hin, so als hätte das Bild nichts mit ihr zu tun.

»Möchtest du auch eine Tasse Tee?« Ada stellte die Papiertüte auf einem kleinen Tisch ab und zog sich einen Stuhl heran.

Inès nickte, neugierig betrachtete sie die Tüte mit dem Signet der Boulangerie Laplane. Ihre Hände krabbelten unter der Decke hervor, und sie nahm das Tütchen, öffnete es und spähte hinein. Augenblicklich erfüllte der Duft nach Vanille und Frischgebackenem die Veranda.

»Madeleines«, sagte Ada, »ganz frisch.« Sie erinnerte sich noch gut, dass Inès trotz ihrer zarten Tänzerinnenstatur früher schon zum Frühstück Gebäck in den Tee getunkt hatte. (Ja, Inès hatte Unmengen verdrücken können – Süßes wie Deftiges. Und Champagner trinken, das konnte sie auch!) Dann erinnerte Ada sich, wie Inès sie nach der Hochzeit von Vincent und Mathilde gebeten hatte, sie zu fotografieren. Wie sie im Garten von Madame Martinez in verschiedenen Kostümen posiert hatte. Wie sie zwischen den Kostümwechseln nackt durch den Garten lief und Ada immer weiterfotografierte, weil sie so schön aussah in ihrem Tutu aus weißgoldenem Sonnenlicht und Wärme. Wie Inès schließlich zu den Goldfischen ins Wasserbecken gestiegen war, die Arme ausbreitete und Anita Ekberg imitierte.

»Das süße Leben«.

Und wie sie sich am Ende des Tages zum Abschied geküsst hatten.

Es war alles wieder da.

Nur Inès erinnerte sich nicht mehr daran. Genauso wenig, wie sie sich daran erinnern würde, wie viel Zeit sie damals mit Leo verbracht hatte. Wie sie zusammen in den Bars und Lokalen von Pigalle und Montmartre nach Elaine gesucht – oder es zumindest vorgegeben hatten.

Noch einmal wandte Ada sich um und schaute zu Leos Zeichnung, die auf einem ihrer Fotos basierte. Ja, sie waren Freundinnen gewesen. Und für einen Nachmittag sogar mehr. Leo hatte das immer gewusst. Vielleicht hatte er Inès auch deshalb so begehrenswert gefunden. Und als Leo sich seiner Abhängigkeit von Ada bewusst geworden war, hatte er sich Inès zugewandt.

28

Nachdem Ada und Kiki sich auf den Weg nach Laplage-sur-Mer gemacht hatten, setzte Imme sich zu Esther an den großen Esstisch im Wohnzimmer. »Und?«, fragte sie und deutete auf die Fotografien, die ausgebreitet zwischen ihnen lagen. Ein Bildarchiv in Schwarz und Weiß, dessen Schichten Imme unwillkürlich an die Eisbohrkerne denken ließen, die sie in der Arktis gewonnen hatten. Aus den vor Jahrtausenden im Eis eingeschlossenen Gasen, Sedimenten und Steinen ließen sich Rückschlüsse auf die Atmosphäre und die Umweltbedingungen längst vergangener Epochen ziehen.

Esther blickte auf. Obwohl sie sorgfältig geschminkt war, sah sie müde aus. Schatten lagen unter ihren Augen, Schweißperlen glänzten auf der Stirn und auf der Oberlippe. »Wir haben versucht, die Fotos chronologisch zu ordnen«, antwortete sie mit flacher Stimme, aus der Resignation herausklang. »Aber Ada war mir keine große Hilfe. Trotz des Gästebuchs fällt es ihr schwer, die Aufnahmen den einzelnen Festen zuzuordnen. Sie kann mir zwar sagen, wer auf den Fotos zu sehen ist, aber nicht, ob die Aufnahme im Sommer 1978, 1979 oder später entstanden ist. Das ist wohl einfach zu lange her.«

Imme nickte, sie verstand. Je genauer man schaute, desto unschärfer schien das Gesamtbild zu sein. Die Fotos zeigten nichts, von dem Esther annahm, dass es ihren Vater entlasten könnte.

Arme Esther! Imme bemerkte die mutlos nach vorne gekippten Schultern der Schwester, die zitternde Unterlippe. Unwillkürlich fragte sie sich, wie sie Esther von dem Telefonat erzählen sollte, das sie um die Mittagszeit mit Maire Baudelon geführt hatte. Wie würde Esther darauf reagieren, dass das Strandhaus verloren war?

Um etwas Zeit zu gewinnen, beugte Imme sich vor und betrachtete die Abzüge genauer. Sie sah bekannte und unbekannte Gesichter, sah ihren Vater in seinen bunten, flatternden Hemden und den charakteristischen weißen Hosen, sah Vincent mit sprudelnden Champagnerflaschen, sah sich selbst, wie sie mit einem Papierdrachen lachend durch die Dünen lief oder einen Flickflack am Strand schlug. Bilder, die Bruchstücke von Erinnerungen wachriefen, und die ihr zeigten, wie glücklich sie als Kind in *Les Vagues* gewesen war. Jedenfalls, bevor sie begriff, dass die Ehe ihrer Eltern auf Treibsand gebaut war.

Esther folgte ihrem Blick. Nach einer Weile zog sie ein Foto hervor, das sie beide als Mädchen mit langen wehenden Röcken neben Vincent auf der Terrasse zeigte. »Einfacher ist es nur bei uns Kindern, da kann man ziemlich genau einschätzen, wie alt wir auf den Fotos sind.«

»Stimmt!« Imme deutete auf ein anderes Bild, auf dem Esther mit Kiki auf dem Arm auf der Terrasse tanzte. »Außerdem gab es eine Zeit vor und eine Zeit nach Kiki.«

»Das Bild muss im Sommer 1987 entstanden sein«, sagte Esther knapp und nickte. Sie lehnte sich zurück und runzelte die Stirn, als könnte sie nicht glauben, Kiki einmal so nahe gewesen zu sein. Nach einem Moment des Schweigens erzählte sie Imme von ihrem Telefonat mit Friedrich Duve. »Er klang ganz zuversichtlich«, schloss sie, wobei sie einen erleichterten Seufzer ausstieß. »Und Ada versucht, bei Inès etwas zu erreichen. Sie war damals oft mit Papa unterwegs.«

Imme nickte. Sie unterließ es, Esther daran zu erinnern, dass Inès eine der Affären ihres Vaters gewesen war, weil sie spürte, dass Esther sich nach Zuspruch sehnte. Stattdessen stand sie auf, um ihrer Schwester einen Kaffee und ein Glas Wasser zu holen. »Möchtest du auch etwas essen?«

Esther schüttelte den Kopf. »Zu heiß«, sagte sie. »Die Hitze geht mir auf die Nerven. Hoffentlich kühlt es bald etwas ab.«

»Da könntest du Glück haben.« Imme deutete mit dem Kinn nach draußen aufs Meer, wo der Wind harmlose Brandungswellen produzierte. Seit dem Mittag zogen Schleierwolken über den Himmel. Der diesige Horizont kündigte einen Wetterwechsel an, und auch das Barometer in der Küche war gefallen. »Da streift uns ein Tiefdrucksystem. Vielleicht gibt es sogar ein Gewitter.«

»So viel Abkühlung brauche ich nun auch wieder nicht.« Esther war ihrem Blick gefolgt, nun lächelte sie verhalten. »Manchmal denke ich, dass Ada und Vincent ein Paar sind«, sagte sie unvermittelt.

»Wie kommst du denn darauf?« Imme horchte in sich hinein. Sie hatte nichts Derartiges bemerkt, dachte aber unwillkürlich, dass es sie für ihre Mutter freuen würde.

»Das Fest. Meinst du nicht, dass Ada uns etwas zu sagen hat?«

»Das kann schon sein.« Imme stützte den Kopf in die Hände. Wieder dachte sie an ihr Telefonat mit Maire Baudelon. »Könnte aber auch sein, dass es um etwas anderes geht.«

»Meinst du, sie ist krank?«, fragte Esther alarmiert.

Imme schüttelte den Kopf. »Ich denke, es geht um das Haus«, sagte sie dann.

»*Les Vagues*?« Esther schaute sie ratlos an. »Was ist damit?«

»Siehst du das denn nicht?« Imme richtete sich wieder auf und deutete noch einmal hinaus.

»Was sehe ich nicht?« Esther runzelte die Stirn, weil Adas Streuner in diesem Moment auf den Terrassentisch sprang und sich der Länge nach darauf ausstreckte.

»Dass das Meer verdammt nah herangekommen ist. Seitdem ich vor drei Jahren das letzte Mal hier war, sind mindestens fünfzehn Meter Strand verschwunden. Das muss dir doch auch aufgefallen sein.«

»Ada hat irgendwas von Amélie gemurmelt«, erwiderte Esther zögernd. Sie trank einen Schluck Wasser und wartete darauf, dass Imme weitersprach.

»Dann hat sie also doch mit dir darüber geredet?«

Irritiert schüttelte Esther den Kopf. »Nein, Ada hat mir nichts erzählt. Sie hat nur irgendwas von einem Sturm mit einem poetischen Namen erwähnt. Und dabei klang sie nicht besonders alarmiert. Himmel, Imme, hier gibt es jedes Jahr einen Herbst- und einen Wintersturm, das weißt du doch. Worauf willst du denn hinaus?«

»Darauf, dass der Campingplatz nach dieser Saison schließen muss. Das haben mir die Surfer heute Morgen erzählt. Offenbar wird hier im Herbst alles plattgemacht, und nächstes Jahr beginnt die Gemeinde dann mit Sandvorspülungen und Renaturierung. Sie müssen handeln, sonst holt sich das Meer auch die Strandpromenade von Laplage-sur-Mer.«

»Du meinst ...« Esther lehnte sich zurück und legte eine Hand auf ihren Bauch, als wäre ihr ganz plötzlich schlecht geworden. Von einem Foto an der Wand hinter ihrem Stuhl lugte

Leo über Esthers Schulter, und Imme meinte, das tiefe, dunkle Blau seiner Augen sehen zu können, obwohl es eine von Adas Schwarz-Weiß-Aufnahmen war.

»Vorhin, als du und Mama mit den Fotos beschäftigt wart, habe ich im Rathaus angerufen«, fuhr Imme fort. Sie hatte sich durchgefragt und nicht abwimmeln lassen und schließlich den Bürgermeister in seiner Mittagspause aufgeschreckt. »Maire Baudelon hat mir versichert, dass Ada schon seit Jahren von den Plänen der Gemeinde weiß. Anfang des Jahres hat sie Bescheid bekommen, dass sie das Haus im Herbst räumen muss. Die Düne ist Teil eines Küstenschutzplans, mit dem der Ort vor dem steigenden Meeresspiegel gerettet werden soll. Und wenn die Sandvorspülungen nicht genug Schutz bieten, denkt man auch über einen Deich nach. Und zwar genau hier, wo das Haus steht. Enteignung aus übergeordnetem gesellschaftlichem Interesse, so heißt das wohl.«

»Aber das können sie doch nicht machen!« Geschockt richtete Esther sich auf und wischte dabei ein paar Fotografien unter den Tisch. »Sie können nicht einfach Leo Kwants Haus abreißen. Papa hat *Les Vagues* vor dem Verfall gerettet, er hat hier das ›Mädchen in der Brandung‹ gemalt. Es gibt Leute, die nur wegen des Gemäldes nach Laplage-sur-Mer kommen. Weil sie einmal diesen Strand sehen wollen.«

»Davon wird das Meer sich wohl kaum beeindrucken lassen«, sagte Imme. Sie unterdrückte ein Lächeln, obwohl auch sie wider besseres Wissen davon ausgegangen war, dass die Gemeinde alles dafür tun würde, das Haus ihres prominenten Sommergastes vor den Fluten zu schützen. Schließlich schmückte der Ort sich mit seinem Namen und dem bekannten Leo-Kwant-Blau, im Rathaus hing sogar eine Kopie seines berühmtesten Gemäldes. Selbst das Café Victoire profitierte heute noch davon, dass es früher Leos Stammlokal gewesen war. »Aber ich frage mich tatsächlich, warum Ada uns nichts davon erzählt hat«, fuhr sie fort. »Baudelon hat mir jedenfalls versichert, dass Mama in den letzten Jahren diverse Briefe von der Gemeinde bekommen hat. Die Pläne zum Küstenschutz lagen auch im Rathaus zur Einsicht aus. Trotzdem hat sie sich nie zurückgemeldet und alle Einspruchsfristen gegen das Projekt verstreichen lassen. Die Sache ist durch, Ende September muss sie ausziehen.«

»Du meinst, Mama überblickt das nicht?« Esther war noch blasser geworden, nur in ihrem Dekolleté leuchteten hektische rote Flecken auf. Nervös kaute sie auf ihrer Unterlippe.

»Jedenfalls hat sie das Waldgrundstück bei Talais, das man ihr als Entschädigung angeboten hat, abgelehnt. Sie will auch kein Geld.«

»Aber das ist doch verrückt! Das hätte sie mit uns besprechen müssen.« Esther hielt kurz inne, dann sprang sie auf, lief auf die Terrasse und scheuchte den Kater vom Tisch. Als sie zurückkam, hob sie die Fotos auf, die ihr unter den Esstisch gefallen waren. »Vielleicht hat Vincent sie ja dazu angestachelt, die Sache auszusitzen?«, sagte sie, nachdem sie sich wieder gesetzt hatte. »Du weißt doch, wie stur er sein kann. Außerdem liegt er doch schon seit Jahren mit dem Bürgermeister über Kreuz. Wegen irgendeiner alten Sache.«

Imme zuckte die Achseln. Wieder dachte sie an den gestrigen Abend zurück, wo so vieles in Bewegung geraten war. An den Moment, wo Ada ihr über den Tisch hinweg mit einem flehentlichen Blick signalisiert hatte, dass sie nicht über die Zukunft des Hauses sprechen wollte. Für ein paar Sekunden hatte ihre Mutter verloren gewirkt, so als türmte sich direkt vor ihr eine unbeherrschbare Monsterwelle auf. Hatte Ada das Gefühl gehabt, ihre Töchter vor der schlechten Nachricht schützen zu müssen? Hatte sie deshalb so lange geschwiegen? Weil sie das alles ganz allein durchstehen wollte – so wie sie praktisch jede schwierige Situation in ihrem Leben wie den Tod ihrer Eltern oder Leos Affären still mit sich selbst ausgemacht hatte?

»Warum wusstest *du* eigentlich nichts davon?«, drang Esthers Stimme in diesem Moment wie aus weiter Ferne zu ihr durch. »Du bist doch die Expertin auf dem Gebiet.«

Ja, das war wirklich eine gute Frage.

Imme schaute wieder aus dem Fenster. Ziemlich weit draußen sah sie einen Surfer in Richtung Horizont paddeln, und sein Anblick erinnerte sie daran, wie sie in ihrer Teenagerzeit nach einer Erklärung für jene Mischung aus Aufregung und Erregung gesucht hatte, die sie beim Anblick der jungen Männer auf ihren Brettern empfand. Wie sie sich mit fünfzehn einen Surfer geangelt hatte. (In jenem Sommer hatte sie auch einen Sechshundert-Seiten-Wälzer über die Tiefsee verschlungen.) Bart war siebzehn gewesen, und sie hatte sich jede Nacht davongestohlen, um ihn auf dem Campingplatz in seinem Zelt zu besuchen und seine unbekannten Landschaften zu erforschen. Als sie Esther davon erzählt hatte, war ihre Schwester in Tränen ausgebrochen, als hätte Imme etwas Schreckliches erlebt.

»Imme?«

Mit einem entschuldigenden Lächeln wandte Imme sich ihrer Schwester zu. »Das habe ich mich auch schon gefragt«, räumte sie ein.

»Und?« Mit einem Stirnrunzeln reagierte Esther auf ihr Lächeln.

»Papas Krankheit, sein Tod und dann noch die Vorbereitungen für die Expedition – ich bin in den letzten Jahren wohl mit anderen Dingen beschäftigt gewesen. Außerdem wussten wir doch alle, dass das Haus keine hundert Jahre mehr vor sich hat. Dass es jetzt so schnell gehen würde, hätte ich allerdings auch nicht erwartet.«

Esther nickte, offenbar genügte ihr diese Antwort. Trotzdem seufzte Imme leise auf. War sie tatsächlich derart betriebsblind gewesen, oder hatte sie sich das Offensichtliche nicht eingestehen wollen, weil auch ihr Herz an diesem Haus hing?

Einen Augenblick lang schwiegen sie beide und hingen ihren Gedanken nach. Das schlechte Gewissen, ihre Mutter nach dem Tod des Vaters zu oft allein gelassen zu haben, nagte an ihnen.

»Wir hätten Mama viel stärker unterstützen müssen«, sagte Esther nach einer Weile. Sie sah aus, als gingen ihr noch eine Menge weiterer Dinge durch den Kopf.

»Ada hat uns nie um Hilfe gebeten.« Imme fuhr sich durchs Haar. »Ihre Autonomie war ihr doch immer so wichtig. Selbst als es Papa schon sehr schlecht ging, hat sie alles allein regeln wollen. Sie wollte unsere Hilfe nicht.«

Esther verschränkte die Arme. »Wir sollten zumindest Friedrich Duve auf die Sache schauen lassen«, sagte sie nach einer Weile und klang dabei sogar eine Spur kämpferisch. »Nur zur Sicherheit. Das Eigentumsrecht lässt sich ja nicht so einfach aushebeln. Möglicherweise kann man doch noch etwas machen, wir könnten vielleicht Einspruch einlegen wegen der besonderen historischen und kulturellen Bedeutung des Hauses und den Abriss um ein paar Jahre hinauszögern. Und wer weiß, ob es bis dahin nicht eine andere Möglichkeit gibt, die Küste zu schützen. Auf jeden Fall müssen wir um eine Entschädigung kämpfen.«

»Wenn du meinst …« Imme zuckte die Achseln, dann blickte sie an Esther vorbei auf das Foto von Leo. Keine Frage, es gab Zukunftsideen für bedrohte Küsten, an denen weltweit gearbeitet wurde. Architektonische Visionen von schwimmenden Städten und modernen Pfahlbauten, riesige Dämme und Hightech-Schleusen. Aber sie machte sich keine Hoffnungen, dass das Strandhaus noch zu retten war. Der Klimawandel mit seinen heftigen Stürmen und dem steigenden Meeresspiegel hatte Fakten geschaffen, die kein Anwalt und keine Klage aus der Welt schaffen würden. »*C'est fini*«, hörte sie die Stimme ihres Vaters in ihrem Kopf.

Doch Esther schien sich an diese Möglichkeit zu klammern wie an einen Rettungsring, etwas Farbe kehrte in ihr Gesicht zurück. Wieder richtete sie ihre Aufmerksamkeit auf die Fotos, schließlich deutete sie auf eine Aufnahme und schob sie Imme rüber. »Schau mal!«

Imme nahm den Abzug in die Hand. Ein Schnappschuss. Sie erkannte Liz Bertram, die ihrem Vater mit einer Champagnerschale in der Hand zuprostete. Imme begriff, worauf Esther hinauswollte, denn ihre Haltung erinnerte entfernt an ihre Pose auf dem Gemälde.

»Hilft uns das weiter?«, fragte Imme.

»Keine Ahnung.« Esther zuckte beiläufig die Achseln, aber etwas in ihrem Gesicht hatte sich verändert. Plötzlich sah sie wieder wie das verängstigte Mädchen aus, das früher bei Gewitter zu ihr ins Bett geflüchtet war.

Nachdenklich lehnte Imme sich auf ihrem Stuhl zurück. Sie fragte sich, ob Esther auf etwas gestoßen war, was sie selbst noch nicht benennen konnte. Und dann fragte sie sich, warum ihre Mutter eigentlich aufgehört hatte zu fotografieren. Das war doch immer ihre große Leidenschaft gewesen?

29

Der Nachmittag im Café Victoire war viel zu schnell vergangen. Vincent hatte jede Menge kleiner Aufträge für sie gehabt: »Kiki, könntest du bitte mal …«, »Kiki, wärst du so lieb …«, »Kiki, geh mir doch schnell mal zur Hand …«. Wie früher schon hatte ihr das Herumpuzzeln in der Restaurantküche Spaß gemacht. Sie konnten das gut zusammen – Gemüse putzen, Soßen einkochen, Vorräte auffüllen und ganz nebenbei das geschäftige Schweigen des anderen genießen. Da war eine ganz besondere Vertrautheit zwischen ihnen, etwas unangestrengt Liebevolles, was sich mit den Jahren herausgebildet hatte. Vincent hatte ihr auch von seinen Plänen für Adas Fest erzählt, und Kiki hatte ein paar Bemerkungen dazu gemacht. (»Kein Lamm, das ist doch nicht mehr zeitgemäß!«) Vorschläge, die er angenommen hatte und umsetzen wollte. Und dann war da ja noch Joël, der ab und zu in die Küche kam und sie einen Schluck Wein probieren ließ. In den letzten Jahren hatte er die Getränkekarte ordentlich aufgepeppt und ein paar junge Winzer für das Café Victoire entdeckt.

Müde, satt und kleines bisschen beschwipst kletterte Kiki hinter Joël auf den Motorroller und schmiegte sich an seinen Rücken. Nach einer kleinen Stärkung zu dritt am Tresen des Restaurants (*Tarte Tatin aux Tomates* mit Salat und eine Flasche

Sauvignon blanc unter Mathildes wohlwollendem Blick) hatte er ihr angeboten, sie noch schnell nach *Les Vagues* zu fahren, und Vincent winkte ihnen nach.

Die Fahrt mit dem Roller über die Küstenstraße dauerte kaum mehr als zehn Minuten, und doch war sie der Höhepunkt des Tages. Joël so nahe zu sein, seinen Körper und Herzschlag zu spüren, machte Kiki auf eine schwerelose Art glücklich. Viel zu schnell bog er von der Straße ab. Ein paar Surfer mit Brettern unter den Armen kamen ihnen auf dem Waldweg entgegen, und dann waren sie auch schon da.

Vor dem Haus stellte Joël den Motor ab. Er stieg vom Roller, nahm Kiki den Helm ab, auf dem Vincent bestanden hatte, und fuhr ihr lächelnd durch die Locken. »Sehen wir uns morgen?«

»Wenn ich euch nicht auf die Nerven gehe.«

Kiki hätte gern Joëls Hand genommen, um sie auf ihr Herz zu legen, doch seine verhaltene Reaktion aus der Nacht hielt sie davon ab. Wieder stiegen Erinnerungen in ihr auf. Daran, wie sie als Kinder stundenlang in den Dünen gespielt hatten. Manchmal hatten sie sich dort aus Treibholz, Tüchern und Decken einen Unterschlupf gebaut und darin einfach nur Seite an Seite im Sand gelegen und dem Kreischen der Möwen gelauscht. Dann hatte sie den Kopf auf seine Brust gelegt, seinen Herzschlag gespürt und sich einfach glücklich gefühlt. Um Zeit zu gewinnen, suchte Kiki in der Tasche nach ihren Zigaretten. Sie wollte Joël nicht wegfahren lassen. Noch nicht. Hatten sie damals nicht geplant, zusammen ein Buch zu schreiben? »Die Sprache der Möwen« sollte es heißen. Vielleicht hätte Leo ein paar Zeichnungen dazu beigesteuert, und vermutlich wäre es das Beste geworden, was sie in ihrem Leben je zustande gebracht hatte.

Joël verdrehte die Augen. »Gerade kann ich jede Hilfe gebrauchen.«

»Darum geht es dir also …« Mit gespielter Empörung boxte Kiki ihn in den Bauch.

Joël schnappte sich ihre Hände und hielt sie einfach nur fest. »Du hast ja gehört, dass die neue Köchin abgesagt hat.« Er seufzte, und Kiki spürte, dass sich seine Enttäuschung nicht nur auf die fehlende Arbeitskraft bezog. Ein Stich fuhr ihr auf Höhe der Narbe durch die Brust.

»Wie heißt sie denn?«, fragte sie leise.

»Ann«, antwortete Joël nach kurzem Zögern. Er ließ sie los, und Kikis Handflächen brannten, als hätte die Leere, die er hinterließ, zu einer Reizung der Nerven geführt. »Ann Bracque.«

»Aber das ist doch Natchos Frau.«

»Eben.« Joël strich sich das Haar aus der Stirn. Er blickte sie verlegen an, und Kiki konnte sich ausmalen, was geschehen war. Dass Ann nach ein paar leidenschaftlichen Wochen und einem leichtfertig gegebenen Versprechen zu Natcho zurückgekehrt war. Die Kinder, das Haus, das geordnete Leben. Ann traute sich einfach nicht, alles hinter sich zu lassen und etwas Neues zu beginnen. Mit Joël, dem besten Freund ihres Mannes.

»Das passiert«, sagte sie leichthin, um Joël zu trösten. Und dann erzählte sie ihm endlich von ihrem Streit mit Tim. »Kann sein, dass ich schwanger bin.«

Joël sagte nichts, er zog sie einfach nur in seine Arme. Einen Moment lang standen sie eng umschlungen da und schwiegen. »Bist du okay?«, fragte er schließlich und atmete in ihr Haar. Sein Herz schlug schnell auf der Höhe ihres Schlüsselbeins.

Verdammt, er war der Erste, der sie fragte, wie es ihr ging!

Kiki schmiegte sich noch fester an ihn, und während Joël sie hielt, fiel ihr wieder ein, wie der Typ damals geheißen hatte. Damals, als sie schon einmal Angst gehabt hatte, schwanger zu sein. Wie aufgebracht ihr Vater gewesen war, als er sie zusammen in einer Bar im Ort erwischt hatte, wo Jo ihr ein paar Drinks spendierte. Leo hatte ihm sogar einen Kinnhaken verpasst und gedroht, dass er ihn anzeigen werde. Dabei war sie doch schon siebzehn gewesen und hatte längst ihre Erfahrungen gemacht – nicht nur mit Natcho, Dodo, Loris und Sascha, sondern auch mit dem einen oder anderen Surfer auf dem Campingplatz. Klar, dass sie mit Jo schlafen musste, nachdem Leo sich eingemischt hatte, dabei war er ihr eigentlich viel zu alt gewesen. Außerdem hatte er sie noch nicht einmal gefragt, ob sie überhaupt verhütete. Nein, Jo war in seinem Hotelzimmer einfach nur ernüchternd schnell bei der Sache gewesen und am nächsten Morgen auf Nimmerwiedersehen verschwunden.

»Du hast mir doch schon einmal geholfen«, murmelte Kiki in Joëls Halsbeuge. »Weißt du noch?«

»Na klar.« Joël unterdrückte ein Lachen, weil die ganze Aktion einfach nur skurril gewesen war. »Du schuldest mir immer noch fünfzig Euro.«

»Ich fürchte, da muss ich schon wieder passen.«

»Kein Problem, kannst du abarbeiten.« Joël drückte ihr einen Kuss ins Haar. »Hast du den Typen eigentlich je wiedergesehen? Der kam doch auch aus Berlin.«

»Ja?« Kiki schüttelte schweigend den Kopf. Für einen Augenblick hatte sie das Gefühl gehabt, dass ihr Herzschlag sich mit Joëls synchronisiert hatte. Da war eine Schwingung zwischen ihnen, ein Flow, der sie ganz ruhig machte. Das hatte sie beim Yoga noch nie erlebt. »Leo hatte recht damals, das war ein Arschloch. Ein alter, gut aussehender Sack mit Kohle, der auf eine schnelle Nummer aus war. Eigentlich hätte er ganz gut in Leos Gefolge gepasst.«

»Da sagst du was.« Joël löste sich von Kiki und sah ihr in die Augen. »Ich habe Mathilde vor ein paar Jahren von der Sache erzählt. Ich weiß gar nicht mehr, wie wir darauf gekommen sind. Jedenfalls meinte sie, dass dieser Jo früher einmal mit Leo zusammengearbeitet hätte. Doch dann hat es einen furchtbaren Krach gegeben, sie haben sich getrennt und nie wieder ein Wort miteinander gewechselt. Ada hat sogar alle Fotos, auf denen er zu sehen war, abgehängt und zerrissen. Trotzdem tauchte der Typ im Sommer immer mal wieder im Ort auf, stolzierte über die Promenade und schleppte Frauen ab, als wollte er Leo provozieren. Ich glaube, er hat es sogar einmal bei Inès versucht.«

»Jo war Joachim Fürst?« Kiki seufzte. »Und ausgerechnet mit dem musste ich mich einlassen!«

»Das konntest du ja nicht wissen. Du warst noch klein, als die beiden sich zerstritten haben.«

»Und warum hat Leo mir nichts davon erzählt? Oder Ada? Warum haben sie mich nicht vor ihm gewarnt?«

»Hier redet doch keiner.« Joël stupste sie in die Seite, und sie musste lächeln. »Außerdem hättest du sowieso nicht auf die beiden gehört.«

»Stimmt!« Kiki wühlte wieder in ihrer Tasche und fand endlich die Zigaretten. »Teilen wir uns noch eine?«

»Eigentlich habe ich aufgehört.«

»Eigentlich ...«

Kiki holte das kleine silberne Dupont-Feuerzeug hervor, das Vincent ihr nach dem Essen in die Hand gedrückt hatte, weil ihr Feuerzeug immer noch verschwunden war. Er hatte ihr noch nie etwas geschenkt – außer seiner Zeit und seiner Zuneigung. »Möchtest du es zurückhaben?«, fragte sie, als sie Joël die brennende Zigarette reichte.

»Weil es Mathilde gehört hat?«

Kiki nickte. Es war ihr schwergefallen, das Feuerzeug anzunehmen. Irgendwie hatte sie das Gefühl gehabt, Joël etwas wegzunehmen. Auch wenn Mathilde nicht seine leibliche Mutter gewesen war, hatte er sie doch sehr geliebt.

»Ich rauche doch nicht mehr.«

»Das sehe ich.« Kiki nahm ihm die Zigarette ab und zog am Filter, den er gerade noch mit seinen Lippen berührt hatte. »Warum lass ich mich eigentlich mit jedem Typen ein, der ein bisschen nett zu mir ist?«, seufzte sie.

»Keine Ahnung.« Joël gab ihr einen kleinen schnellen Kuss, der schon nach Abschied schmeckte. »Warum lass ich mich nur so selten auf eine Frau ein? Und warum geht es jedes Mal schief, wenn da doch mal was läuft?«

»Ich habe euch beobachtet!« Im Haus fing Esther Kiki auf der Treppe nach oben ab. »Joël und dich.«

»Spionierst du mir jetzt nach?« Mit einem Schulterzucken versuchte Kiki, sich an ihrer Schwester vorbeizuschieben. Sie musste dringend auf die Toilette, aber Esther versperrte ihr den Weg.

»Du solltest nicht rauchen.«

»Das geht dich nichts an.«

»Ich meine … wegen des Babys.« Esthers Stimme wurde sanfter, sie hielt Kiki fest. Ihre Hände waren schrecklich kalt.

»Ja, ja …« Ungeduldig schüttelte Kiki sie ab. Sie täuschte links an und schlüpfte dann rechts an Esther vorbei. Oben schloss sie sich im Badezimmer ein.

Einen Wimpernschlag später stand Esther vor der Tür. Kiki hörte sie aufgeregt atmen.

»Kiki, bitte …«

»Kannst du mich bitte in Ruhe lassen, ich muss pinkeln!«

»Ich will dir doch nur helfen.«

»Hahaha … Seit wann denn das?«

»Ich mach mir Sorgen um dich. Und um das Baby.«

Kiki antwortete nicht und klappte den Klodeckel hoch.

»Kiki?« Esther pochte gegen die Tür. »Kann ich reinkommen? Ich würde gerne mit dir sprechen.«

»Mensch, Esther! Lass! Mich! In! Ruhe!«

Genervt betätigte Kiki die Spülung. Was war denn das jetzt? Ein ungewohnt fürsorglicher Akt ihrer großen Schwester?

Als sie sich die Shorts hochzog, fiel es ihr wieder ein. Natürlich, es ging Esther um die Galerie – und ums Geld! »Du hast Angst, dass ich dich verklagen könnte«, sagte sie und trat ans Waschbecken.

Einen Moment lang blieb es still auf der anderen Seite der Tür.

»Warum solltest du mich denn verklagen?«, flüsterte Esther nach ein paar Sekunden, und Kiki hörte die Angst in ihrer Stimme. Volltreffer!

»Na, wegen der Galerie.«

»Das ist doch Unsinn. Und das weißt du auch. Papa hat mich mit seinem Nachlass betraut, weil er gesehen hat, dass ich es kann. Und ihr wart alle damit einverstanden. Du hattest ja noch nicht einmal Interesse an seinen Bildern. Und dein Erbteil hast du für deine Reisen und Yogakurse in Asien verprasst.«

»Ich war noch keine achtzehn, als das entschieden wurde. Außerdem habe ich zu dieser Zeit kaum ein Wort mit Ada und Leo gewechselt. Mich hat jedenfalls keiner um meine Meinung gefragt, und ich bin mir sicher, dass man diese Entscheidung heute anfechten könnte. Dass mir mehr Mitsprache zustünde.«

»Wie kommst du denn darauf?«

»Mein neuer Freund ... Mick ist Anwalt.« Kiki musste lächeln, es gefiel ihr, wie viel Stärke Micks Beruf ihr plötzlich verlieh. Das war doch etwas anderes als Tims bunte Musikbranche.

»Dein neuer Freund?« Prompt klang Esthers Stimme eine Spur selbstbewusster. »Dass ich nicht lache. Du verlässt den einen und springst gleich mit dem Nächsten in die Kiste. Und zwischendurch kommst du her und machst mit Joël rum. Typisch Kiki!«

»Ich mache nicht mit Joël rum! Wir sind einfach nur … alte Freunde.«

Kiki betrachtete sich im Spiegel. Ihr Haar kräuselte sich wie verrückt, und sie hatte hektische rote Flecken im Gesicht. Ihr Herz schlug so heftig, dass die Narbe über ihrem Brustbein schmerzte.

»Ich habe euch doch gerade unten gesehen! Du bist nicht in diesen Anwalt verliebt, du bist einfach nur verzweifelt.«

Hinter der Tür ließ Esther ihr allergemeinstes Große-Schwester-Lachen hören, und Kiki zuckte zusammen, ihr Bauch brannte wie Feuer. Es war wie früher, wenn sie sich gestritten hatten, und wilde Verzweiflung loderte in ihr auf. Am liebsten hätte sie Esther an den Haaren gezogen, sie geboxt, nach ihr getreten, weil sie mit Worten nicht gegen sie ankam. Im nächsten Augenblick hörte sie Leos Stimme in ihrem Kopf, sie solle sich zusammenreißen: »*Kiki, ressaisis-toi!*« Er hatte immer zu ihrer großen Schwester gehalten.

Zitternd vor Wut wusch Kiki sich die Hände, dann nahm sie einen Zahnputzbecher, füllte ihn, schloss die Tür auf und schüttete Esther einen Schwall kaltes Wasser ins Gesicht.

30

Da war das Bild. »Mädchen in der Brandung« – ein Querformat und so groß wie die weit aufgestoßenen Terrassentüren in *Les Vagues*. Breite Pinselstriche, zerfließende Konturen, leuchtende Farben. Ein Kind, vielleicht zwölf Jahre alt, lebensgroß, unbekleidet und mit wehendem Haar vor der Kulisse des wogenden Meeres. Das Mädchen hatte etwas Rätselhaftes an sich. Es war Teil der Natur und doch wieder nicht. Sein Gesichtsausdruck erschien zunächst kühn, um im nächsten Moment ins Ängstliche zu kippen. Esther hatte immer gedacht, ihr Vater habe jenen Moment festhalten wollen, wo Lachen in Weinen umschlug. Den letzten, sekundenkurzen Augenblick vor der Katastrophe. Gleichzeitig erinnerte sie das Gemälde in seiner Konturenlosigkeit an eine leicht verschwommene Fotografie. Ein Schnappschuss gegen das trügerisch flirrende Licht – so flüchtig wie eine nur schwer in Worte fassbare Erinnerung. Es gab ein paar Vorstudien zu dem Bild, Skizzen, auf denen hinten in den Wellen eine weitere Person angedeutet war. Auf dem Gemälde jedoch stürzte sich eine Möwe in die See.

Angespannt suchte Esther den Blick des Mädchens. Sie war allein im Saal – nein, doch nicht ganz. Da saß noch eine Aufsicht auf einem Stuhl an der Tür, und in der Saalmitte betrachteten zwei junge Frauen eine Skulptur. Bei dem herrlichen Wetter flanierten die meisten Touristen durch die Straßen der Altstadt von Bordeaux oder waren ans Meer gefahren. Als Esther sich nach dem Frühstück in Adas Wagen auf den Weg zum Museum gemacht hatte, waren ihr viele Autos mit Pariser Kennzeichen entgegengekommen. Ganz Frankreich war im August am Meer, und die meisten Franzosen zog es dorthin, wo sie schon als Kinder ihren Urlaub verbracht hatten.

Esther hingegen hatte sich wie auf der Flucht gefühlt. Auf der Flucht vor der zermürbenden Schlaflosigkeit – und vor dem Atlantik. Nachdem Imme ihr gestern eröffnet hatte, dass sie das Strandhaus in ein paar Wochen verlieren würden, hatte sie nach dem ersten Schock und dem Impuls, gegen den Beschluss der Gemeinde anzukämpfen, das dringende Bedürfnis verspürt, das berühmte Gemälde ihres Vaters zu sehen. Sein Meisterwerk. Sie wollte sich davon überzeugen, dass das »Mädchen in der Brandung« in Bordeaux in Sicherheit war. Dass das Meer dem Gemälde nichts anhaben konnte.

»Es ist alles gut«, versuchte Esther sich innerlich zu beruhigen. Das Museum für zeitgenössische Kunst war in einem ehemaligen Wolllager aus dem frühen 19. Jahrhundert untergebracht, und dank seines massiven Mauerwerks und der schmalen, Schießscharten ähnlichen Fenster glich das Gebäude einer Festung. Doch die Stimme in ihrem Kopf klang dünn und wenig überzeugend.

Esther seufzte auf, müde massierte sie den Punkt über der Nasenwurzel. Gestern Abend hatte sie Friedrich Duve über den drohenden Abriss des Strandhauses informiert. Er war heute wegen einer anderen Sache bei Gericht, wollte danach aber eine Kollegin zurate ziehen und sich dann so schnell wie möglich zurückmelden. Hoffentlich konnte Imme so lange warten, es war schließlich ihre Natur, den Dingen auf den Grund zu gehen.

Am liebsten hätte sie Ada wohl sofort mit ihrem Wissen konfrontiert. (»Warum hast du uns denn nicht erzählt, dass das Strandhaus abgerissen wird? Das hätten wir doch wissen müssen!«)

Mit einem beklommenen Gefühl löste Esther den Blick von der Möwe, die noch mehr Unruhe in ihr hervorrief. Sie schaute auf ihre Füße in den silbernen Sandalen. Der Lack auf ihren Nägeln blätterte ab, was das Gefühl von Ohnmacht, das sie verspürte, noch verstärkte. Als Esther die Frauen in ihrem Rücken näher kommen hörte, trat sie einen Schritt zur Seite. Beide trugen Kopfhörer, sie folgten dem Audioguide des Museums. Esther kannte den Text zum Bild ihres Vaters, er ging ein auf die Ambivalenz zwischen dem reglosen Mädchen und dem tosenden Meer, sprach von der schutzlosen Nacktheit des Kindes und seiner Erstarrung angesichts der überwältigenden Natur. »Seine Hilflosigkeit so drastisch und zart zugleich zu zeigen, zeugt vom großen Einfühlungsvermögen des Künstlers. Das Gemälde gehört mit zu den stärksten Werken, die Leo Kwant geschaffen hat.«

Gespannt wartete Esther auf die Reaktion der beiden Frauen. In der Vergangenheit hatte sie beobachten können, dass das Gemälde sowohl Begeisterung als auch Bestürzung hervorrief. Begeisterung wegen seiner künstlerischen Qualität, wegen der meisterhaft eingefangenen Reflexion des Lichts auf dem Wasser und der unendlich vielen Blautöne, die die Schönheit des Meeres zeigten, und wegen der Kunst ihres Vaters, beim Betrachter so tiefe Emotionen auszulösen. Diese Gefühle konnten jedoch auch in Betroffenheit umschlagen, bisweilen rührte das Gemälde seine Betrachter zu Tränen. Es schien etwas genuin Menschliches anzusprechen.

Heute jedoch wandten sich die Frauen bereits nach wenigen Sekunden ab, als verstünden sie nicht, warum ihr Vater die

Nacktheit des Mädchens so deutlich hatte zeigen müssen. Von ihren Gesichtern meinte Esther so etwas wie Verachtung abzulesen, und als sie in den nächsten Saal schlenderten, blickte sie ihnen betroffen nach. Die Frauen schienen die Qualität des Bildes und seine künstlerische Fragestellung überhaupt nicht zur Kenntnis zu nehmen. Esther hatte den Eindruck, dass sie ihrem Vater vorwarfen, das Kind zur Schau zu stellen. Als hätte er lediglich einen respektlosen, ja begehrlichen Blick auf das unschuldige Wesen geworfen und es in seiner Intimität verletzt.

Esther stöhnte auf. Die Reaktion der Frauen auf das Bild und ihr unausgesprochener Vorwurf schmerzten sie wie ein Schlag ins Gesicht. Das bisschen Sicherheit, das sie sich angesichts der Architektur eben noch eingeredet hatte, fiel in sich zusammen. Auf einmal begriff sie, dass da noch eine weitere Gefahr lauerte, die das Gemälde bedrohte und deren Erregungswogen längst durch die dicken Mauern des Museums gelangt waren: der Zeitgeist und seine eng gefassten moralischen Gewissheiten.

Angespannt biss Esther sich auf die Lippen, dann rieb sie sich den Nacken, der seit der Autofahrt wieder schmerzte. Im nächsten Moment stellte sie sich vor, was geschähe, wenn die Vorwürfe gegen ihren Vater trotz aller Bemühungen des Anwalts öffentlich wurden. Wenn Felizitas Bertram Leo Kwant im Internet an den Pranger stellte, und sich darauf womöglich noch mehr Frauen zu Wort meldeten, die sich an eine unangenehme Begegnung mit ihm erinnerten. Würde das »Mädchen in der Brandung« in diesem Sturm untergehen und Leos Meisterwerk im Depot verschwinden? Aussortiert und abgehängt, weil es von einem vermeintlichen Vergewaltiger gemalt worden war und man die Würde des Kindes darin verletzt sah?

Esther schloss die Augen. Sie zwang sich, tief ein- und auszuatmen, um nicht die Fassung zu verlieren. Verdammt, sie musste endlich etwas finden, was ihren Vater entlastete. Aber Ada kümmerte sich wieder mal um Kiki statt um die Ehrenrettung ihres Mannes, und auch beim Wühlen in den Fotografien ihrer Mutter und später im Atelier hatte sie nichts entdeckt, was ihnen weiterhelfen konnte. Im Gegenteil: Je verzweifelter sie nach Klarheit und Halt suchte, umso mehr schien sich alles in Uneindeutigkeiten aufzulösen. (Da war nur ein merkwürdiges Gefühl geblieben, das dumpf in Esther nachhallte. Das Gefühl, etwas Bedeutsames auf diesen vielen Schwarz-Weiß-Fotos nicht zu sehen.)

Wieder starrte Esther auf das »Mädchen in der Brandung«, sie versenkte sich in seinem Blau. Im nächsten Moment versuchte sie, sich das Gemälde im Depot des Museums vorzustellen. In einem Rollregal im Keller, eingezwängt zwischen anderem, das als aus der Zeit gefallen aussortiert worden war, und eine ungeheure Wut stieg in ihr auf. Am liebsten wäre sie den Frauen nachgelaufen, um sich ihnen in den Weg zu stellen und mit ihnen über das Bild zu sprechen. Darüber zum Beispiel, dass in der Kunstgeschichte immer wieder nackte Jungen und Mädchen gezeigt worden waren. Dass dieses Sujet also in einer langen Reihe von Meisterwerken stand, die von der Antike bis in die Gegenwart reichte. Wo sollte man die Grenze ziehen, wenn man mit dem Aussortieren anfing? Wo begann das Drastische, wo das Verwerfliche? Und wer sollte darüber urteilen? Man konnte diese Werke doch nicht aus ihrer Zeit herauslösen, dachte Esther. Man musste zumindest über die Intention des Künstlers oder der Künstlerin reden, über das Umfeld und die Epoche, in der diese Werke entstanden waren, denn sonst blieben am Ende nackte Wände und leere Säle in den Museen zurück.

Mit pochenden Schläfen trat Esther einen Schritt an das Bild heran. Und dann noch einen Schritt. So nah, dass sie fürchtete, im nächsten Moment den Sicherheitsalarm auszulösen. Konnte man Leos Gemälde überhaupt getrennt von seiner Persönlichkeit betrachten? Begründete nicht gerade sein intimer Blick auf die Porträtierten seinen künstlerischen Erfolg?

Esther konzentrierte sich auf das Gesicht des Mädchens, wartete auf ein Nicken, ein zustimmendes Zwinkern, doch je näher sie dem Gemälde kam, desto stärker geriet sie in seinen Sog. Auf einmal meinte Esther, das Rauschen der Brandung zu hören, sie spürte den Wind im Haar und zuckte bei den spitzen Schreien der Möwe zusammen. Und dann, als würden Gegenwart und Vergangenheit sich überlagern, geriet sie in einen Strudel, der sie mit sich riss in die Tiefe der Zeit. Wie ein Hologramm trat das Mädchen aus dem Bild heraus.

Esther schloss die Augen.

Das war doch sie.

Die zwölf-, nein, fast dreizehnjährige Esther Kwant.

Selbstbewusst war sie damals gewesen, eine gute Schülerin und sehr gute Schwimmerin, von ihrem Vater geliebt.

Und wie sehr hatte sie ihn geliebt!

Sie hatte ihm nah sein wollen. So nah, dass sie begreifen wollte, was er empfand, wenn er mit einer Frau im Arm im Atelier verschwand. Sie hatte sogar abends im Bett mit Imme darüber gesprochen, lange bevor Imme sich überhaupt für die Surfer auf dem Campingplatz interessiert hatte. (»Ich bin kein Kind mehr. Ich will wissen, was da passiert. Was er fühlt und wie er daraus die Inspiration für seine Bilder gewinnt.«) Sie hatte einfach verstehen wollen, woher diese Tiefe in Leos Bildern kam, von der alle Welt sprach.

Esther rang nach Luft. Ihre Schläfen pochten, und ihr Herz raste, denn plötzlich war alles wieder da – und sie begriff. Das

»Mädchen in der Brandung« war keine Metapher für die Schönheit und Brutalität des Ozeans, für die menschliche Ohnmacht angesichts der Kraft der Natur. Das Gemälde war ein düsteres Panorama der Geschehnisse jener Nacht, an die ihre Mutter sie gerade erst erinnert hatte. Es spielte auf ihr schreckliches Erlebnis mit Joachim Fürst an.

Wie von einem Brecher getroffen, taumelte Esther zur Seite. Während die Flut der Erinnerungen über sie hinwegrauschte, atmete sie verzweifelt gegen das Gefühl an, keine Luft mehr zu bekommen.

In jenem Sommer war Joachim Fürst ein paar Tage vor dem Fest angereist. Er hatte im Atelier übernachtet und war morgens vor dem Frühstück schwimmen gegangen. Esther hatte ihn begleitet, wie in den Jahren zuvor auch. Selbst am Morgen vor dem Fest, als Ada, Leo und Vincent schon mit den Vorbereitungen für die Party beschäftigt gewesen waren, hatten sie sich lachend in die Wellen gestürzt.

In jenem Jahr trug Esther zum ersten Mal einen Bikini und nicht den sportlich blauen Badeanzug mit den roten Streifen an der Seite, und nach dem Schwimmen hatte sie seine Blicke bemerkt. Blicke, die ihr zeigten, dass sie kein Kind mehr war, und die sie beschäftigten. Ein heißer, sprühender Strom, der ihr die Wirbelsäule hinaufstieg, in der Herzgegend brannte und ihre Fantasie übersprudeln ließ. Sie hatte sich so begehrenswert und sinnlich gefühlt wie die Frauen auf den Bildern ihres Vaters.

Esther hatte sein Interesse an ihr schon an diesem Morgen bemerkt, als sie sich von ihm in sein Strandtuch hüllen ließ. Schon da hatte sie gedacht, dass sich zwischen ihnen etwas verändert hatte. Sie hatte es an seinem Atem gehört, der schneller ging. Gespürt an der Art, wie er das Handtuch um sie schlang und wie er seine Hände etwas zu lange auf ihren Schultern ruhen ließ. An seinem glühenden Blick.

Doch am Nachmittag hatte Joachim seine Freundin mit dem Cello vom Bahnhof abgeholt. Er wirkte verändert, als er mit Francesca nach *Les Vagues* zurückkehrte – und sie selbst war wieder ein Kind. Esther erinnerte sich, wie sie sich nachmittags in ihrem Zimmer für das Fest zurechtgemacht hatte. Wie sie sich vor dem Spiegel drehte und hoffte, dass ihr Kleid im Gegenlicht ihre Silhouette offenbarte. Wie sie sich die Lippen rot schminkte und das Haar so lange bürstete, bis es knisterte und ihren Kopf wie eine duftende Wolke umhüllte, bevor sie es aufsteckte, um ihren langen schlanken Hals zu betonen. Wie Imme sie auslachte, und sie sich trotzdem ausmalte, dass Joachim sie dort küsste. Später am Abend, in den Dünen, wo sie die Musik und die Stimmen der anderen noch hören konnten, aber sie niemand sah. Wo die Fesseln des Anstands nicht mehr galten.

Am Abend auf der Terrasse hatte sie nur für ihn getanzt (und nicht für Kiki). Und nachdem Francesca verschwunden war, nachdem sich alles so wunderbar gefügt und sie Joachim in die Dünen gefolgt war, hatte sie sich wie eine Königin gefühlt. Glücklich hatte sie sich in seine Arme geschmiegt, ohne zu zögern war sie ihm ins Wasser gefolgt. Vielleicht hatte sie ihn sogar zuerst geküsst. Erst als Joachim ihren Kuss mit einer Heftigkeit erwiderte, die sie erschreckte, hatte Esther begriffen, dass ihr Spiel eine Wendung nahm, die sie nicht mehr kontrollieren konnte. Verzweifelt hatte sie versucht, sich von ihm loszureißen, doch Joachim hielt sie fest. Wieder und wieder küsste er sie, als wartete er darauf, dass sie Gefallen daran fände. Nichts an seinem Körper war weich, und trotzdem drängte er sich gegen sie. Seine Zunge schob sich zwischen ihre Lippen, und an ihrem

Bauch spürte sie das Ungeheuer seiner Erektion. Es war furchtbar gewesen, und Esther hatte gedacht, sie müsse sterben.

Erst als sie den Mut fand, Joachim auf die Zunge zu beißen, hatte er sie mit einem wütenden Schmerzensschrei losgelassen. Esther war rückwärts ins Wasser gefallen und untergegangen. Gleich darauf tauchte sie wieder auf, ging erneut unter, schluckte Wasser, dann riss die Strömung sie fort, bis eine Welle sie an Land warf. Auf dem Sand rappelte sie sich panisch auf. Schluchzend lief sie vor Joachim davon, durch die Nacht auf das hell erleuchtete Strandhaus zu, den metallischen Geschmack von seinem Blut in ihrem Mund.

Zitternd vor Entsetzen schlug Esther die Augen auf. Ja, so war es gewesen. Ihr Blick suchte die Möwe, die sich im Hintergrund ins Meer stürzte, doch sie sah nur ihren Peiniger. Damals hatte sie das Gefühl gehabt, um ihr Leben zu kämpfen, so wie sie vor zehn Tagen in Berlin am Langen See um ihr Leben gekämpft hatte. Trotzdem hatte das zwölfjährige Mädchen, das sich immer noch in einem abgelegenen Winkel ihres Herzens versteckte, bis heute geglaubt, dass alles, was in jener Nacht geschehen war, und alles, was darauf folgen sollte, ihr Fehler war. Dass sie Joachim Fürst mit ihrem naiven Lolita-Gehabe verführt und zu seiner Tat verleitet hatte. Und dass sie folglich auch die Schuld am Streit zwischen ihrem Vater und seinem Galeristen trug, am Bruch und an der Klage vor Gericht, die ihren Vater viel Geld gekostet hatte. Erst die Reaktion der beiden Frauen auf das Gemälde hatte Esther gezeigt, dass ein erwachsener Mann ein anderes Maß an Verantwortung hatte als ein zwölfjähriges Mädchen. Dass man Mitleid haben musste mit diesem Kind, das dort in der Brandung zitterte. Joachim Fürst war das »Monster« gewesen. Sie hatte ihn gar nicht verführen können, nein, er hatte sie missbraucht.

Entsetzt schlug Esther die Hände vors Gesicht. Sie schluchzte und bekam keine Luft. Alles drehte sich, und ein reißender Schmerz in ihrer Mitte zwang sie in die Knie.

»*Madame?*«, hörte Esther eine Stimme neben sich.

»*Je me sens malade*«, stammelte Esther, und sie spürte, wie der Schwindel über ihr zusammenschlug. Das Blut rauschte ihr in den Ohren, und sie hörte nicht mehr, was die Stimme noch sagte.

31

Hallo, Jule ...«

»Mama!«

Ihre Tochter war außer Atem, sie schnaufte ins Telefon, als hätte Imme sie beim Sport unterbrochen. »Was macht ihr gerade?«, fragte sie.

»Wandern. Wir sind eben den Berg hoch. Und am Donnerstag wollen wir zum Gleitschirmfliegen.«

»Kein Scherz?« Imme blickte von ihrem Bildschirm auf und rieb sich die Augen. Es war kurz vor zwölf Uhr mittags, und während sie am großen Esstisch in *Les Vagues* saß und die Ruhe nutzte, um zu arbeiten, starteten die Mädchen in den Alpen mit ihrem Vater in die Sommerferien. Gestern Abend hatte Jule ihr die aktuellen Koordinaten in den Mutter-Töchter-Chat gestellt, daher wusste Imme, dass die drei in Tirol unterwegs waren.

»Keine Angst. Ist ein Tandemflug«, fuhr Jule fort. »Kann nichts passieren.« Ihre Tochter gluckste fröhlich, und Imme versuchte sich vorzustellen, wie ihr vierzehnjähriges Kind festgeschnallt an einen Piloten unter einem bunten Schirm zu Tal schwebte. Das hätte Philipp doch mit ihr absprechen müssen! Im nächsten Moment flitzten ihre Finger über die Computertastatur, und sie rief eine Seite mit Unfallstatistiken zum Paragliding auf. Blaue und rote Balken. Neun tödliche Unfälle allein im vergangenen Jahr.

»Hör mal, Jule«, sagte Imme, doch dann brach sie ab, weil sie an ihren Vater denken musste. Daran, wie Leo ihr früher das Wellenreiten verbieten wollte, bloß weil er sich mal eine Schramme über dem Auge geholt hatte. Wie er jede ihrer Verabredungen mit einem Surfer misstrauisch beäugt hatte. Und wie sie ihm die Stirn geboten, wie sie alle seine Argumente nicht hatte hören wollen. Und wie sie ihn schließlich wegen seiner erdrückenden Fürsorglichkeit verachtet hatte.

Nein, es war besser, sich nicht einzumischen. Die Mädchen hatten ein gutes Gespür für ihre Grenzen. Sie wussten, was sie sich zutrauen konnten. Außerdem war sie selbst viel zu weit weg, um sich auf eine Diskussion mit Philipp einzulassen.

»Mamamama?«

Da war ein Hall, so etwas wie ein Echo in der Leitung. Es rauschte, und die Verbindung wackelte kurz.

»Bist du noch da, Jule?«

»Jajaja ...«

»Ich wollte nur hören, ob es euch gut geht«, sagte Imme schnell, »so weit über dem Meeresspiegel.«

»Hi, Mum.« Das war Rike, zwei Jahre jünger, aber eine Spur cooler als ihre Schwester.

»Wir freuen uns auf dich! Wann sehen wir unsunsuns?«, grätschte Jule wieder dazwischen.

Die Mädchen lachten wegen des Echos, und Imme stellte sich vor, wie sie in Wanderschuhen und mit roten Wangen den Berg hinaufgekraxelt waren. Wie sie sich über den Ausblick freuten, den gezackten Horizont. Die beiden liebten sportliche Herausforderungen und entdeckten gerne Neues, deshalb unternahm Philipp auch so viel mit ihnen. Bisweilen überkam

Imme jedoch der Verdacht, dass er sie in puncto Abenteuer ausstechen wollte. »Ich bin in Frankreich«, sagte sie schnell, »bei Oma. Wir müssen hier etwas klären. Ihr könntet nächste Woche also auch zum Surfen nach Laplage-sur-Mer kommen. Was haltet ihr davon?«

Da war kurz Stille in der Leitung, und für ein paar Sekunden dachte Imme, dass die Verbindung nun wirklich unterbrochen war.

»Und Kopenhagenhagenhagen?«, echote Rike schließlich vorwurfsvoll. »Wir haben doch schon Eintrittskarten für das Tivoli reserviert.«

»Das läuft uns nicht weg«, sagte Imme beschwichtigend, obwohl sie wusste, wie sehr Rike sich auf die Tour und den Vergnügungspark freute. »Oma plant ein Sommerfest, Samstag in einer Woche. Ich habe euch doch erzählt, dass euer Opa früher immer alle seine Freunde nach *Les Vagues* eingeladen hat.«

»Aber wir kennen das Haus doch schonschonschon«, sagte Jule lustlos. In ihrer Vorstellung sah sie wohl eine Busladung alter Leute auf der Terrasse des Strandhauses sitzen, und Imme konnte ihr das noch nicht einmal übel nehmen. Schließlich hatten die Mädchen ihren Opa nur in den letzten Jahren vor seinem Tod gekannt und ihn lediglich als kranken und düster gestimmten alten Herrn erlebt. Als einen Menschen, der hinter der Krankheit verschwunden war. Den amüsanten und trinkfesten Lebemann, der die Gabe besessen hatte, jede seiner Partys zu einem Ereignis zu machen, hatten sie nie kennengelernt.

»Wir waren doch schon mindestens vier- oder fünfmal in *Les Vagues*«, fügte Rike maulend hinzu. »Du hast uns versprochen, dass wir mit dem Rad nach Kopenhagen fahrenfahrenfahren.«

»Dann machen wir das in den Herbstferien.«

»Da habe ich meinen Sprachkurs in England, schon vergessengessengessen?« Jule klang jetzt genauso gereizt wie ihre Schwester, und das Echo verstärkte diesen Eindruck noch. Imme hatte das Gefühl, nicht weiterzukommen. Manchmal waren die beiden Mädchen so flexibel wie Beton.

»Ich wollte euch das nur vorschlagen«, sagte sie matt. »Und eure Oma würde sich sehr freuen, euch zu sehen. Wenn ihr nicht wollt, bleibt es bei Kopenhagen, und wir treffen uns wie geplant in Kiel.«

»Wir wollen nichtnichtnicht«, krähte Rike entschlossen ins Telefon. »Tschüss, Mami.«

»Warte doch mal, Rike …«

»Wir sind auf der Hütte, und das Essen kommt«, verabschiedete sich Jule. »Papa ruft uns schonschonschon.«

»Na dann, guten Appetit«, sagte Imme schnell. »Grüßt Papa von mir. Und passt auf euch auf …« Aber da hatte Jule die Verbindung bereits unterbrochen.

Imme legte das Telefon zur Seite und stützte den Kopf in die Hände. Jetzt hatte sie ein Problem. Wenn ihre Mädchen auf der gemeinsamen Radtour bestanden und nicht nach Frankreich kommen wollten, musste sie spätestens Mitte nächster Woche nach Deutschland zurückfahren. Dann würde sie das Sommerfest verpassen.

Wie sollte sie das Ada beibringen? Und Esther?

Ratlos blickte Imme auf die Schachtel, in die Esther die Fotos ihrer Mutter zurückgelegt hatte. Der schlichte rechteckige Karton war etwa zu zwei Dritteln gefüllt – Bilder aus einer Zeit, als *Les Vagues* ein Ort zum Glücklichsein gewesen war –, und plötzlich wurde ihr klar, warum ihre Mutter sie eingeladen hatte. Das, was Ada plante, war kein Sommerfest und auch kein fröhlicher Rahmen für die Verkündung einer neuen Liebe. Nein,

Ada plante ein Abschiedsfest. Ihre Mutter wollte ein letztes Mal mit Blick aufs Meer und den Sonnenuntergang feiern, bevor sie die Türen des Strandhauses hinter sich schloss und die Zeit mit Leo endgültig hinter sich ließ.

Aufgewühlt stand Imme auf und ging in die Küche, um sich etwas zu trinken zu holen. Als sie mit einem Glas Wasser und etwas Wassermelone ins Wohnzimmer zurückkam, saß Kiki am Tisch.

»Na, auch schon wach?«, begrüßte Imme sie spitz, weil Kiki schon wieder das gemeinsame Frühstück boykottiert hatte. Seit ihrem Ausbruch vom Montagabend hatte sie sich wieder in den launischen Teenager von früher zurückverwandelt. Kiki verweigerte jede Auskunft zu ihrem Befinden und schien sich bei Vincent und Joël im Café Victoire wohler zu fühlen als in *Les Vagues*.

Kiki zuckte gleichgültig die Achseln und gähnte mit weit aufgerissenem Mund. »Wo steckt Esther denn?«, fragte sie, als hätte sie eine Verabredung mit ihrer Schwester.

»Die ist nach Bordeaux gefahren«, antwortete Imme. »Ins Museum, zu Papas Bild.«

Zu Ada hatte Esther gesagt, sie müsse etwas wegen einer Verlängerung der Leihgabe abklären, aber Imme hatte gespürt, dass ihre Schwester nach dem gestrigen Tag und der ergebnislosen Fotorecherche zutiefst verunsichert war. Esthers Geschäft basierte auf dem guten Namen ihres Vaters, wenn sein Ruf Schaden nahm, konnte sie die Galerie schließen. Wahrscheinlich hatte sie das Meisterwerk ihres Vaters sehen müssen, um sich seiner Integrität zu versichern. »Sie ist nach dem Frühstück los und hat Ada bei Vincent abgesetzt. Ich soll dir ausrichten, dass du gern nachkommen kannst.«

»Nach Bordeaux?«

Imme schüttelte den Kopf, Kikis Reaktion entlockte ihr ein kleines Schmunzeln. »Ins Café Victoire natürlich.«

»Du könntest auch mitkommen«, sagte Kiki. Sie quittierte Immes Lächeln mit einem Nasenkräuseln, das Entgegenkommen signalisierte, und rückte zur Seite, damit Imme sich setzen konnte. »Vincent und ich haben gestern ein absolut geniales Zitronensorbet gemacht. Vielleicht ist noch etwas übrig.«

»Hm, mal schauen.« Imme weckte den Laptop auf, der sich in den Stand-by-Modus geschaltet hatte. Die Kollegen in Potsdam warteten auf die Daten, um weiterarbeiten zu können.

»Was machst du da?«, fragte Kiki und schaute ihr über die Schulter. Ihr Haar roch nach Zitronenshampoo und ganz schwach nach Zigarettenrauch, als hätte sie, bevor sie herunterkam, oben am offenen Schlafzimmerfenster die erste Zigarette des Tages geraucht.

»Das sind Messungen zur Eisdichte aus der Arktis«, murmelte Imme kurz, damit Kiki sie nicht weiter löcherte. Sie hatte wirklich viel zu tun, schließlich hatten sie rund zehntausend Proben im Eis gewonnen. Außerdem wollte sie später noch im Rathaus vorbeigehen, um sich die Pläne der Gemeinde zum Küstenschutz anzusehen. Nach dem Frühstück hatte sie noch einmal mit Maire Baudelon telefoniert, und er hatte eine halbe Stunde Zeit für sie freigeschaufelt.

»Und?« Kiki ließ sich nicht entmutigen. Sie schien es zu genießen, mit ihrer Schwester allein zu sein, und Imme dachte bei sich, dass sie einfach kein Gefühl für Kikis Stimmungsschwankungen bekam. Mal ging ihre kleine Schwester ohne jeden ersichtlichen Grund auf Distanz, um im nächsten Moment vollkommen unerwartet auf Nähe umzuschalten. Sie fand einfach kein Maß und keine Mitte.

»Ich vergleiche unsere Zahlen mit Messungen, die auf früheren Expeditionen erhoben worden sind.«

»Und – ist es wirklich so schlimm, wie alle sagen?«

Imme blickte auf. Wollte Kiki tatsächlich mehr wissen? »Es ist sogar noch schlimmer«, sagte sie ehrlich. »Die Lage ist katastrophal. Es sieht so aus, als ob die Eisschilde Grönlands und der Arktis derzeit so viel Eis verlören, wie es nur die schlimmsten Klimaszenarien prognostiziert haben. Das Eis stirbt.«

»Wow.« Kiki schwieg beeindruckt. Sie griff nach Immes Glas und stürzte das Wasser hinunter.

»Alles klar?«, fragte Imme und schob ihr den Teller mit Melone hin. Sie hatte Kiki nicht schockieren wollen. Im Gegenteil, sie hatte ja noch nicht einmal angedeutet, was der Klimawandel für *Les Vagues* bedeutete. Dass sie das Strandhaus in ein paar Wochen verlieren würden.

»Weiß nicht.« Kiki nickte, nahm sich ein Stück Wassermelone und biss hinein. Melonensaft tropfte auf ihr Top, und achtlos wischte sie sich den Mund mit dem Handrücken ab. »Wann hast du eigentlich bemerkt, dass du Kinder willst?«, wechselte sie nach kurzem Schweigen das Thema.

Unwillkürlich musste Imme an das Mädchen mit dem Pferdeschwanz und dem Billie-Eilish-T-Shirt denken, das ihr in der letzten Woche in Bayern begegnet war. Friederike. Zielte Kikis Frage auch darauf ab, ob man in diese Welt noch Kinder setzen durfte?

»Puh …« Imme atmete langsam aus und ließ sich mit der Antwort Zeit. Jule, ihre älteste Tochter, war irgendwie passiert, und dann hatte sie sich auch darüber gefreut. Der Zeitpunkt zwischen Studium und Promotion erschien ihr passend, und sie hatte keinen Zweifel daran gehabt, dass sie Kind und Karriere locker managen könnte. Die Schwangerschaft jedoch, die aus ihr, einer sportlichen, zupackenden, beruflich ambitionierten

Frau, ein ständig fressendes, zerstreutes, hormongesteuertes Muttertier machte, hatte Imme fassungslos staunend verfolgt. Bisweilen hatte sie sogar gedacht, sie wohne einem wissenschaftlichen Experiment mit ungewissem Ausgang bei. Jedenfalls war sie ein halbes Jahr nach der Geburt wie befreit an die Uni zurückgekehrt, während Philipp sich in die Rolle des Hausmannes fügte. Er hatte ihr versichert, dass es ihm nichts ausmache, beruflich zurückzustecken, obwohl er ebenfalls am Beginn einer vielversprechenden wissenschaftlichen Karriere stand. Philipp war es auch gewesen, der sich ausdrücklich ein zweites Kind wünschte, und so war zwei Jahre später Jules Schwester Rike auf die Welt gekommen. Seltsamerweise hatte Rikes Geburt dann etwas ins Rutschen gebracht, von dem Imme gar nicht so genau sagen konnte, was es gewesen war. Manchmal war es ihr jedenfalls so vorgekommen, als hätte sie nicht nur eines, sondern gleich zwei oder drei Kinder auf einen Schlag bekommen. Ja, es war, als hätte Rikes Geburt alle Naturgesetze ausgehebelt. Jedenfalls stimmte auf einmal gar nichts mehr, und am Ende stand die schmerzhafte Trennung von der Familie. Klar, dass sie ihre Schuldgefühle mit noch mehr Arbeit zu betäuben versuchte. Und so folgte ein spannendes Projekt auf das nächste, bis es für sie keinen Weg mehr zurück gab. Aber das war nichts, was Imme ihrer Schwester in diesem Moment anvertrauen wollte.

»Ich weiß gar nicht, ob ich das so genau benennen kann«, antwortete sie Kiki ausweichend. »Jedenfalls ist es schön, Kinder zu haben.«

»Du siehst die beiden doch gar nicht«, erwiderte Kiki und runzelte die Stirn, als hätte sie ihre Schwester bei einer Lüge ertappt. »Du reist in der Welt herum oder hältst Vorträge vor den Kindern anderer Leute.«

»Aber meine Mädchen wissen, dass sie sich auf mich verlassen können«, erwiderte Imme hastig. Im selben Augenblick nahm sie sich vor, die beiden heute Abend gleich noch einmal anzurufen.

»Und dann schicken sie dir eine Nachricht? Oder machen sich eine Liste und haken alle Punkte ab, wenn sie dich zu sehen bekommen? Ach komm ... Du hast doch einfach nur Glück, dass du mit Philipp einen begeisterten Vater erwischt hast, der kein Problem damit hat, nur halbtags zu arbeiten und ansonsten von deinen Alimenten zu leben.«

»Na, so einfach ist das auch nicht. Jule und Rike fehlen mir schon«, sagte Imme. Und das stimmte. In diesem Frühjahr, als sie die Mädchen nach der langen Zeit im Eis in die Arme geschlossen hatte, hatte sie das ganz deutlich gespürt. Und auch die Begegnung mit Friederike hatte sie nachdenklich gestimmt.

»Aber du kannst doch tun und lassen, was du willst.« Kiki nahm sich ein zweites Stück Melone, biss hinein und spuckte die Kerne in die Hand. »Und drei, vier Wochen im Jahr darfst du Mutter spielen. Eben hast du noch gesagt, dass dir das reicht.«

»Manchmal fehlt mir der Alltag schon, das Zusammensein, die täglichen Katastrophen und Glücksmomente«, räumte Imme ein. »Das Unmittelbare, was du am Telefon nicht hast. Die spontanen Umarmungen. Deshalb freue ich mich ja so auf unsere Tour. Wir wollen mit dem Rad die Ostseeküste entlang bis nach Kopenhagen. Und vielleicht schaffen wir es sogar rüber nach Bornholm.«

»Dann kommen die beiden gar nicht zum Fest?«

»Wahrscheinlich nicht«, sagte Imme, und wieder verspürte sie einen Stich, weil sie wusste, dass es das letzte Sommerfest in *Les Vagues* sein würde.

»Echt?« Kikis erstaunte Antwort platzte in ihre Gedanken. Imme schaute sie an, wartete auf einen weiteren Kommentar, aber Kiki wischte sich lediglich die Hände an den Jeansshorts ab. Sie nahm sich das Gästebuch vom Tisch und schlug es aufs Geratewohl auf. »Ich fand die Partys immer toll«, murmelte sie mehr zu sich selbst als zu Imme. Kiki sah aus, als erinnerte sie sich an die Inseln aus Kissen und Decken im Sand, an die Fackeln und Feuerkörbe, die in der Dunkelheit leuchteten, und an die Feuerräder, die am Strand Gold und Silber sprühten. »Vincent hat alles aufgefahren, was seine Küche und sein Weinkeller hergaben. Und die Musik konnte man bis zum Campingplatz hören.«

Imme nickte zustimmend. Wie Kiki wurde nun auch sie von Erinnerungen geflutet. Sie hörte die Musik von der Terrasse durch die Nacht wehen, und da waren die Gespräche, das Lachen und Raunen, der Flirt und die Ausgelassenheit.

Und auf einmal wusste sie wieder, was sie einmal als Neun- oder Zehnjährige beobachtet hatte, als ihr Vater in den frühen Morgenstunden mit Inès im Arm ins Atelier stolperte. Dass die beiden sich geküsst hatten und dann lachend übereinander hergefallen waren. Eine Zeit lang hatte Imme gedacht, etwas Furchtbares entdeckt zu haben. Sie hatte schwer an diesem Geheimnis getragen, bis sie all ihren Mut zusammengenommen und Inès zur Rede gestellt hatte. Inès hatte ihr jedoch erklärt, das habe schon seine Richtigkeit. Ihre Mutter habe nichts dagegen, Imme könne sie ja fragen.

In dem Moment war Imme klar geworden, dass ihre Mutter von Leos Affären wusste. Dass Ada damit leben konnte und dass ihre Ehe nichts Festgefügtes war. Vielleicht war das auch der Moment gewesen, in dem sie sich endgültig den Naturwissenschaften verschrieben hatte. Sie hatte sich einfach nach klaren Verhältnissen und präzisen Antworten gesehnt. Sie wollte die Meere vermessen und deren Untiefen kartografieren. Keine weißen Flecken mehr, wie es sie in der Ehe ihrer Eltern gab.

»Und in der Nacht haben sich auch immer ein paar Surfer unter die Gäste gemischt«, fuhr Kiki fort. »Im Morgengrauen sind dann alle vollkommen betrunken ins Meer gesprungen.«

»Ja, ein Wunder, dass nie jemand ertrunken ist.«

Kiki grinste Imme verschwörerisch zu. Beim Weiterblättern blieb ihr Blick an einem Namen hängen. »Joachim Fürst«, sagte sie. »Erinnerst du dich noch an den?«

»An Leos Galeristen?«

»Ja, genau. Was war das für ein Typ?«

Imme zuckte die Achseln. »Weiß nicht. Wir Kinder hatten ja nicht viel mit ihm zu tun. Obwohl ...« Sie dachte kurz nach. »Esther mochte ihn. Warum fragst du?«

Kiki schüttelte den Kopf. »Da war mal was«, sagte sie, und der Anflug von Heiterkeit verschwand aus ihrem Gesicht. Sie wandte sich ab und blickte schweigend zum Horizont, dessen klare Linie hinter kompakten grauen Wolken verschwunden war.

32

Sanitäter, Blaulicht, Ambulanz – das volle Programm. In der Notaufnahme des Hospital Saint-André war Esther an eine junge Ärztin geraten. Nein, eigentlich sah Docteur Koudri mehr wie eine Studentin aus, frisch und eifrig und wie beseelt von ihrem Dienst an der Menschheit. Docteur Koudri hatte sich viel Zeit genommen, ihr allerhand Fragen gestellt und Esther von Kopf bis Fuß untersucht. Ihre Zuwendung und die kleinen, sanften, effektiven Berührungen taten Esther gut, und als die Ärztin sie fragte, ob sie jemanden benachrichtigen solle, traten ihr die Tränen in die Augen. Beschämt drehte Esther den Kopf zur Seite und fixierte einen imaginären Punkt an der weiß gestrichenen Wand hinter der Untersuchungsliege.

»Ist wirklich alles in Ordnung mit Ihnen?«

»Das ist nur die Erschöpfung«, sagte Esther mit abgewandtem Gesicht, um Docteur Koudri von weiteren Nachfragen abzuhalten. Bestimmt war Adas Auto, das sie vor dem Museum geparkt hatte, längst abgeschleppt. »Ich habe in den letzten Wochen zu viel gearbeitet und heute Morgen nicht gefrühstückt. Ich war wohl unterzuckert, das ist alles.«

»Da bin ich mir nicht so sicher.«

»Doch, doch.« Mühsam richtete Esther sich auf der Liege auf, sie fuhr sich durch die Haare, als könnte sie so ihr Leben ordnen. Sie fühlte sich elend, jeder Gedanke schmerzte. Die Begegnung mit ihrem zwölfjährigen Ich war schockierend gewesen. Esther hatte es nicht für möglich gehalten, dass sie etwas Erlebtes so radikal verdrängt hatte. Ihr war, als hätte sie diesen Teil ihres Ichs über viele, viele Jahre einfach abgespalten, und nun fand sie sich in einem Schockzustand aus Fassungslosigkeit und tiefer Trauer wieder.

Docteur Koudri hob die Augenbrauen, sie glaubte Esther kein Wort. »Ich könnte Ihnen für die Nacht ein Bett auf der Station anbieten«, sagte sie, ihre Worte vorsichtig abwägend, »falls Sie Schutz brauchen. Dann sehen wir weiter.«

Esther schwieg, bis ihr aufging, worauf die Ärztin anspielte. Entschieden schüttelte sie den Kopf. »Sie liegen falsch, ich brauche keinen Schutz«, protestierte sie. »Ich möchte jetzt einfach nur gehen.«

»Das ist Ihre Entscheidung.« Docteur Koudri bedachte sie mit einem letzten zweifelnden Blick, dann drückte sie ihr einen Flyer in die Hand, auf dem Anlaufstellen für Frauen in Not aufgeführt waren. Esther wollte das Faltblatt mit einem Kopfschütteln zurückweisen, aber da hatte sich die Ärztin schon verabschiedet. Sie öffnete die Tür, und aus dem Flur der Notaufnahme flutete eine Woge beunruhigender Geräusche in die kleine Untersuchungskabine.

Einen Moment lang blieb Esther wie betäubt auf der Liege sitzen. Sie trank einen Schluck Wasser aus der kleinen Plastikflasche, die man ihr gereicht hatte, und sah nach der Uhrzeit. Halb fünf Uhr nachmittags – und quer über das Display ihres Handys verlief ein Riss. Verdammt, sie musste auf die Tasche gefallen sein, als sie im Museum ohnmächtig geworden war. Esther biss sich auf die Lippen. Der Ärger über das kaputte Telefon jagte Adrenalin durch ihren Körper, und endlich fand sie die Energie, aufzustehen. An einem kleinen Waschbecken neben der Tür spritzte sie sich etwas Wasser ins Gesicht. Dann nahm sie ihre Tasche und ging zum Ausgang, um sich ein Taxi zu suchen.

Adas Wagen stand noch vor dem Museum, Gott sei Dank. Am späten Vormittag hatte Esther das Auto im Schatten einer Platane geparkt, aber die Sonne war um den Baum gewandert, jetzt war der Innenraum kochend heiß. Benommen startete Esther den Motor und regelte die Klimaanlage auf Kühlschranktemperatur herunter.

Die Fahrt durch das komplizierte Geflecht der Einbahnstraßen, bis sie die Stadt verlassen konnte, hielt Esther davon ab, im Tumult ihrer Gedanken zu versinken, aber auf der Schnellstraße in Richtung Küste konnte sie ihren Gefühlen nicht länger ausweichen. Mit Macht drängten sich die Erlebnisse des Tages in den Vordergrund. Da war die Reaktion der beiden Frauen auf das Gemälde ihres Vaters. Und dann die schmerzvolle Reise zurück zu dem blinden Fleck ihrer Kindheit. Die Sturzflut an Erinnerungen, die der Flashback ausgelöst hatte. Keine Frage, das »Mädchen in der Brandung« war Leo Kwants künstlerische Reaktion auf den schrecklichen Vorfall gewesen. Der Blick des Mädchens, jene Sekunde zwischen Kühnheit und Angst, legte den Kern jener Nacht offen: den Missbrauch eines Kindes. Eines Mädchens namens Esther Kwant.

Esther stöhnte auf, mit schweißnassen Händen umklammerte sie das Steuer. Wieder strömten längst verschollen geglaubte Erinnerungsbilder und Szenen auf sie ein. Doch mit den Gedanken an diese lange zurückliegende Sommernacht kam auch Wut. Joachim Fürst war fast wie ein Freund für sie gewesen, sie hatte ihm vertraut, ihn auf eine unschuldige, schwärmerische Art geliebt. Selbst wenn ihr zwölfjähriges Ich sich damals in all seiner pubertären Naivität an ihn herangemacht hatte, wäre es seine Verantwortung gewesen, ihre Annäherungsversuche zu unterbinden. Sofort und unmissverständlich. Stattdessen hatte Joachim Fürst die Kontrolle verloren. Er hatte jede Grenze überschritten – er war ein Ungeheuer gewesen, die Art »Monster«, von dem Felizitas gesprochen hatte.

Mit Tränen in den Augen blinzelte Esther gegen die tief stehende Sonne an, die die Weinberge links und rechts der Straße aufflammen ließ. Sie fühlte sich nackt, dem grellen Licht schutzlos ausgeliefert, und auf einmal fragte sie sich, warum ihr Vater das Gemälde nach Bordeaux gegeben hatte. Hatten die beiden Frauen aus dem Museum recht? Stellte das Gemälde ihr Leid zur Schau?

Zitternd drosselte Esther das Tempo, sie fürchtete, die Kontrolle über den Wagen zu verlieren. An einer Ausfahrt auf halbem Weg verließ sie die Schnellstraße, um über die Dörfer zu fahren. Ada zufolge hatte Leo damals schnell gehandelt. Noch in der Nacht hatte er seinen Galeristen zur Rede gestellt. Und weil Joachim alles abstritt, Esther sogar hysterisch nannte und sich nicht einmal entschuldigen wollte, hatte Leo die Freundschaft und die Geschäftsbeziehung beendet. Von einem Tag auf den anderen. In der Öffentlichkeit war der Missbrauch jedoch nie thematisiert worden. Ihr Vater hatte über den Grund der Trennung Stillschweigen bewahrt und deshalb vor Gericht viel Geld verloren, weil er seinen Galeristen wegen Vertragsbruchs und für entgangene Einnahmen entschädigen musste. Alles in allem hatte Leo mehrere Hunderttausend D-Mark bezahlt. Er hatte sogar einen Kredit aufnehmen müssen, um Joachim Fürst zu entschädigen. Aber das war es ihm wert gewesen, denn er hatte seiner Tochter geglaubt.

Hatte Leo sie durch sein Schweigen schützen wollen? Langsam rollte Esther durch den kleinen Ort St. Estèphe. Hatte er gehofft, dass seine Tochter die Erlebnisse der Nacht hinter sich ließ und vergaß? Dass der Missbrauch im Lauf der Zeit auf den Grund ihrer Erinnerung hinabsinken würde, wo er keinen Schaden mehr anrichten konnte?

Geblendet vom gleißenden Sonnenlicht tastete Esther in ihrer Tasche nach der Sonnenbrille, fand sie aber nicht. Stattdessen geriet ihr das Faltblatt aus dem Krankenhaus in die Finger. Ein Format wie die Flyer in der Galerie, und unwillkürlich musste sie an eine ihrer Nachwuchskünstlerinnen denken, die sich in ihrem Werk ganz explizit mit Missbrauchserfahrungen in ihrer Kindheit auseinandersetzte. Die Zeichnungen in Schwarz-Weiß waren stille, eindringliche Bilder, die tief in die Seele des Kindes blicken ließen. Esther wusste, dass die junge Frau viele Jahre Therapie gebraucht hatte, um diese Erlebnisse auch nur im Ansatz zu verarbeiten. Professionelle Hilfe, die auch ihr gutgetan hätte. Stattdessen hatte sie wohl nie gewusst, wie sie mit dem Erlebten umgehen sollte. Das Ganze hatte wie fauler Schlamm vor sich hin gegärt und ihre Teenagerzeit und ihr Selbstwertgefühl vergiftet. Noch in ihren Zwanzigern hatte sie nicht darüber sprechen können. Sie hatte noch nicht einmal Alex davon erzählt.

Im Rückspiegel begegnete Esther ihrem aufgeriebenen Ich, und dann, ganz plötzlich, begriff sie, warum ihr Vater das Gemälde nach Bordeaux ins Museum gegeben hatte. Weil er den Peiniger seiner Tochter so wenigstens indirekt anklagen konnte. Und weil Joachim Fürst diese Form des Vorwurfs nicht hatte unterbinden können. Gewiss konnte er seine Tat vom Gesicht des Mädchens ablesen, und jede Postkarte von dem Gemälde, die es überall an der Küste zu kaufen gab und die in alle Welt verschickt wurden, schrie ihm seine Schuld entgegen.

»*J'ai vu ce que tu as fait*«, hörte Esther die Stimme ihres Vaters in ihrem Kopf. Ja, er hatte gesehen, was Joachim Fürst seiner Tochter angetan hatte. Er hatte es ihr angesehen, und vielleicht hatte er ihr mit dem Gemälde auch versichern wollen, dass er an ihrer Seite stand. Dass er seinem Galeristen niemals verzeihen würde. Das Gemälde stellte das Ungeheuer Joachim Fürst zur Schau, nicht das Mädchen, das sie damals gewesen war.

Esthers Hände zitterten. Als sie das Gemälde am Ende jenes Sommers zum ersten Mal gesehen hatte, war ihr ein Schauer über den Rücken gelaufen. Sie hatte sofort gewusst, dass das »Mädchen in der Brandung« ein sehr gutes Bild war. Und dass es ein sehr gutes Bild bleiben würde – immer, denn es zeigte die Wahrheit. Es zeigte das Ende ihrer Kindheit, aber das hatte sie damals nur gespürt und heute erst begriffen.

Esther zitterte immer stärker, sie konnte das Steuer kaum noch halten. Mit letzter Kraft fuhr sie an einem Feldweg rechts ran. Sie stürzte aus dem Wagen und stürmte in die Weinberge hinauf. Und während sie lief, strömten all die Erinnerungen an ihren Vater aus dieser Zeit auf sie ein, die auf einmal so frisch und lebendig waren. Wie Leo sich fortan um sie gekümmert hatte. Wie er ihr noch mehr Liebe schenkte und sie in Schutz nahm, wenn sie wegen jeder Kleinigkeit in Tränen ausbrach. Und wie er wenige Jahre später anfing, sie zu seiner rechten Hand zu machen. Wie er ihr sein Vertrauen schenkte und ihr Selbstwertgefühl aufrichtete. (»Sei mutig! Zweifel nicht an dir! Trau dich!«) Wie er sie liebte, liebte, liebte, bis sie bereit war, der Welt wieder selbstbewusster zu begegnen.

Esther ließ die Tränen fließen. Sie weinte um das, was geschehen war. Und sie weinte um ihren Vater, den sie in diesem Moment wiedergefunden hatte. Wie hatte sie nur an ihm zweifeln können?

Esther wusste nicht, wie lange sie durch die Rebstöcke gelaufen war. Zehn Minuten? Eine Viertelstunde? Länger? Doch nach einer Weile spürte sie, dass sie ruhiger wurde. Atemlos drehte sie sich um. Sie blickte den Hang hinab, und auf einmal wollte sie einfach nur noch nach *Les Vagues*. Zurück zu ihrem Vater.

Auf der Küstenstraße, kurz vor Laplage-sur-Mer, als sie den Atlantik schon riechen konnte, griff Esther zum Telefon. Sie musste mit Alex sprechen, ihm erzählen, was im Museum geschehen war. Dass sie ihren Vater wiedergefunden hatte – und sich selbst. Es klingelte ein paarmal, und sie stellte sich vor, wie er in Brüssel in einem trostlosen Büro vor seinem Laptop saß und seine Präsentation vorbereitete. Schließlich nahm er ab.

»Wie gut, dass du anrufst«, begrüßte Alex sie, und beim Klang seiner Stimme zuckte Esther zusammen. Irgendwie hatte sie das Gefühl, dass er ihr gleich wehtun würde. Mechanisch setzte sie den Blinker, bremste ab und bog von der Küstenstraße in den Waldweg zum Strandhaus ein. »Ja?«, fragte sie misstrauisch.

Alex seufzte. »Ich hätte dich auch gleich angerufen«, sagte er und stockte kurz, bevor er weitersprach. »Es tut mir leid, aber ich schaffe es doch nicht, nächste Woche nach *Les Vagues* zu kommen. Der Kunde ist noch nicht zufrieden. Wir müssen alles wieder umschmeißen und eine neue Präsentation auf die Beine stellen. Alles auf Anfang, keine Ahnung, wie wir das schaffen sollen.«

»Du könntest nur für das Wochenende kommen und am Sonntagabend von Bordeaux nach Brüssel fliegen.«

»Ich werde die ganze nächste Woche und das Wochenende durcharbeiten müssen.« Alex schwieg. »Es tut mir wirklich leid, Esther«, sagte er dann. »Ich schaffe es einfach nicht.«

Esther schloss die Augen. Sie war fast am Ziel und könnte das

Auto einfach ausrollen lassen. Oder sie könnte die Hände vom Steuer nehmen, Gas geben und einfach mal schauen, was dann passierte. Sie ließ das Steuer los, drückte das Gaspedal durch. Der Wagen machte einen Satz und brach dann zur Seite aus. Etwas schlug gegen den Hinterreifen, und das Telefon fiel ihr aus der Hand.

Erschrocken trat Esther auf die Bremse, öffnete die Augen.

Nur ein Ast. Oder?

Mit pochendem Herzen setzte Esther langsam zurück, dann rollte sie auf das Haus zu. Als sie den Motor abstellte, war es plötzlich sehr still – auch in ihrem Inneren. Erschöpft blieb Esther noch einen Moment sitzen. Sie fühlte sich zittrig, nicht ganz bei sich selbst. Alex ließ sie im Stich. Schon wieder. Er löschte sich einfach aus ihrem Leben, dabei brauchte sie ihn doch. Gerade jetzt. Seine nüchterne Berechenbarkeit hatte ihr immer gutgetan, ihr Halt gegeben.

Benommen tastete Esther nach dem Handy, bis sie es unter dem Beifahrersitz fand. Der Riss im Display war noch größer geworden, Alex hatte aufgelegt. War er zu seinen Tabellen zurückgekehrt oder zu den Kurven einer Kollegin?

Esther konnte nicht sagen, was ihr mehr wehtat. Mit Tränen in den Augen schaltete sie das Telefon ganz aus und warf es in die Tasche.

Als sie aus dem Wagen stieg, hörte sie in ihrem Rücken einen Motorroller den Waldweg hinaufkommen. Esther drehte sich um und sah, dass es Kiki war. Kiki, die sich Joëls Roller geliehen hatte. Im flirrenden Abendlicht wirkte es so, als käme sie aus einer anderen Welt auf sie zugefahren. Aus einer besseren Welt, in der sie beide glücklich waren und über alles reden konnten. Selbst über die Sache damals im Auto, als Kiki unbedingt ihre Locken mit Esthers langem Haar zu einem Zopf verflechten wollte. Kiki war süchtig nach Nähe gewesen, und Esther hatte das nicht ertragen können. Sie hatte Kiki von sich gestoßen, und ihr Geschrei hatte ihren Vater aus der Haut fahren lassen. »Kiki, *ressaisis-toi*!«

Esther wischte sich über die Augen. Zaghaft winkte sie ihr zu.

Kiki winkte zurück. Sie kam näher, doch dann hielt sie plötzlich an. Kiki stieg vom Roller, ging in die Knie und sprang wieder auf.

»Der Kater …«, rief sie ihr zu. »Schnell!«

Esthers Herzschlag setzte aus.

O Gott, sie hatte Adas Streuner angefahren.

33

»Du musst es ihr sagen!«

»Ich kann das nicht.«

»Du hast es mir versprochen.« Kiki legte eine Hand auf ihren Arm, und Esther hatte das Gefühl, dass Kiki sie kneifen wollte. Erschrocken zuckte sie zurück. »Ich. Kann. Das. Nicht!«, wiederholte sie müde und jedes Wort einzeln betonend, als hätte ihre Schwester etwas nicht verstanden. »Bitte, Kiki, gib mir noch ein bisschen Zeit.«

Verständnislos schüttelte Kiki den Kopf, dabei hatte sie ihr gestern Abend doch geholfen. Denn als Ada plötzlich aus dem Haus getreten war, hatte sie den Streuner schnell im Kofferraum des Wagens versteckt. Und nach dem Abendessen, bei dem sie nichts von dem Unglück erwähnt hatten, war Kiki im Schutz der Dunkelheit sogar noch einmal rausgeschlichen, um den Kater in einen Karton zu legen und im Schuppen hinter den alten Surfbrettern zu verbergen. Esther hatte sie darum gebeten, denn sie war komplett erledigt gewesen. Sie wollte sich einfach nur noch in den Schlaf flüchten. Am nächsten Morgen würde sie Ada alles beichten – versprochen.

Doch die Nacht war in quälend zähen Stunden vergangen, Stunden, in denen sich das Gedankenkarussell in ihrem Kopf immer schneller drehte, ebenso der Morgen, Mittag, Nachmittag.

Jetzt deckten sie den Tisch für das Abendessen, und Esther wartete immer noch auf eine passende Gelegenheit. Ja, inzwischen erschien es ihr ganz und gar unmöglich, Ada den Unfall zu gestehen. Es war zu spät, sie hatte den richtigen Moment verpasst.

»Und wenn wir Ada gar nichts sagen?« Esther verteilte die Teller auf dem Tisch und wischte sich den Schweiß von der Stirn. Den ganzen Tag war es drückend heiß gewesen, nun türmten sich violette Wolken am Horizont, und der Wind frischte auf. Schaumkronen bedeckten das Wasser, und unablässig schlugen kleine, wütende Wellen an den Strand. »Vielleicht denkt Ada dann, dass der Kater weitergezogen ist.«

»Du willst sie belügen?«

Irritiert, nein, schockiert schaute Kiki sie an, und für ein paar Sekunden erinnerte sie Esther wieder an das kleine Mädchen mit dem roten Koffer, das ihr Vater einst auf dem Parkplatz an der Autobahn zurücklassen wollte. (»Kiki, *ressaisis-toi*!«)

»Nicht belügen, ich will ihr nur nicht das Herz brechen.« Esther atmete tief ein. Sie konnte das Bild des sterbenden Katers nicht vergessen. Es hatte sie die ganze Nacht verfolgt, sich immer wieder vor alles geschoben, was im Museum und auf der Fahrt zurück nach *Les Vagues* geschehen war.

Als Esther sich gestern Abend über das Tier gebeugt hatte, wirkte es äußerlich unverletzt. Ganz still hatte der Kater auf dem Waldboden gelegen, als halte er ein Nickerchen. Nur ein paar Tropfen Blut waren aus Mund und Nase gesickert. Dann, von einer Sekunde auf die andere, hatte das Tier einfach aufgehört zu atmen.

»Mama sucht ihn doch schon wieder.« Kiki deutete mit dem Kinn in die Dünen, wo ihre Mutter nach dem Kater rief. Ada war den ganzen Tag über sehr still gewesen, und es war schrecklich zu sehen, wie sehr sie an dem Tier zu hängen schien.

Aus der Küche, wo Imme eine schnelle Pasta zum Abendessen zubereitete, schallte Popmusik aus dem Radio. Und beides, das Rufen ihrer Mutter und die Musik, setzte Esther zu. Sie hatte das Gefühl, mitten im tosenden Meer auf einer gefährlich hohen Felsnadel zu stehen und in den Abgrund zu blicken. Sie konnte weder vor noch zurück.

»Vielleicht ist die Wahrheit weniger schlimm, wenn wir ihr noch etwas Zeit lassen, sich an die Abwesenheit des Streuners zu gewöhnen?« Esther rang sich ein Lächeln ab, um Kiki doch noch auf ihre Seite zu ziehen. Manchmal konnte eine Lüge doch auch ein Akt der Liebe sein, oder etwa nicht?

»Weniger schlimm?« Kiki mühte sich mit der Weinflasche ab, und Esther sah ihr an, dass sie nicht begreifen konnte, was in ihr vorging. Wie sollte sie auch? Kiki hatte ja keine Ahnung. Keine Ahnung davon, wie es überhaupt zu dem Unfall gekommen war. Dass der Kater nur die Spitze des Eisbergs war, gewissermaßen der kleinste, sichtbare Teil all der Dramen, die sie seit Felizitas Bertrams Besuch in der Galerie heimgesucht hatten. Und dass Esther das Gefühl hatte, Ada alles erzählen zu müssen, wenn sie ihr den Unfall beichtete. Dass sie dann einfach überfließen und jedes einzelne Detail der Geschichte aus ihr herausströmen würde. Angefangen bei dem, was sie gestern Mittag im Museum vor dem »Mädchen in der Brandung« erlebt hatte, als die Zeit einen Riss bekam, bis hin zu dem Telefonat mit Alex. Dieser schreckliche Moment, in dem ihr klar geworden war, dass sie in ihrer Ehe allein war.

»Wenn du es nicht erzählst, sage ich es ihr. Gleich nach dem Essen.« Mit einem satten Ploppen zog Kiki den Korken aus der Flasche. Sie schenkte sich ein großes Glas Rotwein ein, dann blickte sie Esther herausfordernd an.

Esther atmete tief durch. »Ehrlich, Kiki, du solltest das mit dem Alkohol sein lassen«, startete sie noch einen letzten Versuch, Kiki von ihrem Vorhaben abzubringen. »Wenn du schwanger bist, dann …«

»Jetzt lenk nicht wieder ab.«

»Ich lenke nicht ab. Ich mach mir ehrlich Sorgen um dein Baby.« Im Krankenhaus, als Docteur Koudri sie untersuchte, hatte Esther wieder an Kikis Schwangerschaft denken müssen. Ganz kurz war ihr der Gedanke gekommen, dass sie sich gern um das Kind kümmern würde, wenn Kiki es nicht annehmen konnte. Wie ein Tagtraum, der sich sofort wieder verflüchtigte. Aber da hatte sie auch noch geglaubt, dass Alex nach *Les Vagues* kommen würde. Dass ihre Ehe eine Zukunft hatte und dass sie mit ihm über ihren Wunsch, Kikis Kind aufzuziehen, sprechen könnte.

»Es wird kein Baby geben.«

Esther holte tief Luft und ging einen Schritt auf Kiki zu. Sie hätte sie gerne berührt, sie in den Arm genommen, ihr mit einer Hand über den Nacken gestrichen. Plötzlich kam ihr das Baby wie ein Rettungsschirm vor, der sie über den Abgrund tragen könnte. Etwas, was Kikis Aufmerksamkeit von dem toten Kater weg hin zu einer sorgenlosen Zukunft tragen und ihrem eigenen Leben einen neuen Sinn verleihen könnte. »Und wenn ich dein Baby zu mir nehme?«

»Du?«

»Alex und ich haben uns immer Kinder gewünscht.«

»Alex Exceltabelle und Esther Etepetete …« Kiki zog eine Augenbraue in die Höhe, als hätte Esther einen schlechten Witz gemacht. »Wie stellst du dir das vor?«, fragte sie und ließ sich in den Sessel plumpsen.

Ja, wie stellte sie sich das vor? Jetzt, wo es keinen Alex mehr in ihrem Leben gab.

Esther schenkte sich ebenfalls ein Glas Wein ein. Sie dachte an Alex und daran, dass ihre Ehe genauso tot war wie der Kater im Fahrradschuppen. Aber egal, diese winzige Chance auf ein Baby, auf irgendetwas Positives, das die Zukunft für sie bereithielt, musste sie jetzt nutzen. Esther zog einen Sessel zurück und setzte sich Kiki gegenüber. »Wenn du ein Kind erwartest und ich mir schon lange eines wünsche, könnten wir daraus nicht etwas machen, was uns beiden …« Sie suchte nach dem richtigen Wort. »Was uns beiden hilft?«

»Hilft?« Kiki schüttelte verständnislos den Kopf, dann trank sie einen provozierend großen Schluck Wein. »Ich habe dir gestern Abend mit dem Kater geholfen. Einfach so, weil du meine Schwester bist. Und zum Dank willst du mir jetzt mein Baby wegnehmen?«

»Du lieber Gott, Kiki, ich will dir doch nichts wegnehmen. Ich biete dir nur an, dass ich mich um dein Kind kümmere, wenn du es nicht willst. Oder nicht dafür sorgen kannst. Ich meine, falls du überhaupt schwanger bist. Vielleicht können wir gemeinsam eine Lösung finden.«

»Eine Lösung?« Kiki zeigte ihr einen Vogel, und Esther sah ihr an, dass Alex und sie wohl die letzten Menschen waren, denen Kiki ihr Kind anvertrauen würde. Augenblicklich verlosch das Fünkchen Zuversicht, an das sie eben noch hatte glauben wollen.

»Du bist ja total verrückt«, setzte Kiki unbarmherzig nach.

Ja, das war sie wohl. Esther roch an ihrem Wein und stellte das Glas zurück, weil ihr Magen wieder revoltierte. In Kikis Rücken kehrte Ada aus den Dünen zurück. »Lass uns später darüber reden«, bat sie ihre Schwester, aber Kiki schüttelte nur den Kopf.

»Ich versteh das nicht«, sagte Ada beim Essen und stocherte in den Nudeln herum. »So lange ist der Kater noch nie fortgeblieben.«

»Vielleicht hat er sich ja unten auf dem Campingplatz verkrochen.« Imme deutete zum Horizont, wo die Wolken sich zu einem gewaltigen Amboss ballten. Mit jeder Minute, die verstrich, wurde der Himmel dunkler. Selbst die Möwen hatten sich ins Hinterland verzogen. »Ich kann nach dem Essen schnell mal runterlaufen und fragen, ob ihn jemand gesehen hat.«

»Das kannst du dir sparen«, sagte Kiki. Seelenruhig wickelte sie Spaghetti auf ihre Gabel.

»Warum?« Alarmiert blickte Ada von ihrem Teller auf, während Esther ihrer Schwester unter dem Tisch gegen das Schienbein trat.

»Weil Esther deinen Kater gestern Abend überfahren hat«, antwortete Kiki. Ungerührt schob sie sich die Nudeln in den Mund, und ein wenig Tomatensoße rann ihr übers Kinn. »Er ist tot.«

Stille.

Schwarze Stille.

Ada legte die Gabel zur Seite, während Imme Esther einfach nur anstarrte und auf eine Erklärung wartete.

Esther holte tief Luft. Jetzt musste sie ihrer Mutter wehtun, und sie hasste Kiki dafür. So, wie sie ihre Schwester schon als Baby gehasst hatte und später auf den langen Autofahrten nach *Les Vagues*. Weiße, schäumende Wut, die sie komplett ausfüllte. Wenn es nach ihr gegangen wäre, hätte Leo die kleine Kiki damals auf dem Parkplatz einfach stehen lassen können, genau wie sie ihre Schwester einmal im Wald zurückgelassen hatte und davongelaufen war. Sie hatte Kikis forderndes Wesen einfach nicht länger ertragen können und wollte das vollenden, was Leo an der Autobahn nicht übers Herz gebracht hatte.

»Ich wollte das nicht«, sagte sie leise. »Er ist mir vors Auto gelaufen, ich habe ihn nicht gesehen. Es tut mir so leid.«

»So.« Ada verzog keine Miene, sackte jedoch in sich zusammen. Etwas, das sie ihr ganzes Leben lang getragen hatte, schien von ihr abzufallen, sich aufzulösen. Erst nach einem langen Moment des Schweigens fand Ada ihre Stimme wieder. »Wo ist der Streuner jetzt?«, fragte sie leise und hörte sich dabei so an, als trauerte sie um eines ihrer Kinder.

»Im Schuppen. Wir haben ihn in einen Karton gelegt.«

»Wir?«

»Kiki hat mir geholfen.«

»Dann wusstest du davon?« Mit einem Ruck drehte Ada sich zu Kiki. »Ich habe den ganzen Tag nach dem Kater gesucht. Warum hast du mir denn nichts gesagt?«

»Ich?« Kiki verschränkte die Arme, und Esther lehnte sich zurück. Irgendwie vermittelte ihre Mutter den Eindruck, als machte sie Kiki für das Unglück verantwortlich.

»Esther hat mir gestern Abend versprochen, dass sie es dir heute erzählt«, sagte Kiki gekränkt, sie fühlte sich zu Unrecht an den Pranger gestellt. »Eigentlich wollte sie es dir schon heute Morgen sagen.«

»Ich helfe dir, den Kater zu beerdigen«, ließ Imme sich vernehmen. Sie saß neben Ada und strich ihr tröstend über den Arm.

»Ich weiß noch nicht, was ich mit ihm machen will.« Ada ließ von Kiki ab, sie schien in sich hineinzuhorchen. »Ich glaube, ich hätte ihn einfach nur gerne mit nach Berlin genommen«, sagte sie leise. Sie klang ein wenig erstaunt, als wäre ihr das gerade erst klar geworden.

Ada schwieg, sie blickte aufs Wasser und nestelte an ihrem Ring herum. Der böige Wind spielte mit ihrem Haar. Schließlich holte sie eine Klammer aus der Tasche und nahm es im Nacken zusammen. »Ich habe euch auch etwas zu sagen«, sagte sie in das erste leise Donnergrollen hinein, das über das Wasser heranrollte. »Ich werde das Strandhaus aufgeben. Ende September. Deshalb habe ich euch alle nach *Les Vagues* eingeladen.«

»Willst du verkaufen?«, fragte Kiki überrascht, während Esther und Imme einen schnellen Blick wechselten.

»Nein, die Gemeinde wird das Strandhaus abreißen, und ich sehe keine Möglichkeit, dagegen vorzugehen.«

»Warum?« Kiki holte ihre Zigaretten hervor und zündete sich eine an. Dann legte sie ein schönes, altes silbernes Dupont-Feuerzeug auf den Tisch.

»Weil sie das Grundstück für Sandvorspülungen braucht«, antwortete Ada. Ihr Blick fiel auf das Feuerzeug, sie nahm es und drehte es in der Hand. »Küstenschutz. Ich denke, Imme ahnte es schon.«

»Esther weiß es auch.« Imme wischte sich den Mund an einer Serviette ab. »Ich habe inzwischen mit Maire Baudelon gesprochen und ihr von dem Gespräch erzählt. Du hast jede Einspruchsfrist verstreichen lassen.«

»Und wann wolltet ihr mich informieren?« Aufgebracht zog Kiki an ihrer Zigarette. Sie blickte von einer zur anderen, als hätten Ada, Esther und Imme sie auch bei dieser Sache ausgeschlossen, sich gegen sie verschworen. In Gedanken schien sie die lange Liste der Kränkungen und Zurückweisungen aufzurufen, mit denen ihre Familie sie ihr ganzes Leben lang kleingehalten hatte.

Doch Ada ging nicht auf Kikis Einwurf ein. »Eigentlich wollte ich erst nach dem Fest mit euch reden«, sagte sie und drehte das Feuerzeug in den Händen. »Aber das ist jetzt auch egal. Ich kann doch kein Sommerfest feiern, solange dieser furchtbare Vorwurf im Raum steht.«

»Was für ein Vorwurf?« Ungehalten schlug Kiki mit der flachen Hand auf den Tisch. »Verdammt noch mal, wovon sprecht ihr überhaupt?«

»Vergewaltigung«, sagte Imme ruhig.

»Vergewaltigung?« Verständnislos blickte Kiki in die Runde.

Esther wollte etwas sagen, aber da hob Ada die Hand und holte tief Luft. Jetzt war sie es, die überzufließen drohte. Die nichts mehr zurückhalten konnte. Denn das, was da aus ihr herausdrängte, schien stärker als sie selbst zu sein. »Leo soll seine Freundin Liz Bertram vergewaltigt haben. Hier in *Les Vagues*, während der Arbeiten an dem Porträt. Jedenfalls behauptet das ihre Tochter.«

»Das ist doch nicht wahr!« Kiki schlug die Hand vor den Mund, trotzdem entschlüpfte ihr ein merkwürdiges Geräusch. Irgendetwas zwischen Lachen und Weinen.

»Natürlich nicht.« Ada fixierte erst Esther und dann Imme. »Aber deine Schwestern scheinen an ihrem Vater zu zweifeln.«

»Ich …« Esther knetete ihre Hände, sie brachte kein Wort heraus.

Ada lehnte sich zurück. Sie schien innere Bilder aufzurufen, einen Erinnerungsstrom in Gang zu setzen. »Ich habe gestern mit Vincent darüber gesprochen, und er hat meine Erinnerung an diese Nacht bestätigt. Leo war damals keine Sekunde mit Liz Bertram allein im Atelier. Sie hatte ihren Agenten dabei, und die beiden sind noch am selben Abend nach Paris gereist. Vincent hat sie nach Bordeaux zum Bahnhof gefahren, weil Leo ihn darum gebeten hat. Daran erinnert er sich noch ganz genau.«

»Aber wie hat Leo dann das Bild malen können?«, fragte Imme, während Esther ihre Mutter nur stumm anblickte.

Ada legte das Feuerzeug auf den Tisch. Sie schwieg einen Moment, dann erwiderte sie Esthers Blick. »So, wie er die meisten seiner Bilder gemalt hat. Mit der Hilfe meiner Fotos.«

Esther schloss die Augen, wie Gift sickerten Adas Worte in sie hinein. Das war es also, was sie nicht hatte entschlüsseln können. Nicht hatte entschlüsseln wollen – jenes unerklärliche Element in den Bildern ihres Vaters. Jenes *Je ne sais quoi*, über das so viel gesprochen worden war. Hatte Ada Leos Bilder komponiert? War sie für seinen Erfolg verantwortlich?

Kiki reagierte als Erste auf Adas Worte. »Mein berühmter Vater war also ein Hochstapler?«, fragte sie und sah dabei so aus, als müsste sie sich beherrschen, nicht laut loszulachen.

Doch Ada schüttelte nur müde den Kopf. »Leo war ein großartiger Maler«, sagte sie. »Und ein Meister der Farben. Aber er ist nicht dein Vater.«

In dieser Sekunde blitzte es. Eine Lichtschlange zuckte durch die schwarzen Wolken, so gewaltig, dass sie den Himmel in zwei Teile zu zerreißen schien. Einen Moment lang schien die Welt den Atem anzuhalten, dann krachte ein Donnerschlag in die Stille hinein.

34

All die Jahre hatte der Schlüssel mit dem blauen Lederband in der Küche gelegen. In der Schale mit dem Krimskrams, versteckt zwischen Haarspangen, Münzen und Knöpfen. Als hätte er nie eine Bedeutung gehabt. Ada bückte sich, stellte den Karton auf dem Treppenabsatz ab, öffnete die Tür und zog den schweren Vorhang aus Filz zur Seite. Sie machte kein Licht, aber wenn ein Blitzschlag die Dunkelkammer unter dem Dach für eine Sekunde taghell erleuchtete, konnte sie sehen, dass alles noch genauso war, wie sie es in Erinnerung hatte. Ein kleiner Raum mit schrägen Wänden, vollgestellt und trotzdem aufgeräumt, denn sie hatte alles an seinem Platz verstaut, nachdem sie die Kammer zum letzten Mal genutzt hatte. Chemikalien, Fotopapier und Entwicklungsschalen waren in einem Regal an der Giebelwand gestapelt, Fotos und Negative in zig Schachteln sortiert, alle sorgfältig beschriftet. Als hätte sie geahnt, dass sie für lange Zeit nicht zurückkehren würde. Und tatsächlich, seit der Rücken-OP vor vier Jahren war sie nie wieder hier oben gewesen.

Vorsichtig tastete Ada sich in die Mitte des Raumes vor. Sie stellte den Karton auf dem Arbeitstisch ab, öffnete ihn und strich dem Kater über das Fell. Sein Körper war kalt und steif, wie mit Holzwolle gefüllt, sein scheues Katzenwesen nur noch Erinnerung.

Armer Streuner – wie hatte das geschehen können?

Wie hatte das alles nur geschehen können?

Ein nächster Blitzschlag erhellte die Kammer, aus blinden Augen starrte sie der Kater an. Das Gewitter schien über der Küste festzuhängen, Blitz und Donner wechselten in rascher Folge, dazu heftiger Regen, den die Böen gegen die Fenster peitschten. Der Wind rüttelte an den Fensterläden. Ein Wettersturz. Hier oben unter dem Dach glich das Donnergrollen Paukenschlägen. Es fuhr Ada in den Magen und ließ Staub aus dem Gebälk rieseln. Mit zitternden Händen schloss Ada den Karton, sie konnte den leeren Blick des Streuners nicht ertragen. Sein kleines, unschuldiges Leben – verloschen, von einem Moment auf den anderen. Genauso wie ihr Wunsch nach einem letzten Fest in *Les Vagues*. Herrje, was war das für ein rührseliger Plan gewesen. »*Une idée folle*«, hörte sie Leos Stimme in ihrem Kopf. Sie würde ihren Gästen absagen, gleich morgen früh. Das Unwetter lieferte ihr einen Vorwand. »Ein Wasserschaden«, könnte sie den Freunden sagen, dabei meinte sie doch eigentlich den Dammbruch in ihrem Inneren.

Wie betäubt ließ Ada sich in den Sessel unter der Dachschräge sinken. Staub wirbelte aus dem Polster auf, und sie unterdrückte ein Niesen. Es dauerte einen Moment, bis sie eine Position gefunden hatte, bei der sie die Verschraubung in ihrem Rücken nicht spürte.

Was nun?

Vincent hatte sie angerufen, etwa eine halbe Stunde, nachdem Kiki in den Gewittersturm hinausgestürzt war. »Sie ist bei mir, mach dir keine Sorgen.«

Ada seufzte. Natürlich machte sie sich Sorgen. Nach so vielen Jahren des Schweigens hatte sie Kikis Welt in einer einzigen unbeherrschten Sekunde untergehen lassen. Und die von

Esther und Imme dazu, schockiert waren die beiden in ihren Zimmern verschwunden, nachdem sie alle weiteren Nachfragen abgeblockt hatte. Vermutlich fragten sie sich gerade, ob sie ihre Eltern überhaupt jemals richtig gekannt hatten.

»Es ist mir herausgerutscht«, hatte sie Vincent bedrückt geantwortet, und dabei schlug ihr Herz so heftig, dass sie Angst bekam, es könnte sich nie wieder beruhigen. Ada hatte eine Hand auf ihre Brust gelegt und für einen Augenblick gedacht, einen zappelnden Fisch in der Hand zu halten. Einen kleinen goldglänzenden Fisch, der verzweifelt nach Luft schnappte.

»Dann weiß sie es also?« Vincent hatte sofort begriffen, wovon sie sprach. Seine Stimme kippte, ein panischer Unterton schwang darin, und da hatte Ada verstanden, dass auch er keineswegs darauf vorbereitet gewesen war, Kiki reinen Wein einzuschenken. Egal, wie sehr er sich das gewünscht hatte. Die Wahrheit würde auch sein Leben von Grund auf verändern.

»Sie weiß, dass Leo nicht ihr Vater ist.«

Vincent hatte kurz geschwiegen. Offenbar konnte er nicht begreifen, was auf einmal in sie gefahren war. »Warum jetzt?«, murmelte er unglücklich, und im Hintergrund konnte Ada das Klappern von Geschirr hören. Küchengeräusche – all das, was seine kleine, vermeintlich heile Welt ausmachte. »Ausgerechnet vor dem Fest.« Dann hatte er wortlos aufgelegt.

Ja, warum jetzt?

Ada strich über die Kratzer auf ihren Unterarmen. Früher, als sie jung gewesen war, wären die kleinen Verletzungen innerhalb weniger Tage abgeheilt, aber nun war da immer noch Schorf, und vielleicht blieben auch kleine Narben zurück. Nein, sie hatte keine Antwort gefunden. Und auch jetzt, in der Dunkelkammer unter dem Dach, fand sie keine. Wahrscheinlich hatte sie einfach nicht mehr die Kraft gehabt, alles zusammenzuhalten.

Die sorgfältig ausgeleuchtete Kulisse ihrer Ehe, ihr ganzes Leben, das wie das Sommerhaus auf Sand gebaut war. Lüge um Lüge, aufeinandergestapelt und gegen das Gesetz der Schwerkraft in Balance gehalten.

Für einen Augenblick hatte Ada das Gefühl gehabt, dem Druck nicht mehr standhalten zu können. Der Tod des Streuners, die Zweifel ihrer Töchter, Leos Affären, dazu noch das heraufziehende Gewitter und die elektrisch aufgeladene Luft – es war zu viel gewesen. Der Damm um ihr Herz war gebrochen. Für eine Sekunde hatte sie die Beherrschung verloren, und ausgerechnet Kiki hatte es erwischt.

Ihre Kleine.

Würde sie ihr das jemals verzeihen?

Erschöpft wischte Ada sich über die brennenden Augen. Inzwischen ging es auf Mitternacht zu, und sie hatte heute nicht viel gegessen. Eigentlich erinnerte sie sich nur an eine reife Aprikose und ein Stückchen Baguette zum Frühstück. Wenn sie kurz die Augen schloss, hatte sie Mühe, im Hier und Jetzt zu bleiben, obwohl die Gedanken in ihrem Kopf wie Möwen kreisten.

Ihr Gespräch mit Vincent vom Vortag kam ihr wieder in den Sinn. Sie hatte ihm endlich erzählt, was Felizitas Bertram Leo vorwarf, obwohl sie das Wort »Vergewaltigung« nicht in den Mund nehmen konnte. Vincent war genauso schockiert gewesen wie sie, er konnte sich die Anschuldigung nicht erklären. Er fühlte sich sogar angegriffen, so als hätte man ihn selbst angeklagt. Als hätte sich seine Freundschaft mit Leo in etwas verwandelt, was ein schlechtes Licht auf ihn warf. »Wir wissen doch beide, dass Leo niemals einer Frau Gewalt angetan hat. Er hat den Flirt geliebt, er hatte Freundinnen, aber er war doch kein Vergewaltiger! Für ihn würde ich meine Hand ins Feuer legen.«

Traurig schüttelte Ada den Kopf. Keine Frage, vor vierzig Jahren war manches anders gewesen. Und gewiss hätte man *Les Vagues* auch als einen Ort bezeichnen können, wo freizügiger gelebt wurde. »*Une île de libertinage*«, so hätte es Leo vollmundig formuliert. Aber die Zeit war doch kein Palindrom – man konnte sie nicht vorwärts wie rückwärts lesen. Würde Leo heute noch leben, hätte er seinen Töchtern versichert, dass an den Missbrauchsvorwürfen nichts dran war. »*Absolument rien!*«

Nein, Leo hatte Liz Bertram nicht vergewaltigt. Was diesen Vorwurf anging, da hatte das Gespräch mit Vincent eine große Ruhe und Klarheit über Ada gebracht. Denn Vincent hatte ihr auch bestätigt, dass Leo in jener Nacht mit Inès zusammen gewesen war. Jedenfalls waren die beiden verschwunden gewesen, als Ada nach den Fotoaufnahmen im Atelier mit Liz auf die Party zurückgekehrt war.

Sie massierte ihre Schläfen, versuchte, die Dunkelheit zu durchdringen, ihre Erinnerung wie eine Linse scharf zu stellen. »Liz mit Goldfisch« – das war schließlich ihre Idee gewesen. Sie erinnerte sich noch genau, wie sie den schönen alten Stuhl mit dem Wiener Geflecht aus ihrem Schlafzimmer ins Atelier getragen hatte. Wie sie den Goldfisch in eine mit Wasser gefüllte Champagnerschale setzte. Die Negative gab es doch noch. Lag die Schachtel nicht auch dort drüben im Regal zwischen den anderen Arbeiten? Eine ganze Serie von Bildern, drei Filme, wenn sie sich richtig erinnerte, zu einer Schnecke aus Zelluloid zusammengerollt. Aufnahmen, die sie heute noch einmal zum Leben erwecken könnte und die Leo entlasteten, was die besagte Nacht betraf. Aber dann müsste sie auch die *Methode Guillory* enthüllen. Ihrer beider Zusammenarbeit. Jenes Geheimnis, das Leo mit ins Grab genommen und von dem selbst Esther nie etwas geahnt hatte.

Für einen Moment schloss Ada die Augen. Sie sah Liz Bertram vor sich. Liz, die zunächst keine Lust auf die Fotos gehabt hatte, weil sie lieber mit den anderen am Strand feiern wollte. Erst als Ada ihr im Atelier das Glas mit dem Goldfisch in die Hand gedrückt hatte, war sie aufgetaut. Der kleine Fisch hatte sie fasziniert, sie schien mit ihm zu spielen, sich in eine Fantasiewelt hineinzudenken, sich eine Bühne zu erschaffen. Und ein halbes Jahr später, als ein Journalist sie nach der Arbeit mit Leo befragt hatte, hatte sie ihm vieldeutig geantwortet, dass die Zeit in Leos Atelier großartig gewesen sei. »Eine unglaubliche Erfahrung, sehr intensiv.« Aus Adas Idee war ein leuchtendes Bild geworden – und eine Geschichte. Eine Erzählung, derer sich auch Leo bedient hatte, als er vor Freunden mit seinen Verführungskünsten kokettierte, und die mit den Jahren immer weiter ausgeschmückt worden war, bis Felizitas Bertram sie vor ein paar Wochen um ein weiteres, abscheuliches Detail erweitert hatte.

Adas Nase juckte, und sie tastete in den Untiefen des Sessels nach einem Taschentuch. Früher war sie nicht nur zum Arbeiten, sondern auch zum Weinen in die Dunkelkammer gekommen. Immer wenn sie in ihrer Ehe mit Leo an einen Punkt gelangt war, wo sie glaubte, nicht mehr weiterzukönnen, hatte sie hier gesessen. Dann hatte der Ohrensessel sich ihren Kummer anhören müssen, und über die Jahre waren unzählige Taschentücher zwischen seinen weichen Polstern verschwunden.

Vorsichtig zog Ada eines dieser vor langer Zeit versenkten Tücher hervor. Sie schnäuzte sich, und endlich kam auch die Wut. Wut auf Felizitas Bertram und ihre Lüge. Was hatte sie bloß dazu getrieben, Leo einer Vergewaltigung zu bezichtigen? Er konnte sich doch nicht mehr gegen den Rufmord wehren und die Dinge richtigstellen.

Hatte ihr Umfeld Felizitas dazu gedrängt? Der Verlag, der eine starke These brauchte, um das Buch zu verkaufen? Passte der Zampano nicht hervorragend in die Schublade des rücksichtslosen Machos? Und wäre es nicht ein starkes Stück, wenn der berühmte Maler Leo Kwant des Missbrauchs überführt würde?

Vincent hatte ihr keine Antwort geben können. Aber er hatte sie daran erinnert, dass Liz Bertram noch am Abend des Festes zu Dreharbeiten nach Paris weitergereist war. »Marionetten«, so hieß der Film, der dort gedreht wurde, jetzt kam es Ada wieder in den Sinn. Ein Ehedrama. Während sie sich an die Handlung erinnerte, fiel ihr wieder ein, was Liz ihr viele Jahre später, als es ihr schon schlecht ging, anvertraut hatte: dass damals ein Kollege beim gemeinsamen Textlernen zu weit gegangen war. Dass er eine Grenze überschritten hatte. »Er war der Meinung, dass der Sex unser Spiel intensiver und wahrhaftiger machen würde.«

War das der Auslöser für ihre Probleme gewesen? Die Vergewaltigung, von der sie in ihren Erinnerungen schrieb? Ada wusste es nicht. Sie wusste nur noch, dass sie Leo dazu gedrängt hatte, das Bild zurückzukaufen, als Liz in Geldnot geraten war, weil sie vor der Kamera nicht mehr die verführerische Frau geben konnte. Und dass Liz nicht mehr nach *Les Vagues* gekommen war, weil sie nach zwei Entzügen überhaupt jede Party mied, den Alkohol, den Flirt, das Leichte. Weil ihr Leben schwer geworden war und weil sie sich und Felizitas gerade so über Wasser hielt. Damals gab sie Sprechunterricht, las Hörbücher ein und spielte ab und zu kleine Rollen an Provinztheatern, wenn ein Regisseur sich traute, sie trotz ihres schlechten Rufs zu besetzen.

Vielleicht hatte Liz Bertram einfach nicht mehr daran erinnert werden wollen, dass ihr Leben einmal sorglos gewesen war. Diese goldenen Jahre, bevor man ihr in einem Hotelzimmer in Paris Gewalt angetan hatte.

Die Goldfischjahre.

Ada schluckte und zerknüllte das Taschentuch in ihren Händen. Ihr Mund war trocken, sie schwitzte und roch auch nicht besonders gut.

Kiki kam ihr wieder in den Sinn.

Ihre Kleine.

Das alles hatte überhaupt nichts mit ihrer Tochter zu tun, aber es war bezeichnend, dass sie Kiki in einem emotionalen Ausnahmezustand offenbart hatte, dass Leo nicht ihr Vater war. Denn schließlich hatte Kikis Leben in einer ähnlich existenziellen Krise begonnen.

Ada schmiegte sich noch tiefer in den Sessel und schloss die Augen. In all den Jahren, die vergangen waren, hatte sie sich oft vorgestellt, wie sie Kiki von jener Sommernacht erzählte. Wie sie ihr begreiflich machen könnte, was vor sechsunddreißig Jahren in diesem Haus geschehen war. Sie hatte sich so viele Worte zurechtgelegt, behutsame Worte, um Kiki an die Hand zu nehmen und ihr alles in Ruhe zu erklären. Und endlich die unausgesprochenen Fragen zu beantworten, die Kiki mit sich herumschleppte und die sie mehr und mehr zu belasten schienen. Das wäre ein Anfang für eine gute Zukunft gewesen.

Blind tastete Ada in den Taschen ihres Kleides. Da war Mathildes Feuerzeug, das sie eingesteckt hatte, weil Kiki es liegen gelassen hatte. Und da war der Siegelring des Bressehähnchens. Langsam zog sie den Ring hervor und befühlte seine scharfen Kanten, die doch ein vollkommenes Rund ergaben.

In jenem Sommer des Jahres 1983 hatte Leos Beschäftigung mit dem Schicksal seiner Mutter einen frustrierenden Höhepunkt erreicht. Er war wie besessen gewesen. Alle seine Gedanken kreisten nur noch um Elaine, und ein paar Tage nach dem Sommerfest war er mit Inès nach Paris gefahren, um einer neuen Spur zu folgen. Zehn Tage lang hörte Ada nichts von ihm, sie wusste noch nicht einmal, in welchem Hotel er abgestiegen war, während Vincent jeden Tag nach *Les Vagues* kam, um nach ihr und den Mädchen zu sehen. (»Mach dir keine Sorgen, er kommt zu dir zurück!«)

Vincent war auch in jener tropischen Nacht nach *Les Vagues* gekommen, als ein heftiges Unwetter auf die Küste zurollte und das Meer zu meterhohen Brechern auftürmte. Die Ausläufer eines Hurrikans, der auf dem Weg in die Karibik unvermittelt die Richtung geändert hatte und auf die französische Atlantikküste zuraste. Auf einmal hatte Vincent vor der Tür gestanden, völlig durchnässt, während sich die Kiefern in seinem Rücken bogen und Zweige und Nadeln durch die Luft wirbelten.

»Und Mathilde?«, hatte Ada nur gefragt, nachdem sie ihn hereingelassen hatte. Sie war unendlich erleichtert gewesen, dass er gekommen war, um ihr beizustehen. Noch nie hatte sie so eine Nacht in *Les Vagues* erlebt. Aber Mathilde war zu Besuch bei ihrer Schwester in La Roque-Gageac, seit ein paar Tagen schon, und im Morgengrauen, als das Unwetter endlich weitergezogen war und Esther und Imme in ihrem Zimmer schliefen, hatte sie Vincent in ihr Bett gelassen. Nur dieses eine Mal! Weil sie so bedürftig gewesen war und er längst mehr war als nur ein Freund. Eine Ewigkeit hatten sie sich nur angeschaut. Sie kannten einander schon so viele Jahre, und doch war es, als knüpften sie endlich an jenen Moment auf der Strandpromenade an, wo Vincent ihr über die Schulter in die Seele geblickt hatte. Als füllten sie jenen unvollendeten Augenblick endlich mit Leben.

Doch als Vincent ihr die Hand in den Nacken legte, um sie zu küssen, drehte Ada den Kopf zur Seite. Und dann erzählte sie ihm die Geschichte ihres Vaters. Alles, was sie wusste. Weil sie es ihm schuldig war – nicht nur wegen seines Vaters, sondern auch wegen Leo und Mathilde. Und weil sie diese Klarheit brauchte, um sich ihm öffnen zu können. Zuletzt, als sie Vincent gestand, die Fotos ihres Vaters im elterlichen Garten verbrannt zu haben, weinte Ada. Tränen der Erleichterung, weil sie ihre Scham endlich überwunden hatte. Und weil Vincent sie nicht losließ.

Im Gegenteil: Er zog sie noch enger an sich, und es fühlte sich so an, als hätte ihre Geschichte eine noch tiefere Verbundenheit zwischen ihnen geschaffen. Als wären sie beide etwas, das eigentlich auseinanderstrebte und sich doch aufeinander bezog.

Zwei Tage später war Leo aufgekratzt nach *Les Vagues* zurückgekehrt. Er hatte wieder nichts über Elaine herausgefunden. Aber er hatte Schnappschüsse mitgebracht, die Inès bei ihrem Zug durch die Clubs und Nachtlokale gemacht hatte, und in der Folge malte er ein paar hinreißende Bilder von Tänzerinnen – so als wollte er Ada sagen, dass auch er ohne sie leben könnte.

Als Ada am Ende des Sommers die Koffer packte, um nach Berlin zurückzukehren, hatte Leo ihr auf den Kopf zugesagt, dass sie schwanger war. Ada versuchte gar nicht erst, sich herauszureden. Die Nacht mit Vincent hatte ihr eine neue Stärke verliehen. »Es ist von Vincent.«

Seltsamerweise war Leo weder wütend noch gekränkt gewesen. Er schien sich noch nicht einmal zu wundern. Leo nahm es hin. Vielleicht verstand er sogar, warum es geschehen war – weil ihm in diesem Moment klar wurde, dass er ein Atelier und einen großen Namen besaß und sie nur eine stickige Dunkelkammer unter dem Dach.

Jedenfalls nahm Leo einfach nur ihre Hände. »*N'ai pas peur* – hab keine Angst«, sagte er besänftigend, und auf einmal fühlte

Ada sich wieder an die Nacht ihres Kennenlernens erinnert, als er ihre nackten Füße mit seinen warmen Händen umschlossen hatte. »Wir kriegen das hin.«

Und Leo hatte Wort gehalten, bis zu seinem Tod. So war von Anfang an klar gewesen, dass sie das Kind behalten würde. Und nachdem Leo Vincent überzeugt hatte, dass dieses Kind zwei Väter haben sollte, nachdem sogar Mathilde sich tapfer hielt und keinen Groll empfand, ja, sich sogar für Vincent freute, da schien aus dieser Gewitternacht etwas Großes erwachsen zu können. Etwas so Großes, das ihre Freundschaft in einen Ozean der Liebe verwandeln würde.

So war es doch gewesen – oder etwa nicht?

Benommen wickelte Ada den Clip in ein Taschentuch, dann ließ sie das Päckchen zwischen den Polstern verschwinden. Sie wollte sich etwas ausruhen, warten, bis das Gewitter weitergezogen war und der Regen nachließ. Dann würde sie den Streuner in den Dünen begraben und sich ihren Töchtern stellen. Weitermachen, irgendwie, auch ohne dieses letzte Fest in *Les Vagues*.

35

Sie träumte, dass sie schrie. Ein wilder Schmerz, ganz tief in ihrem Inneren, der sie zu verschlingen drohte. Erschrocken wachte Kiki auf. Sie drehte sich auf die Seite, blickte in Joëls Schlafgesicht, und in dieser Sekunde fielen ihr die Worte ihrer Mutter wieder ein: »Leo ist nicht dein Vater.« Worte, so verheerend wie ein Tsunami. Sie hatten ihr den Boden unter den Füßen weggerissen. Kein Wunder, dass sie trotz des Gewitters zu Vincent und Joël ins Café Victoire geflüchtet war. Und dass sie dann so viel getrunken hatte.

Benommen wischte Kiki sich über die Augen. Ihre Lider waren feucht, als hätte sie im Traum geweint. Bild für Bild versuchte sie, den gestrigen Abend in ihrer Erinnerung zusammenzusetzen.

Der tote Kater.

Der Verlust des Strandhauses.

Die Missbrauchsvorwürfe gegen Leo.

Und Ada, Esther und Imme, die sie von allem ausgeschlossen hatten. Die sie nicht für voll nahmen und ihr immer wieder das Gefühl gaben, nicht zu genügen. Diese brennende Wunde in ihrem Inneren, die Kiki ihr ganzes Leben gequält hatte.

Und dann – wie aus dem Nichts – Adas vernichtende Worte. Damit hatte ihre Mutter ihr noch den letzten Halt genommen und all das zerstört, was sie über ihre Familie zu wissen glaubte.

Was hatte sie getan, dass ihre Mutter sie so schroff vor den Kopf stieß?

Kiki stöhnte auf. Unruhig streckte sie die Beine aus und zog sie wieder an, doch der Schmerz ließ nicht nach. Sie konnte keine Antwort finden, sich nicht erklären, was in Ada gefahren war. Aber je länger sie den schlafenden Joël betrachtete, desto stärker drängte sich eine andere Frage in den Vordergrund. Zärtlich strich sie ihm eine Strähne aus dem Gesicht. Hatten sie miteinander geschlafen?

Kiki wusste es nicht. Sie wusste noch nicht einmal, wie Vincents Hemd unter Joëls Kopfkissen gekommen war. Keine Erinnerung. Nichts. Als wäre sie in der Nacht in seinen Armen von einer Sekunde auf die andere in einen tiefen, traumlosen Schlaf gesunken.

Hilflos suchte Kiki nach einer Antwort in Joëls Gesicht. Alles, woran sie sich noch erinnerte, war, dass sie nach der halsbrecherischen Fahrt durch den Gewittersturm nass und zitternd am Tresen des Café Victoire gesessen hatte. Das Restaurant war brechend voll gewesen, jeder Tisch besetzt, weil die Gäste wegen des Unwetters ins Trockene geflüchtet waren. Joël hatte keine Zeit gehabt, sich um sie zu kümmern. Er hatte ihr lediglich das Glas Rotwein hingeschoben, das eigentlich seinem Großvater Hugo Flamant und dessen Heldenmut vorbehalten war, und es im Vorbeigehen immer wieder aufgefüllt.

Kiki schloss die Augen, wie in einem Film strömten die Bilder und Töne der Gewitternacht auf sie ein. Der Lärm im Restaurant war ohrenbetäubend gewesen, die Luft schien zu vibrieren, ein wilder Tanz der Moleküle. Und während Kiki in großen, hastigen Schlucken Hugos Wein trank, starrte sie die gerahmten Fotografien von Leo an, die ringsum an den Wänden hingen. Mit jedem Glas schienen die Fotos näher heranzurücken, bis das elegante, scharf geschnittene Gesicht vor ihren Augen verschwamm und sich in winzige schwarze und weiße Punkte auflöste.

Der große Leo Kwant, an dem sie sich ihr ganzes Leben lang abgearbeitet hatte. Für den sie immer die kleine Kiki gewesen war und der ihr, als sie ihm einmal voller Stolz ihre kindlichen Zeichnungen von *Les Vagues* gezeigt hatte, gönnerhaft über den Kopf gestrichen und gesagt hatte, sie fände schon etwas, worin sie gut sei.

Wenn sie nicht seine Tochter war, wer war sie dann?

Kiki hatte nicht erzählen wollen, was genau im Strandhaus vorgefallen war. Auch nicht, als Vincent ihr in einer ruhigen Minute eines seiner Küchenhemden umgelegt hatte. Aber als Kiki den sanften Druck seiner Hände auf den Schultern spürte, seinen Kuss auf ihrer fiebrigen Stirn, fuhr ihr ein Schauer über den Rücken. Sprachlos hatte sie ihm nachgeblickt, als er wieder im Durchgang zur Küche verschwunden war, und dann auf das Foto gestarrt, das Vincent und Leo in jungen Jahren lachend auf einem Motorroller zeigte.

Vincent und Leo.

Beste Freunde – ein Leben lang.

Leo mit seiner arroganten, flatternden Künstlermähne und Vincent mit dem dunklen, kurz getrimmten Haar, eine Zigarette in der Hand. Er hielt sie so wie Kiki, zwischen Daumen, Zeige- und Mittelfinger, und blickte direkt in die Kamera. Direkt in ihre Seele.

Und mit einem Mal blitzte etwas jäh in ihr auf. Ein Gefühl großer Klarheit.

Vincent, natürlich, er war ihr Vater.

So musste es sein.

Kiki hatte sich nicht erklären können, woher diese Gewissheit so plötzlich kam. Vielleicht lag es an dem alten Wein, am Stimmengewirr und an der erhitzten Atmosphäre im Café Victoire. An diesem besonderen Ort, der für sie alle so viel Bedeutung hatte. Der die Geschichte von Vincent und Leo und Ada und Mathilde quasi einrahmte. Oder auch an Vincents Kuss auf die Stirn, der etwas in ihr wachgerufen hatte, was sie nicht benennen konnte. An seinen Händen, die ihr immer Halt gegeben hatten.

Aber wenn Kiki diesen Gedanken zuließ und sie in dem Quartett mehr sah als zwei über viele Jahrzehnte miteinander befreundete Paare, dann ergab plötzlich alles einen Sinn: ihr ständiges Suchen und das Gefühl, dass etwas in ihrem Leben nicht stimmte. Dass es darin eine Fehlstelle gab, weiße Blätter, ein ungeschriebenes Kapitel.

Ein Kapitel, das Vincent füllte.

Die ganze Szene war surreal gewesen, fast wie im Traum. Sie hatte Angst gehabt, gleich aufzuwachen. Doch statt Vincent in die Küche zu folgen, hatte Kiki sich zitternd in sein Hemd gewickelt wie in einen schützenden Kokon und noch mehr Wein getrunken. Sie war einfach noch nicht bereit gewesen für dieses neue Leben.

Und nach Küchenschluss?

Da hatte Joël sie mit zu sich nach oben genommen, jetzt fiel es Kiki wieder ein. Sie hatten sich auf sein Bett gelegt, noch ein letztes Glas Rotwein geteilt, eine Zigarette geraucht und dem Regen gelauscht, der über das Dach strömte und ihr das Gefühl gab, sich in einer Höhle hinter einem Wasserfall zu befinden. Vielleicht hatten sie sich geküsst. Oder miteinander geschlafen. Aber vielleicht hatte Joël ihr auch angesehen, dass sie gerade in ihren Gefühlen ertrank, und sie wie ein Rettungsring in seinen Armen gehalten.

Ja, Vincent war ihr Vater.

Auch jetzt, nach dem Aufwachen, spürte Kiki diese Gewissheit geradezu körperlich. Da waren so viele Details, die plötzlich zusammenpassten – sein Interesse für sie, seine beständige Zuneigung und Geduld. Vincent hatte sie immer ermutigt und ihr vermittelt, dass sie genau richtig war und ihr Leben meistern würde, selbst wenn sie gegen den Strom schwamm. An seiner Seite war sie immer etwas Besonderes gewesen.

Aber warum hatte er ihr nie etwas gesagt? Vincent wusste doch von ihren Kämpfen mit Leo. Und von ihrer Suche nach Geborgenheit. Er hätte sie doch von ihrem Schmerz erlösen können!

Kiki öffnete die Augen und beugte sich über Joël. Sein süßer Atem streifte ihr Gesicht, und sie verspürte große Lust, ihn zu küssen.

Joël, dachte sie. Joël, Joël, Joël – und für ein paar Sekunden waren sich ihre Lippen so nah, dass sie seinen Kuss schon schmecken konnte. Wie eine heiße, quecksilbrige Welle schwappte das Verlangen durch ihren Körper. Ihr Beckenboden pochte, alles kribbelte.

Kiki hielt den Atem an, aber dann hörte sie Leos Stimme in ihrem Kopf, diesen einen Satz, der ihr Leben wie ein vergiftetes Mantra begleitete: »*Laisse-le tranquille*, Kiki – und mach ihn nicht unglücklich!«

Erschrocken atmete Kiki aus, dann rollte sie sich auf den Rücken. Gleich einem dunklen Traum hing ein Nachtfalter mit ausgebreiteten Flügeln an der Zimmerdecke. Kiki schlug die Hände vors Gesicht und unterdrückte ein Schluchzen. Leo konnte ihr doch nichts mehr vorschreiben!

Mechanisch rieb sie sich den Bauch, und ihre Gedanken kehrten zu Vincent zurück.

Hatte Leo nichts von der Affäre mit Ada wissen dürfen?

Oder Mathilde, die fünf Fehlgeburten erlitten hatte, bevor sie und Vincent Joël adoptieren konnten?

Vorsichtig setzte Kiki sich auf. Draußen wurde es langsam hell, ein fahles Licht, das durch die Gardinen rieselte. Durch die geöffneten Fenster konnte sie das Rauschen des aufgepeitschten Meeres hören. Nach Mathildes Tod hatten Vincent und Joël die Wohnung über dem Restaurant umgebaut. Joël bewohnte die beiden Zimmer nach vorne hinaus zur Strandpromenade, während Vincent sich mit dem hinteren Zimmer begnügte. Die meiste Zeit verbrachte er ja sowieso im Restaurant.

Kurz stellte Kiki sich vor, wie es wäre, ihre Yogamatte in diesem Zimmer vor den beiden Fenstern auszurollen, da fiel ihr Blick auf die Weinflasche und das Glas auf den Dielen neben dem Bett. Da stand auch ein Aschenbecher mit dem Filter der geteilten Zigarette. Ein Päckchen mit Kondomen sah sie nicht.

Natürlich, Joël hatte sie in ihrem willenlosen Zustand nicht bedrängt. Das hatte er nie getan, auch früher nicht, wenn sie sich wegen eines Streits mit Leo ins Café Victoire geflüchtet hatte. Wenn Mathilde ein Klappbett in sein Zimmer geschoben hatte und sie trotzdem nachts zu ihm unter die Bettdecke geschlüpft war. Wahrscheinlich war sie einfach nur an seiner Seite eingeschlafen. Weil sein Herzschlag sie beruhigte und sie harmonierten wie zwei Synchronschwimmer.

Vorsichtig, um Joël nicht zu wecken, schwang Kiki die Beine aus dem Bett. Auf der Toilette merkte sie, dass sie ihre Periode bekommen hatte. Ungläubig starrte Kiki auf das Blut in ihrem Slip, für ein paar Sekunden dachte sie, dass der Wein einfach durch sie hindurchgeflossen war. Dass sie das Kind damit aus sich herausgespült hatte. Es dauerte einen Moment, bis sie begriff, dass sie sich verrechnet haben musste. »Nicht schwanger«, murmelte Kiki. Sie war erleichtert und gleichzeitig auch traurig, weil sie noch nicht einmal den Gedanken an ein Baby hatte zulassen können. Im nächsten Moment fiel ihr auf, dass sie in den letzten Tagen weder an Tim noch an Mick gedacht hatte. Dass da kein Gefühl mehr für die beiden war.

Sie wusch sich und fand ein angebrochenes Päckchen mit Tampons im Badezimmerschrank (ein Andenken von Ann vielleicht?), dann schlüpfte sie in eine Boxershorts von Joël.

Zurück im Bett überlegte Kiki, ob sie Joël wecken sollte. Da war so vieles, über das sie reden mussten.

Vincent war ihr Vater!

Es konnte gar nicht anders sein.

Kiki schaute ihn an, aber es war noch so früh, und er schlief so fest, sein Kopf mit den dunklen Locken wie gemalt auf der Leinwand des weißen Kissens. Langsam sank Kiki zurück, und auf einmal überlegte sie, wie Joël auf die Nachricht reagieren würde. Nähme er sie in den Arm oder würde er sie auslachen? (»Du spinnst doch, Kiki! Warum hätte Vincent mich dann überhaupt adoptieren sollen?«)

War das alles nur ein Hirngespinst?

Spielte die Fantasie ihr einen Streich oder auch der Wunsch nach einer Antwort?

Bestimmt hätten Ada und Vincent ihr Geheimnis doch längst aufgedeckt, nachdem Leo und Mathilde gestorben waren. Was hinderte sie daran?

Kiki schloss die Augen. Sie versuchte, noch einmal einzuschlafen, aber immer, wenn sie sich auf die Grenze zubewegte, wo Wachsein und Schlaf sich wie Himmel und Erde berührten, hörte sie Leos Stimme in ihrem Kopf: »*Laisse-le tranquille*, Kiki!«

36

Nach dem starken Regen war der Sand nass und schwer und jeder Schritt beschwerlich. Barfuß stapfte Ada über den Strand. Im Arm trug sie den Kater, wie ein Baby an die Brust gedrückt. Den Karton hatte sie im Haus gelassen, gefüllt mit Fotos und Negativen aus der Dunkelkammer. Gut, dass Esther und Imme noch geschlafen hatten, als sie vor einer Viertelstunde aufgebrochen war. Nach der kurzen Nacht im Sessel unter dem Dach hatte sie keine Kraft, sich den Fragen ihrer Töchter zu stellen.

Außer Atem blieb Ada stehen. Der Wind war immer noch stürmisch und schlug ihr beißend ins Gesicht, das Meer aufgewühlt und so dunkel wie Tinte. Schwarze Wellen, die unablässig an den Strand klatschten, dazu reichlich Gischt und Berge von Blasentang, die der Sturm an Land geworfen hatte. Keine Möwe weit und breit.

Als Ada um kurz nach halb sechs am Strandhaus aufgebrochen war, hatte sie gesehen, dass der Sturm die Lattenzäune in den Dünen umgeweht und reichlich Sand auf die Terrasse geschaufelt hatte. Ein Fensterladen neben der Terrassentür hing schief in den Angeln. Mittlerweile zog das Sturmtief über die Bretagne nach Norden ab. Auf seiner Rückseite folgte ein weiteres Azorenhoch, das die Temperaturen in den nächsten Tagen wieder an die Dreißig-Grad-Marke treiben würde.

Schwankend setzte Ada sich wieder in Bewegung. Als sie am Strandhaus losgelaufen war, hatte sie noch nicht gewusst, wohin. Sie wollte sich einfach von ihrem Gefühl leiten lassen. Aber je länger sie lief, desto klarer wurde ihr, dass sie auf die Landzunge zusteuerte. Hin zu jener Stelle, wo Kiefern und Dünen zusammentrafen und der Strand nur noch ein schmaler Streifen Sand war. Bei schönem Wetter schimmerte das Meer dort karibisch blau, nichts deutete auf die tückische Strömung unter der Wasseroberfläche hin. Wenn man in einer ruhigen Sommernacht dort saß, schien es, als tosten über einem die Sterne, während das Licht des Phare de Cordouan rastlos durch die Dunkelheit zuckte. Einmal hatte Leo die Hände nach dem Lichtstrahl ausgestreckt. »*La lumière cherche un endroit où elle peut venir se reposer*«, hatte er gesagt und seine leuchtenden Hände auf ihr Herz gelegt. »Das Licht sucht nach einem Ort, wo es zur Ruhe kommen kann.« Dann hatten sie sich im warmen Sand geliebt.

Ada seufzte. *La lumière,* wiederholte sie in Gedanken. Das Licht war im Französischen weiblich – genauso wie *l'ombre*, der Schatten. Und so war es auch, denn etwas mehr als eine Dekade später, im Sommer 1987, hatte Leo diesen magischen Ort, an dem sie Esther gezeugt hatten, in seinem Gemälde »Mädchen in der Brandung« verewigt. Einer ihrer Schnappschüsse von Esther hatte ihn inspiriert, er hatte das Foto als Vorlage genutzt, um in seinem Gemälde das zu verarbeiten, was seinem Liebling dort widerfahren war. Kein Wunder also, dass Ada das Bild später immer mit zwiespältigen Gefühlen betrachtet hatte. Einerseits war Leos riesiges Gemälde ein Meisterwerk aus Farbe und Licht, andererseits erinnerte es sie auch daran, dass sie Joachim Fürst überhaupt erst auf Esthers Verwandlung aufmerksam gemacht hatte.

Ada hatte ihm damals das Foto von Esther gezeigt, weil sie

fand, dass die Aufnahme eine ähnlich starke Wirkung entfaltete wie ihr Porträt der Madame Guillory. Die Aufnahme, so hatte Ada es damals jedenfalls empfunden, versinnbildlichte den Übergang vom Mädchen zur Frau und alle Hoffnungen und Wünsche, die damit einhergingen. Damals war Ada stolz darauf gewesen, diesen Moment, in dem die Gleichzeitigkeit von Kindlichkeit und Reife changierte, eingefangen zu haben. Das ungeduldige Mädchen und die erwartungsfrohe, verletzliche Frau. Sie wollte ein Lob für diese Aufnahme hören. Doch Joachim Fürst hatte das Foto betrachtet, als wäre Esther ein Nymphchen.

Ada biss die Zähne zusammen und drückte den Kater an ihre Brust.

Hatte sie sich in jenem Sommer schuldig gemacht?

Hätte sie nicht begreifen müssen, dass sie Esther von Joachim fernhalten musste? Dass er Unheil über ihre Familie bringen würde?

Ada konnte sich nicht erklären, was geschehen war. Sie wusste nur, dass sie in jener Nacht zum ersten Mal seit Kikis Geburt für ein paar Stunden wieder ganz sie selbst gewesen war. Dass sie getanzt und Champagner getrunken hatte, bis Esther schluchzend vor ihr stand. Und selbst da hatte Ada nicht begreifen wollen, was ihrer Tochter zugestoßen war. Sie hatte es einfach nicht wahrhaben wollen, keine Worte für das Unsagbare gefunden. Nur Leo hatte sofort reagiert. Er hatte sich seinen Galeristen vorgeknöpft, ihm eine Ohrfeige verpasst und ihn dann mitten in der Nacht des Hauses verwiesen. Das Fest hatte mit einem Eklat geendet.

Und später dann – das »Mädchen in der Brandung«.

Ada holte tief Luft und schluckte Salz und Tränen herunter. Noch heute fragte sie sich, ob Leo damit ihr mütterliches Versagen auf die riesige Leinwand gebannt hatte. Ob das Gemälde trotz seines herrlichen Farbenspiels auch eine Anklage war. Dabei hatte Joachim Fürst sich schuldig gemacht, nicht sie, das hatte sie doch gerade erst begriffen.

In Gedanken versunken stapfte Ada auf die Landzunge zu, bis sie vor sich im Sand eine Gestalt sitzen sah.

Überrascht blieb Ada stehen.

Ein Surfer?

Um diese Zeit und bei diesem Wetter?

Aber nein, das war ja ...

»Joël!«, rief Ada, so laut sie konnte, dann lief sie weiter, den Kater unter der Strickjacke fest an die Brust gedrückt.

Und tatsächlich, er drehte sich um.

Für ein paar Sekunden schien Joël genauso überrascht zu sein wie sie, aber dann sprang er auf und lief ihr entgegen.

»Was machst du denn hier?«, fragte Joël, als er vor ihr stand. Er trug eine Mütze, tief ins Gesicht gezogen, und eine viel zu dünne Jacke, an der der Wind zerrte. Sein Blick wanderte über Adas Strickjacke bis hinunter zu ihren Füßen.

»Letzte Dinge erledigen«, murmelte Ada düster und streckte ihm den Kater entgegen.

Bestürzt schaute Joël sie an. »Was ist passiert?«, fragte er leise und berührte das Tier. (»Man muss gut zu Tieren sein, unbedingt«, das hatte er einmal gesagt, als er fünf oder sechs Jahre alt gewesen war und sie ihm eine Geschichte über ein verlassenes Möwenküken vorgelesen hatte.)

Ada zögerte kurz, aber dann erzählte sie ihm, was vorgefallen war. Von Esthers Unfall und Kikis Kollaboration. »Hilfst du mir?«

»Du willst ihn begraben?«

»Ja, da vorne, wo du gesessen hast. Das war doch immer Leos Lieblingsplatz.«

Joël nickte. Er wollte etwas sagen, aber dann schluckte er die Frage hinunter. Vielleicht, weil auch sie ihn nicht gefragt hatte, was er hier im Morgengrauen wollte. Weil sie seine verweinten Augen nicht ansprach und ihm auch nicht einredete, dass sich alles fügen würde. Stattdessen fragte Ada nach Kiki. Ob es ihr gut gehe und ob sie noch schlafe.

»Sie hat nicht gehört, wie ich aufgestanden bin.«

Ada atmete erleichtert aus, dann hakte sie sich bei Joël ein. Sie war so froh, dass er bei ihr war. Dankbar. (»*Les enfants sont quelque chose que vous ne regretterez jamais*«, hatte Leo einmal gesagt. Ja, Kinder waren etwas, was man nie bereute. Klang das nicht wie der Refrain eines vertrauten Chansons?)

Joël zog Ada mit sich, bis sie hinter einem Bollwerk aus Blasentang ein geschütztes Fleckchen für den Kater gefunden hatten. Dort ließen sie sich auf die Knie sinken. Zusammen fingen sie an, den nassen Sand zur Seite zu schieben, aber am Ende hob Joël das Loch doch allein aus, während Ada den Kater wieder in die Arme nahm und über die bewegte See zum Horizont blickte. Nur nicht zu viele Gefühle aufkommen lassen! Sie hatte dem Kater ja noch nicht einmal einen Namen gegeben, ihm nie den weichen Bauch kraulen dürfen. Sie hatte darauf vertraut, dass noch genug Zeit vor ihnen lag. Dass er zutraulich würde und sie ihn am Ende des Sommers mitnehmen könnte, nachdem sie sich von Vincent und dem Haus in den Dünen verabschiedet hatte. Der Streuner hätte in der Küche ihrer Berliner Maisonette auf der Fensterbank sitzen und ihr beim Kochen zuschauen können.

Als das Loch tief genug war, reichte Ada Joël den kleinen Körper, und er bettete ihn sanft in die Kuhle.

»Leo wollte hier beerdigt werden«, sagte Ada, nachdem sie dem Kater ein letztes Mal über das Köpfchen gestrichen und seine Tatzen berührt hatte. Gemeinsam schaufelten sie Sand über das Tier, und der Streuner verschwand und wurde zu einem Teil dieses Strandes. »Als er krank geworden ist, haben wir oft darüber gesprochen. Ich habe ihm versprechen müssen, einen Weg zu finden, seine Asche hier in den Dünen zu verstreuen.«

»Und was ist dann passiert?«

Ada schüttelte den Kopf und klopfte den Sand fest. Sie dachte zurück an Leos lange Leidenszeit. Daran, dass sein Sterben aus vielen Wochen, Monaten und Jahren bestanden hatte. Sieben Jahre waren zwischen der Diagnose der Parkinson-Erkrankung und seinem letzten Atemzug vergangen, sie hatte dem Tod buchstäblich bei der Arbeit zusehen können. Jedes Foto, das Ada in dieser Zeit von Leo gemacht hatte, zeigte seinen Verfall. Sie besaß eine ganze Schachtel voll davon in ihrer Dunkelkammer. Sanft ausgeleuchtete, präzise Erinnerungen an diesen Prozess. Kranksein bedeutete loszulassen, was man war, dachte sie nun, denn Leo hatte nach und nach alles verloren, was ihn ausgemacht hatte. Seine Fähigkeit zu malen, seine Freude am Leben, den Zampano. Und zuletzt auch noch seinen besten Freund. »Es ist anders gekommen«, antwortete sie Joël und ließ sich von ihm aufhelfen. »Ein paar Wochen vor seinem Tod setzte Leo fest, dass er in Berlin beerdigt werden wollte. Ein großes Begräbnis. Mehrere Hundert Gäste, Reden, Musik – aber das weißt du ja.«

Ein letztes Aufbäumen des Zampanos. Natürlich, dachte Ada, sie hätte darauf gefasst sein sollen. Genauso wie sie hätte vorbereitet sein sollen auf die Traueranzeigen in den großen Tageszeitungen: »Wir trauern und verneigen uns vor einem Menschen und Künstler, der mit seiner Wärme und Begeisterung berührte und mitriss und dessen Werk immer bleiben wird«, hatten ihm seine Sammler als letzten Gruß mitgegeben.

Joël schwieg, aber er nahm sie in den Arm. Ada drückte ihr Gesicht in seine Halsbeuge und sog den Geruch ein, der von seiner warmen Haut aufstieg. Ein Schluchzen stieg vom Grund ihrer Seele empor, aber da nahm Joël sie schon bei der Hand und zog sie mit sich über den Strand. »Komm, wir besuchen Mathilde, bevor ich dich nach *Les Vagues* zurückbringe!«

»Jetzt?«, protestierte Ada. Sie zeigte auf ihre Füße. »So kann ich doch nicht auf den Friedhof gehen.«

»Ja, jetzt.« Joël ließ sie nicht entkommen, er zog sie einfach weiter mit sich durch die Dünen. »Ich finde, das bist du ihr schuldig.«

Joëls schwarzer Roller wartete hinter den Dünen, energisch wischte er die spitzen Kiefernnadeln vom Sitz. Sie fuhren ohne Helm, so wie früher auch. Unterwegs registrierte Ada die Schäden, die das Gewitter angerichtet hatte. Auf dem Asphalt lagen armdicke Äste und jede Menge Zapfen, kleinere Zweige und anderes Zeug, das der Sturm aus den Bäumen geschüttelt hatte. Die heftigen Böen hatten auch eine Kiefer geknickt, deren Krone bis auf die Straße ragte. Joël fuhr langsam, weil er immer wieder ausweichen musste. Trotzdem biss der Fahrtwind Ada in die Knochen, und zitternd presste sie sich an seinen Rücken.

Vor dem kleinen Friedhof hinter der mittelalterlichen Kirche Saint-Jean stellte Joël den Roller ab. Hand in Hand gingen sie durch das schmiedeeiserne Tor, dann liefen sie durch die engen Reihen der Gräber, an Pfützen und vom Sturm zerzausten Zypressen vorbei.

Mathildes Grab war schön. Ein schlichtes Kreuz aus Sandstein, das aus einem rechteckigen Feld voller Sommerblumen ragte. Mathilde hatte Malven, Rittersporn und Wicken geliebt, und im Windschatten der Kirche hatte der Sturm den zarten weißen, blauen und violetten Blüten wenig anhaben können. Ada wusste, dass Vincent dem Grab seiner Frau jeden Morgen einen kurzen Besuch abstattete, nachdem er auf dem Markt gewesen war. Sie wusste auch, dass an Mathildes Seite ein Platz auf ihn wartete. Als ihr Blick auf die freie Fläche unter Mathildes Namen fiel, pochte ihr Herz hart und schnell, und sie bohrte die Zehen in den Sand. Eine Ameise krabbelte über ihren Fuß, und der Geruch nach feuchter schwarzer Erde stieg auf wie ein Schluchzen.

»Hallo, Mama«, sagte Joël. Er ging in die Knie und legte eine Muschel auf Mathildes Grab. Es war nicht die erste Muschel, die Joel ihr brachte. Zwischen den Blumen sah Ada Herzmuscheln, Scheidenmuscheln und Felsenaustern aufblitzen. Ein Spülsaum seiner Trauer. Ada musste daran denken, wie Joël bei Mathildes Beerdigung geweint hatte. Wie er kaum zu trösten gewesen war, bis Kiki ihn vom offenen Grab fortzog. Die beiden waren auf seinem Roller davongefahren und hatten den Leichenschmaus verpasst. Erst spät am Abend waren sie mit roten Wangen und großen, glänzenden Pupillen ins Café Victoire zurückgekehrt. Am nächsten Morgen, als Joël das Foto von Mathilde neben der Baristamaschine aufhängte, hatte sie sich entschlossen, *Les Vagues* aufzugeben.

»Bonjour, Mathilde«, sagte Ada leise. Sie schüttelte die Ameise von ihrem Fuß und spürte das Brennen von Ameisensäure auf der Haut.

Joël erhob sich und trat neben sie. »Ich glaube nicht, dass sie etwas dagegen hat«, sagte er ruhig und schwieg einen Moment. »Sie hat es mir erzählt«, setzte er nach ein paar Sekunden hinzu.

»Mathilde?« Schon wieder schossen Ada die Tränen in die Augen, und sie blinzelte und griff nach Joëls Hand. »Das mit Vincent und mir?«

Joël drückte ihre Hand. »Sie hat mir von deinem Sohn erzählt.«

»Aber …« Ada spürte, wie sie schwankte. Sie hatte große Mühe, dem Sturm in ihrem Inneren zu trotzen.

Mathilde hatte ihm alles erzählt?

Das konnte doch nicht sein.

»Sie hat mir erzählt, dass du ihn verloren hast«, fuhr Joël fort. Er hielt sich sehr gerade und wirkte sehr ernst und erwachsen.

»Wie ist sie denn darauf gekommen?« Adas Stimme brach, sie wagte es nicht, Joël in die Augen zu schauen.

»Als ich klein war, habe ich sie gefragt, warum du mich so traurig anschaust, und das war ihre Antwort. Ich habe ihr versprechen müssen, immer gut zu dir zu sein. Und zu Kiki. Ich müsse ihr ein Bruder sein, das hat sie immer gesagt. Aber heute Nacht …«

Joël schwieg einen Moment. Jetzt war er es, der ihrem Blick auswich. Er scharrte mit den Schuhen im Sand, suchte nach Worten. »Heute Nacht, als Kiki neben mir lag, da dachte ich, dass ich sie liebe. Dass ich sie immer geliebt habe. Kiki trug eines von Vincents Küchenhemden, und ich habe ihr geholfen, es auszuziehen. Ich hätte sie gerne geküsst, mit ihr geschlafen, aber na ja, du weißt schon, sie hatte zu viel getrunken – so wie vor ein paar Tagen in den Dünen auch. Und ich wollte, dass sie es auch will. Dass sie mich wirklich will. Kein Kinderkram mehr so wie früher, wenn wir in den Dünen herumgealbert haben.«

Ada schloss die Augen. Sie sah Vincent vor sich, wie er Kiki eines seiner schwarz-weiß karierten Küchenhemden umlegte. Im nächsten Moment war da Leo. Leo, der sich immer Sorgen gemacht hatte, wenn Joël und Kiki auf dem Roller davongefahren waren. Er hatte nicht verstehen können, wie Vincent das zuließ. »*Laisse-le tranquille, Kiki, tu le rends malheureux*«, das waren seine Worte gewesen, wenn er sich mit Kiki wegen Joël stritt. »Kiki, du machst ihn unglücklich. Lass ihn in Ruhe!«

»Und dann musste ich wieder an Mathildes Worte denken«, fuhr Joël mit brüchiger Stimme fort. »Und an Leo. Wie er mich früher zur Seite genommen hat, wenn ich mit Kiki um die Häuser ziehen wollte. Einmal hat er sogar gedroht, dass er mir alle Knochen brechen würde, wenn ich seine Kiki anrühre. Dass ich mich nicht unglücklich machen dürfe. Das waren seine Worte. Damals dachte ich, dass er sie einfach nur beschützen wollte. Aber heute …«

Joël ließ Ada los und drehte sie mit einer schnellen, entschlossenen Bewegung zu sich, sodass sie ihm ins Gesicht sehen musste. »Bitte, Ada«, sagte er und legte die Hände schwer auf ihre Schultern. »Du musst endlich mit mir reden, sonst werde ich noch verrückt!«

37

Und dann war sie doch noch eingeschlafen, vielleicht für eine Stunde. Kiki schlug die Augen auf und tastete nach Joël. Doch die Matratze an ihrer Seite war leer, da war nur der Abdruck seines Kopfes auf dem Kissen.

Enttäuscht setzte Kiki sich auf. Sie horchte, ob Joël ins Badezimmer gegangen war, aber nebenan war alles still. Kein Wasserrauschen. Niemand, der unter der Dusche stand oder sich die Zähne putzte.

Hatte Joël sie noch schlafen lassen wollen?

Oder war er gegangen, weil in der Nacht doch etwas zwischen ihnen geschehen war, was er im grauen Morgenlicht bereute?

Zweifelnd horchte Kiki in sich hinein, dann zog sie das karierte Küchenhemd unter Joëls Kopfkissen hervor und streifte es über. Ihrem Gefühl nach war es kurz nach sieben, und sie griff nach dem Handy, aber dann blieb ihr Blick an dem runden Stein hängen, der auf dem kleinen Metalltisch neben dem Bett lag. Es war einer dieser grau-braun-weiß gesprenkelten, vollkommen runden Steine, wie sie auch auf Adas Nachttisch in *Les Vagues* zu finden waren.

Drei Steine und ein einzelner Stein.

Für ein paar Sekunden war alles ganz still, dann hörte Kiki eine Möwe über das Dach trippeln. Im selben Moment erinnerte sie sich, dass Ada den Stein vor vielen Jahren am Strand gefunden und später Joël geschenkt hatte. (»Ich habe doch schon drei. Für jede meiner Töchter einen.«) Damals hatte Kiki dem Geschenk keine Bedeutung beigemessen, schließlich hatte Ada ihm oft etwas geschenkt. Auch zu Joëls Geburtstag im März – verrückterweise feierte er am selben Tag wie sie Geburtstag – hatte Ada ihm ein Paket nach Laplage-sur-Mer geschickt. Das Geschenk hatten sie zusammen ausgesucht, und Kiki hatte immer gewusst, womit sie Joël eine Freude machen konnten. Ein ferngesteuertes Auto, ein Skateboard, eine Kamera.

Aber heute und nach dieser Nacht?

Mit angehaltenem Atem beugte Kiki sich vor. Sie nahm den Stein und bewegte ihn in der Hand. Und während sie seine kühle, vom Wasser und der Zeit vollkommen glatt geschliffene Oberfläche befühlte, versuchte sie, das Unfassbare zu Ende zu denken. Das zu fassen zu bekommen, was sich schon wieder hinter Skepsis und Zweifeln zu verbergen drohte.

Das Geheimversteck in den Dünen fiel Kiki wieder ein. Ihr Nest im raschelnden Strandhafer, wo sie sich so viele Geschichten zusammengesponnen hatten. Einmal hatte Joël behauptet, Ada habe ein Kind verloren, so wie Mathilde. Er habe so etwas aufgeschnappt. Und dann hatte er, halb im Spaß und halb im Ernst, gesagt, dass er dieses Kind sei, weil Mathilde immer sagte, er sei ein Geschenk. Dass Ada ihn also aus Liebe weggegeben haben könnte, weil sie Vincents und Mathildes Kummer um die toten Babys nicht länger ertragen hatte.

Konzentriert bewegte Kiki den Stein zwischen Fingern und Handfläche, bis er wärmer wurde und Körpertemperatur annahm. Auf einmal war ihr so zumute wie gestern Abend, als sie Hugos Wein getrunken hatte, nur dass sie jetzt ziemlich nüchtern war und die Erkenntnis sie noch heftiger traf. Sie berührte etwas Grundsätzliches, das ganz tief in ihr verborgen lag. Denn wenn Vincent ihr Vater war und Ada Joëls Mutter und sie beide gleich alt waren und am selben Tag Geburtstag hatten, dann bedeutete das doch …

Für einen Augenblick geriet Kikis Herz aus dem Takt. Es setzte aus, begann dann zu rasen, und erschrocken presste sie den Stein gegen die Narbe auf ihrer Brust, bis ihr Herzschlag sich wieder beruhigte. Tränen rollten Kiki über die Wangen. Sie blickte auf den Abdruck im Kissen neben sich und rief sich Joëls Schlafgesicht vor Augen. Das dunkle, leicht lockige Haar, die kräftigen Brauen, die Form seiner Augen, den lakonischen Schwung seiner Lippen. All das, was ihr immer schon so vertraut gewesen war und ihre Gefühle und Stimmungen so mühelos spiegeln konnte.

Drei Steine in *Les Vagues* und ein Stein in der Wohnung über dem Café Victoire.

O Gott, wenn sie recht hatte, dann waren die Antworten auf alle ihre Fragen gar kein Defekt, sondern ein vollkommenes Ganzes. Dann füllten sie das Vakuum in ihrem Inneren und erklärten die brennende Wunde. Denn dann wären Joël und sie Geschwister. Zwillinge, um genau zu sein.

Von der plötzlichen Erkenntnis überwältigt schluchzte Kiki auf.

Konnte das sein?

Konnte das wirklich sein?

Hatte man sie nach der Geburt getrennt? Ein Kind zur Mutter, eines zum Vater, weil der Schmerz, den Ada und Vincent mit ihrer Affäre verursacht hatten, so zumindest einen Sinn ergab: Ein Kind für die arme Mathilde, die ihren Lebensmut zu verlieren drohte.

Mein Gott, sie hatte so viele Fragen.

Kiki schlug die Bettdecke zurück. Ihre Beine zitterten, als sie aufstand. Sie musste unbedingt mit Vincent sprechen, hoffentlich war er schon wach.

Unten war alles still. Mit dem Stein in der Hand ging Kiki durch die Küche. Polierte Arbeitsflächen und Stapel sauberer Teller. Alles blitzte, als hätte Vincent die ganze Nacht aufgeräumt und geputzt und überhaupt nicht geschlafen. Im Durchgang zum Restaurant blieb Kiki für einen Moment stehen. Sie drehte sich um, blickte zurück, und vor ihrem inneren Auge tauchten Szenen aus ihrer Jugend auf. Bilder, die sie seit mehr als zwanzig Jahren irgendwo in ihrem Inneren bewahrt haben musste.

Etwa dort drüben, am Herd – da hatte Vincent ihrem dreizehnjährigen rebellischen Ich erklärt, wie wichtig es sei, einem Gericht Zeit zu geben. »Zeit«, so hatte er gesagt, »ist die teuerste Zutat überhaupt.« Und dann hatte er sie gelehrt, einen Teig bedächtig zu kneten, bis er eine seidige Konsistenz annahm. Eine Soße über Stunden zu reduzieren, um den Geschmack zu intensivieren, und den perfekten Garpunkt für einen Fisch oder ein Filet zu finden. Immer wieder hatte Vincent ihr versichert, dass Kochen eine äußerst persönliche und intime Geste sei. »Ein gutes Essen ist wie eine Umarmung von innen.« Und sie hatte ihm geglaubt. Mein Gott, sie hatte tatsächlich gedacht, dass Vincents Geheimnisse und das gemeinsame Kochen sie beruhigt und getröstet hatten. Dabei war alles ganz anders gewesen. Was er ihr geschenkt hatte, war die Zeit. Und seine väterliche Zuwendung, sodass sie sich nach ein paar Tagen gestärkt und vollgesogen mit seiner Liebe auf den Rückweg nach *Les Vagues* machen konnte.

Nebenan im Restaurant standen die Stühle noch auf den Tischen. Kiki legte den Stein auf das silberne Tablett am Tresen.

Sie schaltete die Baristamaschine ein, ließ Espressobohnen durch die Mühle in den Siebträger laufen und betrachtete Mathildes Foto.

Sainte Mathilde, so hatte Ada sie immer genannt. Und auf einmal bekam diese Zuschreibung einen ganz neuen Klang. Die heilige Mathilde – etwa, weil sie Ada und Vincent die Affäre vergeben hatte? Weil sie Ada weiterhin eine Freundin gewesen war und Joël eine liebevolle Mutter?

Begierig atmete Kiki den belebenden Duft der frisch gemahlenen Bohnen ein. Während sie das Pulver mit dem Tamper festdrückte, kramte sie in ihren Erinnerungen nach einem Blick oder einer Bemerkung Ada gegenüber, die ihr rückblickend etwas über Mathildes Seelenleben verraten könnte. Aber da war nichts. Keine Bitterkeit, kein schiefer Blick, nichts, was durch ein falsches Lächeln überdeckt worden war. Mathilde hatte sie immer mit offenen Armen empfangen, und Kiki erinnerte sich, wie erschüttert Ada gewesen war, als sie von Mathildes Tod erfahren hatte. Wie Ada an ihrem Grab geweint hatte. Genauso wie Joël – und wie sie selbst auch. Schließlich hatte es eine Zeit in ihrem Leben gegeben, wo Mathilde ihr eine zweite Mutter gewesen war.

Als der Espresso durchlief, hörte Kiki Vincents Transporter vorfahren. Er war schon auf dem Markt gewesen. Schnell stellte sie eine zweite Tasse unter den Hahn und lief dann nach draußen, um ihm beim Ausladen zu helfen.

»Du bist schon wach?«

Da stand Vincent – ihr Vater. Ein wenig übernächtigt, ein wenig blass unter seiner Atlantikbräune. Täuschte sie sich, oder warf er ihr einen bangen Blick zu?

Kiki zögerte kurz, aber dann lächelte sie Vincent aufmunternd zu. Die Welt war eine andere nach dieser Nacht, auch für sie. Mit weichen Knien lief sie auf ihn zu und nahm ihm eine Kiste Tomaten ab. »Ich habe uns einen Espresso gemacht.«

Vincent folgte ihr mit Auberginen und Paprika zum Tresen. »Gab kaum was«, brummte er und zog einen Barhocker zurück, um sich neben sie zu setzen. »Auch keinen Fisch. Die Kutter sind wegen des Unwetters nicht rausgefahren. Das gibt eine schmale Karte heute.«

Vincent rührte seinen Espresso nicht an, und Kiki sah, wie es in ihm arbeitete. Als er den runden Stein auf dem silbernen Tablett entdeckte, warf er ihr einen erschrockenen Blick zu, so als habe er begriffen, dass sie alles wusste. Seine Halsschlagader pochte so stark, dass Kiki Angst um ihn bekam. Beruhigend legte sie ihm eine Hand auf den Arm. »Warum habt ihr uns denn nie etwas gesagt?«, fragte sie leise und schaute ihm in die Augen. »Ich verstehe das einfach nicht.«

Vincent schüttelte hilflos den Kopf. Er hob die Hände, ließ sie wieder sinken und kämpfte mit den Tränen. So aufgewühlt hatte sie ihn noch nie erlebt.

»Leo war dir immer ein guter Vater«, sagte er schließlich und räusperte sich. »Genauso wie Mathilde Joël eine gute Mutter war. Wir dachten doch ...«

»Ihr habt uns auseinandergerissen.« Kiki spürte ein Schluchzen in sich aufsteigen. Sie war unendlich froh, endlich eine Antwort auf ihre Fragen gefunden zu haben. Und doch – je länger sie an Vincents Seite saß, desto stärker verspürte sie auch so etwas wie Groll. Groll, Fassungslosigkeit und Trauer. Denn wenn sie auf den möweneigroßen Stein blickte, sah sie auch zwei Babys vor sich. Zwei Frühgeborene, nackt und zart wie Vögelchen, die sich fast acht Monate lang ein warmes Nest geteilt hatten und dann voneinander getrennt worden waren. Im nächsten Augenblick dachte sie an das Blut in ihrem Slip am frühen Morgen, an das, was sie nicht hatte zulassen können. Und an ihren Streit mit Tim. »Ich habe doch immer gemerkt, dass etwas nicht stimmt. Dass mir etwas fehlt. Meine ewigen Kämpfe mit Leo. Mein Suchen nach einem Sinn. Und ich dachte, dass an mir etwas falsch ist. Dass *ich* falsch bin und alle unglücklich mache.«

Kiki versagte die Stimme, jetzt weinte sie – um alles, was ihr und Joël angetan worden war. Sie hatte Vincent keine Vorwürfe machen wollen, aber sie konnte ihn auch nicht freisprechen. »Alles, was ich bin ... Nein, alles, was ich *nicht* bin, ist die Folge eures Schweigens. Mein ganzes Leben lang war ich unglücklich und auf der Suche nach mir selbst.«

Vincent vergrub das Gesicht in den Händen. »Ich habe deine Mutter geliebt«, flüsterte er mit rauer Stimme, und Kiki hörte, dass auch er weinte. »Von unserer ersten Begegnung an. Und ich liebe sie noch immer. Wir haben nur eine einzige Nacht miteinander verbracht, dann war Ada schwanger, mit Zwillingen. Leo war ein echter Freund – und Mathilde, na, das weißt du ja. Wir haben uns zusammengesetzt und beschlossen, dass ihr bei Ada und Leo aufwachsen solltet. Kinder gehörten doch zur Mutter. Ich hätte euch jederzeit sehen dürfen. Und im Sommer hättet ihr zwei Väter gehabt, zwei Familien, das war der Plan. Aber dann ...«

»Wir kamen viel zu früh auf die Welt. Und ich musste operiert werden«, murmelte Kiki.

Vincent nickte und nahm ihre Hand. »Du bist nach der Geburt plötzlich blau angelaufen. Dein Herz war krank. Als Mathilde und ich in Berlin ankamen, lagst du auf der Intensivstation. Da waren so viele Schläuche und Kabel, die aus deinem winzigen Körper ragten. Und so viele Fragen. Wir bangten um dein Leben.«

»Und Joël?«

Vincent blickte auf, er lächelte unter Tränen. »Joël war zart, aber er war gesund. Und er brauchte Aufmerksamkeit und Liebe. Eine Mutter.«

»Aber Ada war doch da.«

Vincent schüttelte den Kopf. »Ada war damals vollkommen überfordert. Ihre sämtlichen Gedanken waren bei dir, sie wollte dich keine Sekunde aus den Augen lassen. Wenn Joël unruhig war und weinte, brach sie selbst in Tränen aus. Sie konnte ihn noch nicht einmal stillen. Und als Mathilde ihn auf den Arm nahm, ihn wiegte und küsste, dachte sie wohl, dass er bei ihr all das haben würde, was sie ihm gerade nicht geben konnte.«

»Ada hat sich von ihm getrennt. Sie hat uns auseinandergerissen.«

»Aus Liebe, Kiki. Aus Liebe. Sie wollte doch nur, dass es ihm gut geht. Dass es euch beiden gut geht. Sie war überzeugt, dass du gesund wirst, wenn sie dir nur genug Liebe und Aufmerksamkeit schenkt. Wenn sie ihre ganze Kraft auf dich konzentriert.«

Kiki schwieg und wischte sich über die Augen. Auch wenn das alles im Grunde unerklärlich war, begann sie doch zu verstehen, was damals geschehen war. Aus Sorge um ihr Leben hatte Ada ihren Sohn weggegeben. Hilflos blickte Kiki zu Mathildes Foto, und dann versuchte sie sich vorzustellen, was Ada durchgemacht hatte, als sie Joël der Freundin in die Arme legte.

»Damals war nicht klar, ob du jemals ganz gesund werden würdest«, fuhr Vincent fort. Seine Stimme gewann an Kraft. »Die Operationsmethode war neu, und die Ärzte sagten uns, dass du dich vielleicht nicht normal entwickeln würdest. Dass du immer wieder für längere Zeit ins Krankenhaus müsstest. Ada hat es sich einfach nicht zugetraut, euch beiden gerecht zu werden. Und Mathilde – du kennst ihre Geschichte, unser Leid.

Wir hatten uns immer ein Kind gewünscht. Mathilde war so voller Liebe. Jedenfalls schlug sie Ada vor, dass sie sich eine Zeit lang um Joël kümmern könnte, bis es dir besser ging und wir die Zukunft planen konnten.«

»Und Leo?«

»Leo war einverstanden. Auch später, als uns allen klar geworden war, dass sie Joël nicht zurückholen durften. Dass Mathilde diesen erneuten Verlust nach all den Schicksalsschlägen nicht verkraften würde.« Vincent zog ein Päckchen Zigaretten hervor und legte es vor sich auf den Tresen. »Jedenfalls regelte Leo mit seinem Anwalt alles, was zu regeln war. Ada und er verzichteten auf alle Rechte an dem Kind, und wir adoptierten Joël. Joël sollte nie erfahren, wer seine leiblichen Eltern sind. Und du solltest nicht erfahren, dass ich dein Vater bin.«

Kiki schwieg. Es war schwer, alles zu verarbeiten. »Und Esther und Imme?«, fragte sie schließlich. »Haben sie nie nach dem zweiten Baby gefragt?«

»Ada hatte ihnen nicht erzählt, dass sie Zwillinge erwartete. Sie wollte die beiden wohl überraschen. Und direkt nach der Geburt durften deine Schwestern euch nicht im Krankenhaus besuchen. Als Ada dann nach drei Monaten endlich mit dir aus dem Krankenhaus kam, nahmen deine Schwestern das einfach so hin. Sie hatten so lange auf ihre Mutter verzichten müssen und waren einfach nur froh, dass sie wieder da war. Aber die ersten Jahre waren schwer für Ada. Nicht nur, weil du ein forderndes Baby warst, sondern auch, weil Esther und Imme es ihr übel nahmen, dass sie dir so viel Aufmerksamkeit schenkte. Glaub mir, deine Mutter hat in diesen ersten Jahren viel geweint. Auch wegen Joël.«

Kiki wischte sich über die Augen, sie versuchte zu lächeln. »Kira und Joël also …«

Vincent schüttelte den Kopf. »Kira und Kilian«, sagte er. »So wollte Ada deinen Bruder nennen. Und als Baby hat sie dir vor dem Einschlafen immer von deinem Bruder erzählt: Kira und Kilian. Du hast dann ›Kiki‹ daraus gemacht. Das war dein erstes Wort. Du warst ganz besessen davon.«

Kiki schwieg. Wieder hatte sie die beiden zarten Vögelchen vor Augen. Und dann meinte sie, sich an ihren eigenen flatternden Herzschlag zu erinnern. An das grelle Licht auf der Intensivstation und an das bodenlose Gefühl von Einsamkeit und Isolation.

»Ich habe mein ganzes Leben nach meinem Bruder gesucht«, sagte sie mit zitternder Stimme. »Ihr hättet uns längst die Wahrheit sagen müssen.«

Vincent nickte, und Kiki sah ihm an, wie schwer die Schuld auf seinen Schultern lastete. »Wir wollten es euch sagen. Eigentlich hatten wir vereinbart, dass ihr die Wahrheit nach eurem achtzehnten Geburtstag erfahren solltet. Aber dann haben wir den richtigen Moment verpasst. Erst warst du zu labil, und als du dich ein wenig gefangen hattest, ging Joël ins Ausland. Danach wollte Leo nicht mehr, und nach seinem Tod war Mathilde dagegen. Wir haben viel zu lange gewartet. Es tut mir so leid.«

»Warum wollte Leo es mir nicht sagen?«

Vincent schwieg, er klopfte eine Zigarette aus dem Päckchen, und Kikis Blick fiel auf den grellen Warnhinweis: *Fumer tue.* Plötzlich wünschte sie sich, dass er aufhören würde zu rauchen. Sie hatten doch nicht mehr so viel Zeit.

»Es ist immer noch schwer zu begreifen und vielleicht nur aus der Perspektive seiner Krankheit zu verstehen«, sagte Vincent, nachdem er die Zigarette angezündet hatte. »Aber ich denke, Leo hatte kurz vor seinem Tod das Gefühl, zu viel zu verlieren.

Oder anders gesagt: Er hatte das Gefühl, dass ich am Ende alles bekam – dich und Ada. Jedenfalls habe ich ihm versprechen müssen, dir nichts zu sagen. Er hat dich nämlich sehr geliebt, Kiki. Er wollte dein Vater bleiben, auch über seinen Tod hinaus. Unbedingt. Aber nun …«

Da war ein Geräusch, Schritte, die sich aus der Küche näherten. Vincent und Kiki blickten auf. Im Durchgang links hinter dem Tresen erschienen Ada und Joël. Adas Gesicht war sehr blass, ihr Haar vom Wind zerzaust. Sie trug keine Schuhe, und als sie Kiki sah, stützte sie sich schwer auf Joël.

Kiki wollte aufspringen, dem ewig gleichen Fluchtinstinkt gehorchend, den das Leben in sie eingepflanzt hatte, aber Vincent nahm ihre Hand und hielt sie fest.

38

Im Strandhaus wurde Esther wach mit dem Gefühl, eigentlich gar nicht geschlafen zu haben. Stattdessen hatte sie zwischen Blitz und Donnerschlag nach einem Pfad durch das Dickicht ihrer Erinnerungen gesucht, um absolut sicher sagen zu können: Ja, so ist es gewesen. Ja, so war mein Vater. Das war Leo Kwant.

Aber nach dem, was Ada gestern Abend offenbart hatte, sah sie wieder nur den Zampano vor sich, an den sie sich klammerte.

Den großen Leo Kwant.

Den Meister der Farben, des Lichts und des großspurigen Auftritts. Den Mann, der aus einem alten halb verfallenen Haus in den Dünen von Laplage-sur-Mer ein Strandhaus mit dem klingenden Namen *Les Vagues* gemacht hatte, um dort seine rauschenden Partys und das Leben mit all seinen Höhepunkten und Niederlagen zu feiern.

Leo Kwant – den Helden ihrer Kindheit.

Im Morgengrauen hatte Esther erschöpft vor ihren Zweifeln kapituliert. Alles, was sie über ihren Vater zu wissen glaubte, hatte Ada mit ihrem Geständnis auf die Größe eines Scheinriesen geschrumpft.

Leo Kwant – ein Scharlatan.

Da brach Esther in Tränen aus.

Das war ihr Untergang! Jetzt konnte sie die Galerie in Berlin wirklich schließen.

Im Erdgeschoss trat Esther an die Fensterfront, sie öffnete die Terrassentür und trat ins Freie. Der Wind schlug ihr unbarmherzig ins Gesicht, er zerrte an ihren Haaren und ließ die weiten Beine der Pyjamahose wie Segel flattern. Fröstelnd schlang Esther die Arme um den Körper. Der nächtliche Gewittersturm hatte die Terrasse unter nassem Sand vergraben. Der Sand war überall – unter dem Tisch, auf den Stühlen, er hing sogar noch in der Luft. Unten an der Wasserlinie sah es aus, als hätte das Meer sämtlichen Unrat aus sich herausgeschleudert. Berge von Algen und andere stinkende Überreste, dazu ein grobkörniges Licht, das wie Asche aus den Wolken rieselte. In Esthers Rücken duckten sich die Dünen unter dem nassen Strandhafer.

Benommen kehrte Esther ins Haus zurück. Sie fühlte sich schwach, musste etwas trinken, vielleicht auch ein Stück trockenes Brot essen, bevor sie die Kraft fand, Ada zu begegnen.

Auf dem Weg in die Küche fiel Esthers Blick auf den Esstisch.

Da stand ein Karton.

Der Karton.

O Gott, hoffentlich hatte ihre Mutter den Kater dort nicht wie ein Menetekel abgestellt.

Esther biss sich auf die Lippen. Nach dem großen Knall gestern Abend hatte sie gehofft, den Streuner nie wieder sehen zu müssen. Sie zögerte, wusste nicht, was sie tun sollte. Aber dann ging ihr auf, dass sie das tote Tier nicht auf dem Tisch stehen lassen konnte. (Was würde Imme dazu sagen? Ihre furchtlose Schwester, die sie inzwischen für komplett übergeschnappt halten musste.)

Vorsichtig, Schritt für Schritt, näherte Esther sich dem Tisch.

Sie atmete tief ein, hielt dann die Luft an und öffnete vor Anspannung zitternd den Karton. Doch das, was sie erblickte, war kein lebloser, steifer Kater. Stattdessen entdeckte sie im Inneren des Kartons mehrere Lagen Negativstreifen und Abzüge von Fotografien. Alle in Schwarz-Weiß – die Arbeiten ihrer Mutter. Ada musste sie in der Nacht in der Abseite unter dem Dach zusammengesucht haben.

Mit einem Aufschrei stieß Esther den Karton von sich, er rutschte über den Tisch.

Sie wollte das nicht sehen!

Sie wollte nicht sehen, wie sich das Werk ihres Vaters in schwarze und weiße Punkte auflöste. Wie es zu Licht und Schatten zerfiel.

Sein Gemälde »Inès mit Spiegel« zum Beispiel.

Oder »Liz mit Goldfisch«.

Und womöglich auch das »Mädchen in der Brandung«. Sein Meisterwerk, das ihr doch gerade erst die Augen geöffnet hatte.

Esther stöhnte auf und hielt die Hände abwehrend vors Gesicht. Es durfte einfach nicht wahr sein, dass all diesen Werken die Arbeiten ihrer Mutter zugrunde lagen.

Heftig atmend blinzelte Esther zwischen den Fingern hindurch, sie versuchte, eine der gerahmten Skizzen ihres Vaters an der Wand neben dem Bücherregal zu fixieren. Dann suchte sie auf einem Porträtfoto seinen Blick.

Was sollte sie tun?

Was sollte sie nur tun?

Sie wünschte sich, der Karton würde verschwinden wie ein böser Traum. Doch die Schachtel war real, sie löste sich nicht auf. Im Gegenteil, der Karton schien sie anzustarren, als wollte er ihr sagen, dass sie der Wahrheit nicht mehr länger ausweichen könne.

Esther ließ die Hände wieder sinken. Kraftlos ging sie um den Tisch, hob den Karton auf. Als sie ihn ein zweites Mal öffnete, fiel ihr Blick auf das schwere silberne Feuerzeug, das Ada auf die Fotos gelegt hatte.

Was sollte das bedeuten?

Esther nahm das Feuerzeug in die Hand, schnippte es an und schaute in die Flamme.

War das ein unmoralisches Angebot? Wollte Ada ihr damit sagen, dass sie den Karton zuklappen, hinaustragen und in den Dünen verbrennen sollte? Dass sich dann alle ihre Probleme in Rauch auflösen würden?

Wie betäubt starrte Esther in die kleine blaue Flamme, sie atmete die giftige Hitze des Feuers ein. Doch dann ging ihr auf, dass sich in dem Karton auch die Porträts befinden könnten, die ihre Mutter, wie sie gesagt hatte, von Liz Bertram gemacht hatte. Fotos, die beweisen könnten, dass Leo sich bei der Arbeit an dem Gemälde auf die Vorlagen seiner Frau gestützt hatte. Dass sein Bild »Liz mit Goldfisch« keineswegs das Ergebnis einer intimen Sitzung im Atelier gewesen war, sondern Adas Schwarz-Weiß-Porträts entsprang.

Und zusammen mit Adas und Vincents Aussagen über den Abend und die Nacht und die Einträge im Gästebuch wäre das doch ein weiteres Indiz dafür, dass die Vorwürfe nicht stimmen konnten. Dass man Zweifel haben musste an Felizitas Bertram und ihrer Geschichte. Würden die Fotos helfen, ihren Vater gegen den Missbrauchsvorwurf zu verteidigen?

Esther horchte in sich hinein. Sie sah ihre Mutter vor sich, so wie sie ihr gestern Abend gegenübergesessen hatte, und dann begriff sie, was Ada ihr mit dem Feuerzeug sagen wollte. Dass sie es in der Hand hatte, welches Bild von Leo in der Öffentlichkeit blieb. Sie könnte schweigen und die Fotos verbrennen, dann bliebe Leo Kwant der ewige Zampano. Oder sie könnte vor Gericht offenlegen, dass Ada und Leo zusammengearbeitet hatten, und ihren Vater entlasten. Er wäre kein »Monster« – doch sein Werk von diesem Zeitpunkt an mit einem Makel behaftet. Leo Kwant würde seine künstlerische Originalität einbüßen, den besonderen Blick auf seine Modelle, der ihn neben seinem malerischen Können erst groß gemacht hatte.

Esther stöhnte auf, sie ließ das Feuerzeug zuschnappen, und die Flamme verlosch. Warum ließ Ada sie allein mit diesem Dilemma?

Immer noch zögernd horchte Esther in sich hinein, bis ihr das Feuerzeug aus der Hand fiel. Es knallte auf den Tisch, schlug eine Kerbe ins Holz und löste sie aus ihrer Erstarrung. Mit einer entschlossenen Bewegung schob Esther das Feuerzeug zur Seite, dann zog sie Foto für Foto aus dem Karton hervor und breitete das Œuvre ihrer Mutter auf dem Tisch aus.

Da waren Adas Aufnahmen von Inès und all den anderen Freundinnen und Weggefährten, die Spuren in Leos Werk hinterlassen hatten. Da war die Serie von Liz Bertram, Negativstreifen, die zeigten, dass Leos Gemälde nicht das Ergebnis einer intimen Ateliersitzung sein konnte. Und da war – ganz unverkennbar – ein Porträt der Madame Guillory. Es war so eindringlich, so kraftvoll, so gut, dass Esther nach Luft schnappen musste. Ein Gesicht wie ein Gemälde. Vincents Worte fielen ihr wieder ein: »Deine Mutter hatte damals auch Ambitionen.«

Fassungslos schüttelte Esther den Kopf. Das hatte sie nicht erwartet. Für jedes Meisterwerk ihres Vaters gab es eine fotografische Entsprechung, ein Vorbild in Adas Schaffen. Und nachdem Esther den Inhalt des Kartons gesichtet hatte, zweifelte sie nicht mehr daran, dass es ihre Mutter gewesen war, die Leo überhaupt erst zu seinen Porträts inspiriert hatte.

Das, was vor Esther lag, war eine Collage ihres Schaffens – und Leos Fundament. Die besondere Tiefe in seinen Porträts, das war nichts anderes als ihr weiblicher Blick.

Esther schaute auf, sie fixierte sein Porträt, sah ihm ins Gesicht. Sie hätte ihrem Vater gern einen Spiegel vorgehalten, ihn gefragt, wie er das mit seinem Selbstbild hatte vereinbaren können. Mit dem Zampano. Sie konnte sich sein Verhalten einfach nicht erklären.

Ganz unten im Karton stieß Esther auf eine ältere Schwarz-Weiß-Fotografie. Sie zeigte Ada als Kind und wirkte wie ein Gespenst aus einer anderen Zeit.

Was sollte das Foto in diesem Karton?

Esther nahm den Abzug in die Hand und betrachtete die junge Ada. Ein stilles, beinahe altmodisches Gesicht, von Trotz und Traurigkeit gezeichnet. Sie drehte das Foto um und blickte auf die Rückseite. »Adela. 12. August 1957«, stand da in der eleganten Fotografenhandschrift ihres Großvaters.

Adela oder kurz Ada.

Ihre Mutter mit dreizehn Jahren, fotografiert von ihrem Vater Albrecht Paulsen.

Esther hatte keine Erinnerungen an ihren Großvater. Albrecht Paulsen sei ein abweisender Mann gewesen, hatte Ada ihnen erzählt, schmallippig und streng, der seine Enkelinnen bei ihren Stippvisiten kaum beachtet habe. Dafür habe er Ada bei jedem Besuch ihre Ehe mit Leo vorgeworfen, den Albrecht Paulsen mit leiser, schneidender Stimme einen frechen Stümper und Schürzenjäger nannte. Kein Wunder, dass Ada ihre Eltern nur selten besucht hatte.

Nachdenklich legte Esther die Aufnahme neben die anderen Fotos auf den Tisch und schob sie wie ein Puzzlestück hin und her. Sie wusste auch, dass Albrecht Paulsen seiner Tochter in seinem Atelier das Fotografieren beigebracht hatte. Die Perspektive sei ausschlaggebend, das hatte er sie gelehrt. Der Fotograf müsse sich zurücknehmen, sich an die Situation anpassen können, um ein wirklich gutes Foto zu machen, das hatte Ada doch immer gesagt.

Lag das Foto deshalb in diesem Karton?

Weil Ada sich ihr ganzes Leben zurückgenommen hatte. Weil sie Leo den Platz im Zentrum überlassen hatte und es bis heute tat.

Esther biss sich auf die Lippen, schaute an die Decke, dachte nach. Und dann musste sie daran denken, wer Albrecht Paulsen auch gewesen war. Vor ein paar Jahren, als Esther nach dem Treppensturz und der Operation zu ihrer Mutter in die Klinik geeilt war, hatte Ada, noch benommen von der Narkose und den Schmerzmitteln, über ihren Vater gesprochen. Davon, dass er ein überzeugter Anhänger der Nazis gewesen war. Als Esther wenig später beklommen recherchierte, ob er sich im Krieg schuldig gemacht hatte, war sie in einer Bilddatenbank auf seine Fotografien für die »Signal« gestoßen. Keine Frage, Albrecht Paulsen war ein herausragender Fotograf gewesen. Aber er hatte sein Können in den Dienst einer teuflischen Sache gestellt, der er nach dem Zusammenbruch 1945 wohl nur halbherzig abgeschworen hatte. So hatte ihre Mutter es jedenfalls erzählt.

War es das, worauf Ada hinweisen wollte?

Dass ihre Porträts verwoben waren mit dem Werk ihres Vaters. Dass ihr Können seinem Wissen über die Fotografie entsprang. Dass er sie das gelehrt hatte, was sie konnte.

Hatte Ada deshalb nie zu ihrem Werk stehen können?

Weil sie geglaubt hatte, kein Recht darauf zu haben, stolz auf ihr Können zu sein?

Und hatte Leo das ausgenutzt?

Hatte er sich ihres Werks bedient, weil Ada ihre Kunst allenfalls als Handwerk verstand? Weil sie sich in Abgrenzung zu ihrem Vater jeglichen Ehrgeiz abgesprochen hatte?

Esther wurde heiß, und das Blut rauschte ihr in den Ohren. Ihre Knie gaben nach, und sie fühlte sich so schwach, dass sie sich flach auf den Teppich legen musste.

»Alles in Ordnung mit dir?«

Da stand Imme. Sie beugte sich über sie, und Esther spürte ihren Atem in ihrem Gesicht.

Esther schüttelte den Kopf. »Ada hatte recht«, sagte sie. Vorsichtig setzte sie sich auf und deutete auf die Fotos auf dem Tisch. »Leo hat seine Gemälde nicht aus sich heraus geschaffen. Für jedes Werk gibt es eine Entsprechung in ihrem Schaffen. Sogar für das ›Bildnis der Madame Guillory‹. Unsere Mutter hat ihn erst zu dem Künstler gemacht, der er war. Seine Meisterwerke basieren auf ihren Fotografien.«

Imme nickte und setzte sich neben Esther auf den Teppich. Sie trug weiche Baumwollshorts und ein Top, unter ihren Augen lagen violette Schatten, als hätte auch sie in dieser Nacht nicht besonders viel geschlafen. »Das ist nicht deine Schuld«, sagte sie und legte einen Arm um Esthers Schultern.

»Aber ich hätte es sehen müssen. Ich beschäftige mich doch schon mein ganzes Leben mit Leos Gemälden. Dieses *Je ne sais quoi* in seinen Bildern – das ist Adas fotografischer Blick. Warum bin ich nicht darauf gekommen?«

Imme lächelte müde. »Ich habe das auch nicht gesehen«, sagte sie. »Ich habe ja noch nicht einmal bemerkt, dass wir *Les Vagues* bald an das Meer verlieren.«

Esther schwieg. Sie sah Imme an, und plötzlich musste sie an eine Gewitternacht in ihrer Kindheit zurückdenken. An dieses eine, besonders heftige Gewitter, als Leo nicht in *Les Vagues* gewesen war und sie mit ihrer Mutter auf dem Esstisch gesessen hatten. Adas Mutter hatte ihr in der Kindheit eingeimpft, bei Gewitter dürfe man den Boden nicht berühren. Ein Aberglaube, aber Ada zitterte in dieser Nacht vor Angst und Einsamkeit, obwohl Imme ein ums andere Mal betonte, dass dieses Unwetter durchziehen werde, so wie alle anderen Gewitter vorher auch.

Doch dann hatte Vincent plötzlich in der Tür gestanden. Er hatte sie alle miteinander in den Arm genommen, und sofort waren Blitz und Donner weniger bedrohlich gewesen. Später, als die Front weitergezogen war, hatte Vincent sie und Imme zu Bett gebracht. Er war lange an ihren Betten sitzen geblieben, daran erinnerte Esther sich noch. Aber als sie am frühen Morgen aufgestanden war, um sich etwas zu trinken zu holen, hatte sie durch den Türspalt gesehen, dass er mit Ada im Bett ihrer Eltern lag. Dass er ihre Mutter in den Armen hielt und küsste. Erschrocken hatte sie kehrtgemacht und war zu Imme unter die Decke gekrochen.

Ada und Vincent.

Im Sommer 1983, da war sie neun und Imme sieben Jahre alt gewesen.

Esther rechnete nach, und dann war ihr alles klar.

»Vincent ist Kikis Vater«, stieß sie hervor.

Imme nickte, als wäre sie in der Nacht auch schon darauf gekommen. »Wo ist Ada eigentlich?«, fragte sie. »Sie hat ihr Bett heute Nacht nicht benutzt.«

»Bei Vincent?« Esther lachte nervös auf, aber Imme zuckte nur mit den Schultern. Sie hatte etwas Unerschütterliches an sich, das hatte sie schon als Kind gehabt. Man konnte sich an sie lehnen, und in einer Gewitternacht fand man an ihrer Seite

Trost. Und eine Erklärung für alles, was unerklärlich schien. »Die schönsten Tage des Sommers folgen auf ein Gewitter«, das hatte Imme als Kind immer gesagt.

Esther lehnte den Kopf an die Schulter ihrer Schwester, und dann fragte sie sich, wie es Kiki gerade ging. Was machte sie durch?

Waren Ada und Vincent bei ihr? Ihre Eltern.

Halfen sie Kiki, alles zu verstehen? Stießen sie ihr die Tür auf in ein neues Leben? Ein Leben, in dem Leo keine Rolle mehr spielte.

Unbeholfen suchte Esther die Hand ihrer Schwester und drückte sie kurz. »Was wird jetzt eigentlich aus dem Fest?«, fragte sie mit einem tiefen Seufzer.

Imme schüttelte den Kopf. »Das weiß ich auch nicht«, sagte sie. »Ich weiß nur, dass ich dringend nach Potsdam zurückmuss.«

39

Sie war noch nie zu Bett gebracht worden. Noch nicht einmal als Kind. Oder konnte sie sich nur nicht mehr daran erinnern?

Ada spürte, wie Vincent eine Decke über ihrem Körper ausbreitete und ihre kalten Füße darin einwickelte. Schläfrig drehte sie sich auf die Seite und hörte, wie Vincent die Gardinen zuzog und das Licht aussperrte. Kurz darauf legte er sich zu ihr auf die Matratze. Er zog sie in seine Arme, so fest, als wollte er sie nie mehr loslassen.

Gerührt griff Ada nach seiner Hand und schloss die Augen. Mit jedem Atemzug strömten die Ereignisse der vergangenen Stunden auf sie ein. Vom Friedhof aus hatte Joël sie zur Strandpromenade gefahren, und sie hatten sich auf die Mauer gesetzt, auf der man den Badestrand und das Meer sah. Dorthin, wo Ada an ihrem allerersten Abend in Laplage-sur-Mer mit Leo gesessen, wo ihre Liebe begonnen hatte. Mit den ersten wärmenden Sonnenstrahlen im Rücken, die sich durch die Wolken kämpften, hatte Ada bemerkt, wie die Wahrheit ihren Schrecken verlor. Sie hatte Joël angeschaut – seine blauen Augen unter der Mütze, der Bartschatten, der schöne Mund mit den weich geschwungenen Lippen – und sich gefragt, was von dieser Nacht er in fünfzig Jahren noch in Erinnerung haben würde.

Die Stunden mit Kiki in seinem Bett?

Seinen Zweifel und später ihre Begegnung am Strand?

Der gemeinsame Besuch bei Mathilde auf dem Friedhof oder das, worüber sie nun endlich sprechen wollte?

Ada drückte Vincents Hand, und er antwortete mit einem Kuss in ihr Haar.

Es war nicht leicht gewesen, Joël von dieser Gewitternacht vor sechsunddreißig Jahren zu erzählen. Von ihrer Liebesnacht mit Vincent. Und von all den Entscheidungen, die sich später daraus ergeben hatten. Die sich im ersten Augenblick so vernünftig und richtig angefühlt und sich in der Summe doch zu einer Woge furchtbaren Schmerzes aufgetürmt hatten. Aber beim Blick in den Himmel, halb dunkel, halb hoffnungsvoll, hatte Ada gespürt, dass sie nun so weit war. Dass sie ihr Schweigen brechen konnte. Und als sie den ersten Schritt gewagt und sich auf die Wahrheit zubewegt hatte, war es wie Brandungsschwimmen gewesen. Tief Luft holen und mit dem Kopf voran in die Fluten. Sie hatte einfach darauf vertraut, dass das Wasser sie tragen würde, und jegliche Angst verloren.

Und so hatte sie begonnen, Joël alles zu erzählen, hatte sich jedes Detail in Erinnerung gerufen, das sie in ihrem Herzen verwahrte, angefangen bei der Nacht in *Les Vagues*, in der sie sich entschlossen hatte, Leo zu verlassen. Doch schon am Morgen danach, als Vincent beim Aufwachen fort gewesen war, hatte sie begriffen, dass er Mathilde niemals aufgeben würde. Dass er Mathilde in ihrem Kummer nicht allein lassen konnte und sein Eheversprechen nicht brechen würde. Auch Adas Schwangerschaft hatte nichts an Vincents Haltung verändert. Im Gegenteil, sie bestärkte ihn in seinem Pflichtgefühl, Mathilde in dieser schwierigen Situation beistehen zu müssen. Leo hingegen hatte Ada in die Arme genommen, und da hatte sie wieder gewusst, warum sie sich in ihn verliebt hatte. Es waren seine Wärme und seine Großzügigkeit gewesen. Die Weite seines Denkens, die sich nicht an kleinbürgerlichen Details aufrieb und die Leo die Vorstellung erlaubte, dass dieses Kind zwei Väter haben würde.

Dann hatte sich bei der Schwangerschaftsuntersuchung herausgestellt, dass sie Zwillinge erwartete, und schließlich kam der Augenblick, als viel zu früh die Wehen einsetzten. Und nach der Geburt das Begreifen, dass sie all ihre Kraft für Kiki brauchte. Zum Schluss hatte sie Joël von dem schwersten Moment in ihrem Leben erzählt. Davon, wie sie ihn, ihren wunderbaren, perfekten Sohn, Mathilde in die Arme gelegt hatte. »Vielleicht habe ich da schon geahnt, dass ich dich nie zurückbekommen werde. Gewusst habe ich es, als Mathilde dir einen anderen Namen gab und dich Joël nannte. Da wusste ich, dass Mathilde daran zerbrechen würde, wenn ich dich wieder zu mir holte.«

Hinterher war ihre Erleichterung riesig gewesen. Ada hatte das Gefühl der Erlösung mit jeder Faser ihres Seins gespürt. Vielleicht hatte sie beim Blick in Joëls offenes Gesicht auch zum ersten Mal begriffen, dass sie damals nicht nur schwach, sondern auch sehr stark gewesen war. Für Kiki und für Mathilde hatte sie auf ihren Sohn verzichtet.

»Dann bin ich dein Sohn«, hatte Joël wiederholt, als schließlich alles ausgesprochen war und jedes Detail seinen Platz gefunden hatte. So als könnte der Klang seiner Stimme ihm helfen, das Unfassbare zu verstehen. »Dann bin ich tatsächlich dein Sohn. Und du gibst *Les Vagues* meinetwegen auf.«

Da hatte Ada nur den Kopf geschüttelt. »Du bist Vincents und Mathildes Sohn«, stellte sie fest, denn daran würde sich nie etwas ändern. »Aber du bist auch Kikis Bruder. Das müssen wir ihr sagen.«

Anstelle einer Antwort hatte Joël sie wieder in die Arme genommen. Da waren immer noch viele Tränen, ein ganzer Ozean schien aus Ada herauszuströmen, und Joël hatte sie gehalten, so wie sein Vater sie jetzt hielt, und seine Bereitschaft, ihr zu vergeben, hatte ihr geholfen, sich zu beruhigen. Gemeinsam hatten sie beobachtet, wie die hellen Strahlen der Sonne sich gegen die dunklen Wolken durchsetzten. Der Tag schälte sich aus dem Zwielicht, das Meer nahm langsam Farbe an – erst dunkelblau, dann blau, dann grün und weiß. Vielleicht hatten sie auch dem gelauscht, was aus der Tiefe der Zeit auf sie zugerollt kam. All die kleinen Momente, die sie in den Sommerwochen in *Les Vagues* geteilt hatten. Diese eine ihr heilige Woche, die nur ihnen beiden gehörte, bevor Leo mit den Mädchen nachkam. Ihre Begegnungen und Unternehmungen und sein Vertrauen in sie, wenn er ihr ein verletztes Tier gebracht hatte. Ja, Joël war Mathildes Sohn gewesen – aber er war doch immer auch ihr Kind geblieben. Bei keinem ihrer Kinder hatte Ada so sehr das Gefühl gehabt, dass es *ihr* Kind war. Und sie war unendlich froh, dass er ihr vergeben konnte.

Ada hatte sich gegen Joëls Schulter gelehnt, den Kopf in den Nacken gelegt, und auf einmal waren die Möwen wieder da. Sie ließen sich vom Aufwind tragen, frästen übermütig Kreise in den Himmel. Der Sturm war vorbei, das Schweigen gebrochen, endlich.

Als Joël bemerkte, dass Ada die Augen zufielen, hatte er sie über die Promenade ins Café Victoire gebracht. Am Tresen saßen Vincent und Kiki, und bei ihrem Anblick spürte Ada sofort, dass auch Kiki bereits alles wusste. Einen Augenblick lang hatte sie befürchtet, Kiki würde aufspringen und davonlaufen, so wie sie immer vor allem davongelaufen war. Doch Vincent hatte ihre Hand genommen, und mit seinem Halt hatte sich etwas verändert.

Kiki hatte sie lange angesehen, ihr Blick war von Ada zu Joël und zurückgesprungen, dann war sie aufgestanden und ihnen entgegengekommen. Kiki hatte erst Joël umarmt, lange und innig, und dann Ada eine Hand gereicht. »Vielleicht werde ich es irgendwann verstehen«, hatte sie gesagt, und ihre Worte ließen Ada hoffen, dass sie ihre Tochter nicht verloren hatte. Dass ihnen noch Zeit blieb, um die tiefen Wunden heilen zu lassen.

Und nun lag sie also in Vincents Armen.

Ada wollte ihm danken und ihm sagen, dass er sie in zwei Stunden wecken solle, unbedingt. Sie musste doch auch mit Esther und Imme sprechen, sie in die Arme schließen und ihnen von ihrem Halbbruder erzählen, aber ihre Gedanken schienen zu verrutschen, verloren ihre klare Form. »Ob die Mädchen uns verzeihen können?«, murmelte Ada in das Kissen. Sie fühlte sich befreit und durchlässig. Oder träumte sie schon? »Wir dachten doch, dass unsere Liebe alle Probleme aufwiegen würde.«

40

Du kannst mich jetzt doch nicht allein lassen!«

Im Schneidersitz saß Esther auf Immes Bett, auf dem Schoß balancierte sie den Karton mit Adas Fotos, daneben lag ein Katalog mit Abbildungen von Leos Gemälden. Sie hatte Imme alles gezeigt, Adas Werke und wie daraus Leos intensiver Farbrausch geworden war. Nun schaute Esther sie von unten herauf an. Ihr Blick war so vorwurfsvoll wie der eines Kindes.

Von schlechtem Gewissen geflutet drehte Imme ihr den Rücken zu. Sie empfand Mitleid mit Esther, das Leben ihrer Schwester war mit einem Donnerschlag kollabiert, und trotzdem konnte sie nicht anders, sie hatte auch ein Leben, und sie musste zurück nach Potsdam. Ungeduldig zerrte sie ihren Rucksack hinter der Tür hervor. »Ich habe dir doch erklärt, was die Mail aus dem Institut für mich bedeutet«, wiederholte sie. In der Nacht hatte sie die Nachricht bekommen, dass in der Arktis die Eisscholle, die das Schiff am Nordpol vorbei bis in die Framstraße getragen hatte, zerbrochen war. Die letzte Etappe der Expedition stand unmittelbar bevor. In den kommenden Tagen würde das Schiff noch einmal in Richtung Nordpol fahren und unterwegs den Zustand des Meereseises untersuchen. Danach sollte es dann Kurs auf Sibirien nehmen und eine neue Eisscholle suchen, um damit das Driften fortzusetzen. Dem Team ging es darum, die letzte noch fehlende Phase im Lebenszyklus einer Eisscholle zu begleiten. Imme wollte sich mit ihrem Team aus dem Institut zuschalten, bevor sie mit ihren Töchtern nach Kopenhagen aufbrach.

»Es tut mir wirklich leid, Esther«, sagte sie, während sie sich daranmachte, ihre Wäsche zusammenzusuchen, »für morgen Abend ist kurzfristig eine Zusammenkunft im Institut anberaumt worden, da kann ich nicht fehlen. In den nächsten Wochen wird sich entscheiden, wer im kommenden Jahr an der Antarktisexpedition teilnimmt.«

»Du willst wieder ins Eis?« Esther sah sie an, als ob etwas mit ihr nicht stimmte.

»Unbedingt.« Imme schaute auf die Taucheruhr an ihrem Handgelenk. Die Zeit saß ihr im Nacken. Gestern Nachmittag, als Maire Baudelon ihr im Rathaus die Pläne für den Küstenschutz skizziert hatte, war ihr noch einmal klar geworden, was die Forschung im Eis für einen Ort wie Laplage-sur-Mer bedeutete. Wie wertvoll die ermittelten Daten für die Menschheit waren. »Unsere Arbeit ist wichtig«, beharrte sie. »Auch wenn das Strandhaus nicht mehr zu retten ist, werden die Messungen im Eis doch helfen, den Anstieg des Meeresspiegels noch genauer zu berechnen. Je präziser die Daten sind, desto besser werden sich die Küstenregionen weltweit vor dem Wasser schützen können. Es geht nicht um uns, es geht um das große Ganze. Verstehst du das denn nicht?«

Aber Esther schüttelte nur deprimiert den Kopf. »Und was ist mit mir?«, schien ihr Blick zu fragen. »Was ist mit dem Strandhaus?« In ihrem Rücken schimmerte das Wasser des Ozeans durchs Fenster. Ein dunkles Rechteck meerblauer Unendlichkeit, das Imme schon wieder mit unbändiger Sehnsucht erfüllte. Vor diesem Hintergrund nahm sich alles, was in den vergangenen Tagen in *Les Vagues* geschehen war, geradezu bedeutungslos aus.

»Du hast Vincent doch gehört. Ada und Kiki sind im Café Victoire«, versuchte Imme, Esther zu beruhigen. »Im Moment brauchen sie unsere Hilfe wohl nicht – und alles andere wird sich finden.«

Tatsächlich hatte Vincent am späten Vormittag ein paar Croissants nach *Les Vagues* gebracht. Imme hatte ihn abgefangen und mit Fragen gelöchert. Im Großen und Ganzen hatte Vincent ihre Vermutungen bestätigt: Ja, er sei Kikis Vater, aber das alles sei kompliziert und nicht in einer halben Stunde zu erklären. »Eure Mutter wird mit euch reden wollen, wenn sie sich ausgeruht hat«, waren seine Worte gewesen. »Macht euch keine Sorgen, es wird sich alles klären.« Für einen Augenblick hatte Imme den Eindruck gehabt, dass noch längst nicht alles auf dem Tisch war, aber diesen Gedanken versuchte sie jetzt auszublenden.

»Aber *ich* brauche deine Hilfe.« Esther trug noch immer ihren Pyjama, das Haar fiel ihr unordentlich ins Gesicht. Mit einem Seufzer schob sie den Karton auf das Bett, dann zog sie die Beine an und schlang die Arme um die Knie. »Was mache ich mit Adas Fotos?«

»Du gibst sie Friedrich Duve. Jedenfalls sämtliche Aufnahmen von Liz Bertram, die für den Fall relevant sind. Das haben wir doch besprochen. Dann muss Felizitas Bertram sich dazu erklären.« Imme suchte T-Shirts und Shorts zusammen und stopfte alles in den Rucksack. »Adas und Leos Zusammenarbeit an dem Gemälde und die zeitlichen Zusammenhänge beweisen doch, dass an dem Vorwurf der Vergewaltigung in *Les Vagues* nichts dran sein kann. Das sind die Fakten. Und Felizitas darf keine unwahren Behauptungen über unseren Vater verbreiten, sonst können wir sie verklagen.«

»Aber wenn ich die Zusammenarbeit zwischen Ada und Leo öffentlich mache, zerstöre ich den Ruf Leo Kwants. Dann kann ich die Galerie schließen.«

Imme atmete langsam aus, dann setzte sie sich zu Esther aufs Bett. Sie konnte Esthers Kummer nachvollziehen, aber sie wusste eben auch, dass man morgen im Institut über die Antarktisexpedition im nächsten Jahr sprechen würde. Sie musste nur den Finger heben, dann wäre sie an Bord. Und diese Chance wollte sie sich auf keinen Fall entgehen lassen. »Das eisbedeckte Weddellmeer ist wunderschön«, sagte Imme leise, weil sie an früher denken musste, als sie Esther mit ihren Erzählungen über die Ozeane beruhigen und buchstäblich in den Schlaf wiegen konnte. Vielleicht hatte sie Esther einfach noch nicht genug erzählt? Von ihrer Arbeit auf dem Eis und der überwältigenden Natur da draußen. »Ein Mix aus Eisbergen, Robben, Pinguinen und Bereichen offenen Wassers«, fuhr sie fort, um Esther begreiflich zu machen, was sie in die Antarktis zog. »Und auch die Landschaft unter der Meeresoberfläche hat ihre ganz eigene Schönheit. Wir werden den Meeresboden mit einem Videoschlitten abfahren und Unterwasserlandschaften untersuchen, die noch nie fotografiert worden sind. Wir werden geologische Proben nehmen, Sedimentkerne ziehen, um aus der Klimageschichte Rückschlüsse für unser zukünftiges Klima zu ziehen. Das ist eine Zeitreise in die erdgeschichtliche Vergangenheit, aber mit diesen Daten können wir unsere heutigen Klimamodelle verbessern und verlässlichere Vorhersagen für zukünftige Klimaveränderungen treffen. Außerdem ...« Imme zögerte, bevor sie weitersprach. Sie dachte an die viel zu große Wohnung am Telegrafenberg in Potsdam, an die Stille, wenn sie zu später Stunde nach Hause kam und niemand auf sie wartete. »Außerdem ist das Expeditionsschiff so etwas wie mein Zuhause geworden. Das Team ist meine Familie.«

Esther sah sie müde an, dann wickelte sie sich eine Haarsträhne um den Finger. »Meine Ehe ist am Ende«, sagte sie tonlos. »Ich glaube, ich verkrafte das alles nicht.«

»Ach, Esther.« Imme schaute wieder auf die Uhr und rechnete. Wenn sie den Nachmittagsflug nach Berlin erreichen wollte, den sie ausnahmsweise gebucht hatte, weil es so eilig war, mussten sie sich in spätestens einer Stunde auf den Weg zum Flughafen machen, und Esther war noch nicht einmal angezogen. »Was ist denn passiert?«, fragte sie mit einem Seufzer. »Ihr wart doch immer ein gutes Team.«

»Ich weiß es nicht. Alex redet nicht mit mir darüber.«

»Hast du ihn denn nach dem Grund gefragt?«

Esther runzelte die Stirn. »Ich weiß es einfach«, beharrte sie. »Wir haben uns Kinder gewünscht«, fügte sie etwas leiser hinzu. »Vielleicht bedauert er es nun, dass es nicht geklappt hat.«

»Wirklich?« Imme strich Esther liebevoll über das Haar. Sie hatte nicht gewusst, was Esther alles mit sich herumschleppte. Irgendwie hatte sie gedacht, dass ihre Schwester zufrieden war. Jedenfalls hatte Esther diesen Eindruck vermittelt: eine frühe Heirat, die erfolgreiche Selbstständigkeit, ein selbstbestimmtes Leben. Nun ging Imme auf, dass sie beide nicht glücklich geworden waren mit ihren Männern.

Imme lehnte sich zurück. Sie dachte an Philipp und an ihr eigenes Scheitern zurück. Selbst in der Arktis war es nicht so kalt gewesen wie in den letzten Wochen ihrer Ehe. Doch davon hatte ihre Familie nie etwas erfahren. Nie etwas erfahren sollen. Die Fassade wahren, das war schließlich etwas, was Ada und Leo ihnen vorgelebt hatten. Offensichtlich waren auch Esther und sie in diesem System gefangen.

Wie sollte sie Esther nur auf andere Gedanken bringen?

Imme schaute wieder auf die Uhr, dann kam ihr ein Gedanke. »Hast du eigentlich einmal darüber nachgedacht, Joachim Fürst um Hilfe zu bitten?«, fragte sie aufs Geratewohl, weil sie an Kikis Worte zurückdenken musste. 1978 hatte doch Fürst noch mit ihrem Vater zusammengearbeitet. Vielleicht gab es eine Möglichkeit, gegen Felizitas Bertram vorzugehen, ohne explizit auf Adas Bilder zurückgreifen zu müssen?

»Er ist tot«, sagte Esther dumpf. Sie sah Imme an, als hätte sie ihr einen weiteren Schlag versetzt.

»Wirklich?«

»Keine Ahnung. Ich weiß nicht, was aus ihm geworden ist. Und ich will es auch nicht wissen. Seine Galerie ist jedenfalls schon vor vielen Jahren geschlossen worden.«

»Aber könnte Joachim Fürst nicht für unseren Vater aussagen? Damals war er doch noch Leos Galerist, und er hat Liz Bertram hier kennengelernt. Der Eintrag im Gästebuch beweist das doch.«

»Ich will nicht über ihn sprechen.«

Imme hob die Augenbrauen. Da war etwas in Esthers Gesicht, was sie ratlos machte. Ein Ausdruck tiefen Schmerzes.

»Dann hatte Kiki also recht?«, hakte Imme nach, von einer dunklen Ahnung befallen. Auf einmal musste sie an die dreizehnjährige Esther denken.

Esther sah Imme erschrocken an. »Was meinst du damit?«

»Dass damals etwas vorgefallen ist.«

Esther zuckte zusammen, sie knetete ihre Hände. »Hat er Kiki etwa auch in die Finger bekommen?«, fragte sie angespannt, dann versagte ihr die Stimme.

Imme wurde schlecht. Zum ersten Mal in ihrem Leben dachte sie, dass sie eigentlich nicht wissen wollte, was geschehen war. Dass sie einfach nicht weiterfragen sollte, weil sie jenes

Mädchen vor Augen hatte, das von einem Tag auf den anderen ein anderes gewesen war – schreckhaft, unsicher und verstört. Das nachts zu ihr ins Bett gekommen war, weil es Albträume hatte. Und plötzlich ahnte Imme, was Esther zugestoßen war. Worst-Case-Szenario.

»Kannst du sprechen über das, was damals geschehen ist?«

Esther schüttelte den Kopf und fing an zu schluchzen.

»Esther«, sagte Imme, weil sie nicht wusste, wie sie ihre Schwester trösten sollte. Als sie Esther in ihre Arme zog, schien sie zu Wachs zu werden. Sie hatte überhaupt keine Konturen mehr, war nur noch Schmerz. »Warum hast du denn nie etwas gesagt?«

»Ich hatte keine Worte dafür, ich konnte nicht einmal mehr daran denken. Ich wollte das alles nur vergessen.« Esther schluchzte lauter, sie schlug die Hände vors Gesicht, als schämte sie sich noch immer.

»Esther«, sagte Imme wieder, sie strich ihrer Schwester über den bebenden Rücken. Sie hätte sie gern mit einem Lied getröstet, ihr etwas vorgesungen, so wie man kleine Kinder beruhigte, aber ihr fiel einfach keine Melodie ein. »Aber hat denn keiner davon gewusst? Noch nicht einmal Alex?«

Esther schniefte und zog die Nase hoch. »Ich habe mir doch die Schuld dafür gegeben, dass Papa sich von Joachim Fürst getrennt hat«, sagte sie nach einer Weile. »Dafür, dass er so viel Geld verloren hat. Deshalb konnte ich nie darüber sprechen. Ich war vollkommen gefangen in diesem Wahn.«

»Du meine Güte, Esther!« Imme drückte ihr Gesicht in Esthers Haar, und eine Welle von Zärtlichkeit durchströmte sie. Sie hatte das Gefühl, einen meterlangen Kern aus Esthers Eispanzer zu ziehen, tief in die Vergangenheit einzutauchen. Stück für Stück setzte sie in ihrem Kopf zusammen, woran sie sich aus der Zeit, über die Esther gerade sprach, erinnerte. Alles, was damals geschehen war, war nicht dem Auf und Ab des Erwachsenwerdens zuzuordnen, sondern die Folge eines Missbrauchs gewesen. Joachim Fürst hatte ein fröhliches, selbstbewusstes Mädchen in ein von Scham und Schuldgefühlen zermürbtes Wesen verwandelt. Er hatte Esther eine Last aufgebürdet, die ihr ganzes weiteres Leben bestimmte und an der sie fast zerbrochen war.

»Aber Papa muss doch etwas geahnt haben, wenn er sich damals von dem Scheusal getrennt hat«, sagte Imme nach einer Weile des Nachdenkens.

Esther nickte zaghaft. Sie löste sich aus Immes Armen, zog den Karton wieder auf ihren Schoß und wühlte darin herum. »Vor ein paar Tagen im Museum dachte ich, dass das ›Mädchen in der Brandung‹ seine Reaktion darauf gewesen sein muss. Dass das Gemälde eine Anklage wäre. Aber dann habe ich heute Morgen das hier gefunden.«

Esther reichte Imme ein Foto, das sie nach dem Schwimmen am Strand zeigte. »Ich dachte, ich hätte Vater wiedergefunden«, sagte sie leise. »Und mich selber. Das ›Mädchen in der Brandung‹ hat mir immer so viel bedeutet. Aber jetzt stellt sich heraus, dass es auch nicht mehr ist als eine mit leuchtenden Farben ausgeschmückte Fotografie von Mutter.«

Imme blickte schweigend auf das Foto. Es stimmte, Esther hatte darauf eine vage Ähnlichkeit mit dem Mädchen auf dem Gemälde, aber ihr Gesichtsausdruck war ein anderer. Das war die selbstbewusste Esther, die Imme in Erinnerung hatte. Ein Mädchen, das vor Tatendrang vibriert und sich immer furchtlos in die Brandung gestürzt hatte.

Imme nahm den Katalog zur Hand und suchte darin das »Mädchen in der Brandung«. »Ich verstehe, was du meinst«, sagte sie behutsam, als sie die Doppelseite mit der Abbildung aufgeschlagen hatte. »Aber wenn ich mir das Gemälde ansehe, muss ich sagen, dass Leo durchaus etwas Eigenes zustande gebracht hat. Jetzt, wo ich von deinem Missbrauch weiß, finde ich sogar, dass sein Bild sehr viel mehr ist als eine reizvolle Komposition. Viel mehr als Licht und Farbe. Denn das, was dir widerfahren ist, zeigt sich in der Leerstelle zwischen Foto und Gemälde.« Imme zeigte auf das Foto und dann auf die Abbildung im Katalog. »Das bist du vor dem Missbrauch – und dann schau dir das Kind auf dem Gemälde an. Sein Gesichtsausdruck, die Haltung, das giftige, schweflige Gelb im Himmelsblau. Das ›Mädchen in der Brandung‹ zeigt doch deutlich, was Joachim Fürst dir angetan hat.«

»Du meinst ...« Esther nahm den Katalog in die Hand, wieder fing sie an zu weinen. Sie konnte sich gar nicht beruhigen, und Imme begriff, dass ihre Verzweiflung nicht allein mit Worten zu heilen war. Ein letztes Mal blickte Imme auf den halb gepackten Rucksack, dann ließ sie ihren Flieger in Gedanken ziehen. Wieder zog sie Esther in ihre Arme. »Du bist stärker als der Missbrauch«, flüsterte sie ihr zu. »Stärker als alles, was Felizitas Bertram über unseren Vater behauptet. Ich werde dir helfen, das alles durchzustehen.«

Am Ende war Esther erschöpft eingeschlafen. Als Imme die Fotos wieder in den Karton legen wollte, bekam sie eine Nachricht von Philipp. Er hatte ihr ein Bild geschickt: Rike mit einem eingegipsten linken Fuß, die Finger der rechten Hand zum Victory-Zeichen in die Luft gereckt. »Beim Landen umgeknickt«, hatte er dazu geschrieben. »Fußgelenk. Glatter Bruch. Keine OP nötig. Aber sechs Wochen Gips und Krücken.« Dazu hatte er ein Emoji mit heruntergezogenen Mundwinkeln gestellt. »Können wir telefonieren?«

Imme rief sofort zurück. »Wie konnte das passieren?«, herrschte sie ihn an, als sie die Treppe hinunterlief. Imme war so wütend auf Philipp wie schon lange nicht mehr. Sie durchquerte das Wohnzimmer und lief dann mit langen energischen Schritten vor der Fensterfront auf und ab.

»Das war ein Unfall und keine Absicht.« Philipps Stimme klang eher sachlich als zerknirscht, so als wäre er ganz und gar unbeteiligt an dem Schlamassel. »Sei doch froh, dass nichts Schlimmeres passiert ist.«

»Ich soll froh sein?«

Imme blieb stehen und lachte kurz auf. Eine Menge vorwurfsvoller Sätze schossen ihr durch den Kopf, Sätze, die sie ihm gern ins Gesicht geschleudert hätte und in denen es um Elternpflichten und Verantwortung ging. Hatte sie sich nicht immer anhören müssen, dass sie mit ihrem beruflichen Ehrgeiz das Wohl der Kinder gefährde? Dabei war es doch eindeutig Philipp, der die Mädchen in Gefahr brachte. Philipp und sein verdammter Ehrgeiz, ihnen einen aufregenderen Urlaub bieten zu wollen als die Mutter. Immer wieder versuchte er, sie auszustechen. Reichte es ihm denn nicht, dass er im Alltag an der Seite der Mädchen war? Und dass sie sich – zum Wohl der Kinder, wohlgemerkt! – zurücknahm und sich überhaupt nicht einmischte. Musste er die beiden auch noch an einen Gleitschirm ketten und einen Berg hinunterjagen?

»Das hätte auch auf eurer Tour nach Kopenhagen passieren können«, rechtfertigte Philipp sich gekränkt. »Ein Fahrradunfall kann auch im Krankenhaus enden.«

»Ist aber nicht passiert.« Imme musste sich beherrschen, um nicht laut zu werden. Der Gleitschirmflug war nicht mit ihr abgesprochen gewesen. Hatte Philipp sich damit nicht disqualifiziert, was das gemeinsame Sorgerecht anbelangte? »Und in diesem Sommer wird es auch keine Fahrradtour geben. Vielen Dank dafür«, herrschte sie ihn an. »Du weißt doch, wie sehr sich die beiden auf Kopenhagen gefreut haben.«

»Die beiden freuen sich darauf, *dich* zu sehen.«

Wow, das saß. Völlig perplex schwieg Imme für einen Moment. Wie schaffte Philipp es nur immer wieder, dass sie am Ende die Böse war?

»Du hast nicht mal gefragt, wie es Rike geht«, setzte Philipp nach. Offenbar hatte er gemerkt, dass er sie in die Defensive gedrängt hatte, jedenfalls stürmte er nun dankbar vorwärts und versenkte seinen Treffer. »Und Jule.«

»Das ist nicht fair, Philipp«, sagte sie matt. Sie musste an ihre Schwestern denken, an all den Kummer, den die beiden mit sich herumgeschleppt hatten.

»Und ich finde es nicht fair, dass du mich für den Unfall verantwortlich machst«, antwortete er. »Ich könnte mich doch selbst ohrfeigen, dass das passiert ist. Wenn ich könnte, würde ich Rike die Schmerzen abnehmen.«

»Okay ...« Imme atmete tief ein und aus. Hatte sie ihm tatsächlich Absicht unterstellt? Musste *sie* sich am Ende bei ihm entschuldigen? Verflixt, auch zehn Jahre nach der Trennung war diese ganze Familiensache noch immer das reinste Minenfeld.

»Vergiss es einfach«, sagte Philipp kühl. »Rike hat ein Schmerzmittel bekommen, sie schläft. Und der Arzt war sehr nett. Ziemlich jung, der Bursche. Ich glaube, unsere Tochter hat mit ihm geflirtet.«

»Rike?«

»Nein, ich meine Jule. Sie ist ihrer Schwester nicht von der Seite gewichen. Am liebsten wäre sie wohl auch noch beim Röntgen dabei gewesen. Die beiden sind wirklich ein tolles Team. Jedenfalls ein besseres als ihre Eltern ...«

»Hör mal, Philipp, ich muss mit der Situation erst einmal klarkommen«, murmelte Imme betreten. »Ich hatte mich schließlich auch auf die Tour gefreut.«

»Das weiß ich doch«, sagte er, nun eine Spur versöhnlicher. Imme dachte, dass ihm vielleicht doch noch eine Entschuldigung über die Lippen rutschen würde, aber Philipp schwieg. Auch er war nach der Trennung keine neue Partnerschaft eingegangen, und bisweilen scherzte er, dass er mit zwei Töchtern wohl schwer vermittelbar sei. Imme vermutete jedoch, dass er sich in der Märtyrerrolle gefiel. Genau das war auch der Grund gewesen, warum sie sich von ihm getrennt hatte. Mit seinem Hang zur theatralisch inszenierten Aufopferung hatte sie noch nie umgehen können.

»Und was machen wir nun mit dem Hinkebein?«, fragte sie mit einem Seufzer.

»Hol deine Töchter nach *Les Vagues* und verwöhn sie ein bisschen. Und wenn das nicht in deine Planung passt, können sie auch bei mir bleiben. Kein Problem, dann nehme ich mir halt unbezahlten Urlaub.«

Na, toll, jetzt machte er ihr schon wieder ein schlechtes Gewissen.

Imme spürte, wie die Wut ein zweites Mal über ihr zusammenzuschlagen drohte, aber dann riss sie sich zusammen. Zum ersten Mal dachte sie darüber nach, wie es wäre, die internationale Forscherkarriere an den Nagel zu hängen. Wenn sie nicht mehr so viel reiste, könnte sie den Mädchen anbieten, wieder zu ihr nach Potsdam zu ziehen, um dort die Schule zu beenden. Ein später Sinneswandel – aber vielleicht war es noch nicht zu spät, um eine Spur in der Kindheit ihrer Töchter zu hinterlassen. Durch das Fenster sah Imme auf die von Sand bedeckte Terrasse. Da waren Fingerabdrücke auf dem Glas, und sie legte ihre

Fingerspitzen darauf. Imme dachte an ihre Töchter und dann an ihre beiden Schwestern. Und dann dachte sie, dass sie in den nächsten Wochen dringend einer Frage auf den Grund gehen musste: Familie, was hieß das eigentlich?

41

Ada schlief bis zum Abend. In ihren Träumen war sie wieder Kind und Fräulein, junge Mutter und reife Frau. Auch Leos Sterben durchzog ihren Schlaf. Die letzten gemeinsamen Jahre. Ihn begleiten zu können und ihn mit seiner Schwäche zu versöhnen, war auch Glück gewesen, so hatte Ada es jedenfalls in den letzten Wochen vor seinem Tod empfunden. Sie hatte Leo vieles verzeihen können, was ihr zu seinen Zampano-Zeiten nicht möglich gewesen war – auch seine Liaison mit Inès. Die Zeit, die seitdem vergangen war, hatte alles in einen anderen Kontext gestellt. In seinen letzten Stunden in ihrem Haus in Berlin hatte sie Leos Hand gehalten und gespürt, wie das Leben in flackernden Atemzügen aus ihm herausströmte. Dann war er fort gewesen.

Als Ada erwachte, wusste sie einen Moment lang nicht, wo sie war. Alles erschien ihr fremd, der Raum, der Geruch, die Geräusche. Die Luft im Zimmer war feucht und warm, die Decke klebte an ihren Beinen, und sie schwitzte.

»Leo?«, rief sie und setzte sich auf, dann fiel ihr alles wieder ein.

»Da bist du ja wieder«, sagte Joël, er kam mit einem Tablett herein. Lächelnd blickte er auf sie herab, und im goldenen Licht, das durch einen Spalt in den Gardinen hereinrieselte, war er schön wie ein Engel.

»Warum habt ihr mich denn nicht geweckt?«, murmelte Ada. Ärgerlich fuhr sie sich durchs Haar.

»Du warst so erschöpft. Wir dachten, der Schlaf tut dir gut.«

»Wie spät ist es denn?« Ada suchte nach ihrem Handy, dann fiel ihr ein, dass sie es im Strandhaus liegen gelassen hatte. Ob Esther und Imme den Karton mit den Fotos gefunden hatten?

»Bald sieben.« Joël stellte das Tablett auf dem Tisch am Fenster ab, dann setzte er sich zu Ada auf die Bettkante. Er reichte ihr ein Glas Wasser, das sie in einem Zug austrank.

»Sieben Uhr abends?«

Joël nickte. »Mach dir keine Sorgen, Vincent war in *Les Vagues*. Er hat kurz mit Esther und Imme gesprochen und ihnen erklärt, dass du bei uns bist. Er hat ihnen auch versprochen, dass wir morgen vorbeikommen, um die Terrasse freizuschaufeln, damit du dein Sommerfest feiern kannst.«

Du lieber Gott, das Fest.

Mit albtraumhafter Wucht traf Ada der Gedanke, dass sie ihren Gästen noch nicht abgesagt hatte. »Ich kann das nicht«, sagte sie und vergrub das Gesicht in den Händen. »Ich kann doch jetzt kein Sommerfest feiern. Ich muss mich um Esther, Imme und Kiki kümmern. Ganz besonders um Kiki. Wir müssen uns endlich aussprechen. Da ist noch so vieles ungesagt und in der Schwebe. Esther und Imme wissen ja noch nicht einmal, dass du ihr Halbbruder bist. Und dass ich das Strandhaus auch deinetwegen aufgebe.«

Aber Joël nahm ihre Hände und hielt sie fest. »Mach dir keine Sorgen, wir kriegen das hin«, sagte er, dann deutete er auf das Tablett. »Magst du nicht erst einmal etwas essen? Vincent und Kiki haben dir heute Nachmittag etwas gekocht.«

Vincent und Kiki – wie schön das klang.

»Was ist das?«, fragte Ada. Sie spürte, dass sie hungrig war.

»Eine *Pistou.*« Joël lächelte. »Und ich habe uns noch eine Flasche Wein aufgemacht.«

Vincent und Kiki – und Joël.

Und eine *Soupe au Pistou.*

Tränen rannen Ada über das Gesicht.

Hatten sie sich bereits gefunden?

Konnte auch Kiki ihr verzeihen, so wie Joël ihr verziehen hatte?

Konnten sie ihnen alles verzeihen?

All das Leid, das sie angerichtet hatten.

All die Jahre, die sie mit ihrem Schweigen vergeudet hatten.

»Warum bleibst du nicht noch hier?«, fragte Joël. »Vincent und Kiki haben mir freigegeben, sie wollen den Laden heute schmeißen. Wir können uns alle Zeit der Welt lassen.«

Und dann wurde es tatsächlich so etwas wie ein schöner Abend. Ada und Joël teilten sich erst die Suppe und später, nachdem Ada endlich geduscht hatte, auch den Wein und die Leichtigkeit der Sommernacht. Mal kam es Ada so vor, als hätte sie den jungen Leo neben sich, und nur einen Augenblick später schien da der junge Vincent zu sitzen. Und weil Joël sie fragte, erzählte sie ihm von ihrer Kindheit. Von ihrem Vater – und von ihrem Aufwachsen mit dem Schweigen. »Ist es nicht seltsam, dass Kinder die Fehler ihrer Eltern wiederholen?«

Als sie darüber sprach, dass sie nie zu Bett gebracht worden sei, schüttelte Joël den Kopf. »Die meisten Menschen haben so gut wie keine Erinnerungen an die ersten Lebensjahre«, sagte er. »Das, was wir aus dieser Zeit zu erinnern meinen, sind Erzählungen über uns.«

Ada schwieg und betrachtete den Schorf auf ihren Armen. »Du meinst, ein frühkindliches Gedächtnis ist leicht zu manipulieren?«, fragte sie nach einer Weile. »Es ist nichts als ein vages Gefühl und das, was Eltern oder Großeltern über diese Zeit erzählen?«

Joël hob die Hände, er schien einen weiten Bogen spannen zu wollen, und da wurde Ada klar, dass auch er sich sein ganzes Leben lang mit den unerklärlichen Lücken in seinem Leben auseinandergesetzt haben musste. Dass auch er gespürt hatte, dass es da etwas gab, was nicht zu erklären war. »Die meisten Geschichten, die wir über uns erzählen, stimmen nicht«, sagte er sehr bestimmt. »Erinnerungen sind trügerisch. Und Fehler sind die Regel, nicht die Ausnahme, da bin ich mir sicher.«

»Aber unsere Erinnerungen infrage zu stellen, bedeutet doch, alles infrage zu stellen, was wir sind«, widersprach Ada, und dabei dachte sie an Leo. Die Krankheit hatte ihn schließlich all seiner Fähigkeiten beraubt. Monsieur Parkinson, wie Leo seinen lästigen Begleiter in guten Momenten nannte, hatte ihn ja geradezu dazu gezwungen, aus der Erinnerung zu leben. Sein autobiografisches Gedächtnis hatte ihn getragen, es glich Fußspuren im nassen Sand.

Aber hatte es auch die Wahrheit abgebildet?

Oder war alles eine Nuance anders gewesen?

Das, was er über seine Mutter Elaine erzählt hatte, zum Beispiel.

Ada blickte in ihr Glas mit dem dunklen roten Wein. Was, wenn Elaine nach Paris zurückgekehrt war, weil sie ihre bürgerliche Existenz in Berlin nicht mehr ertragen hatte? Was, wenn sie dort in die Prostitution abgerutscht war oder sich den Deutschen angedient hatte? Wenn sie also nie Teil der Résistance gewesen war und Leo sich das alles nur zurechtgelegt hatte, um besser mit ihrem Verlust leben zu können?

Joël schenkte ihr Wein nach. »Warum fotografierst du eigentlich nicht mehr?«, fragte er sie.

Ada seufzte. »Meine Kamera ist kaputtgegangen«, antwortete sie. »Vor ein paar Jahren, als ich ein Foto von Vincent und Leo machen wollte und die Treppe in *Les Vagues* hinuntergefallen bin.«

Ja, Ada erinnerte sich noch genau an dieses letzte Foto. Sie hatte oben an der Treppe zum Strand gestanden, mit dem Rücken zum Meer. Es war ihr letzter Abend im Strandhaus gewesen, am nächsten Morgen wollte sie mit Leo nach Berlin zurückkehren. Noch ein Bild hatte sie von ihm machen wollen, weil er an diesem Abend trotz seiner Krankheit so heiter gewesen war. Und dann ... Ada schloss die Augen. Dann hatte sie Vincent bemerkt, der gekommen war, um sich von ihnen zu verabschieden.

Sie hatte gelächelt und ihn herangewinkt, weil sie ihn neben Leo auf dem Foto haben wollte. Aber dann ... Ada wusste bis heute nicht, wie das geschehen war, aber sie hatte wegen des Lichts einen Schritt rückwärts gemacht.

Einen Schritt ins Nichts.

Noch im Fallen hatte sie auf den Auslöser gedrückt, durchdrungen von dem Gedanken, dass dies ihr letztes Bild sein würde.

Leo und Vincent – beste Freunde, ein Leben lang.

Dann war sie unten auf der letzten Treppenstufe aufgeschlagen und hatte das Bewusstsein verloren. Aber sie hatte überlebt – mit einer Schraube aus Titan im Rücken.

Ada hob ihr Glas und sah Joël in die Augen, und plötzlich wusste sie, was sie machen wollte.

Sie wollte mit ihm und ihren Töchtern auf dem Surfbrett durch die Brandung paddeln. Morgen früh und so weit hinaus, wie es nur ging. Sie wollte *Les Vagues* einmal bei Sonnenaufgang vom Horizont aus sehen.

Das mit grauen Schindeln gedeckte Dach.

Den hervorspringenden Giebel.

Die türkisfarbenen Fensterläden.

Das Atelier.

Und sich dann vom Brett ins morgenkalte Wasser gleiten lassen, um an den Strand zurückzuschwimmen.

Sie war eine gute Schwimmerin, immer noch.

Das Wasser würde sie tragen, ganz bestimmt.

Und sie hatte die Kinder an ihrer Seite. Alle vier.

Ada stellte das Glas zurück und zog den Türkisring vom Finger. Sie hielt ihn einen Moment in der Hand, dann legte sie ihn neben das Weinglas auf den Tisch.

Etwas war zu Ende.

Etwas, das sie ihr ganzes Leben gequält hatte.

Die Zeit des Schweigens.

EIN JAHR SPÄTER

42

Einen Tisch für Ada zu decken, war ihm immer ein Fest gewesen. Für Ada zu kochen, ihr gegenüberzusitzen, ihr zuzuhören und sie lächeln zu sehen. Ihr unnachahmliches Ada-Lächeln, das sie so zeigte, wie sie war: stark und selbstbewusst und gleichzeitig auch verletzlich. Aber diese Verletzlichkeit hatte sie sich nie anmerken lassen wollen.

Vincent trat einen Schritt zurück, kritisch betrachtete er den Tisch auf der Veranda in der Rue Gogol. Ein weißes Leinentuch, buntes Geschirr, das schöne Silberbesteck und die Champagnergläser aus *Les Vagues*, Kerzen und Rosen. Perfekt! Alles schimmerte im Licht der Abendsonne, die durch die Robinien an der westlichen Grundstücksgrenze fiel.

Ja, er konnte zu jedem dieser Abende mit Ada eine Geschichte erzählen, und jedes Gericht, jede Rose, die er auf dem Weg nach *Les Vagues* bei Madame Martinez gepflückt hatte, in seinem Gedächtnis abrufen. Es waren wohl an die tausend gewesen.

Als Vincent aufsah, hielt er einen Moment inne. Ada stand inmitten der blühenden Rosen am Wasserbecken im Zentrum des Gartens. Sie trug eines ihrer geliebten luftigen weißen Kleider, die Taschen ausgebeult, weil sie darin über den Tag allerlei kleine Schätze sammelte. Schöne Steine, Muscheln, Federn, metallisch glänzende Käferpanzer und Schneckenhäuser, die sie abends noch einmal betrachtete, wenn sie den Tag Revue passieren ließ. In der Hand hielt Ada eine kleine glänzende Dose mit Fischfutter. Zu Beginn des Sommers hatte sie ein paar Goldfische gekauft, die im Becken schwammen, aber man musste aufpassen mit den Möwen. Zwei Fische hatten sie schon an die Raubvögel verloren, und jedes Mal wieder brach es Ada schier das Herz, wenn sie eine Möwe mit ihrer glitzernden Beute davonziehen sah.

»Diese Bestien!«, schimpfte sie dann und fuchtelte mit den Armen, was Vincent zum Lachen brachte.

»Du wirst sie nicht ändern können.«

»Ich will sie nicht ändern. Ich will nur, dass sie meine Goldfische in Ruhe lassen. Warum bleiben sie nicht an der Strandpromenade, wo sie die Aussicht genießen können?«

Vincent lächelte leise, er trat ins Haus, um den Champagner zu holen. Das Haus hatte sich nur wenig verändert, seit Madame Martinez vor einem Dreivierteljahr ausgezogen war. Es war nicht leicht für sie gewesen, das schöne Haus und den Garten nach so vielen Jahren aufzugeben. Aber Inès brauchte Pflege, und Madame Martinez hatte längst ihren 95. Geburtstag gefeiert. Es war ein Wunder, dass sie es überhaupt so lange geschafft hatten. Als Vincent ihr anbot, das Haus zu kaufen, war sie regelrecht erleichtert gewesen. Sie hatte den Preis nicht auf die Spitze getrieben, dabei hätte sie Haus und Grundstück leicht an eines dieser Paare aus Paris verkaufen können, die bereit waren, für ein Idyll an der Küste ein Vermögen zu bezahlen. »Ihr müsst euch um die Rosen kümmern«, war ihre Bedingung gewesen, und im Frühjahr war sie zweimal die Woche vorbeigekommen, um Ada mit allen Finessen der Rosenzucht vertraut zu machen. (»Du musst mit ihnen sprechen! Jeden Tag! Sie sind kleine Diven.«)

In der Küche öffnete Vincent den Kühlschrank. Er hatte den Champagner, eine Empfehlung von Joël, vor zwanzig Minuten ins Eisfach gelegt, inzwischen hatte er die perfekte Temperatur für einen anregenden Aperitif. Vis-à-vis grillte ein gewaltiger Loup de Mer im Ofen, den er am Morgen auf dem Markt gekauft hatte. Die Röstaromen von Thymian, Salbei und Rosmarin stiegen ihm in die Nase.

Als Vincent den Champagner entkorkte, musste er wieder an Madame Martinez denken. »Du hast mich über den Tisch gezogen«, lamentierte sie immer, wenn sie zu Besuch kam. Dabei kniff sie die Augen zusammen und knuffte ihn mit gespielter Empörung in die Rippen, dass die Reifen an ihren Armen klimperten. »Wenn ich bedenke, wie viele Rosen du mir in fünfzig Jahren geklaut hast, hättest du noch ein paar Tausender drauflegen müssen.«

»Ich habe sie nie geklaut, nur geborgt«, antwortete Vincent dann mit einem galanten Augenaufschlag, weil das zum Spiel gehörte, bevor er ihr die Hand küsste. »Ich wusste immer, dass ich dieses Haus eines Tages kaufen würde.« Nach dem Tee und einer ausgedehnten Runde durch *ihren* Garten brachte er sie dann zurück in die *Résidence senior*, wo Inès und Madame Martinez sich ein kleines Apartment mit Balkon und Blick auf einen Park samt Spielplatz teilten.

Versonnen strich Vincent sich über seinen Bartschatten. Sein Blick streifte die kleine gerahmte Zeichnung an der Wand, die Esther ihnen zum Einzug geschenkt hatte. Mathilde, von Leo gezeichnet. Eigentlich war es Mathildes Idee gewesen, das Haus in der Rue Gogol zu kaufen. Jedenfalls hatte sie den Anstoß dazu gegeben, noch bevor Adas Abschied von *Les Vagues* seinen Entschluss schließlich endgültig besiegelt hatte. »Wenn du nach meinem Tod mit Ada zusammenleben willst, müsst ihr euch etwas Eigenes suchen. Ihr braucht ein Haus, das ihr wie ein Schatzkästchen mit euren Erinnerungen füllen könnt.« Noch auf dem Sterbebett hatte sie ihn dazu ermuntert. »Madame Martinez wird bald verkaufen müssen.«

Sainte Mathilde.

Vincent warf ihr eine Kusshand zu. Nach einem schnellen Kontrollblick auf den Fisch kehrte er mit dem Champagner auf die Terrasse zurück. Ada war auf ihrem abendlichen Rundgang inzwischen beim Rittersporn angelangt, den sie wie ein blaues Spalier vor die Robinien gepflanzt hatte. Vincent winkte ihr zu. Ohne Bohei öffnete er den Champagner, füllte die Gläser und ging ihr entgegen.

»Du bist zu früh«, sagte Ada, als sie ihn auf der Höhe des Wasserbeckens in die Arme schloss. »Ich wollte mich doch noch umziehen.«

Vincent gab ihr einen Kuss und reichte ihr ein Glas. »Ich möchte nur einmal mit dir anstoßen, dann lasse ich dich ziehen. Aber mach schnell, der Loup de Mer braucht nicht mehr lange.«

»*Santé.*« Ada hob ihr Glas und lächelte glücklich. Sie trank einen Schluck Champagner, nickte anerkennend und belohnte ihn mit einem kleinen flüchtigen Kuss. Vincent schmeckte das Salz vom Nachmittagsschwimmen auf ihren Lippen.

Als Ada auf die Terrasse trat und im Salon verschwand, setzte Vincent sich auf den Rand des Wasserbeckens. Es war nicht leicht, dieses neue alte Haus mit Erinnerungen zu füllen. Inès und Madame Martinez waren noch präsent, und Leo und Mathilde begleiteten ihr Leben ohnehin noch immer. Sie waren so viel mehr als bloße Erinnerung. Und auch dieses letzte Sommerfest in *Les Vagues*, das Ada sich so gewünscht hatte, würde für immer bleiben. Die schönen Kleider, die duftenden Blumen, die Musik, die klingenden Gläser, der Chor der Stimmen auf der Terrasse und die alten Freunde, die ein letztes Mal gekommen waren. All das würde sie begleiten, gerade an einem Tag wie heute, wo sich der Jahrestag des letzten Sommerfestes in *Les Vagues* zum ersten Mal jährte. Sogar Imme hatte daran gedacht. Am Morgen hatte sie aus Kapstadt angerufen, wo sie sich mit ihrem Team auf das Auslaufen zu einer Antarktisexpedition vorbereitete.

Vincent tastete nach seinen Zigaretten, betrachtete das Päckchen und steckte es zurück. Besser noch etwas von Joëls Geheimtipp trinken! Vielleicht schauten sie nachher noch auf einen Digestif im Café Victoire vorbei? Als Vincent trank, stiegen die Bilder aus dem vergangenen Sommer wie Champagnerperlen in ihm auf. Er hatte Austern im Akkord geknackt, mit Kiki kleine Köstlichkeiten herumgereicht und Joël angetrieben, die Gläser aufzufüllen. Vor allem aber hatte er Ada im Arm gehalten.

Seine Ada.

Die einzige Frau, die er neben Imme kannte, die vollkommen unerschrocken war, was das Meer anbelangte. Und die mit fast fünfundsiebzig Jahren die weiteste Strecke ihres Lebens zurückgelegt hatte. Dabei hatte sie das Schwimmen doch erst in ihren Zwanzigern gelernt.

Leo hatte es ihr beigebracht.

Sein bester Freund.

Vincent hob sein Glas und prostete ins Himmelsblau. Dieses letzte Fest in *Les Vagues* war so von der Erinnerung an Leo durchdrungen gewesen, dass jedes Gespräch mit einem »Weißt du noch …?« begann, und er dachte, Leo käme gleich um die Ecke. Er würde ihm auf die Schulter klopfen und dann auf eine schöne Frau in der Menge zeigen, die ihn faszinierte, bevor er seinen Gästen zurief, sie sollten den Abend genießen, denn das Leben sei kurz.

Nein, Leo war nicht fort, so wie alles, was vergangen war, doch fraglos immer noch zu ihnen gehörte. Zu Ada – und zu ihm.

Vincent stellte das Glas auf dem Beckenrand ab. Nun zündete er sich doch eine Zigarette an, es war erst seine zweite an diesem Tag. Genüsslich inhalierte er den Rauch. Nicht alles, aber vieles, was aus ihm geworden war, hatte er Leo zu verdanken – nicht zuletzt den Erfolg des Restaurants. Und dann, nach Jahren der Verzweiflung, seine kleine Familie. Mathildes großes Glück. Er hatte Leo angefleht, dass Joël bei ihnen bleiben konnte. Und Leo hatte ihm versprochen, Ada davon zu überzeugen, dass es richtig sei. Dass sie Mathilde nicht wieder ins Unglück stürzen dürften. Ada hatte doch Esther, Imme und Kiki gehabt. Im Gegenzug hatte Leo von ihm verlangt, dass er Ada nie wieder anrühre – solange er lebe und darüber hinaus. »*Pas plus!*«

Ada war Leos Heiligtum gewesen – und vielleicht auch sein Verhängnis. Seine Abhängigkeit von ihr hatte ihn immer wieder in die Arme der anderen getrieben, so hatte Leo sich ihm gegenüber jedenfalls einmal erklärt. Dabei hatte er Ada so sehr geliebt. Vom ersten Augenblick an.

Liebe war eine Naturgewalt. Ob die Kinder das je begreifen würden?

Vincent bezweifelte das.

Nachdenklich rauchend beobachtete er die Goldfische, die nach den Futterflocken an der Wasseroberfläche schnappten. Am Grund des Beckens lagen vier kugelrunde Steine. Es gab kein Rezept für die perfekte Liebe, für ein geglücktes Leben. Jedenfalls war ihm keines bekannt. Jede Entscheidung, jeder Schritt hatte Konsequenzen, und einiges von dem, was in *Les Vagues* geschehen war, wurzelte so tief in der Vergangenheit, dass die Verbindung, so stark sie auch gewesen sein mochte, heute überhaupt nicht mehr sichtbar war.

Jedenfalls war es schwer gewesen, den Kindern diesen verschlungenen Weg begreiflich zu machen, den sie zurückgelegt hatten. Und auch wenn Kiki und Joël wohl nie ganz verstehen würden, was am Ende zutage getreten war, fühlte Vincent sich doch erleichtert, dass sie das Schweigen hinter sich gelassen hatten. Das vergangene Jahr mit all seinen Aussprachen, Erklärungen, Tränen, Abschieden und Neuanfängen hatte sie zu etwas zusammenwachsen lassen, was man als Familie bezeichnen könnte. Ein weitverzweigtes Geflecht mit Wurzeln, die tief reichten.

Kiki war sogar fast ein Dreivierteljahr lang in Laplage-sur-Mer geblieben. Als Vincent seine Arbeitszeit reduzierte, half sie ihrem Bruder im Café Victoire. Doch nach dem Winter, der in diesem Jahr viel zu mild und feucht gewesen war, hatte sie im März ihre Sachen gepackt und war von einem Tag zum anderen zu einer langen Reise aufgebrochen. Tim hatte ihr eine Nachricht aus der Karibik geschickt, wo er mit seinem Schiff angelandet war. Sein Segelpartner war in Kingstown von Bord gegangen, und er hatte sie gefragt, ob sie ihn in dort treffen wolle. »Auf Saint Vincent«, hatte Kiki gelacht, »ausgerechnet.«

Vincent schossen die Tränen in die Augen. Er zwang sich, an etwas anderes zu denken, weil er Kiki, seitdem sie fort war, jeden Tag vermisste. Es war fast so, als hätten sie die Zeit, die ihnen fehlte, im Zeitraffer aufholen wollen, so wie Ada jede Minute genoss, die sie mit Joël verbringen konnte.

»Alles in Ordnung mit dir?«

Da kam Ada aus dem Haus. Ihre Wangen waren vom Champagner gerötet, das Haar leuchtete, und sie trug ein Kleid aus grüner Seide. Eine strahlend schöne Rose.

»Ich bin ein bisschen sentimental heute«, murmelte Vincent. Er blinzelte gegen die Tränen an und drückte die Zigarette aus. »Muss am Luftdruck liegen.« Verlegen deutete er auf die harmlosen Schönwetterwölkchen, die sich hin und wieder vor die Abendsonne schoben.

»Ach so.« Ada zwinkerte ihm zu, sie hatte sich wirklich beeilt. »Was ist mit deinem Loup de Mer?«

»Der muss raus!« Vincent sprang auf.

»Reicht er für drei?«

Vincent stutzte, dann nickte er. »Esther?«, fragte er aufs Geratewohl, obwohl Esther sich doch erst für morgen Abend angekündigt hatte.

»Sie hat gerade angerufen, dass sie auf dem Weg nach Laplage-sur-Mer ist«, sagte Ada und folgte ihm ins Haus. »In Bordeaux sind sie früher fertig geworden als geplant. Sie ist in zehn Minuten da und kann für eine Stunde bleiben.«

»Dann muss sie uns erzählen, was uns nächste Woche erwartet.«

In der Küche holte Vincent das heiße Blech mit dem Fisch aus dem Ofen. Esther hatte ein hartes Jahr hinter sich. Die Missbrauchsvorwürfe gegen ihren Vater hatten sich zwar im Sande verlaufen, weil die Passage aus dem Tagebuch bei genauerer Prüfung einen Schauspieler beschuldigte, der damals mit Liz Bertram gedreht hatte. Aber es war nicht alles gut, natürlich nicht. Zu viel war in zu kurzer Zeit und mit zu großer Macht über Esther hinweggerollt. Esther hatte eine Therapie begonnen und sich von Alex getrennt. Und dann war ja auch noch *Les Vagues* abgerissen worden. Nach ihrer Mutter hatte auch Esther vor dem steigenden Meeresspiegel kapituliert und darauf verzichtet, gegen den Abriss zu klagen.

Vorsichtig schob Vincent den Fisch auf eine vorgewärmte

Platte, dann träufelte er noch etwas Olivenöl über den Loup de Mer. Was Esther Halt gab, war das Projekt in Bordeaux, an dem sie mitwirkte. Das Museum für moderne Kunst hatte einer Neupräsentation des Gemäldes zugestimmt. In einer Gegenüberstellung mit Adas Foto beleuchtete Esther den Missbrauch, den sie in ihrer Jugend erfahren hatte und der ein gänzlich neues Licht auf das »Mädchen in der Brandung« warf. Als Vincent davon erfahren hatte, war er schockiert gewesen.

Parallel dazu arbeitete Esther an einer Ausstellung von Adas Fotografien, die ab September in einem Pavillon an der Strandpromenade gezeigt werden sollte und im kommenden Jahr nach Berlin wandern würde. »Collaboration« sollte die Ausstellung heißen, die der Zusammenarbeit von Ada und Leo gewidmet war. Offensichtlich hatte Esther keine Angst mehr davor, das Fundament zu zeigen, auf dem die großen Werke ihres Vaters basierten, und auch Ada erwartete die Präsentation ihrer Fotografien mit gespannter Freude.

»Haben wir alles?« Ada hatte das Dressing über den Salat gegeben und stand fragend vor ihm.

»Wir brauchen noch ein Gedeck für Esther.«

»Natürlich!« Ada öffnete die Tür des Geschirrschranks, in dem sich eine bunte Auswahl aus Flohmarktfunden sammelte. Wie sie so dastand und sich mit ihrem etwas schiefen Rücken nach einem Teller reckte, überfiel Vincent eine Liebe für sie, die ihn kurz taumeln ließ. Mein Gott, niemals würde er vergessen, wie Ada in *Les Vagues* die Treppe zum Strand hinabgestürzt war. Sie hatte ihn durchs Haus kommen sehen, ihn herangewinkt, und dann war es auch schon passiert. Sein Herz hatte stillgestanden, als sie den Halt verlor und stürzte.

Vincent hatte nicht genau gesehen, was in der Sekunde davor geschehen war. Aber später hatte er sich gefragt, ob Leo ihr vielleicht einen kleinen Stoß versetzt haben könnte. Weil er bemerkt hatte, wie ihr Gesicht beim Anblick des Freundes aufleuchtete. Und weil er in dem Moment begriffen hatte, dass er Ada an ihn verlieren würde.

Ada hatte das nie wahrhaben wollen, aber es war doch seltsam gewesen, dass Leo ihn nach dem Unfall nie wiedersehen wollte. Sie waren im Streit um eine Frau auseinandergegangen – so wie sie im Streit um eine Frau zusammengekommen waren.

»Was ist?« Ada drehte sich um und bemerkte seinen Blick, aber Vincent schüttelte nur den Kopf und folgte ihr mit dem gegrillten Fisch auf die Veranda. Gleich würde er Ada gegenübersitzen und sich darüber freuen, dass sie den Loup de Mer genoss.

»Warum?«, würde sie ihn ohne viele Worte fragen, wenn sie das Essen bei einer Tasse Kaffee ausklingen ließen und er ihr den Ring über den Tisch schieben würde, den er letzte Woche mit Esthers Hilfe in Bordeaux für sie ausgesucht hatte. So wie sie auch vor einem Jahr nach dem Warum gefragt hatte, als er ihr vom Kauf des Hauses erzählt hatte. Dann würde er das Glas heben und wie damals antworten, dass er mit ihr noch einmal das Leben feiern wollte.

Die Liebe.

Ihre Liebe.

Und dass Ada noch nie einen Rosengarten besessen hatte.

DANK

Jeder Roman gleicht einer Reise: Aufbruch, Berg und Tal und endlich – das Meer. Ein Dankeschön meinen Begleiterinnen auf den einzelnen Etappen, allen voran Britta Hansen, Anja Keil, Carolin Klemenz und Uta Rupprecht sowie dem gesamten Diana-Team für seine Leidenschaft und das Vertrauen. Danke auch an die Mannschaft zu Hause – ihr seid fabelhaft und mein Hafen!

Details und Wissen zur Klimaforschung im Eis verdanke ich den Neuigkeiten von Bord des Forschungseisbrechers *Polarstern* auf der Website des Alfred-Wegener-Instituts (AWI).